作者简介

程凯华　教授。湖南省双峰县人。1938年出生。1956年考入南开大学中文系学习，1961年毕业后被分配至兰州大学中文系任教中国古代文学，1970年调回故乡，先后在邵阳师专、邵阳学院中文系任教中国现代文学。1990年至2003年担任中文系主任，兼任湖南省文学学会理事、湖南省现代文学研究学会副理事长，为中国现代文学研究学会、中国鲁迅研究学会会员。独著、主编、出版的主要著作有《中国现当代文学简明教程》、《中国新文学史》、《中华传统美德》、《璀璨的巨星——中外名家论名家》、《中国现代农村题材小说史》、《中国现代文学辞典》、《中国话剧辞典》等14部。发表的主要论文有《毛泽东对鲁迅研究的杰出贡献》、《闻一多对屈原和〈楚辞〉研究的重大贡献》、《论鲁迅〈野草〉的思想》、《论鲁迅〈野草〉的意境》、《论赵树理小说的民族化大众化》等60多篇。曾获校级优秀教学成果特等奖、湖南省普通高等学校省级优秀教学成果二等奖、邵阳市哲学社会科学优秀成果一等奖、邵阳市专业技术人员突出贡献奖，曾宪梓教育基金会高等师范学校优秀教师奖。被评为学校十佳良师益友，湖南省教育系统劳动模范、全国优秀教师。终生享受国务院特殊津贴。

中国书籍·学术之星文库

中外名家论名家

程凯华◎著

中国书籍出版社
China Book Press

图书在版编目（CIP）数据

中外名家论名家/程凯华著．—北京：中国书籍出版社，2016.5

ISBN 978－7－5068－5586－0

Ⅰ.①中…　Ⅱ.①程…　Ⅲ.①世界文学—文学评论
Ⅳ.①I106

中国版本图书馆 CIP 数据核字（2016）第115369号

中外名家论名家

程凯华　著

责任编辑　杨铠瑞
责任印制　孙马飞　马　芝
封面设计　中联华文
出版发行　中国书籍出版社
地　　址　北京市丰台区三路居路97号（邮编：100073）
电　　话　（010）52257143（总编室）　（010）52257153（发行部）
电子邮箱　chinabp@ vip. sina. com
经　　销　全国新华书店
印　　刷　北京彩虹伟业印刷有限公司
开　　本　710毫米×1000毫米　1/16
字　　数　305千字
印　　张　17
版　　次　2017年1月第1版　2017年1月第1次印刷
书　　号　ISBN 978－7－5068－5586－0
定　　价　68.00元

目 录
CONTENTS

第二辑

第三辑

第一辑

01

第一论

毛泽东论鲁迅

一、毛泽东爱读鲁迅著作

鲁迅是毛泽东一向敬慕并给予崇高评价的伟大作家。在中国现代作家作品中，鲁迅著作是毛泽东最爱读的，毛泽东曾多次号召学习鲁迅，读点鲁迅著作。

1937 年 1 月，毛泽东进驻延安后，他在陕西第四中学（设在延安）图书室发现有鲁迅的著作，如获至宝。他借了几本，读后再借，先后三次借阅，他读了这里所有的鲁迅选本和单行本[1]。1938 年 1 月 12 日，毛泽东给当年在延安抗日军政大学当主任教员的艾思奇写信，说："我没有《鲁迅全集》，有几本零的，《朝花夕拾》也在内，遍寻都不见了。"[2]深深的遗憾声里流露出系统渴读鲁迅作品的热切愿望。半年以后，1938 年 8 月，他就得到了鲁迅先生纪念委员会在上海编辑出版的 20 卷《鲁迅全集》。这是二百套编号发行，标明"非卖品"的"纪念本"。通过中共地下党组织，从上海辗转到延安，毛泽东得到了一套，编号为第 58 号。他非常珍爱这套书，一直把它整整齐齐地摆放在自己的办公桌旁。尽管当时战争纷繁，工作忙碌，环境简陋，毛泽东还是忙里偷闲，抓紧时间，在低矮的窑洞里秉烛夜读[3]。后来新华社发表过一张毛泽东在延安枣园窑洞里工作的照片，那办公桌上放着 3 卷《鲁迅全集》。这套《鲁迅全集》，伴随着毛泽东度过了烽火连天的战争岁月，从延安一直带进北京中南海。他曾对身旁的工作人员说："这套书保存下来不容易啊！当时打仗，说转移就转移，有时转移路上还要和敌人交火。这些书都是给战士们背着，他们又要行军，又要打仗。书能保存到今天，我首先要感谢那些曾为我背书的同志们。"[4]新中国成立后，无论是他出访苏联，还是在国内巡视，他都带着它，废寝忘食地阅读。1949 年毛泽东率中国党政代表团出访苏联，他亲自挑选了 58 号这套《鲁迅全集》中的几卷带往苏联。他曾因读这几卷书而推迟进餐，并对身边的工作人员说："我就是爱读鲁迅的书，鲁迅的心和我们是息息相通的。我在延安，夜读鲁迅的书，常常忘记了睡觉。"[5] 1956 年到 1958 年，人民文学出版社相继出版了带注释的鲁迅著作单行本，毛泽东对这套新版的鲁迅著作也十分珍爱。他把这套书放在床上，经常利用夜晚和其他零星时间阅读。据逄先知介绍，1959 年 10 月毛泽东外出前夕，指明要带走的书籍中就有《鲁迅全集》。1961 年，他在江西的一段时间，还把新版的《鲁迅全集》带在身边。毛泽东逝世后，报刊上发表过一张他站在书柜前看书的照片，他手里拿着的正在翻看的书，就是新版《鲁迅全集》。到 70 年代初，毛泽东已近 80 高龄，体力、精力不济，健康状况越来越差，视力日见减退，但读鲁迅著作的兴趣有增无减。1972 年 9 月，文物出版社出版了北京鲁迅博物馆编的线装本《鲁迅手稿选集三编》，这本书共 29 篇鲁迅手稿，都是从尚未刊印的鲁迅手稿中选出来的。毛泽东拿到这本书后，一有空就翻阅。1976 年 9 月，毛泽东逝世前，他卧室的床上、床边的书桌上、书架上，还摆放着鲁迅的著作，或是翻开着，或是在某一页上折了一个角，或是在书中夹着纸条，或是在封面和题目上用笔画了圈，或是在有的文章旁边写了批注文字[6]。到晚年，身患重病的毛泽东还多次提议要党内同志读点鲁迅著作。1975 年 11 月初，毛泽东对周海婴的关于出版带注释的《鲁迅全集》的信作了批示：请政治局"讨论一次，作出决定，立即实行。"

总之，无论是战争年代还是和平时期，无论是出国访问还是在国内视察，毛泽东都忙里偷闲认真阅读鲁迅著作。正是通过系统地阅读鲁迅著作，毛泽东才有可能对鲁迅了解得相当深刻和透彻，才真正理解到"鲁迅的心和我们是息息相通的"，"我和鲁迅的心是相通的"。[7] 而这正影响着毛泽东对鲁迅在中国文学史、思想史和革命史上地位的崇高评价。

二、毛泽东评说"鲁迅精神"

1937 年 10 月 19 日，毛泽东在延安陕北公学纪念鲁迅逝世一周年大会上，发表了题为《论鲁迅》的重要讲话，在这篇重要讲话中，毛泽东第一次直接地提出并专门论述了"鲁迅精神"，概括了"鲁迅精神"的三个特点：

第一个特点，是他的政治的远见。他用望远镜和显微镜观社会，所以看得远，看得真……第二个特点，就是他的斗争精神。刚才已经提到，他在黑暗与暴力的进袭中，是一株独立支持的大树，不是向两旁偏倒的小草。他看清了政治的方向，就向着一个目标奋勇地斗争下去，决不中途投降妥协……第三个特点是他的牺牲精神。他一点也不畏惧敌人对于他的威胁、利诱和残害，他一点不避锋芒地把钢刀一样的笔刺向他所憎恨的一切。他往往是站在战士的血痕中，坚韧地反抗着、呼啸着前进。鲁迅是一个彻底的现实主义者，他丝毫不妥协，他具备坚决的心。[8]

毛泽东认为："综合上述这几个特点，形成了一种伟大的'鲁迅精神'。"他号召人们"要学习鲁迅的精神，把它带到全国各地的抗战队伍中去，为中华民族的解放而奋斗！"

毛泽东这样提出和推崇"鲁迅精神"，既是从鲁迅这个具体的历史人物出发，从鲁迅的思想、行动、著作出发，从鲁迅毕生一贯地不屈不挠地与封建势力和帝国主义以及形形色色的阶级敌人作坚决斗争这一事实出发，概括出鲁迅所独具的"鲁迅精神"，又紧密地联系着当时的斗争大局（伟大的抗日民族解放战争）和时代要求（为中华民族的解放而奋斗），指出"鲁迅精神"的几个特点，号召人们向他学习，以便"造就一大批为民族解放而斗争到底"的先锋分子：这些人像鲁迅那样具有政治远见，充满着斗争精神和牺牲精神。他们"是胸怀坦白的，忠诚的，积极的与正直的；他们是不谋私利的，唯一地为着民族与社会的解放；他们不怕困难，在困难面前总是坚决的，勇往直前；他们不是狂妄分子，不是风头主义者，而是脚踏实地富于实际精神的人们。他们在革命道路上起着向导作用。"[9]

显然，毛泽东对于"鲁迅精神"的论述，既是非常切合时宜的，又是实事求是的，贯穿着革命功利主义和历史唯物主义。现在，我们根据毛泽东的论述，结合鲁迅的思想、行动、著作，对"鲁迅精神"作一番进一步的分析。

"鲁迅精神"的三个特点之间有着不可颠倒的逻辑联系，其中"政治的远见"最重要，是方向，是基础，是斗争的力量源泉。我们首先分析第一个特点"政治的远见"。这里我们试以鲁迅思想发展的道路来说明这个观点。我们知道1927年前，鲁迅还是一位革命民主主义者。在政治上，他最先曾寄希望于资产阶级领导的辛亥革命，后来又改寄希望于有民主思想的知识分子，还没有能够看到中国革命只有无产阶级领导才能成功。但他是在俄国十月革命的影响之下开始为五四运动的彻底反帝反封建而战斗呐喊的。五四运动刚刚兴起，正当反动势力及其御用文人敌视十月革命和抗拒马克思主义在中国传播时，鲁迅立即针锋相对地发表了《随感录五十六·"来了"》和《随感录五十九·"圣武"》两篇杂感，热情地歌颂了坚信马克思列宁主义而终于取得十月革命伟大胜利的俄国人民："他们因为所信的主义，牺牲了别的一切，用骨肉碰钝了锋刃，血液浇灭了烟焰。在刀光火色衰微中，看出一种薄明的天色，便是新世纪的曙光。"[10]他希望中国民众"抬起头"，去迎接"新世纪的曙光"。从此以后，他一直注视着俄国社会主义革命的胜利发展。在1925年和1926年这两年里，鲁迅已经在为数不少的文章里，或情不自禁地赞颂十月革命后的社会主义苏俄，或愤怒地痛斥国内外敌人诬蔑社会主义苏俄的奇谈怪论，同时，对前仆后继地进行斗争的中国共产党一直尊为革命"先驱者"和"火车头"而表示了崇敬之情。1927年以后，鲁迅逐渐地成为一位马克思主义者。这时的鲁迅，在政治上已经完全寄希望于无产阶级及其领导下的人民群众。他确认：在现代社会各阶级中，"惟新兴的无产者才有将来"[11]，同时肯定地指出："新的社会的创造者是无产阶级"[12]。因此，鲁迅对于无产阶级革命事业充满着胜利的信心。鲁迅看清了政治方向，他那颗赤诚的心，就永远向着毛泽东，永远向着中国共产党。在20世纪30年代中期，毛泽东在中国革命的紧要历史关头，力挽狂澜，率领中国工农红军进行举世闻名的二万五千里长征。在上海的鲁迅，一面继续领导文化战线上的反"围剿"斗争，一面极为关注毛泽东领导的长征，以无限兴奋的心情，聆听红军在长征途中的每一个捷报。1935年10月，当红军胜利到达陕北的喜讯传来时，鲁迅激动得夜不能寐，立即和茅盾联名致电毛泽东和党中央，深情地说："在你们身上，寄托着人类和中国的将来。"[13]这质朴而真诚的语言，表达了鲁迅对以毛泽东为领袖的中国共产党的无限崇敬和信仰。

1936年，在伟大的抗日民族解放战争爆发前夕，为了和国民党团结起来，联合起来，共同抗日，中国共产党提出了抗日民族统一战线政策，鲁迅表示坚决拥护。他在《答徐懋庸并关于抗日统一战线问题》的公开信中明确地声称："中国目前的革命的政党向全国人民所提出的抗日统一战线的政策，我是看见的，我是拥护的，我无条件地加入这战线，那理由就因为我不但是一个作家，而且是一个中国人，所以这政策在我是认为非常正确的，我加入这统一战线。"[14]

当时有一个叫陈仲山的托派写信给鲁迅，挑拨鲁迅和党的关系，恶毒攻击党的抗日民族统一战线政策，鲁迅接到这封信后，立即写了一封回信。他在《答托洛斯基派的信》中正气凛然地公开赞扬以毛泽东为代表的中国共产党人是"切切实实，足踏在地上，为着现在中国人的生存而流血奋斗者"，并自豪地宣称：能把他们"引为同志，是自以为光荣的"。他还以崇敬的心情直接提到毛泽东的名字，怒斥托派的无耻诽谤："你们的'理论'确比毛泽东先生们高超得多，岂但高超得多，简直一是在天上，一是在地下。但高超固然是可敬佩的，无奈这高超又恰恰为日本侵略者所欢迎，则这高超仍不免要从天上掉下来，掉到地上最不干净的地方去……你们的高超的理论，将不受中国大众所欢迎，你们的所为有背于中国人现在为人的道德。”[15]鲁迅用托派的卑污、渺小，强烈地反衬出毛泽东的英明、伟大。鲁迅对毛泽东的热爱和崇敬，集中反映了一个无产阶级革命战士坚定的阶级立场和崇高的革命品质。今天读来，依然感人肺腑，使我们受到深刻的教育。对毛泽东的崇敬，对中国共产党的热爱，对中国革命前途的明确认识和坚定信念，都充分表现了鲁迅远大的政治眼光。

其次我们看鲁迅的斗争精神和牺牲精神。毛泽东说，鲁迅看清了政治方向，就向着一个目标奋勇地斗争下去，决不屈服。事实就是这样。1931 年 2 月 7 日深夜，国民党上海龙华警备司令部一次就秘密杀害了 20 多位革命者，其中有柔石、殷夫、胡也频、冯铿、李伟森五位革命青年作家。消息传来，鲁迅无限悲愤，痛切地感到自己失掉了很好的战友，中国失掉了很好的青年。他从悲愤中爆发出战斗的激情，写了一首悲愤的战斗的诗篇：“惯于长夜过春时，挈妇将雏鬓有丝。梦里依稀慈母泪，城头变幻大王旗。忍看朋辈成新鬼，怒向刀丛觅小诗。吟罢低眉无写处，月光如水照缁衣。”除写了这首诗，还写了著名的纪念文章《为了忘却的记念》和《中国无产阶级革命文学和前驱的血》，并为美国进步女作家史沫特莱写了《黑暗中国的文艺界的现状》寄给美国进步杂志《新群众》发表，向国外读者揭露国民党反动派残酷迫害左翼文艺运动的血腥罪行。当史沫特莱拿到这篇文章，想到发表后会给鲁迅引来杀身之祸，便担心地说：“你的名字签在这上面是否方便?”鲁迅毫不犹豫，坚定地回答说：“这有什么关系？中国总得有人出来说话啊！这几句话是必须说的。拿去发表就是。”鲁迅就是这样，抓住一件事，斗争到底，在斗争中勇往直前，决不动摇，决不妥协，决不屈服。

鲁迅在同反动派的斗争中，充满为了一个伟大目的而牺牲的巨大决心。1933 年 6 月 20 日冒着生命危险参加杨杏佛的葬礼就是一个突出的例子。1933 年由宋庆龄、何香凝、鲁迅、蔡元培和杨杏佛等人发起、主持成立了“中国民权保障同盟”。“同盟”是以反对国民党反动派残害无辜人民，营救被捕革命者为主要任务的。“同盟”的革命活动大大触怒了国民党政府，于是反动政府指派蓝衣社特务，在 6 月 18 日上午暗杀了“同盟”总干事杨杏佛，接着又把鲁迅列入了暗杀名单。20 日下午“同盟”为杨杏佛举行了入殓仪式，鲁迅好友许寿裳担心鲁迅的安全，劝鲁迅不要去参加，鲁迅十分坚定地说：“我应该去送殓!”出门时，鲁迅不带钥匙，将房门锁上，以表示此去不准备再回来的牺牲决心。面对国民党特务的手枪，把个人生死置之度外，脸不变色心不跳，充分体现出鲁迅大无畏的牺牲精神和革命的英雄气概，何等可钦可敬！

鲁迅的牺牲精神还表现在他对待生死、对待疾病、对待工作的态度上。鲁迅认为，人的生命只有一次，对于谁都是宝贵的。但是，生命与革命相比较，革命更重要，因而，为革命而拼命，为革命而死是最值得的。死是正常的生理现象，是大自然的规律。对于正常生理现象的死，鲁迅总是听其自然，抱着“随随便便”的态度，他说他是属于“随便党里的一个”[16]，而对于为人民革命事业和民族解放事业而死，鲁迅是无所畏惧的。他在《且介亭杂文末编·死》这篇文章中说：“有些外国人说，中国人最怕死。这其实是不确的。”[17]在《中国人失掉自信力了吗》一文中，鲁迅说：“我们从古以来，就有埋头苦干的人，有拼命硬干的人，有为民请命的人，有舍身求法的人。”并且指出“这一类的人们，就是现在也何尝少呢？他们有确信，不自欺；他们在前仆后继的战斗。”[18]外国人说中国人最怕死，简直是诬蔑。鲁迅热爱生命，但不怕死。大家知道，1936 年，是鲁迅生命的最后一年。鲁迅病情加剧，敌人对他的迫害也更加残酷，但鲁迅斗志有增无减。这一年在他生命最后的九个月中，他大病了六个月。海内外友人关心他，多次致信敦促和劝告他多加保重，易地治疗。他们希望鲁迅的身体康复起来，为中国革命做更多的工作。鲁迅理解他们的一片好心，可是要他停止战斗，停止工作，却非常困难。其实鲁迅何尝不想早日恢复健康？但是，“非不为也，不能也”。请听一听他的这些发自肺腑之言吧：“我知道我的病源……只要什么事都不管，玩他一年半载，就会好得多。但这如何做得到呢。”[19]“身体还是不行，日见衰弱，医生要我不看书写字……有几个朋友劝我到乡下去，但……一时也做不到。”[20]“不过我自己忙一点，也一天一天的瘦下去，有朋友劝我玩一年，但实际上是做不到的。”[21]朋友们都劝他暂时停止战斗，停止工作，劝他休息，劝他去玩，而鲁迅多次表示“做不到”。为什么？因为鲁迅认为既然“中国需要”“革命需要”，在日寇入侵，国难当头，民族危机深重的紧要关头，他不能躺在病床上休养，任凭他人去斗争和牺牲。因此，在大病缠身的时刻，鲁迅安之若素，处之泰然，头脑冷静，他没有死的恐怖，更没有坐以待毙。他时时在想，如何在有生之年“好好替中国”更多地做一些事。想定之后，他说：不管怎样，只有一个办法，这就是“要赶快做”。鲁迅说得很清楚：与其不工作而多活几年，不如多工作而少活几年。因此，他既不入院治疗，更不去国外休养。任凭病情日趋恶化，鲁迅始终坚守在白色恐怖，特务横行，暗杀成风的上海，誓与敌人血战到底。他在给一位日本友人的信里大义凛然地说：“只要我还活着，就要拿起笔，去回敬他们的手枪。”[22]又在给另一位日本友人的信里坚定地表示：尽管“现在这里，生命是颇危险的”，“然而只要我还活着，不管做多少，做多久，总要做下去。”[23]是的，鲁迅生命不息，战斗不止，工作不停。在鲁迅生命的最后一年，尽管大病六个月，他却以惊人的毅力在“赶快做”，仍然校印了《故事新编》《药用植物》《死魂灵百图》《珂勒惠支版画集》《苏联版画集》《苏联作家七人集》并翻译了《死魂灵》第二部，还写了杂文、他人文稿序引、公开答信39篇。逝世前两天，还在执笔，逝世前十几小时，还在写日记。鲁迅逝世以后，许广平在《欣慰的纪念·献辞》中说：“你‘不晓得，什么是休息，什么是娱乐’。工作，工作！死的前一日还在执笔。”还在工作。鲁迅战斗到最后一息，工作到最后一息。鲁迅是死在战斗的岗位、工作的岗位上的，真是鞠躬尽瘁，死而后已。他那种为革命而忘我的拼命精神、牺牲精神真是感人肺腑！

综上所述，我们可以清楚地看到，鲁迅的政治眼光何等远大，鲁迅的政治方向何等明确，鲁迅的斗争精神何等坚决，鲁迅的牺牲精神何等崇高。正因为鲁迅有这些精神素质，毛泽东进一步认为，鲁迅“在文艺上成了一个了不起的作家，在革命队伍中是一个很优秀的很老练的先锋分子。”[24]

我们党和国家的领导人历来推崇鲁迅精神，一贯重视学习鲁迅，宣传鲁迅。鲁迅逝世已经70多年了，今天的中国和鲁迅所处的那个时代已经根本不同了，但鲁迅精神并没有过时。我们过去在反对帝国主义、封建主义、官僚资本主义的斗争，推翻三座大山的时候，需要鲁迅精神，今天在社会主义现代化建设和改革开放中，同样需要鲁迅精神；我们在和拿枪的敌人斗争中需要鲁迅精神，在加强物质文明和精神文明建设，不断提高人们的思想道德素质的过程中，同样需要鲁迅精神。鲁迅精神有着永恒的价值。学习鲁迅精神，发扬鲁迅精神，实践鲁迅精神，这是建设有中国特色社会主义先进文化的一个重要内容，对于增强中华民族的凝聚力，振奋民族精神，把建设有中国特色社会主义的伟大事业推向前进，有着重大意义。

三、毛泽东综论鲁迅是伟大的文学家、思想家和革命家

1940年1月，毛泽东为了总结中国革命的历史经验，探求新形势下中国政治和文化的走向，他在延安出版的《中国文化》创刊号上发表了《新民主主义论》。在这篇专论中，毛泽东回顾了五四以来新旧文化斗争的历史，高度评价文化新军的伟大功劳，并以他遒劲的笔力，一气呵成地写下了关于鲁迅的

那段最著名、最精彩和最动人的历史评价：

在五四以后，中国产生了完全崭新的文化生力军……而鲁迅，就是这个文化新军最伟大和最英勇的旗手。鲁迅是中国文化革命的主将，他不但是伟大的文学家，而且是伟大的思想家和伟大的革命家。鲁迅的骨头是最硬的，他没有丝毫的奴颜和媚骨，这是殖民地半殖民地人民最可宝贵的性格。鲁迅是在文化战线上代表全民族的大多数，向着敌人冲锋陷阵最正确、最勇敢、最坚决、最忠实、最热忱的空前的民族英雄。鲁迅的方向，就是中华民族新文化的方向[25]。

这一段话高度概括了鲁迅在中国现代文学史、思想史和革命史上的光辉业绩、崇高地位和巨大作用，是对鲁迅最全面、最正确、最深刻的评价。我的恩师、已故著名的鲁迅研究专家李何林先生曾说："五四以来，有很多人评论过鲁迅的作品和思想，但从来没有人像这样全面、这样深刻地用三个'伟大'三个'家'来概括他的一生。"[26]李先生的这个看法是符合历史事实的。在毛泽东之前，虽有冯雪峰，特别是瞿秋白的论文对鲁迅的著作、思想和战斗作出基本符合马克思主义的评价，但对于鲁迅的认识仍然存在着原则性的分歧。"鲁迅是谁"这个问题一直未能得到明确的解决。攻击、诬蔑鲁迅的人就不用说，就是进步的文化界，向来也只把他单纯地作一个文学家来评论。过去也有人评论过鲁迅的思想，但很少有人说他是"思想家"，更没有人说他是"伟大的思想家"；至于"伟大的革命家"，在有些人看来，那就更谈不上了。瞿秋白在《＜鲁迅杂感选集＞序言》中虽然概括了鲁迅的革命传统和思想发展道路，但也没有把鲁迅提到"伟大的思想家和伟大的革命家"的高度来认识。《序言》对鲁迅杂文的分析是相当深刻的，但在瞿秋白的心目中鲁迅只不过是一位有着深刻思想的文学家和思想家而已。"伟大的思想家和伟大的革命家"这几个光辉的字眼始终没有出现在他的笔下。毛泽东就不同了，他满腔热情地、斩钉截铁地称赞鲁迅是伟大的文学家、伟大的思想家和伟大的革命家。他没有局限于从"文学视角"来片面地评价鲁迅，而是高屋建瓴，从鲁迅在文学史、思想史和革命史这三大方面作出的杰出贡献，从"文学家""思想家""革命家"三位一体的角度，从鲁迅的著作、思想和行动所表现出的具体事实出发来评价鲁迅，因而其论断无疑是十分科学的，而这正是毛泽东论鲁迅的杰出之处，也正是毛泽东比瞿秋白站得更高，看得更远，论述得更全面、更深刻的地方。

在中国文学史上，鲁迅作为一位伟大的文学家，其文学成就是众所周知的。他在小说、杂文、散文、散文诗、诗歌及文学史的研究和外国文学的翻译等方面都有杰出的历史贡献。鲁迅一生留给我们七百余万字的著作和译文，记载着他战斗的业绩，前进的脚印，反映着中国革命发展的历程，特别是他的七百多篇杂文，生动而深刻地反映了我国20世纪20、30年代的社会、政治斗争和思想文化斗争全貌。在中国革命史上，从1917年，即俄国十月革命以后，到1936年抗日战争前夕近20年间思想、政治、文化战线上的一系列斗争，在鲁迅杂文中都有反响和反映；帝国主义、封建势力、官僚买办资产阶级、叛徒、汉奸，以至一般有代表性的资产阶级、小资产阶级的错误思想、党内“左”的和右的错误倾向，鲁迅杂文全都对之进行过针锋相对的斗争或严肃的批评。鲁迅杂文可以称为20世纪20、30年代用杂文形式写的中国现代思想史、文化史、革命史，是反映“时代眉目”的特殊形态的诗史。过去有人说巴尔扎克的作品反映了一个什么时代，屠格涅夫的作品反映了一个什么时代，托尔斯泰、莎士比亚的作品各反映了一个什么时代……现在我们完全可以说，伟大的鲁迅用七百多篇战斗性很强的杂文和几十篇具有高度思想和艺术力量的小说及其他作品，从一个重要侧面深刻地反映了一个伟大的历史时代，即中国人民在中国共产党的领导下，反对帝国主义、封建主义、官僚资本主义，开始打碎几千年人压迫人的社会锁链这样一个伟大的历史时代。一个作家和一种文学作品，能够发生的作用之大、之广、之深，在鲁迅身上，最突出地表现出来了。对自己的国家、民族、人民的解放和新生，对于人民的革命事业，对于文化思想的建设，能够以文学之力，以作家之身，作出这么多和这么大贡献的，在中国文学史上，鲁迅所作到的，是首屈一指的，在世界文学史上也是罕见的。鲁迅作为中国历史上迄今为止的最伟大的文学家，即使站在世界伟大作家的行列里，也是第一流的。如果不抱资产阶级的艺术审美偏见，这个结论应该说是没有问题的。

世界观的转变是一个根本的转变。作为伟大的思想家，鲁迅的世界观经历了由革命民主主义到马克思主义的根本转变。十月革命前，年轻的鲁迅，曾经向西方寻求救国救民的真理，受过西方资产阶级民主主义思想和进化论等思想的影响。十月革命一声炮响，给我们送来了马克思列宁主义，也给鲁迅带来了他梦寐以求的救国救民的革命真理。从此以后，鲁迅看见了民族解放的新希望，积极投身于无产阶级领导的新文化运动，为彻底反帝反封建的新民主主义革命而战斗呐喊。1927年，蒋介石发动“四一二”反革命政变，鲁迅在阶级斗争的腥风血雨中，“目睹了同是青年，而分成两大阵营，或则投书告密，或则助官捕人的事实！我的思路因此轰毁。”[27]“我的一种妄想破灭了。我至今为止，时时有一种乐观，以为压迫，杀戮青年的，大概是老人。这种老人渐渐死去，中国总可以比较地有生气。现在我知道不然了，杀戮青年的，似乎倒大概是青年。”[28]通过长期的激烈的阶级斗争实践的检验，鲁迅终于看到了作为主要思想武器使用了20多年之久的进化论的“偏颇”，而勇敢地对它作了彻底的否定，毫不留恋地把它抛弃了。阶级斗争血的教训，促使鲁迅加紧在理论和实践的结合上学习马克思主义，掌握和运用历史唯物论和辩证唯物论，开始由革命民主主义者转变为马克思主义者。这是一个根本的转变。这个转变是从一个阶级向另一个阶级的转变，从一个思想体系向另一个思想体系的转变。有了这个转变，使鲁迅从根本上区别于一切资产阶级作家、思想家和革命家，从而在他身上放射出灿烂的马克思主义思想光辉。

鲁迅是伟大的马克思主义思想家，又是伟大的文学家，他的深刻的思想，绝大部分在他的文学著作（小说和杂文）中体现出来，主要体现在他的杂文中。鲁迅杂文蕴含着丰富的内容，在思想理论上，除了很少谈到马克思主义的政治经济学之外，几乎涉及马克思主义的各个领域和各个方面：举凡人生、社会、历史、现实、国家、民族、家庭、个人；哲学、政治、文化、艺术、美学、教育、科学、伦理和宗教，以及妇女、青年、儿童等方面的问题，鲁迅杂文无不涉及。那真是一部特殊的百科全书式的作品，事实上构成了一个完整的具有独特意义的思想体系。关于这些方面的杂文，已经有人编辑和撰写了《鲁迅的哲学思想》《鲁迅的文艺思想》《鲁迅的美学思想》《鲁迅的教育思想》《鲁迅论文学艺术》，以及《鲁迅思想论纲》《鲁迅思想研究》等类专著。

鲁迅思想的载体，除了小说和《坟》中的早期几篇论文，就是他的杂文了。我们说到鲁迅的思想，主要就是指鲁迅杂文的思想。当然，鲁迅还有《中国小说史略》等学术著作，但这些所占数量不多，而且其思想基本上属于小说史的范畴。因此，鲁迅思想可以说主要的成分是他杂文的思想。鲁迅在文学上的极高素养，使他最善于把深刻的思想、丰富的内容和生动的形式，三者熔为一炉，用杂文的形式，把马克思主义的科学理论表现得生动、形象而又深刻、厚实。正如冯雪峰所说，鲁迅的杂文“几乎每一篇都闪耀着一个天才思想家的思想光芒，也几乎每一篇都闪耀着一个典型塑造的巨匠和一个天才的讽刺作家的艺术光芒。”[29]鲁迅杂文，既是马克思主义的利器，又是艺术的明珠。这里正显示着鲁迅作为马克思主义思想家的一个鲜明特点，也是他的一个优点。

鲁迅的马克思主义思想，是在现实斗争中学习、形成的，而又是通过他的作品，在现实斗争中发挥其作用的。鲁迅曾说，他的杂文是“感应的神经，攻守的手足”，是掷向黑暗势力的“匕首”和“投枪”；他写作杂文，常是

“对于时局的愤言”，“要催促新的产生，对于有害于新的旧物，则竭力加以排击”。他写小说，则是要毁坏封建统治的“铁屋子”，唤醒那沉睡的人们，他要“揭出病苦，引起疗救的注意”，他是遵奉革命前驱者的命令，为革命呐喊助威的。他的散文和诗歌，以及大量的书信，也无不热烈地唱着所是，颂着所爱，攻击着所非和所憎，都“和革命共同着生命”。毫无疑问，鲁迅的思想和作品，在中国革命事业中具有强大的战斗作用，“是对于帝国主义、汉奸卖国贼、军阀官僚、土豪劣绅、法西斯蒂，以及一切无耻之徒的大炮和照妖镜。”[30]正如毛泽东所说，它们“给革命以很大的助力”。

作为伟大的马克思主义思想家，鲁迅既不同于马克思、恩格斯、列宁那样毕生致力于理论著述、工人运动和社会革命，创建了科学的马列主义学说的伟大革命导师，又不同于毛泽东那样擅长理论、文学，又精通政治、军事，以雄才大略领导中国人民推翻三座大山的压迫，建立了一个崭新中国的伟大的人民领袖。鲁迅是以文学为职业，毕生探索人的心灵，改造人的灵魂，并主要立足于思想文化战线，为中华民族与劳苦大众的解放而奋斗终生的有独创性、有自己显著特色的伟大思想家。关于鲁迅思想的独特性，冯雪峰曾有过精辟的分析，他在《回忆鲁迅》一书中说：“鲁迅先生不愿意称自己为思想家，却愿意看自己为一个战士……自然，在客观上他是一个战士，同时也是一个思想家，因为他的思想是富于创造性的，并且也是有系统的……但他的思想的系统性，在他那里是他的从事现实战斗的意志始终如一的自然结果，并不是他要创造一个思想体系或一个主义的结果。在他那里，一切新的和好的思想，一切真理，不是要拿来砌造自己的学说，而是要用真理之光，来照彻现实和照明前进的道路，要把一切新的和好的思想用到现实的战斗上去……和一个平常所说的思想家和理论家比较，他确实更像是一个战士和斥堠，一面战斗着，一面探索着前进道路，而这个战斗和探索的经验与教训就是结成他的可贵的思想果实的基本东西。对于前人的学说、主义和思想，他也像个战士或一个实用家那样，只要于他有用处，多少有可作为武器或作为向导的作用，或者可以作为旁证，他就拿来运用，决没有成见；但如果他认为在现实战斗上没有什么用处，他就不大留心，即使那些思想和主义在历史上或在别国怎样有名，怎样有地位。所以，他的思想绝少是前人的学说或主义的演绎或发展，而基本上是他和中国人民的现实战斗的经验和教训的积累和结晶。”[31]这一点，武汉大学教授易竹贤在其论著《鲁迅思想研究》中也有独到的见解。他指出了鲁迅思想四个特点：“首先，鲁迅是执著现实的战斗的思想家”，“其次，鲁迅是富于求实精神而又善于把理论和实际相结合的思想家”，“第三，鲁迅是善于把深刻的思想植根于丰富的知识，并表现于生动形式之中的思想家”，“第四，鲁迅是严于自我解剖的伟大思想家”。因此易竹贤同志认为，鲁迅作为马克思主义思想家，“既是充分‘中国化’了的，又是充分‘鲁迅化’了的。”[32]中国革命造就了一代又一代的马克思主义者：马克思主义的理论家、哲学家、政治家、军事家、经济学家和国务活动家等等，像鲁迅这样的伟大思想家至今仍然是唯一的一位，这就是鲁迅思想独特性的表现。

鲁迅作为伟大的文学家和伟大的思想家，是和他长期参加实际的革命斗争分不开的。鲁迅始终站在革命斗争的最前面，一刻也没有离开过革命的实践。他不是那种关门写文章的书本上的“革命家”，而是不断地参加革命实践活动的“革命家”。他的全部革命实践，都同中国人民推翻三大敌人、夺取政权的伟大斗争紧密地联系在一起。早在辛亥革命前，鲁迅在日本就参加了章太炎领导的革命团体“光复会”的反清革命活动；五四时期，鲁迅战斗在新文化运动策源地北京，向反动、腐朽的帝国主义文化和封建文化作了英勇的斗争，后又经历了“女师大学潮”“三一八”惨案；第一次大革命时期，他满怀革命热情，投身于当时革命的中心广州，积极组织文化队伍，开辟新的战线，经历了“四一二”反革命政变和“四一五”反革命大屠杀；土地革命时期，鲁迅选择文化斗争的中心上海作为战斗基地，参加了中国共产党直接领导的革命作家的联合组织“中国左翼作家联盟”，并成为“左联”的实际领袖，还参加了共产党的外围组织“革命互济会”“中国自由运动大同盟”“中国民权保障同盟”等革命团体。在这些组织中，鲁迅都做了大量的工作，发挥了极大的积极作用。他披荆斩棘，凡是当时革命的主要对象、主要敌人，他都针锋相对斗争过、批判过。鲁迅后期从斗争实践中学习马列主义，掌握了历史唯物论和辩证唯物论，成为共产主义者以后，就战斗得更英勇了。在国民党的反革命文化“围剿”中，作一次讲演，参加一次集会，发表一篇文章，加入一个团体，都有被捕、被暗杀的危险；对他造谣、诬蔑、辱骂、恐吓、中伤，更是常有的事。但是鲁迅大义凛然，英勇无畏，毫不退缩，一直战斗到死。他的骨头是最硬的，充分表现了殖民地半殖民地人民最可宝贵的性格。所以，毛泽东说，鲁迅不仅是伟大的文学家，而且是伟大的思想家和伟大的革命家。这是毛泽东代表中国共产党和全国人民对鲁迅的崇高评价。这个评价是公正的、恰当的、科学的。鲁迅集“文学家”、“思想家”和“革命家”三“家”于一身是当之无愧的。

毛泽东以三“家”一体的全面的整体的观点来综论鲁迅、评价鲁迅，对于我们研究鲁迅有着重要的指导意义。一是，对鲁迅这个历史人物进行研究时，要充分考虑他所处的社会历史条件，把鲁迅放在整个中国现代文学史、思想史和革命史中去考察评价，需要从文学史、思想史和革命史这三方面对鲁迅进行全面的完整的把握和正确的综合的认识：鲁迅是一位用文学作武器在思想文化战线上战斗的文学家、思想家和革命家。他既是现代文化（包括文学）革命的代表人物，也是现代思想革命的代表人物；鲁迅既有高度的文学史、文化史上的价值，也有高度的思想史、革命史上的价值。毛泽东论鲁迅的杰出贡献在于：他不仅充分地认识了鲁迅的这些价值，而且最精辟地论述了鲁迅的这些价值，使我们更加明确地认识到鲁迅的伟大。二是，对鲁迅作品进行研究时，也需要有全面的完整的观点，从“文学”“思想”“革命”这三个视角和视点去分析和评价，也就是说对他的作品，不仅要看到它们在文学创作上的成就，还应当看到它们在思想斗争和革命实践中所起的作用。这样，才能全面估量鲁迅作品的文学价值、思想价值和革命价值。

半个多世纪以来，回顾毛泽东对鲁迅的崇高评价，仍然倍感其正确性。可以肯定，这一崇高评价是经得起历史检验的。无庸讳言，毛泽东对鲁迅的崇高评价正如有些人所说包含着政治策略的革命功利考虑，但我们认为这考虑是非常英明的，因为他确实起到了树立旗帜，争取人心，凝聚灵魂的巨大作用，这已为成功的历史实践所证明了。但这只是表层的因素，如果只停留在这一层看问题，就过于肤浅了。事实上，毛泽东对鲁迅的崇高评价，除了出于政治策略的革命功利考虑外，还有更深层的文化精神背景的原因。鲁迅在长期的革命实践过程中，逐渐倾向于马克思主义，倾向于处于被压迫地位的中国共产党和无产阶级，特别在晚年，他衷心拥护中国共产党，坚信“惟新兴的无产者才有将来”。虽然“他并不是共产党组织中的一人，然而他的思想、行动、著作，都是马克思主义化的。他是党外的布尔什维克。”“鲁迅的心和我们的心是息息相通的”。“我和鲁迅的心是相通的。”作为具有政治远见的中国共产党的领袖，毛泽东敏锐地认识到鲁迅的价值及其与自己相通之处，因而倾尽全力推崇，大树鲁迅的精神文化旗帜，是十分自然的事。

历史上任何伟大的人物，都是在一定的历史环境中生活着的具体的人。金无足赤，人无完人。任何伟人，都有其伟大的历史功绩，也不可避免地有其历史局限性。毛泽东不例外，鲁迅也不例外。今天，我们不能因为毛泽东晚年的一些错误而否定当年对鲁迅的评价，更不能由于这些错误和后来苏联的解体、共产主义运动的挫折而否定当年心向毛泽东、心向中国共产党、心向苏联的鲁迅。历史终归是历史，所有问题必须放在当时的历史环境中，进行全面的具体的实事求是的分析。只有这样，才符合辩证唯物主义和历史唯物主义的要求。

参考文献：

[1]陈晋:《毛泽东读书笔记解析》,广州:广东人民出版社 1996 年版,第 1514 页。

[2]毛泽东:《毛泽东书信选集》,北京:人民出版社 1983 年版,第 118 页。

[3]龚育之、逄先知、石仲泉:《毛泽东的读书生活》,北京:三联书店 1986 年版,第 179 ~ 180 页。

[4]陈晋:《毛泽东读书笔记解析》,广州:广东人民出版社 1996 年版,第 515 页。

[5]龚育之、逄先知、石仲泉:《毛泽东的读书生活》,北京:三联书店 1986 年版,第 184 页。

[6]忻中:《毛泽东晚年的读书生活》,《党建文汇》,1992 年第 2 期。

[7]《投一光辉,群魔毕现》,《人民日报》,1977 年 5 月 21 日。

[8][9][24]毛泽东:《论鲁迅》,《毛泽东文集》第 2 卷,北京:人民出版社 1993 年版,第 43 ~ 44 页。

[10]鲁迅:《坟·随感录五十九"圣武"》,《鲁迅全集》第 1 卷,北京:人民文学出版社 1981 年版,第 356 页。

[11]鲁迅:《二心集·序言》,《鲁迅全集》第 4 卷,北京:人民文学出版社 1981 年版,第 191 页。

[12]鲁迅:《且介亭杂文·答国际文学社问》,《鲁迅全集》第 6 卷,北京:人民文学出版社 1981 年版,第 18 页。

[13]鲁迅:《致中共中央》,《鲁迅书信集》上卷,北京:人民文学出版社 1976 年版,第 1 页。

[14]鲁迅:《且介亭杂文末编·答徐懋庸并关于抗日统一战线问题》,《鲁迅全集》第 6 卷,北京:人民文学出版社 1981 年版,第 529 页。

[15]鲁迅:《且介亭杂文末编·答托洛斯基派的信》,《鲁迅全集》第 6 卷,北京:人民文学出版社 1981 年版,第 588 页。

[16][17]鲁迅:《且介亭杂文末编·死》,《鲁迅全集》第 6 卷,北京:人民文学出版社 1981 年版,第 610 页。

[18]鲁迅:《且介亭杂文·中国人失掉自信力了吗》,《鲁迅全集》第 6 卷,北京:人民文学出版社 1981 年版,第 118 页。

[19]《鲁迅书信集》上卷,北京:人民文学出版社 1976 年版,第 190 页。

[20]《鲁迅书信集》下卷,北京:人民文学出版社 1976 年版,第 835 页。

[21]同上书,1976 年版,第 841 页。

[22]同上书,1976 年版,第 1135 页。

[23]同上书,1976 年版,第 1189 ~1190 页。

[25]毛泽东:《新民主主义论》,《毛泽东选集》第 2 卷,北京:人民出版社 1991 年版,第 697 ~698 页。

[26]李何林:《伟大的文学家、思想家、革命家鲁迅》,《纪念鲁迅诞生一百周年学术讨论会论文选》,长沙:湖南人民出版社 1982 年版,第 6 页。

[27]鲁迅:《三闲集 · 序言》,《鲁迅全集》第 4 卷,北京:人民文学出版社 1981 年版,第 5 页。

[28]鲁迅:《而已集 · 答有恒先生》,《鲁迅全集》第 3 卷,北京:人民文学出版社 1981 年版,第 453 页。

[29]冯雪峰:《鲁迅的文学道路(论文集)》,长沙:湖南人民出版社 1980 年版,第 266 页。

[30]中国共产党中央委员会,中华苏维埃人民共和国政府:《为追悼鲁迅先生告全国同胞和全世界人士书》,《鲁迅研究资料》第 2 辑,北京:文物出版社 1977 年版。

[31]冯雪峰:《回忆鲁迅》,北京:人民文学出版社 1952 年版。

[32]易竹贤:《鲁迅思想研究》,武汉:武汉大学出版社 1984 年版,第 211 ~218 页。

第二论

瞿秋白论鲁迅

一、瞿秋白与鲁迅的“知己”之交

1933 年，鲁迅录清人何瓦琴联句“人生得一知己足矣，斯世当以同怀视之”书赠瞿秋白。瞿秋白将这一条幅悬挂在自己居室的墙壁上，以示两心相知。

瞿秋白与鲁迅的“知己”之交，在中国革命史和现代文学史上传为佳话，长期以来为人们称颂和赞美。这种“知己”之交是怎样建立起来的？要回答这个问题，不能不涉及上个世纪 30 年代瞿秋白夫妇多次到鲁迅家避难之事。在当时白色恐怖弥漫的上海，正是一次次的避难，为两位伟人心与心的交流并建立伟大、真诚的革命友谊创造了条件，同时也检验了两位伟人在患难之中的深情厚谊。杨之华说过：“那时候，许多与我们熟悉的朋友、同学知道我们从事革命工作，都躲避我们，生怕与我们接近会给他们带来麻烦。可是以鲁迅为代表的一些朋友不但没躲避我们，而且关怀我们，掩护我们。难道鲁迅不知道与我们来往是危险的吗？他自己所受的迫害已经够多了，但由于他相信共产主义和拥护共产党的政策，反对国民党反动派的黑暗统治，他对共产党员表现了无限的热情和可贵的友谊。”[1]许广平也说过：“两个同是从旧社会士大夫阶级中背叛过来的‘逆子贰臣’，在尖锐的对敌斗争中，完全成了为党尽其忠诚、同甘苦共患难的知己了。”[2]

瞿秋白认识鲁迅并互相接近，是从 1931 年下半年开始的。1930 年夏，瞿秋白和他的夫人杨之华从莫斯科共产国际回到上海，因上海党中央的某机关遭到破坏而暂时避居在茅盾家中。一天，冯雪峰带着刚印好的“左联”机关刊物《前哨》（“纪念战死者专号”）的样本去找茅盾，恰遇瞿秋白夫妇。瞿秋白一见《前哨》，十分高兴，立即翻看里面的文章，当看到鲁迅的《中国无产阶级革命文学和前驱的血》一文时，就情不自禁地赞美说："写得好，究竟是鲁迅！"[3]

不久，由冯雪峰帮忙，瞿秋白住进上海紫霞路68号冯雪峰的朋友家里。瞿秋白和鲁迅的交往，就是在这时候开始的，他们中间的联系人是冯雪峰。当时，冯雪峰每隔三四天，多则一个星期要到瞿秋白那里去一次。鲁迅常把自己翻译的俄国作品托冯雪峰转赠给瞿秋白，而瞿秋白一接到手，总是迫不及待地阅读，并把意见告诉冯雪峰。鲁迅听到瞿秋白对他从日文转译的几种马克思主义文艺理论著作译文的意见，非常高兴，生怕错过机会似的急忙对冯雪峰说："我们抓住他！要他从原文多翻译这类作品！以他的俄文和中文，确是最适宜的了。"[4]

瞿秋白对鲁迅也非常尊重和敬佩。当他与鲁迅见面之前，1931年12月5日，读了鲁迅赠送给他刚出版的《毁灭》译本后，就写信给鲁迅，称鲁迅为"敬爱的同志"，同时无限深情地说："我们是这样亲密的人，没有见面的时候就这样亲密的人。"[5]接着鲁迅很高兴地写了回信，也称瞿秋白为"敬爱的J. K同志"。[6]

"没有见面的时候就这样亲密"，互称"同志"，那么，见面以后又怎样呢？

据许广平回忆，1932年春末夏初，在上海北四川路的川北公寓3楼鲁迅的住所，瞿秋白同鲁迅初次相见，许广平曾这样真实地描述他们相见的情景："鲁迅对这一位稀客，款待之如久别重逢有许多话要说的老朋友，又如毫无隔阂的亲人（白区对党内的人都认是亲人看待）骨肉一样，真是至亲相见，不须拘礼节的样子。""那天谈得很畅快。鲁迅和秋白同志从日常生活，战争带来的不安定……彼此的遭遇，到文学战线上的情况，都一个接一个地滔滔不绝无话不谈……""意气相投的人，见面总不嫌多，路远也觉得近了。""从此他们两人除各自工作外，更是两地一线牵（共同的革命意志和情感），真个是海内存知己，神交胜比邻了。在革命战线上相互支援，在文化工作中共同切磋，使他们进一步建立了革命友谊。"[7]

众所周知，鲁迅对初次见访者，向来是不多话的。而瞿秋白平素也是不怎么喜欢说话的，但一见了鲁迅"就立刻改变了不爱说话的性情，两人边说边笑，有时哈哈大笑，冲破了像牢笼似的小亭子间里不自由的空气"[8]，由此足可以看出两位伟人的"意气相投"了。

1932年至1933年之间，瞿秋白夫妇曾三次到鲁迅家避难。[9]在这期间他们的思想交流和相互了解，日益增深。许广平说："在这期间，他（指瞿秋白）和我们在一起，我们简单的家庭平添了一股振奋人心的革命鼓舞力量，是非常之幸运的。加以秋白同志的博学、广游，谈助之资实在不少。这时，看到他们两人谈不完的话语，就像电影胶卷似地连续不断地涌现出来，实在融洽之极。"[10]

关于这期间的生活，有两件特别重要的史实：其一是，瞿秋白模仿鲁迅的风格，接连写出了不少政治犀利、艺术精美的杂文，计有：《王道诗话》《申冤》《曲的解放》《迎头经》《出卖灵魂的秘密》《最艺术的国家》《内外》《透底》《关于女人》《真假堂·吉诃德》《大观园的人才》《中国文与中国人》等12篇。这些杂文中有些是瞿秋白与鲁迅相互交换意见后，由瞿秋白执笔写成，再由鲁迅稍加修改，由许广平誊抄，用鲁迅常用的笔名在《申报·自由谈》上发表，后来一并收入鲁迅自己的杂文集《伪自由书》《南腔北调》《准风月谈》中，使其广为流传，扩大影响。这充分地说明了他们之间的战斗情谊是多么深厚。其二是，鲁迅和瞿秋白共同编校出版《鲁迅杂感选集》。瞿秋白曾对杨之华说："我感到很对不起鲁迅，从前他送的书我都在机关被破坏的时候失去了，这次我可要有系统地阅读他的书，并且为他的书留下一个永久的纪念。"[11]但瞿秋白所"系统阅读"的鲁迅杂文集，以前的早已经失去，现在的则全部由鲁迅提供。查《鲁迅日记》，有多次关于鲁迅帮助编排、校对的记载，如1933年5月7日："校《杂感选集》起手"，6月16日："夜校《杂感选集》讫"。至于联系书店出版和收付编辑费，日记和书信中都写得清清楚楚。所以，《选集》谓之"共编"，是符合实际情况的。瞿秋白正是通过反复地系统地研读鲁迅的作品并从与鲁迅直接的亲密的接近中了解鲁迅，才挥笔疾书，一气呵成完成了他的那篇具有划时代意义的关于鲁迅的宏论《<鲁迅杂感选集>序言》（以下简称"序言"），第一个对鲁迅的思想、杂文和意义作出了精辟的分析和崇高的评价。

1935年，瞿秋白被俘遇害。鲁迅深深地为战友的不幸遭遇而痛心，为自己失去了这样一位"斯世同怀"的知己而悲哀不已。瞿秋白遇害以后，鲁迅含着悲痛，一方面满怀深情地抚慰瞿秋白的遗属；另一方面积极组织力量编印瞿秋白的译著文集《海上述林》。从编辑、发排、校对，到设计封面，选择插图和纸张，以及印刷、装帧等工作，他都一手经办。在这些细微的工作中，寄托着他对牺牲了的战友的无限深情和怀念。最后，他把书稿寄到日本，以"诸夏怀霜社"[12]的名义托人在日本印刷出版《海上述林》上卷。后来当鲁迅和冯雪峰谈起编辑出版《海上述林》的情况时，鲁迅悲愤地说："我把他的作品出版，是一个纪念，也是一个抗议，一个示威！……人给杀掉了，作品是不能给杀掉的，也是杀不掉的！”[13]但遗憾的是，鲁迅未及见到《海上述林》下卷出版，便与世长辞了。

瞿秋白和鲁迅是两心相知的知己。人之相知，贵在知心。正因为两位伟人是知心的知己，鲁迅和瞿秋白才能那样情投意合，亲密无间，才能那样肝胆相照，生死与共，瞿秋白才能对鲁迅的思想、杂文和意义作出那样崇高的评价和精辟的分析。

二、瞿秋白论鲁迅思想发展的道路和战斗历程及革命传统

众所周知，给鲁迅的思想、精神和价值作出最全面、最深刻、最正确论述的是毛泽东。毛泽东在鲁迅逝世之后，发表过一系列重要演说和论文，如《在陕北公学鲁迅逝世周年纪念大会上的演说》（1937 年）、《新民主主义论》（1940 年）、《反对党八股》及《在延安文艺座谈会上的讲话》（1942 年）等，对鲁迅作了马克思主义的分析和评论。正是毛泽东这些重要评论，才真正科学地论证和确定了鲁迅在中国现代革命史、思想史和文学史上的崇高地位。

然而，从上个世纪 20 年代到 30 年代前期，在社会上真正认识鲁迅的伟大，了解鲁迅的思想、精神和价值的人并不多，少数思想比较进步、眼光比较锐利的作家，如沈雁冰、冯雪峰等撰文[14]，对鲁迅的作品及其意义作过比较中肯的评价，但他们对鲁迅思想的了解和分析还是很不够的，更不要说对鲁迅思想的发展道路和战斗历程作系统地研究了。到了 1928 年，在无产阶级革命文学论争中，创造社、太阳社的某些成员，由于受到国内及国际上“左”倾思潮的影响，他们对中国社会未曾作细密的分析，对当时革命的形势、性质和任务缺乏充分的研究和正确的理解，因而错误地把批判的矛头指向鲁迅，把他当做建立无产阶级革命文学的主要障碍而大加攻击。在他们的一些文章中，诬蔑鲁迅是“有闲阶级”“时代的落伍者”“布尔乔亚的代言人”，甚至谩骂鲁迅是“资本主义以前的一个封建余孽”“对于社会主义是二重性的反革命”“一位不得志的法西斯蒂”等等。直到论争结束，“左联”成立以后，还有人在左翼刊物上把鲁迅说成是“小资产阶级的有人道主义倾向的作家”，态度“总是彷徨”，“总不坚决”，一直起着“消极作用”。由此可见，在革命文学队伍内部，有些人对鲁迅的认识错误达到了何等惊人的地步，也可以看出，“鲁迅是谁”这个问题一直没有得到根本解决。

作为鲁迅的知己，瞿秋白在错综复杂而又险恶的环境中，勇敢地站出来，

排云拨雾，辨明是非。他在《序言》中深刻地分析了鲁迅思想发展的道路和战斗历程，第一次作出了鲁迅“从进化论进到阶级论，从绅士阶级的逆子贰臣进到无产阶级和劳动群众的真正的友人，以至于战士”的基本正确的概括和总结。

那么，鲁迅是在什么情况下“从进化论进到阶级论，从绅士阶级的逆子贰臣进到无产阶级和劳动群众的真正的友人，以至于战士”的呢？瞿秋白在《序言》中有两处地方回答了这个问题。一处是说“正是这期间（按指从《而已集》到《二心集》写作期）鲁迅的思想反映着一般被蹂躏被侮辱被欺骗的人们的彷徨和愤激，他才从进化论最终走到了阶级论，从进取的争求解放的个性主义进到了战斗的改造世界的集体主义”。一处是说“鲁迅从进化论进到阶级论，从绅士阶级的逆子贰臣进到无产阶级和劳动群众的真正的友人，以至于战士，他是经历了辛亥革命以前直到现在的四分之一世纪的战斗，从痛苦的经验和深刻的观察之中，带着宝贵的革命传统到新的阵营里来的。”瞿秋白在这里从历史原因和内心动因两个方面分析了鲁迅思想的转变和后期倾向的合理性，应该说是符合鲁迅思想发展实际的。对此，我们不妨作一番进一步的具体考察。

鲁迅一生跨越了新旧民主主义革命两个历史阶段。在各个重要的历史转变关头，阶级斗争错综复杂，各种思潮此起彼伏，对鲁迅思想的演变和发展都产生了这样或那样的不同程度的影响。鲁迅虽然出身于封建士大夫家庭，“背着士大夫阶级和宗法社会的过去”[15]，然而因为封建家庭的败落，“使他在儿童时代就混进了野孩子的群里，呼吸着小白姓的空气”[16]，跟“小百姓”即农民群众建立了比较亲密和巩固的联系。由于亲近了农民群众，鲁迅很早就了解他们“毕生受着压迫，很多苦痛”；同时看到了农民群众勤劳、质朴、坚毅的优秀品质，接受了他们思想感情的熏陶和教育。因此，他从不摆绅士阶级的臭架子，“能够真正斩断‘过去’的葛藤”[17]，深刻地“憎恶天神和贵族的宫殿”[18]，“憎恶这熟悉的本阶级，毫不可惜它的溃灭”[19]。而这，对他以后背叛封建家庭，走上同革命人民相结合的道路关系极大。辛亥革命前，在南京求学期间，鲁迅怀着忧国忧民的思想感情，接受了进化论和个性主义的影响，投身于民主主义的思想启蒙运动。1911 年辛亥革命失败以后，到 1919 年五四运动前夜，中国处于一个黑暗和混乱的时期。这个时期发生了“二次革命”，袁世凯称帝，张勋复辟，整个中国成了一间绝无窗户的铁屋子，许多熟睡的人们都要闷死了。鲁迅正是在中国的旧民主主义革命以失败而告终，新民主主义革命还没有开始的时刻，面临着革命道路上的这个“十字路口”而产生了“怀疑”“失望”“颓唐”这样一种思想情绪。但正如许多论者所说：这时鲁迅的“怀疑”，实际上是一位忠于革命和真理的革命民主主义者对资产阶级能否领导这个革命的“怀疑”；他的“失望”和“颓唐”是经过辛亥革命、二次革命事实教育要寻求新的革命领导力量而又暂时还没有找到的一种“失望”和“颓唐”。毛泽东在《论人民民主专政》一文中，在总结从鸦片战争失败以来，中国人向外国学习的情况后指出：“中国人向西方学得很不少，但是行不通，理想总是不能实现。多次奋斗，包括辛亥革命那样全国规模的运动，都失败了。国家的情况一天一天坏，环境迫使人们活不下去。怀疑产生了，增长了，发展了。”[20]鲁迅跟许多中国人一样，“怀疑”“失望”“颓唐”也就是在这样的时代背景下产生、增长、发展的。正当鲁迅“怀疑”“失望”和“颓唐”的时候，1917 年爆发了震撼世界的十月革命。十月革命对于中国革命来说，是一个转折点；对于鲁迅思想的发展来说，也是一个转折点。毛泽东说：“十月革命一声爆响，给我们送来了马克思列宁主义。十月革命帮助了全世界的也帮助了中国的先进分子，用无产阶级的宇宙观作为观察国家命运的工具，重新考虑自己的问题。”[21]鲁迅就是毛泽东说的受到十月革命帮助的中国的先进分子中的一个。1919 年，我国爆发了五四运动，1921 年中国共产党诞生了。从此，中国无产阶级领导的新民主主义革命的彻底的不妥协的战斗姿态，促使鲁迅思想中的集体主义、唯物主义的因素不断滋生发展，并且日益以此作为武器，去执行那时彻底反帝反封建的思想文化革命的任务。在 1925 年北京女师大风潮中，鲁迅目睹了种种事实，迫使他对过去非常信赖的青年学生作出“不能一概而论”的初步结论，鲁迅认为在他们中间，虽有“醒着的”“要前进的”，但也有“昏着的”“躺着的”“睡着的”“玩着的”[22]，因此鲁迅明确表示：“先前我只攻击旧党，现在我还要攻击青年。”[23]从这里可以看出，鲁迅对青年已不再盲目地相信了，他开始认识到青年也有好坏之分。但是他对这个“好”“坏”，当时还不能用马克思主义的阶级观点，把它上升到革命与反革命的界限来认识。1926 年的“三一八”惨案，爱国青年学生无辜惨遭杀害，面对那淋漓的鲜血，惨淡的人生，鲁迅从内心发出这样的感叹：“呜呼，人和人的灵魂，是不相同的。”[24]严酷的阶级斗争现实，促使鲁迅思想中马克思主义因素显著增长，他对自己以前以“进化论”为基础的历史发展观越来越感到空虚和怀疑了。但总的来说，鲁迅思想中的这些变化仍处在量变的状态中，也就是处在渐进性的变化过程中。1927 年，中国革命形势发生了急剧的变化，由于蒋介石的背叛革命和陈独秀的右倾投降主义路线，轰轰烈烈的第一次国内大革命失败。在这个腥风血雨的年代里，鲁迅战斗在广州。在广州，鲁迅开始和中国共产党组织有了密切的接触，自觉地接受党的领导，坚定地站在党的正确路线一边，开始了在党的直接关怀、教育、帮助下投身于伟大的革命实践；在广州，鲁迅更多地接触、学习了马列主义书籍。他在中山大学任教期间，党组织经常把我党主办的刊物——《向导》《少年先锋》《做什么》等送给鲁迅，这些刊物大量登载、介绍无产阶级革命导师的著作和宣传马列主义革命真理的重要文章，为鲁迅学习马列主义提供了有利条件；在广州，鲁迅亲身经历了两个阶级的激烈搏斗，目睹了“四一五”反革命大屠杀前后的一切，无数共产党人和优秀革命青年的鲜血洗亮了他的眼睛。这些客观条件对于促使鲁迅世界观发生根本变化，思想产生飞跃，起了重要作用。鲁迅经过了辛亥革命以后特别是五四运动以来思想上新旧因素长期激烈的斗争，世界观转变由量的积累，在1927年广州期间发生了质的飞跃。这是鲁迅一再表白过的。他说：“我的一种妄想破灭了。我至今为止，时时有一种乐观，以为压迫，杀戮青年的，大概是老人。这种老人渐渐死去，中国总可以比较地有生气。现在我知道不然了，杀戮青年的，似乎倒大概是青年。”[25]又说：“我一向是相信进化论的，总以为将来必胜于过去，青年必胜于老人，对于青年，我敬重之不暇，往往给我十刀，我只还他一箭。然而后来我明白我倒是错了……我在广东，就目睹了同是青年，而分成两大阵营，或则投书告密，或则助官捕人的事实，我的思路因此轰毁。”[26]这就说明鲁迅经过第一次大革命激烈的阶级斗争的“事实的教训”，“轰毁”了进化论的“思路”，阶级对立的观点愈来愈鲜明，逐步向着无产阶级世界观转变。

参加革命实践和掌握革命理论是树立无产阶级世界观的不可或缺的两个重要方面。瞿秋白并没有否定革命理论对鲁迅思想发展的作用。在论述关于无产阶级革命文学论争中，《序言》就这一点作过明确说明：“这时期的争论和纠葛转变到原则和理论的研究，真正革命文艺学说的介绍，那正是革命普洛文学的新的生命的产生。”这场论争促使鲁迅从马列主义著作中去寻找解答。于是他“看了几种科学底文艺论，明白了先前的文学史家们说了一大堆，还是纠缠不清的疑问”，[27]因而“救正”了他只相信进化论的“偏颇”，终于使他的世界观发生了根本的变化，发展成为伟大的马克思主义阶级论者和坚定的无产阶级战士。

马克思、恩格斯在《共产党宣言》中指出：“在阶级斗争接近决战的时期，统治阶级内部的、整个旧社会内部的瓦解过程，就达到非常强烈、非常尖锐的程度，甚至使得统治阶级中的一部分人脱离统治阶级而归附于革命的阶级，即掌握着未来的阶级。所以，正像过去贵族中有一部分人转到资产阶级方面一样，现在资产阶级中也有一部分人，特别是已经提高到从理论上认识整个历史运动这一水平的一部分资产阶级思想家，转到无产阶级方面来了。”[28]熟悉马克思、恩格斯《共产党宣言》的瞿秋白，当然了解马克思、恩格斯的这一思想。他通过对鲁迅思想发展的道路和战斗历程的具体论述，充分说明了出身于统治阶级的思想家要转到无产阶级一边来，以至于最后归附无产阶级，必须具备参加阶级斗争和革命实践这一客观条件，同时还说明，统治阶级的思想家，必须在斗争实践中学习掌握革命理论，必须具备这一主观条件，否则，是不能完成世界观的根本转变而归附于无产阶级的。瞿秋白这方面的论述是对马克思、恩格斯在《共产党宣言》中有关资产阶级思想家归附无产阶级问题这一理论的补充、深化和发展。

鲁迅是“带着宝贵的革命传统到新的阵营里来的”。什么是鲁迅的革命传统呢？在《序言》中，瞿秋白指出了四点：“第一，是最清醒的现实主义”，反对瞒和骗的人生与瞒和骗的文艺；“第二，是‘韧’的战斗”，要有“咬筋”，一口咬住就不放，主张持久的“壕堑战”；“第三，是反自由主义”，反对中庸妥协，主张打“落水狗”；“第四，是反虚伪的精神”，鲁迅的杂感“简直可以说全是反虚伪的战书”。瞿秋白指出，这些革命传统“对于我们是非常之宝贵的”，鲁迅就是带着这些“宝贵的革命传统到新的阵营里来的”。瞿秋白将鲁迅的革命传统概括为四点，并作了比较充分的论述，最先将鲁迅的革命传统作这种科学的抽象，帮助人们认识了鲁迅，捍卫和发扬了鲁迅的革命传统，其历史功绩不可抹煞。后来的许多评论者，如周恩来等，都肯定他概括得“是非常之对的”。1937 年毛泽东《在陕北公学鲁迅逝世周年纪念大会上的演说》中评说“鲁迅精神”时，吸收和发展了瞿秋白的观点。

瞿秋白对鲁迅的论述，从我们今天的眼光看来，也还存在着某些缺陷。例如，他把鲁迅早期的哲学思想基础归结为尼采哲学，断定“鲁迅当时的思想基础，是尼采的‘重个人非物质’的学说”，这是不恰当，可以再研究的。诚然，鲁迅早期的确曾受过包括尼采哲学在内的种种资产阶级学说的影响。他的“任个人而排众数”的观点，显然是历史唯心主义的英雄史观的体现，而且打着尼采“超人”哲学的印记。但鲁迅在这里所说的“个人”，就其阶级内容来讲，实际上主要是指当时在旧民主主义革命时期充当“精神界之战士”的革命小资产阶级知识分子。这客观上反映了当时广大群众的确尚未觉醒起来，主观上则反映了鲁迅当时世界观的局限，还不能从本质上看到广大群众中蕴藏着巨大的积极性。即使如此，鲁迅当时所讲的个性主义与尼采的“超人”哲学的阶级内容和政治目的也是根本不同的。鲁迅当时所呼唤的是出现引导大众获得解放的先驱，是要把广大群众从不觉悟的精神状态中解放出来，而尼采所要的却是奴役大众的“超人”。他鼓吹权力意志，赞扬强者对弱者的蹂躏和个人对庸众的统治。虽然都是英雄史观，却体现着根本不同的时代精神和政治内容。鲁迅当时没有接触马克思主义，对尼采的超人学说的反动本质缺乏正确的认识。因而为它对传统思想、道德、文化的表面否定所迷惑，以为它可以作为反抗资本主义物质文明的武器，并进而提出了“掊物质而张灵明，任个人而排众数”的解放个性的主张。然而，鲁迅的思想同尼采的学说是有本质区别的。这一点瞿秋白也曾经讲到。他说：尼采的“超人”哲学是为了“抵制新兴阶级的群众的集体的进取和改革”，而“鲁迅在当时的倾向尼采主义，却反映着别一种社会关系”，“这种发展个性，思想自由，打破传统的呼声，客观上在当时还有相当的革命意义”。[29]所以，在我们看来，鲁迅在理解和运用尼采的某些观点时，所针对的对象、具体的内容和目的，与尼采都是相反的。既然如此，那么与其说尼采思想是鲁迅早期的思想基础，还不如说是为鲁迅所逆用的思想材料之一。又如“从进化论到阶级论”的说法，也不够明确和全面。不可否定，鲁迅的前期思想，进化论曾占过主导地位，而后期，鲁迅无疑是阶级论者。但是用“从进化论到阶级论”来标志鲁迅思想的发展，既没有明确表明鲁迅前后期不同的政治立场，也没有明确表明鲁迅前后期不同的哲学思想。列宁研究马克思的思想发展所作的结论是：“从唯心主义转向唯物主义，从革命民主主义转向共产主义。”[30]既着眼于哲学思想，又着眼于政治立场，全面地阐明了作为世界观的两个主要方面。我们研究鲁迅思想的发展，也应在这两个方面都有所阐明，不可以偏概全。同时还应该看到，鲁迅前期思想是复杂的，除了进化论外，还有朴素的唯物论、朴素的辩证法和朴素的阶级观点，进化论并不能概括鲁迅前期思想的全貌。而阶级论这个说法也有点含混。因为早在马克思以前，“资产阶级的历史学家已叙述过阶级斗争的历史发展，资产阶级的经济学家也已对各个阶级作过经济的分析”，“阶级斗争学说不是由马克思，而是由资产阶级在马克思以前创立的，而且一般说来，是资产阶级可以接受的。”[31]所以，阶级论既可以作为无产阶级的阶级论或无产阶级的阶级斗争观点来解释，也可以作为资产阶级的阶级论或资产阶级的阶级斗争观点来解释。列宁说：“谁要是仅仅承认阶级斗争，那他还不是马克思主义者，他可能还没有走出资产阶级思想和资产阶级政治的圈子。用阶级斗争学说来限制马克思主义，就是割裂和歪曲马克思主义，把马克思主义变为资产阶级可以接受的东西。只有承认阶级斗争，同时也承认无产阶级专政的人，才是马克思主义者。”[32]后期的鲁迅，不仅有着鲜明的阶级斗争观念，而且已明确认识到无产阶级专政的重要性和历史必然性，他正是列宁所说的马克思主义者。所以仅用阶级论概括鲁迅成为马克思主义者之后的思想，实在不足以显示鲁迅后期思想的高度。此外，《序言》还存在其他一些不足之处，这里就不一一列举了。然而，我们不应忘记列宁的教导："判断历史的功绩，不是根据历史活动家没有提供现代所要求的东西，而是根据他们比他们的前辈提供了新的东西。"[33]评价瞿秋白写于上个世纪30年代的《序言》，判断瞿秋白的历史功绩，我们也不能违背这个原则。如前所述，当时，在整个思想界、文艺界，甚至革命队伍内部，对于鲁迅，对于他的思想、精神和价值，都还缺乏正确的认识和评价，虽然有人尊敬他，爱戴他，但并不完全理解他。瞿秋白以他的高度的马克思主义理论水平和精深的文学修养，以及他的丰富的实际斗争经验，第一次认识了鲁迅的价值，评价了鲁迅的思想、精神和历史地位。"这篇《序言》，实际上成为从五四以来到30年代初的文艺运动和思想斗争的一个总结。这是一个漫长的革命过程。这个过程的总结由共产党人来作出，不是偶然的。在当时的中国，只有共产党人、党所领导的文学运动，能够对鲁迅作出正确的评价，正确地认识鲁迅对革命、对人民的巨大价值；而鲁迅思想的发展，以马克思主义为归宿，最终成为伟大的共产主义战士，也只能由共产党人来对他的思想发展作出全面的评价。当然，这个认识过程当时还没有完成。直到鲁迅逝世以后的1940年毛泽东在《新民主主义论》和1942年的《在延安文艺座谈会上的讲话》中才如实地对鲁迅作出了全面、正确的评价。"[34]试问，在瞿秋白的《序言》以前，有谁对鲁迅思想的发展道路、战斗历程和革命传统作过如此深刻的概括和总结，从政治上、思想上给予如此崇高的评价呢？没有。在这一点上，瞿秋白是有首创之功的。如果考虑到当时鲁迅的后6本杂文还未写出，而瞿秋白对鲁迅的无产阶级世界观的赞许就更难能可贵了。瞿秋白对鲁迅发展成为马克思主义者和无产阶级战士的思想历程的论断，正确地阐明了小资产阶级知识分子向无产阶级转化的根本途径和客观规律，回答了"鲁迅是谁"这个十分重要的问题，有助于澄清当时社会上乃至革命文艺界中不少人对鲁迅的错误认识，清除其散布的不良影响。

三、瞿秋白论鲁迅杂文产生的原因和艺术特点及战斗意义

一个伟大的作家常常选择最合适的文学样式来表达他对时代和现实的见解或态度，形成自己独特的风格。普希金用他的诗，巴尔扎克用他的小说，莎士比亚用他的戏剧。在我们伟大的祖国，作为现代文学的奠基者，鲁迅曾经写过

小说，在小说领域取得了卓越成就，但他一生花时间最多、费精力最大的是杂文的写作。据统计，鲁迅一生的创作约有170万字，其中杂文约135万字，占总数将近百分之八十，而后9年，（即1927年至1936年）所写比前9年（即1918年至1927年）多两倍。

鲁迅的杂文是怎样产生和发展的？他一生为什么花那么多时间、费那么大精力写作杂文？对这个问题最早作出回答的是瞿秋白。他在《序言》中指出：

谁要是想一想这将近20年的情形，他就可以懂得这种文体产生的原因。急遽的剧烈的社会斗争，使作家不能够从容的把他的思想和情感熔铸到创作里去，表现在具体的形象和典型里；同时，残酷的强暴的压力，又不容许作家的言论采取通常的形式。作家的幽默才能，就帮助他用艺术的形式来表现他的政治立场，他的深刻的对于社会的观察，他的热烈的对于民众的同情。

在这里，瞿秋白明确地论述了鲁迅杂文产生的外因和内因。外因是："急遽的剧烈的社会斗争""残酷的强暴的压力"；内因是："作家的幽默才能"。我们应该怎样理解瞿秋白的这段论述呢？"这将近20年的情形"是怎样的呢？

中国从上个世纪的五四前夕到30年代的历史阶段，经历着大动荡、大分化、大变革的过程。在这个历史过程中，中国人民在中国共产党的领导下，进行了艰苦卓绝的斗争。广大人民同帝国主义和国内反动派在政治、思想、文化领域进行着殊死的搏斗。当时的斗争是异常急遽、剧烈、尖锐而又广泛的，他要求文化思想革命的战士迅速地作出反应，投入斗争。正如鲁迅所说："现在是多么切迫的时候，作者的任务，是在对于有害的事物，立刻给予反响或抗争，是感应的神经，是攻守的手足。容不得他潜心于他的鸿篇巨制，为未来的文化设想，固然是很好的，但为现在抗争，却也正是为现在和未来的战斗的作者，因为失掉了现在，也就没有了未来。"[35]"急遽的剧烈的社会斗争"容不得他潜心于他的鸿篇巨制，把思想和情感融进人物形象和典型的创造中，而斗争的残酷，"强暴的压力"，言论的不自由，又要求作家深思熟虑斗争的策略，运用讽刺幽默的才能，采取迂回曲折的斗争方式，讲究斗争的艺术，包括战斗文章的艺术体裁和艺术手段。这样，便从外因和内因、思想和艺术两个方面促成了鲁迅杂文的产生。

鲁迅是对现代杂文的发生和发展具有最敏锐的感受和最清醒认识的一位现代作家。他从五四时期开始写"随感录"起，随着斗争的发展，他写作杂文的数量越来越多，目标越来越明确。鲁迅是执著于革命的功利目的，以很高的自觉性来写作杂文的。从1918年《新青年》杂志上出现"随感录"开始，写作杂文的人不仅有鲁迅，还有陈独秀、胡适、周作人、吴虞、钱玄同、刘半农等这些活跃在五四时期的思想文化革命的战士们。然而当这些战士风流云散，分化瓦解之后，不少人或披上学术的华衮，或穿上绅士的马褂，成为名流学者、达官贵人，有的停笔不写，有的虽继续写作却走入歧途，鼓吹“幽默”“闲适”和“性灵”这类“小摆设”式的杂文，背离时代精神和战斗传统。鲁迅却不仅一直坚持着这项工作，而且在战斗的性质、规模、效用上，也在思想内容上，还在艺术水准上一步步地发展了它。这里表现的不仅是鲁迅的执著倔强的战斗性格，而且更体现了他永不衰竭的革命热情，以及他的无私的不同流俗的高尚品德。当有人鄙薄杂文，认为杂文不及诗歌、小说、戏剧之类创作的可贵，不能入艺术之林；有人恶毒诬蔑杂文是鲁迅的“死症”，奚落地称鲁迅是“杂感家”或“杂感专家”时，鲁迅却全然不顾，数十年如一日，把主要精力放在杂文写作上。为什么？他曾经说过这样一番话：“也有人劝我不要做这样的短评。那好意，我是很感激的，而且也并非不知道创作之可贵。然而要做这样的东西的时候，恐怕也还要做这样的东西，我以为如果艺术之宫里有这么麻烦的禁令，倒不如不进去；还是站在沙漠上，看看飞沙走石，乐则大笑，悲则大叫，愤则大骂，即使被沙砾打得遍身粗糙，头破血流，而时时抚摸自己的凝血，觉得若有花纹，也未必不及跟着中国的文士们去陪莎士比亚吃黄油面包之有趣。”[36]鲁迅并不把杂文当做“爬进高尚的文学楼台去的梯子”，“他的作文，却没有一个想到‘文学概论’的规定，或者希图文学史上的位置的，他以为非这样写不可，他就这样写，因为他只知道这样的写起来，于大家有益。”[37]为了革命斗争的需要，为了人民群众的利益，鲁迅并不潜心于鸿篇巨制；他依仗自己的热情、勇气、无私和毅力，凭借自己的讽刺幽默的艺术才能，冲破“艺术之宫”的禁令，披荆斩棘地开拓了一个崭新的艺术领域。他以独创的杂文和读者一同杀出一条生存的血路，抒写自己的爱和恨，倾吐自己的不平和愤懑，表现自己的信念和理想。鲁迅就是以这样极高的思想境界、道德境界和艺术境界来从事杂文写作的。而这，正是鲁迅毕生不遗余力写作杂文的主观原因。没有这个主观原因，只有时代和斗争的客观需要，也仍然不能产生鲁迅的杂文。

在中国新文学史上，曾有论者把鲁迅的杂文看做是“个人之间的笔墨相争”的产物；某些反动文人更诬蔑鲁迅杂文为“骂人之作”，甚至视之为“报私仇的泄愤的工具”或“政治宣传品”，认为是“生命的可耻的浪费”。直到今天，海外的某些学者仍然沿袭这样一种陈腐的观念。他们憎恶和否定鲁迅的杂文，看不到或不重视鲁迅杂文的价值和意义。这些，有的是因为不懂中国近现代的历史和鲁迅杂文产生的时代社会原因所造成的，有的则是因为完全无知或为阶级偏见所囿。

关于鲁迅杂文的艺术特征，有许多前辈和时人作过认真的研究，并取得了可喜的成果。但是，对这个问题最早作出精辟分析的还是瞿秋白。他在《序言》中给鲁迅杂文下了这样一个“定义”：

鲁迅的杂感其实是一种“社会论文”——战斗的“阜利通”(feuilleton)……杂感这种文体，将要因为鲁迅而变成文艺性的论文（阜利通——feuilleton）的代名词。

在瞿秋白的这个“定义”的基础上，以后又有人说鲁迅杂文是“诗和政论的结合”。这两种说法无疑都是正确的，符合鲁迅杂文的实际，揭示了它的艺术特征。从瞿秋白的这个“定义”，我们可以得出如下结论：鲁迅的杂文包含着“论文”和“文艺”两种因素，是这两种因素的统一体。“论文”的因素，决定了鲁迅杂文的逻辑性，它有强大的逻辑说服力。分析的精到，论证的严密，论据的确凿，层次的分明……使鲁迅杂文结构严谨，无罅可击。但鲁迅杂文，作为一种文艺性的社会论文，它和科学性的社会论文，在逻辑运用方式上往往有所不同。后者根据抽象的概念进行推理，而前者往往采用对照、暗示、取譬、借喻等手段，通过客观事实的叙述，揭发事物内在的矛盾，使人从事物的相互联系中，符合逻辑地受到启发，从而对事物得到正确的认识。例如1934年6月汪懋祖发表《中小学文言运动》一文，认为白话文“这一个学生或是那一个学生”，文言只写为“此生或彼生”，即已明了，“其省力为何如？……”鲁迅针对汪懋祖“复兴文言”的谬论，立即写了《此生或彼生》一文，予以批驳。鲁迅指出文言“此生或彼生”，可以有三种解释：“这一个学生或是那一个学生”，“这一个秀才或是那一个秀才（生员）”，“这一世或是未来的别一世”，从而揭示事物的内在矛盾，使人从事物的相互关系中，符合逻辑地受到启发，认识到“文言比起白话来，有时的确字数少，然而那意义也比较的含胡”。“如果一径就用白话，即使多写了几个字，但对于读者”也是“省力”的。[38]这种由于揭发事物内在关系而产生的逻辑，很具有说服力。又如，为了批评当时出版事业的穷乏和草率，鲁迅曾著文说：“生得又高又胖并不就是伟人，做得多而且繁也决不是名著，而况还有‘剪贴’。但是，小小的一本‘什么ABC’里，却也决不能包罗一切学术文艺的。一道浊流，固然不如一杯清水的干净而澄明，但蒸馏了浊流的一部分，却就有许多杯净水在。”[39]这是具体地指出量和质的关系，量多不一定质好，但是量中可以求质，量多可以成为质好的一个条件。鲁迅举一道浊流与一杯清水相比的例子，进行生动的严密的论证，用事物之间内在的逻辑来说理，清楚、充分、深刻，读起来使人深受启发。“文艺”的因素，决定了鲁迅杂文的形象性，使之成为了形象的艺术，也产生了特有的艺术形象。鲁迅杂文形象描述和议论的方法是多种多样的，有的用白描手法对人物特征作直接描绘，如《为了忘却的记念》中对柔石、殷夫等人的特征的描绘，寥寥几笔便显示出他们的精神面貌。此外，《忆韦素园君》《忆刘半农君》《关于章太炎先生二三事》，对韦、刘、章等人的特征，都有生动的描绘，给人难忘的印象。有时用比拟和对照的手法对人物形象作间接的刻画，如落水狗、叭儿狗、媚态的猫、脖子上挂着一个小铃铎的山羊、吸人的血还要预先“哼哼地发一通议论”的蚊子、“嗡嗡地闹了半天，停下来舐一舐油汗，还要拉上一点蝇矢”的苍蝇。鲁迅拿这些兽虫形象比拟为帝国主义、封建军阀服务的各式各样的文人，读者从对照中所得的印象，比直接看到他们本人，往往更为深刻，显示出艺术的魅力。有的则用妙趣横生的比喻进行形象的说理，使抽象的议论形象化。例如他曾把脱离群众、脱离实际的所谓“天才”，比作没有出息的“一碟绿豆芽”，把历代统治阶级的所谓“革命”比作“不过是争夺一把椅子”，把国民党反动派统治下的黑暗中国比作“惨苦到谁也看不见的地狱”，把“第三种人”鼓吹的超阶级的文艺理论的呓语比作“拔着自己的头发要离开地球”……这些比喻的成功运用，大大增强了鲁迅杂文的形象性、生动性。有时像《现代史》《拿来主义》等文，通篇就是比喻，文字就更加妙趣横生了。

综上所述，所谓“文艺性的论文”，说的是这种文体既有形象性，又有逻辑性，是形象性和逻辑性的完美结合。从思维方式上说，是形象思维和逻辑思维的高度统一。这是鲁迅杂文的一个突出的艺术特征，是瞿秋白通过“系统地阅读”鲁迅杂文后的独具慧眼的可贵发现。瞿秋白在《序言》中还指出鲁迅杂文的另一个艺术特征：鲁迅特别善于“经过私人问题去照耀社会思想和社会现象”，而他所揭露、描写的陈西滢、章士钊一类人物的姓名，“简直可以当做普通名词读，就是认做社会上的某种典型”，具有高度的代表性和普遍性。鲁迅对瞿秋白的这种分析和评价是很佩服的。他后来对冯雪峰说：“作这种评价的还只有何凝（按：指瞿秋白）一个人！同时，看出我攻击章士钊和陈源一类人，是将他们作为社会上的一种典型的一点来的，也还只有何凝一个人！”[40]

有人问：鲁迅杂文创造了典型吗？对这个问题的回答有肯定和否定的两种。那么，瞿秋白是怎样回答的呢？他在《序言》中先说：“急遽的剧烈的社会斗争，使作家不能够从容的把他的思想和情感熔铸到创作里去，表现在具体的形象和典型里。”这里说的“典型”无疑是指文学理论中所约定俗成，如同小说、戏剧作品中创造的深刻而广泛地揭示出一定的社会生活或阶级本质特征，既具有充分的共性描写，又具有鲜明的个性刻画的艺术典型形象。应该说鲁迅杂文是没有创造这样的艺术典型形象的。前面所提到的“落水狗”“叭儿狗”“媚态的猫”“山羊”“蚊子”“苍蝇”等兽虫在鲁迅杂文中是有所指的，并且形象化描画出和概括了社会上或一阶级、或一群人的一定的本质特征，但这只是一种比喻或比拟，“落水狗”“叭儿狗”等本身并不是什么典型形象或典型。可是瞿秋白在后面又说陈西滢、章士钊等类人物的姓名“在鲁迅的杂感里，简直可以当做普通名词读，就是认做社会上的某种典型”。在这里又用了“典型”一词，则和前面所说的存在着明显的矛盾，在“典型”的概念上产生了混淆。为了纠正这种混淆，后来的鲁迅研究家提出了“‘社会相’的类型形象”的新概念。[41]这种新概念和鲁迅自己所说的“论时事不留面子，砭锢弊常取类型”[42]的意思是完全吻合的。“类型形象”在鲁迅杂文中相当多，可以说是他的杂文所特有的现象和另一个重要的艺术特征。所谓写类型，就是说写的是“一个”，而指的是“一群”。鲁迅说：他写的类型，“如坏处，恰如病理学上的图，假如是疮疽，则这图便是一切某疮某疽的标本，或和某甲的疮有些相像，或和某乙的疽有点相同。”[43]鲁迅杂文中点名批评的人物，常常不仅是专指某一个具体的人物，同时又代表了某一种类型的人物，所以说他所揭露、描写的陈西滢、章士钊一类人物的姓名，“简直可以当做普通名词读”，具有代表性和普遍性。不过，鲁迅杂文中所写的类型和小说、戏剧等一般文艺作品所写的典型不同。首先，鲁迅杂文所写的类型主要是概括思想特征，代表某种社会思想，揭示某种“社会相”，没有人物性格发展史；其次，他所写的类型一般不能在某一篇文章中看到它的完整的形象，而必须把描写某一类型的几篇杂文，或把一个杂文集子以至几个杂文集子中有关文章合起来看，才能看到它的完整的形象。关于这一点，鲁迅自己作过说明。他说：“我的杂文，所写的常是一鼻，一嘴，一毛，但合起来，已几乎是或一形象的全体，不加什么原也过得去的了。但画一条尾巴，却见得更加完全。”[44]又说：“即此写了下来的几十篇，加以排比，又用《后记》来补叙些因此而生的纠纷，同时也照见了时事，格局虽小，不也描出了或一形象了么？”[45]

在论述鲁迅杂文产生的原因和艺术特征的基础上，瞿秋白对鲁迅杂文的战斗意义给予了高度的评价。他认为鲁迅杂文虽不能代替文艺创作，却是“战斗的阜利通”，“它的特点是更直接的更迅速的反应社会上的日常事变”。他善于抓住普遍性的代表人物，形象地勾勒出帝国主义及其各式奴才的丑恶嘴脸和鬼蜮伎俩，深刻揭露社会的锢弊和疮疽。“刽子手主义和僵尸主义的黑暗，小私有者的庸俗、自欺、自私、愚笨，流浪赖皮的冒充虚无主义，无耻、卑劣、虚伪的戏子们的把戏，不能逃过他的锐利的眼光。”总之，他的杂感是“针对这个地主资产阶级的虚伪社会，这个帝国主义的虚伪世界的。”“善于读他的杂感的人，都可以感觉到他的燃烧着的猛烈的火焰在扫射着猥劣腐烂的黑暗世界。”它是“战斗之中不可少的阵线”，是对反动统治阶级所下的“战书”。“这里反映着五四以来中国的思想斗争的历史”，因而也就成了“中国思想斗争史上的宝贵的成绩”。“自然，鲁迅的杂感的意义，不是这些简单的叙述所能够完全包括得了的。我们不过为着文艺战线的新的任务，特别指出杂感的价值和鲁迅在思想斗争史上的重要地位，我们应当向他学习，我们应当同着他前进。”[46]

在瞿秋白以前，有谁曾对鲁迅的杂文作过如此精辟的分析，给这种战斗文体的价值和意义以如此崇高的评价？没有。从这一点来说，瞿秋白对鲁迅杂文的研究是作了开拓性贡献的。在上个世纪30年代初期那样尖锐复杂的历史条件和险恶的白色恐怖下，瞿秋白大声疾呼，要求革命作家向鲁迅学习，发扬鲁迅的革命传统，这既充分表现了瞿秋白大无畏的革命精神，也充分体现了他和鲁迅肝胆相照、生死与共的革命友谊。瞿秋白对鲁迅杂文的大力肯定，不仅粉碎了“吸血的苍蝇蚊子”的肆意攻击和诬蔑，同时也论证了鲁迅服从战斗的迫切需要，坚定地利用杂文这一匕首、投枪般的武器“为现在而抗争”，“为现在和未来的战斗”服务的明确的创作目的。这对于广大革命文艺工作者来说，无疑具有重要的启示和教育意义。

参考文献：

[1][8][11]杨之华：《鲁迅杂感选集·序言是怎样产生的》，《语文学习》，1958年第1期。

[2][7][10]许广平：《鲁迅回忆录·瞿秋白与鲁迅》，北京：作家出版社1961年版。

[3][4][13]冯雪峰：《回忆鲁迅》，北京：人民文学出版社1952年版。

[5][6]鲁迅：《二心集·关于翻译的通信》，《鲁迅全集》第4卷，北京：人民文学出版社1981年版。

[9]瞿秋白三次到鲁迅家避难的时间：第一次在1932年11月，第二次在1933年3月，第三次在1933年7月。

[12]“诸夏”，指中国，“霜”，是瞿秋白的小名，“诸夏怀霜”连起来的意思是

“中国人民永远怀念瞿秋白”。

[14]沈雁冰著有《鲁迅论》(1927年)、冯雪峰著有《革命与知识阶级》(1928年)。

[15][16][17][18][29][46]瞿秋白:《鲁迅杂感选集·序言》,鲁迅著、瞿秋白选编:《鲁迅杂感选集》,哈尔滨:北方文艺出版社2006年版。

[19]鲁迅:《二心集·序言》,《鲁迅全集》第4卷,北京:人民文学出版社1981年版。

[20][21]毛泽东:《论人民民主专政》,《毛泽东选集》第4卷,北京:人民出版社1991年版。

[22]鲁迅:《华盖集·导师》,《鲁迅全集》第3卷,北京:人民文学出版社1981年版。

[23]鲁迅、景宋:《两地书·原信·一〇》,北京:中国青年出版社2005年版。

[24]鲁迅:《华盖集续编·无花的蔷薇》,《鲁迅全集》第3卷,北京:人民文学出版社1981年版。

[25]鲁迅:《而已集·答有恒先生》,《鲁迅全集》第3卷,北京:人民文学出版社1981年版。

[26][27]鲁迅:《三闲集·序言》,《鲁迅全集》第4卷,北京:人民文学出版社1981年版。

[28]马克思、恩格斯:《共产党宣言》,《马克思恩格斯选集》第1卷,北京:人民出版社1976年版。

[30]列宁:《卡尔·马克思(参考书目)》,《列宁全集》第21卷,北京:人民出版社1959年版。

[31][32]列宁:《国家与革命》,《列宁选集》第3卷,北京:人民出版社1976年版。

[33]列宁:《评经济浪漫主义》,《列宁全集》第2卷,北京:人民出版社1959年版。

[34]彭定安:《鲁迅评传》,长沙:湖南人民出版社1982年版。

[35]鲁迅:《且介亭杂文·序言》,《鲁迅全集》第6卷,北京:人民文学出版社1981年版。

[36]鲁迅:《华盖集·题记》,《鲁迅全集》第3卷,北京:人民文学出版社1981年版。

[37]鲁迅:《且介亭杂文二集·徐懋庸作<打杂集>序》,《鲁迅全集》第6

卷,北京:人民文学出版社 1981 年版。

[38]鲁迅:《花边文学·“此生或彼生”》,《鲁迅全集》第 5 卷,北京:人民文学出版社 1981 年版。

[39]鲁迅:《准风月谈·由聋而哑》,《鲁迅全集》第 5 卷,北京:人民文学出版社 1981 年版。

[40]冯雪峰:《关于鲁迅在文学上的地位》,《鲁迅的文学道路》,长沙:湖南人民出版社 1980 年版。

[41]刘再复:《论鲁迅杂感文学中的“社会相”类型形象》,《文学评论》,1981 年第 5 期。

[42][43]鲁迅:《伪自由书·前记》,《鲁迅全集》第 5 卷,北京:人民文学出版社 1981 年版。

[44][45]鲁迅:《准风月谈·后记》,《鲁迅全集》第 5 卷,北京:人民文学出版社 1981 年版。

第三论

周恩来论鲁迅与郭沫若

在抗日战争和解放战争期间，周恩来在党、政、军务倥偬之际，无论在武汉、重庆、上海，曾多次热情地参加关于鲁迅逝世和郭沫若诞辰的纪念活动。根据已发现的文献来看，他在鲁迅逝世 2 周年、4 周年、9 周年、10 周年，都作过题词、演说，在郭沫若 50 诞辰和创作生活 25 周年时，他还撰文对鲁迅与郭沫若进行了比较研究。这些题词、演说、文章，都紧密配合当时的革命任务和形势特点，对鲁迅与郭沫若的思想和精神作了深刻的分析和科学的评价。这是周恩来革命活动的一个方面的历史记录。今天我们重新学习他运用历史唯物主义与辩证唯物主义的观点和方法评价鲁迅与郭沫若，不仅在政治上、思想上会受到巨大的激励，而且对我们的鲁迅与郭沫若研究，也将会是有力的推动。

一、鲁迅与郭沫若是“同声相应，同气相求”的革命战友

鲁迅与郭沫若是我国现代文坛上的两位伟人，他们为了中华民族的独立，中国人民的解放，为了先进文化事业的建设，奋斗终生，立下了不朽的功勋。毛泽东、周恩来、邓小平，以及其他老一辈无产阶级革命家，都对鲁迅与郭沫若的思想、精神、战斗业绩作出了高度的评价。毛泽东说：“鲁迅是中国文化革命的主将，他不但是伟大的文学家，而且是伟大的思想家和伟大的革命家”，是五四以后“文化新军的最伟大和最英勇的旗手”[1]。邓小平说：“郭沫若同志是我国杰出的作家、诗人和戏剧家，又是马克思主义历史学家和古文字学家……他和鲁迅一样，是我国现代文化史上一位学识渊博、才华卓具的著名学者。他是继鲁迅之后，在中国共产党领导下，在毛泽东思想指导下，我国文化战线上又一面光辉的旗帜”，“是伟大的科学家和文学家。”[2] 鲁迅与郭沫若在我国现代革命史和文化史上的成就和贡献，是我们伟大祖国的光荣和骄傲，是伟大的中华民族的光荣和骄傲。

由于种种原因，过去有些人对鲁迅与郭沫若的关系不甚了解，认为这两位伟人“曾用笔墨相讥”，是势不两立的。其实这种看法并不全面和正确。诚然，他们曾有过误解和争论，例如，众所周知的，1928 年创造社、太阳社与鲁迅关于革命文学的论争，1936 年鲁迅与周扬、夏衍等人关于“民族革命战争的大众文学”和“国防文学”两个口号之争，郭沫若当时虽身在日本，却发表了支持“国防文学”论者的文章，表示了自己与鲁迅不同的意见。但这一切都没有妨碍他们相互呼应，携手前进，共同向国内外敌人作斗争。周恩来曾明确地指出：“这里必须为周郭两先生辩白的，他们在北伐期中，谁都没有‘文人相轻’的意思，而且还有‘同声相应，同气相求’的事实。周先生在《两地书（六十九）》中说：‘其实我也还有一点野心，也想到广州后……与创造社联合起来，造一条战线，更向旧社会进攻，我再勉励写些文字’。在广州发表的文学宣言，周郭两先生均列了名的。广州事件后，郭先生曾邀请鲁迅先生参加创办刊物，列名发表宣言，不幸因新从日本归来的分子的反对联合，遂致合而复分，引起了后来数年两种倾向斗争的发展。这从‘切磋’的观点看来，未尝不是一件有收获的事。但是，因此而引起许多不必要的误会和无聊的纠葛，一直影响到鲁迅晚年时候的争论，那真是不应该的了。”[3] 在这里，我们不妨对周恩来的上述说明做些补充。

1926 年大革命高潮前夕，鲁迅在北京经历了《新青年》阵营分裂以后自己“上下求索”孤军奋战的时期，他在慨叹“新的战友在哪里呢”的同时，积极投入了揭露和抨击北洋军阀及其走狗制造的“三一八”惨案的战斗，因而遭到通缉，于 1926 年 8 月被迫南下，到了厦门。这时候，他在给许广平的信中说：“其实我也还有一点野心，也想到广州后……与创造社联合起来，造一条战线，更向旧社会进攻……”[4] 鲁迅在寻找“新的战友”时首先想到了以郭沫若为首的创造社。恰巧就在这时，对鲁迅十分关怀，而且还向中山大学提出过推荐鲁迅来任教的，也正是郭沫若。郭沫若后来回忆时说：“在 1926 年以前，我在上海做文艺活动的时候，鲁迅在北京。1926 年他受段祺瑞的压迫，被逐出北京的时候，我在做着广东中山大学的文学院长，那时曾商同校长，聘请鲁迅做教授。然而待鲁迅南下广东时，我已经参加北伐军出发了。”[5] 1927 年 1 月，鲁迅到达广州时，正当大革命蓬勃发展的高潮时期，郭沫若所参加的、实际上以中国共产党为核心的北伐部队继续胜利进军，扩展到了长江流域。这时，帝国主义，特别是英帝国主义不甘心自己及其走狗的失败，一再公开调集军队，侵犯我国领土，制造了一连串武装干涉中国革命的血腥惨案，如“万县惨案”“汉口惨案”“九江惨案”，并增兵上海，横行华界，任意捕杀中国人民，使上海成为“恐怖之城”。中国的革命文艺工作者为了抗议帝国主义的血腥罪行，由创造社发起，并得到鲁迅的赞成和支持，共同发表了《中国文学家对英宣言》，呼吁：“全世界的无产民众联合起来，为了打倒资本帝国主义而团结，将来把资本帝国主义打倒之后，我们更可以为世界的生活发展而互相扶助。”[6]在这个《宣言》上签名的有鲁迅、郭沫若、成仿吾等人。周恩来说：“在广州发表的文学家宣言，周郭两先生均列了名的”，指的就是这件事。一年以后，创造社的其他同仁在回忆这段史实时写道：“前年（即指1927年）在广州，创造社发起反对英国出兵的宣言，鲁迅是我们的唯一赞成者，他首先签了名字。”[7]就这样，在反帝反封建的革命斗争中，鲁迅和以郭沫若为首的创造社结下了战斗的友情。

1927年10月，鲁迅与郭沫若等先后到了上海，为了进一步开展革命文艺运动，他们便具体商讨了“联合作战”的问题。郭沫若邀请鲁迅创办刊物，建立作战阵地。关于这件事，郭沫若在1947年写的《跨着东海》一文中有如下记载：

我是爱护创造社的，尤其爱护创造社在青年中所发生的影响，因此我想一面加强它，一面也要为它做些掩护的工作。怎样去加强呢？我在人事上发动了李一氓和阳翰笙来参加，同时又通过郑伯奇和蒋光慈的活动，请求鲁迅来合作。鲁迅那时也由广州回到上海来了，对于我的合作的邀请，他是慨然允诺……我们从第一步做起，曾经在报章上登过恢复《创造周报》的启事，在这启事上是以鲁迅的名字领衔，我以麦克昂的变名居第二，以次是成仿吾、郑伯奇、蒋光慈等。[8]

郑伯奇在一篇回忆文章中谈到此事的经过，他说：

沫若同志参加南昌起义，行军潮汕以后，也经由商港回到上海，我们觉得这么多进步作家聚集上海，大家联合起来，共同办一个刊物，提倡新的文学运动，一定会发生相当大的影响……我们取得沫若同志的同意和支持，去访问鲁迅先生，谈出联合的意思，鲁迅先生立即欣然同意。他主张不必另办刊物，可以恢复创造周报，作为共同园地，他将积极参加，我们都很高兴。沫若也表示非常欢迎。我为此事曾两次访问过鲁迅先生。这计划曾由鲁迅和沫若领衔发表过启事。[9]

但后来由于创造社新从日本归来的分子的反对，他们对鲁迅以及联合鲁迅的重要意义认识不足，加上次年2月24日郭沫若因受通缉被迫东渡日本，开始了10年流亡生活，这计划终于搁浅。20年后，郭沫若又谈过这件事：

我在上海时，邀请鲁迅、蒋光慈和其他朋友们结合起来，形成一种联合战线的打算，不仅完全被抛弃，反而把鲁迅作为了批判的对象，让蒋光慈被逼和另一批朋友组织起太阳社。于是语丝社、太阳社、创造社，三分鼎立，构成了混乱的局面。[10]

也因此，正如周恩来所说："引起了后来数年两种倾向斗争的发展"，"引起许多不必要的误会和无聊的纠葛，一直影响到鲁迅晚年时候的争论。"但这种"争论""从'切磋'的观点上看来，未尝不是一件有收获的事。"因为，通过争论，马克思主义思想在文艺界更加发展和深入人心了。鲁迅后来说："我有一件事要感谢创造社的，是他们'挤'我看了几种科学底文艺论，明白了先前的文学史家们说了一大堆，还是纠缠不清的疑问……以救正我——还因我而及于别人——的只信进化论的偏颇。"[11]郭沫若也说："其实就是我，也是实实在在被'挤'的一个，我的向中国古代文献和历史方面的发展，一多半也是被这几个朋友'挤'出来的。"[12]同时，经过争论，文艺队伍也就愈成为纯粹，精锐的队伍了。1930 年，面对国民党反动派日益加剧的反革命"围剿"，经过内部的争论、互相批评和互相学习，以鲁迅与郭沫若为代表的革命的、进步的作家终于联合太阳社及其他左翼作家，成立了中国左翼作家联盟。"左联"的成立，实现了数年前郭沫若谋求与鲁迅联合作战的宿愿。

1936 年 10 月 19 日，鲁迅在上海病逝。当时郭沫若远在日本，在惊悉这个噩耗以后，悲痛不已，曾写《民族的杰作》《不灭的光辉》和《坠落了一个巨星》等悼念文章。他痛感鲁迅的逝世和高尔基的逝世一样，是"两个宏朗的大星"的失坠，他称颂鲁迅为中国文学"开辟出了一个新纪元"，"鲁迅是我们中国民族近代的一个杰作"[13]。"鲁迅始终是为解放人类而战斗一生的不屈的斗士，民族的精英"，鲁迅"这不灭的光辉将要永远的照耀而且领导着我们"[14]。他强调鲁迅的精神便是不屈不挠地与旧社会、旧势力奋斗到底不妥协的精神，指出"鲁迅的战斗精神与年俱进，至死不衰，这尤其是留给我们的一个很好的榜样"[15]。在谈到他与鲁迅的关系时，他以生平未能与鲁迅相见一面"亲聆教益，洞辟胸襟"为一件"不能弥补的憾事"[16]。并说："由于人事上的龃龉，和地域上的隔离，鲁迅和我虽然到底没有能会面，然而我对鲁迅总是尊敬着的，是把他当成着精神上的长兄。作为青年的弟弟的我，对长兄的叱斥，偶尔发过些孩子脾气，更曾辩过些嘴，倒也是事实……而一般的人往往以为我和创造社同人对鲁迅素有敌意，不仅在作这样的想，而且在作这样的宣传。事实却完全相反。"[17]我们不必讳言鲁迅与郭沫若曾经有过争论的事实，但并不能把它看作鲁、郭关系的全部。鲁迅说得好："我和茅盾、郭沫若两位，或相识，或未尝一面，或未冲突，或曾用笔墨相讥，但大战斗却都为着同一的目标，决不日夜记着个人的恩怨。”[18]鲁迅与郭沫若由于“大战斗却都为着同一的目标”，由于他们的革命立场一致，所攻击的反革命目标一致，救国救民的思想一致，追求真理的热望一致，对中国共产党的热爱和拥护一致，对人民解放事业和共产主义事业的献身精神一致，等等，也就是说，在他们的思想和革命实践中有许多本质的共同点，有着坚实的思想基础，所以他们两人的战斗友谊是深厚的，不愧为“同声相应，同气相求”的革命战友。

二、鲁迅与郭沫若的精神特质

1938年10月，在国民党反动派节节败退，日本侵略者步步深入，华中重镇武汉即将陷落的前夕，留驻在武汉的周恩来，于10月19日为鲁迅逝世二周年写了纪念题词，发表在当天的《新华日报》上：

鲁迅先生之伟大，在于一贯的为真理正义而倔强奋斗，至死不屈，并在从极其艰险困难的处境中，预见与确信有光明的将来。这种伟大，是我们今日坚持长期抗战，坚信最后胜利所必须发扬的民族精神！

同一天，周恩来在百忙之中和邓颖超出席了武汉文化界召开的鲁迅逝世二周年纪念大会。在会上，周恩来结合当时的抗战形势，发表了振奋人心的演说。他一开始就举出“疾风知劲草”的古语，着重阐述题词中提出的鲁迅坚忍不拔的精神，说：“今年纪念鲁迅先生，又是武汉危急的时候……鲁迅先生生时，在困难当头或局势动荡时，绝未动摇或妥协过，无论在今天明天都本其一贯精神，倔强奋斗，至死不屈，同时，又启示出未来的光明，把握住光明的前途。”接着谈到鲁迅的政治远见：“他看出未来的光明，然而却没有离开社会、离开现实。特别在晚年对中华民族之努力，回答一个托派的信上，不容情地揭露托派之阴谋，赞同抗日民族统一战线，指出中华民族解放之大道，是值得我们钦佩他的政治远见的。”他针对当时存在的投降危机，号召人们学习鲁迅精神，“困难愈大，要愈加努力，以克服困难，坚持抗战，特别要紧的是要有最后胜利的信心，伟大前途的认识，为达此目的而努力。非有如此信心，即不能坚持长期抗战，向前奋斗，反而会随时因困难而动摇而屈服，妥协投降。只有坚信未来之胜利，同时又努力克服现实的困难，而艰苦奋斗，这才是中华民族之伟大精神要素，也正是鲁迅精神之所代表。”最后，周恩来勉励人们：“不论在政治上、文学上，或为人道德上，都需要我们学习鲁迅先生的精神和作风。”[19]把鲁迅先生这种倔强奋斗、至死不屈的精神和确信光明的信念称之为中华民族的伟大精神，这是极深刻和正确的。可以说，鲁迅精神，就是体现和发扬了我们的民族精神。周恩来对鲁迅的这个评价，与毛泽东在1940年发表的《新民主主义论》中对鲁迅的评价是一致的。毛泽东也认为鲁迅的精神是代表民族精神的，他将鲁迅称之为“在文化战线上，代表民族的大多数，向着敌人冲锋陷阵的最正确、最勇敢、最坚决、最忠实、最热忱的空前的民族雄”。[20]

武汉失陷以后，国民党政府从武汉迁都重庆。1945年，鲁迅逝世四周年，周恩来参加了重庆进步人士召开的纪念会，并发表了重要演讲，明确指出：“在鲁迅的一生中，有四个大的特点是值得我们注意，这就是鲁迅的（一）律己严，（二）认敌清，（三）交友厚，（四）疾恶如仇。鲁迅的一举一动，甚至对于生活上最细微的事情，都是‘一丝不苟’；鲁迅在生活和斗争中，是认清敌友的，鲁迅可说是一个最好的战斗的战略家，又是一个最好的文艺的战略家。”[21]这段话简明扼要地概括了鲁迅一生爱憎分明的战斗精神，通俗易懂地阐发了鲁迅一生的为人品格。

1945年，抗日战争胜利以后，周恩来亲自陪同毛泽飞抵重庆同蒋介石进行谈判。周恩来作为中共代表留在重庆时，在一次文化界召开的鲁迅逝世九周年纪念会上作了演讲。他一开头就说：“鲁迅先生的许多话，活生生地在记忆之中，成为奋斗的指南”，他引用了鲁迅的一段语录：“革命的文学家至少是必须和革命共同着生命，或深切地感受着革命的脉搏的”，然后指出：“抗战胜利了，民主革命的任务尚未完成，每个文学和文化工作者，在这大时代中，跟政治跟革命的进展是息息相关，无法分开的。”谈到文化建设问题时，他认为文化建设不可能离开政治革命运动，并高度赞扬了鲁迅对五四以来的新文化运动“做出了披荆斩棘的开路工作”，同时指出：“在中国有些土壤上已有了文化建设。方向是有了的，但需要大家的努力，大家动手建设。”“只要有鲁迅先生说的一个倒下去，一个跟上去，甚至于（几）百人跟上去的精神，只要有愚公移山的精神，奋斗下去”，“一定能使中国新文化开出奇花异果，让中国人民能享受新文化的成果的”。[22]在当时国民党特务横行，荆棘遍地的重庆，周恩来的演说是含蓄的，策略的，又是坚定的。

1946年10月19日，上海全国文化界协会等团体联合举行鲁迅逝世9周年大会。在中国历史处于光明和黑暗生死搏斗的严峻时刻，周恩来出席纪念大会发表了演讲。在这次讲话中，他针对蒋介石玩弄假谈判，假和平，企图发动全面内战的阴谋，深刻地指出鲁迅的两句诗“‘横眉冷对千夫指，俯首甘为孺子牛’，这是鲁迅先生的方向，也是鲁迅先生的立场。”他号召大家学习鲁迅爱憎分明的精神，对人民的敌人要“横眉冷对”，“以眼还眼，以牙还牙”；对无产阶级和人民大众要“俯首甘为”，“如对孺子牛一样的为他们做牛。”“要诚诚恳恳老老实实为人民服务。”他勉励大家：“人民的世纪到了，所以应该像牛一样努力奋斗，团结一致，为人民服务而死。鲁迅和闻一多，都是我们的榜样。”[23]

周恩来历次关于纪念鲁迅逝世的题词、演讲、文章，有一个总的主题，就是学习鲁迅精神，宣扬鲁迅精神。那么，鲁迅精神的具体内涵是什么呢？周恩来为我们指出了两个基本点，那就是：一、为真理正义而倔强奋斗，至死不屈的韧性战斗；二、从极其艰险困难的处境中，预见与确信有光明的将来的坚定信念。

为真理正义而倔强奋斗、至死不屈的韧性战斗是鲁迅精神的第一个基本点。周恩来在《我要说的话》一文中认可瞿秋白《＜鲁迅杂感选集＞序言》中已经指出的四点“第一是最清醒的现实主义，第二是‘韧’的战斗，第三是反自由主义，第四是反虚伪的精神。这都是非常之对的”以后，指出：“有人说，鲁迅先生‘韧’性的战斗多表现在他的著作上，郭先生的战斗性，多表现在他的政治生活上。我想，这种分法，并不尽当的。因为一个人的战斗性，是发源于他的思想性格和素养的，文学和行为，不过是他的表现的方面罢了，并不能说这是差别的所在。真正的差别是鲁迅先生的‘韧’性战斗，较任何人都持久，都有恒，这是连郭先生都会感到要加以发扬的”。[24]韧性战斗精神在鲁迅的精神结构系统中居于核心位值，体现着鲁迅精神结构系统的稳定性特质，这是一种不息求索、百折不回、抗争到底的独立自强的人格精神。

鲁迅自己也多次强调韧性战斗精神。从教育青年、会见亲友、阐发人生经验到思考对敌斗争的战略战术，鲁迅十分重视的一个原则便是“韧”。1925 年 4 月 10 日，许广平在给鲁迅的信中提出她“以为对于违反民意的乱臣贼子，实不如仗三寸剑，与以一击，然后仰天长啸，伏剑而死。”针对这种“性急”的主张，鲁迅在回信中指出：“在进取的国民中，性急是好的，但……要治这麻木状态的国度，只有一法，就是‘韧’，也就是‘锲而不舍’。逐渐的做一点，总不肯休，不至于比‘踔厉风发’无效的。”[25]柔石曾回忆鲁迅对于他进行的做人与战斗的教诲。1929 年 2 月 9 日，柔石在日记中写道：“鲁迅先生说：人应该学一只象。第一，皮要厚，流点血，刺激一下子，也不要紧；第二，我们强韧地慢慢地走下去。”[26]鲁迅本人也自比为象，在给许广平的信中，落款：“EL”，即英语 elephant（象）的缩写，“ELEF”即德语 elefant（象）的缩写，许广平给鲁迅写信称“B · EL”（Brother Elephant）意为“象兄”，或称“EL · Dear”意为“亲爱的象”。[27]作为一名精神界的战士和伟大的革命家，鲁迅的确具有象的品格：皮厚，不怕流血，经得起刺激；同时，还能够如象一样强韧地，一步一步坚持不懈地向前行进。鲁迅在《这个和那个》一文中以运动会为例，说："我每看运动会时，常常这样想：获胜者自然可敬，但那虽然落后而仍非跑至终点不止的竞技者，和见了这样的竞技者而肃然不笑的看客，乃正是中国将来的脊梁。"[28]鲁迅在这里赞颂和提倡的是一种"不耻最后"的"韧"性的精神品格。1930 年，在中国左翼作家联盟成立大会上，鲁迅发表重要讲话，在谈到文化战线面临的任务时，他指出："对于旧社会和旧势力的斗争，必须坚决，持久不断，而且注重实力"，"在文学战线上的人还要'韧'……要在文化上有成绩，则非韧不可。"[29]这是从长远的文化战略构想出发，对文化战线上的朋友们提出的忠告。在鲁迅看来，韧性是生命体需要具备的品格，拥有这种品格，生命才能升华，生命价值才能实现。

"韧"的字面含义有两层：一是持久，二是坚强。第一层含义侧重于时间维度，第二层含义侧重于力量维度。鲁迅在给友人的信中指出："弄文学的人，只要（一）坚忍，（二）认真，（三）韧长，就可以了。不必因为有人改变，就悲观的"。[30]这里，鲁迅兼顾强调了"韧"的两层含义。周恩来说："鲁迅先生的韧性战斗精神，较之任何人都持久，都有恒"，"鲁迅先生之伟大，在于一贯的为真理正义而倔强奋斗、至死不屈"，也注意到了"韧"的两层含义。上述"韧"的两个层面的含义构成，体现着鲁迅韧性战斗精神的两个基本走向，认识鲁迅的韧性战斗精神，就必须剖析这两方面的意义构成。

为了坚持韧性的战斗，在战斗的方式方法上，鲁迅提倡的是"壕堑战"。他说："中国多暗箭，挺身而出的勇士容易丧命"；"对于社会的战斗，我是并不挺身而出的，我不劝别人牺牲什么之类者就为此"。[31]鲁迅对生命付出的思考是深邃缜密的，他把生命的牺牲与社会的改革联系起来加以认识："改革自然常不免于流血，但流血非即等于改革。血的应用，正如金钱一般，吝惜固然是不行的，浪费也大大的失算"，"这并非吝惜生命，乃是不肯虚掷生命，因为战士的生命是宝贵的。在战士不多的地方，这生命就愈宝贵。所谓宝贵者，并非'珍藏于家'，乃是要以小本钱换取极大的利息，至少，也必须买卖相当。"[32]所以鲁迅教育青年"为中国计，觉悟的青年应该不肯轻死了罢"。[33]鲁迅向来不主张轻易地牺牲生命。为了更好地养精蓄锐，保存革命实力，以较少的代价去获取更大的胜利，鲁迅"采取的战术，是：散兵战，壕堑战，持久战"。[34]在各种战法中，鲁迅更重视"壕堑战"。"壕堑战"既是延续发展生命，保存革命实力的有效战斗方式，又是进行持久战的基础。特别是在 20 世纪 30 年代，法西斯统治和反革命文化"围剿"十分残酷的情况下，"壕堑战"

就显得更加重要。

鲁迅的韧性战斗精神是怎样形成的呢？周恩来指出：“一个人的战斗性是发源于他的思想性格和素养的。”分析鲁迅韧性战斗精神形成的原因，首先不能不考虑鲁迅本人的“思想性格和素养”的因素。

鲁迅的思想性格和素养突出地具有强韧的色彩。他的早期论文《摩罗诗力说》赞颂恶魔派诗人“立意在反抗，指归在动作”，“其文章无不函刚健抗拒破坏挑战之声”。这种刚健抗拒破坏挑战之声，正与鲁迅强韧的思想性格和素养相契合。冯雪峰曾指出鲁迅的“个性是从来就很强的”。[35]鲁迅“对侵犯个性、个人自由、地位、利益、尊严的言论行为极其敏感，总是毫不犹豫地作出最猛烈的反击。鲁迅在这方面有很多十分引人注目的表现。例如，为维护自己战士的尊严，他向最高法院上诉，控告身居要职，炙手可热的当时的教育总长兼司法总长章士钊；为维护自己的经济利益，他与北新书局的稿费纠纷，也是诉诸法律解决；当《文学》杂志主编傅东华化名伍实在《文学》上发表文章，暗示鲁迅等‘名流’‘看不起黑种’，鲁迅的反映就极其强烈，立即作文揭露，要求宣布其真实姓名，公开道歉，同时与文学社断绝了关系。”[36]鲁迅的强韧的思想性格和素养无疑对鲁迅韧性战斗精神的形成起到了积极的影响和作用。

鲁迅“韧”的战斗精神的形成，还与他对中国历史和现实的清醒认识和深刻分析紧密相关。旧中国几千年的封建统治，生产力的停滞，反映到观念形态上，养成了顽固、保守的意识。“天不变，道亦不变”成为一种根深蒂固的信仰。即使经过戊戌维新，辛亥革命，特别是五四运动这样的三次思想解放运动，顽固、守旧和反对变革的思想在社会上还有很大的潜在力和惰性力。所以鲁迅说：“可惜中国太难改变了，即使搬动一张桌子，改装一个火炉，几乎也要流血；而且即使有了血，也未必一定能搬动，能改装。”[37]事实确乎是于此的。封建制度统治了中国几千年，帝国主义侵略又与中国封建势力勾结在一起，共同作祟。而旧的思想、风习更是盘根错节，影响极深，加之许多国民尚未觉醒，保守麻木；在这种情况下，进行斗争和改革，只能如鲁迅所说：“要缓而韧，不要急而猛”，要打持久战。

鲁迅精神的另一个基本点是：从极其艰险困难的处境中，预见与确信有光明的将来的坚定信念。鲁迅所处的时代是1840年鸦片战争以后至1936年抗日战争爆发以前。这正是一个光明和黑暗交战的时代。1840年鸦片战争以后，具有几千年历史的封建社会逐步沦为半殖民地半封建社会。“风雨如磐暗故园”，帝国主义和封建主义的双重压迫像巨石一般沉重地压在中华民族和中国人民头上，使整个中国暗无天日，岌岌可危。清王朝的腐败和帝国主义的侵略，激起了中国人民的坚决反抗。鸦片战争以后，中国人民进行了多次反帝反封建的斗争，如1840年的广州三元里人民的抗英斗争，1851年~1864年的太平天国农民战争，1898年的戊戌变法，1900年的义和团运动，1911年的辛亥革命等。辛亥革命推翻了清王朝，结束了两千多年的封建帝制，建立了“中华民国”。但民国一成立，紧接着就是军阀混战，张勋复辟，然后，蒋介石发动“四一二”反革命事变，建立法西斯统治，进行疯狂的反革命“围剿”，白色恐怖笼罩全国。鲁迅多次谈到中国像一个“黑色染缸”，“大夜弥天”，处处荆天棘地，黑暗无以复加。但是，黑暗不仅没有把鲁迅吞没，相反的激起了鲁迅对光明的热望和追求。他相信将来必胜于过去和现在，光明一定会战胜黑暗，即使“大夜弥天”，他也要坚持“战取光明”。当鲁迅还处在北洋军阀的压迫下，他就认为黑暗总会过去，光明一定会到来。他在《华盖集续编·记谈话》中说：

如果历史学家的话不是诳话，则世界上的事物可还没有因为黑暗而长存的先例。黑暗只能附丽于渐就灭亡的事物，一灭亡，黑暗也就一同灭亡，它不永久。然而将来是永远要有的，并且总要光明起来；只要不做黑暗的附着物，为光明而灭亡，则我们一定有悠久的将来，而且一定是光明的将来。[38]

第一次大革命失败以后，鲁迅在《野草·题辞》中写道：

地火在地下运行，奔突，熔岩一旦喷出，将烧尽一切野草，以及乔木，于是并且无可朽腐。

但我坦然，欣然。我将大笑，我将歌唱。[39]

在这里，鲁迅以高昂的乐观主义精神，抒写了对于中国人民的革命事业必定胜利的坚定信念。他坚信革命力量的“地火”一定会喷薄而出，燃成摧毁旧世界的熊熊烈火，将光明照耀人间。

20世纪30年代，日本帝国主义正大举向我华北地区侵犯，妄图霸占整个中国。在这民族危亡攸关的时刻，蒋介石反动政府对外妥协，对内则继续加紧对中央苏区的第五次反革命“围剿”，在国统区残酷地镇压人民的抗日运动，屠杀爱国志士。在“中国黎明前最黑暗”的年代里，鲁迅毫不妥协，他高瞻远瞩，写下了这样刚劲有力的诗句：“于无声处听惊雷”，“但见奔星劲有声”。他透过反动、倒退、黑暗势力所散布的乌云，看到了那“劲有声”的“奔星”已从远处而来，他相信，在半殖民地半封建的“无声的中国”里，一定会出现震撼世界的“惊雷”，中国共产党领导的中国革命一定能胜利。

鲁迅追求光明的一个重要特点是：即使艰难，也还要做，愈艰难，就愈要做，愈是在“大夜弥天”，荆棘遍地的黑暗中，就愈是强烈地憧憬追求着光明。周恩来揭示了这一特点。鲁迅逝世后，中共中央和苏维埃政府在致许广平的唁电中称鲁迅为“热忱追求光明的导师”，是高度概括和颂扬了鲁迅精神这个特点的。

倔强奋斗、至死不屈的韧性战斗；预见与确信有光明的将来的坚定信念，便形成了一种伟大的鲁迅精神。周恩来不仅深刻分析而且高度评价这一鲁迅精神不是偶然的，因为他从这里看到了我们民族的精神要素。灾难深重的中华民族和中国人民，如果没有倔强奋斗、至死不屈的韧性战斗精神，是不能获得独立和解放的；而没有对光明的坚定信念，缺乏光明目标的指引，斗争就没有动力，就不能持久。在鲁迅身上，恰恰体现了这两种精神要素的结合。周恩来在鲁迅身上看到了我们的民族精神，看到了鲁迅的伟大，看到了我们民族的希望。

关于郭沫若的精神特质，周恩来把它概括为三点：“第一是丰富的革命热情……”，“第二是深邃的研究精神……”，“第三是勇敢的战斗生活……”。在谈到第二点时，周恩来指出：

10 年内，他的译著之富，人所难及。他精研古代社会，甲骨文字，殷周青铜器铭文，两周金文以及古代铭刻等等，用科学的方法，发现了古代许多真实。这是一种新的努力，也是革命的努力。[40]

事实就是如此。第一次大革命失败以后，1928 年 2 月 24 日，迫于国民党反动派的通缉，郭沫若在党组织的精心安排下，离开上海，举家赴日，在日本度过了 10 年的流亡生活。在日本期间，正是日本国内军国主义势力猛烈抬头，积极准备侵略中国；加之，郭沫若在国内时参加革命的实际表现，日本当局一直把他当做危险分子，他受到日本刑士（便衣警察）和宪兵的双重监视。在这种情况下，郭沫若把主要精力放在中国古代社会的研究上，潜心研究古代历史和古代文字，取得了杰出的成就，出版了《甲骨文字研究》《中国古代社会研究》《两周金文辞大系》《金文丛考》《卜辞通纂》《殷契粹编》，以及研究周易之制作时代、先秦天道观的发展等数百万字的著作。鲁迅当时在上海也很重视郭沫若的古史考证、金文甲骨文研究，称赞他“有伟大的发现，路子对了，值得大家师法”。[41]

郭沫若海外 10 年的学术研究之所以取得如此杰出的成就，原因是多方面的，其中一个重要的原因是他具有学术家和革命行动家的高贵品质。有人说“学术家和革命行动家不能兼而为之”，针对这种看法，周恩来指出：“其实，这在中国也是过时的话。郭先生就是兼而为之的人。”[42]的确，郭沫若是一个学术家和革命行动家兼而为之的人物。作为学术家，郭沫若涉猎了包括文学艺术在内的哲学社会科学的众多领域，并在他所涉猎的许多领域都有新的建树。他是中国的一位百科全书式的人物。作为革命行动家，他始终和中国共产党取同一步调，与祖国和人民的命运共同着脉搏。他从来没有放下过自己的笔，但如果革命需要，他也可以投笔从戎。作为学术家兼革命行动家，他不是单纯为学术而学术，他的学术研究有明确的革命功利目的。他研究历史和考古是在“风雨如晦”之时开始的。他说：“对未来社会的待望逼着我们不能不生出清算过往社会的要求。目前虽然是‘风雨如晦’之时，然而也正是我们‘鸡鸣不已’的时候。”“认清过往的来程也正好决定我们未来的去向”。他坚持以马克思、恩格斯的著作为指导，“把中国实际的社会清算出来，把中国的文化，中国的思想，加以严密的批判，让你们看看中国的国情，中国的传统，究竟是否两样!”[43]很明显，郭沫若研究我国古代社会的历史，是为了通过对中国社会发展规律的研究，捍卫马克思主义的伟大旗帜，批判中外政客、反动文人的谬论，回答中国革命向何处去的问题。这种马克思主义理论和中国革命实际相结合的科学态度，正是郭沫若学术研究取得杰出成就的重要原因。

过去有人说，郭沫若在日本度过了10年的逃避现实的“书斋生活”，甚至有人指责郭沫若“玩物丧志”，说他“思想倒退”。这是不符合实际的。郭沫若到日本以后，虽然环境十分艰险，一家6口，生活来源很困难，但他认为自己“虽然离开了祖国，离开了工做岗位”，却“不应该专门为全躯保妻之计便隐没下去”，而应“拿出勇气和耐心来，更坚毅地生活下去。”[44]他在日本研究中国古代历史，并没有忘情于祖国的社会现实，甚至在撰写《中国古代社会研究》一书时还经常回忆起北伐战争和“八一”南昌起义的革命往事，说“那些情形是活鲜鲜地在我脑中显现着的”[45]。而且除研究历史外，他也一直关心国内的革命斗争，积极参加了促进国内文艺界在党的领导下的团结工作，是中国左翼作家联盟的五十多位发起人之一。他还支持了“左联”东京分盟的活动，同时翻译了《政治经济学批判·导言》、《德意志意识形态》等几本马克思主义著作，撰写了《我的童年》《反正前后》《创造十年》《北伐途次》等几部传记散文。这些作品，可以说是他既重视历史，又能摆脱历史的重负，认真“清算过往社会”的产物；是他在“风雨如晦”的黑暗年代，“鸡鸣不已”，要求冲破黑暗、迎接黎明的思想结晶。

周恩来正确地指出：“郭先生是革命的诗人，同时，又是革命的战士。他心中笔下充满着革命的怒火，也充满着对人类的热爱。当‘五四’觉醒时期，当创造社草创时期，他的革命热情的奔放，自然还带着很浓厚的浪漫蒂克，这正是当时知识青年的典型代表。但是经过前一次大革命炉火的锻炼，经过十年海外的研究生活，他的革命热情已经受了革命理智的规范，然而他内在的革命烈火，却决没有消失，相反的，愈蕴藏便愈丰富。一旦抗战号响，他便奔回祖国，他的革命热情，也就重新爆发出来了。”又说：“他不但在革命高潮时挺身而出，站在革命行列的前头，他还懂得在革命退潮时怎样保存活力，埋头研究，补充自己，也就是为革命作了新的贡献，准备了新的力量。他的海外十年，充分证明了这一真理。”“如果说，连卢那察尔斯基都不免在退潮时期入了迷路，那我们的郭先生却正确的走了他应该走的唯物主义的研究的道路”[46]。

三、鲁迅与郭沫若“各人自有千秋”

1941年11月16日，是郭沫若的50诞辰，又恰逢他的创作生活25周年，当时正在重庆的周恩来写了一篇题为《我要说的话》以庆贺这个双重的日子。这篇文章虽然说是为纪念郭沫若而写，但却选择了一个很好的切入角度：从郭沫若与鲁迅的相互比较谈起。周恩来在文章中首先指出：

在朋友中间，在文坛上，通常喜欢将鲁迅和郭沫若相提并论，这原是一件好事，应当做的事，可是有时候也成为多事。多事就是将无作有，将小作大，张冠李戴，歪曲事实，甚至分门别户，发展成为偏向，这便不应该了。[47]

周恩来的文章，针对当时的一些偏见而发，表现出政治家的风度，既把握原则，又剖析区别。他是这样谈及鲁迅的：

鲁迅的时代，是一半满清，一半民国的时代。他出身于破产的士大夫家庭，他受建社会很深的洗礼，他受过戊戌政变后的洋务教育，嗣后，留学东洋，又受教于章太炎先生，并参加了光复会。入民国以后，他又做过多年北方官僚社会的小京官，也可以说是闲差事。直到“五四”的前夜，他才得参加思想革命的运动，这就是新文化运动的骨干。从此以后，他就公开的成为宗法社会的逆子，士大夫阶级的叛徒，逐渐养成他在新文化运动中的领导地位，可是他自己却又那样谦诚的愿意做一个“革命军马前卒”。[48]

短短数百字，勾勒出鲁迅的时代背景、生活经历，可见他对鲁迅的情况的熟悉程度。对郭沫若，周恩来这样说：

郭沫若的时代，却稍为异样了。他虽在少年时代，也是关在四川宗法社会里面的。但是20岁以后，他走出夔门，几乎成为无羁绊的自由知识分子了，虽然他也如同时代的知识分子一样，过着贫困的流浪的生活。他的半商半读的家庭，虽也给他一些影响，但是30年来大时代所给予他的影响，却有着异常不同的比重。就拿经历来说，他既没有在满清时代做过事，也没有去北洋政府下任过职，一出手他就已经在“五四”前后。他的创作生活，是同着新文化运动一道起来的，他的事业的发端，是从“五四”运动中孕育出来的。[49]

在比较了两人的时代背景和人生经历之后，周恩来对他们的战斗业绩和革命作用，做了这样的形象概括：

鲁迅自称是“革命军马前卒”，郭沫若就是革命队伍中人。鲁迅是新文化运动的导师，郭沫若便是新文化运动的主将。鲁迅如果是将没有路的路开辟出来的先锋，郭沫若便是带着大家一道前进的向导。[50]

接着，周恩来针对当时文化界的情况，补充了这么一句：“从这样的观点出发，自然在并论鲁迅和郭沫若的时候，便不会发生不必要和不应有的牵强和误会了。”

关于鲁迅的革命传统，周恩来认为瞿秋白在《鲁迅杂感选集·序言》中所说的四点是“非常之对的”。他对郭沫若的精神做了三点概括，并指出：“这些，也就是郭先生在革命的文化生活中最值得提出的三点，也就是最值得我们大家学习的三点。”最后，周恩来特别说明：“我这不是故意要将鲁迅拿来与郭沫若并论，而是要说明鲁迅是鲁迅，郭沫若是郭沫若，‘各人自有千秋’”。[51]

鲁迅与郭沫若“各人自有千秋”，这个结论是十分正确的。二位伟人在生活经历、思想性格、创作成就等方面，都有许多异同之处。在这里，我们还可作些补充阐述。

鲁迅生于1881年，郭沫若生于1892年。他们虽然相差11岁，但仍属于同时代的人物。他们都是在旧民主主义时期的后期积累了智慧的力量，而在新民主主义初期成为新文化运动的闯将。

鲁迅与郭沫若早期的经历有某些相似之处。他们少年时代在家乡都接受了严格的传统文化育，熟读《四书》《五经》，有较深的旧学根底，但一旦离开绍兴或走出夔门之后，他们就接受了西学的影响。鲁迅与郭沫若都认真学习过西方文化，但由于志趣和爱好不同，所受的影响也不一样。鲁迅在南京读书时，阅读了英国生物学家赫胥黎著的、我国维新派人物严复译述的《天演论》，接受了进化论的观点，作为自己反帝反封建的思想武器。到日本留学以后，鲁迅对于西方哲学、文学和自然科学进行了广泛涉猎，他对以拜伦为首的“立意在反抗，指归在动作”的摩罗诗派，深为赞赏。在这过程中，他又接受了个性解放思想。由于鲁迅从事文艺运动的目的主要是借文学改良人生，改造国民性，医治国人的灵魂，所以他除了鼓吹摩罗诗派激发麻痹了的国民之外，还努力寻求与中国相似的国家的文学。他找到了俄国和东北欧国家的文艺，在那里，他看到了被压迫者善良灵魂的辛酸和挣扎，这对鲁迅日后的创作影响很大。他曾说："后来我看到了一些外国的小说，尤其是俄国、波兰和巴尔干诸小国的，才明白了世界上也有这许多和我们的劳苦大众同一命运的人，而有些作家正在为此而呼号，而战斗。而历来所见的农村之类的景况也更加分明地再现于我的眼前。偶然得到一个写文章的机会，我便将所谓上流社会的堕落和下层社会的不幸，陆续用短篇小说的形式发表出来了"。[52]

郭沫若在哲学思想上深受斯宾诺莎的影响，接受了泛神论的观点。在文学方面，郭沫若始则崇拜印度的泰戈尔，继而喜欢德国诗人歌德，对英国浪漫派诗人，郭沫若并不喜欢拜伦，却喜欢雪莱。其后，又为《草叶集》的作者，美国浪漫主义诗人惠特曼所吸引。郭沫若说；"尤其是惠特曼的那种把一切旧套摆脱干净的诗风和五四时代的暴飙突进的精神十分合拍，我是彻底地为他那雄浑的豪放的宏亮的调子所动荡了。"[53]

鲁迅与郭沫若早期的经历还有一个共同点：他们到日本留学，开始都是选择了医学救国的道路，但结果都是弃医从文。当然，情况也并不完全一样。鲁迅在仙台医学专门学校修业不到两年，便因为日俄战争时事影片的刺激，觉得对于愚弱的国民来说，医学并非一件紧要事，第一紧要的，还在于改变他们的精神，而善于改变精神的要推文艺，于是转而提倡文艺运动。鲁迅从医学救国走上文学救国的道路，表现了他的爱国主义和启蒙主义的思想特点。郭沫若弃医从文，如他自己所说有三个原因：一、从小时起所受的教育和所读的书籍的影响；二、我自己的生理上的限制（耳病不聪——笔者注）；三、时代的觉醒。但主要还是时代的觉醒。他自己也说过："这时代的觉醒促进了我自己的觉醒，而同时也把我从苦闷中解放出来了。从前我看不起文艺的，经这一觉醒，我认为文艺正是摧毁封建思想，抗拒帝国主义的犀利的武器，它对于时代的革新，国家的独立，人民的解放，和真正的科学技术等具有同样不可缺乏的功能。因此，我可以心安理得地放弃我无法精进的医学而委身于文艺活动了"。[54]

五四时期，鲁迅与郭沫若都是以启蒙主义者的身份，通过文学事业，参加伟大的反帝反封建的新文化运动。他俩在中国新文学史上都作出了巨大的贡献，并且是可以代表发展方向的作家。然而他们两人的性格气质与艺术个性却迥然不同。鲁迅早期在《摩罗诗力说》一文中曾热情讴歌拜伦、雪莱、普希金、密茨凯维支、裴多菲等西方浪漫派诗人，并期待着在中国也能有这样的

"精神界的战士"，来打破旧中国的"萧条"。但鲁迅后来没有走上浪漫主义创作道路，而成为现实主义艺术大师。郭沫若却成为鲁迅所期待的现代中国第一个"摩罗派"诗人，走上了浪漫主义创作道路。就文学创作而言，鲁迅和郭沫若都是多面手，但他们成就的重点不同：鲁迅主要是小说和散文，特别是杂文，而郭沫若则是诗歌和历史剧。

鲁迅与郭沫若有许多共同之处，但根本的共同点是：他们不仅是文学家，而且都是革命家。但由于他们各有不同的生活经历、思想素养、个性气质，以及所受的社会思潮影响不同，因而差异也是非常明显。这同中之异，异中之同，恰好说明鲁迅与郭沫若"各人自有千秋"。

参考文献：

[1][20]毛泽东:《新民主主义论》,《毛泽东选集》第2卷,北京:人民出版社1991年版。

[2]邓小平:《在郭沫若同志追悼会上的悼词》,《人民日报》,1978年6月19日。

[3][24][40][42][46][47][48][49][50][51]周恩来:《我要说的话》,重庆版《新华日报》,1941年11月16日。

[4]鲁迅:《两地书(六十九)》,北京:人民文学出版社1973年版。

[5][17]郭沫若:《坠落了一个巨星》,《现世界》(第1卷第7期),1936年11月16日。

[6]创造社等:《中国文学家对英宣言》,《洪水》(第3卷第30期),1927年4月1日。

[7]《创造月刊》(第2卷第1期),1928年8月10日。

[8][10][12][44]郭沫若:《跨着东海》,《沫若文集》第8卷,北京:人民文学出版社1958年版。

[9]郑伯奇:《创造社后期的革命文化活动》,《中国现代文艺资料丛刊》第2辑,上海:上海文艺出版社1962年版。

[11]鲁迅:《三闲集·序言》,《鲁迅全集》第4卷,北京:人民文学出版社1981年版。

[13][15][16]郭沫若:《民族的杰作》,《沫若文集》第16卷,北京:人民文学出版社1989年版。

[14]郭沫若:《不灭的光辉》,《沫若文集》第16卷,北京:人民文学出版社

1989 年版。

[18]鲁迅:《且介亭杂文末编·答徐懋庸并关于抗日统一战线问题》,《鲁迅全集》第 6 卷,北京:人民文学出版社 1981 年版。

[19]周恩来:《在鲁迅逝世二周年纪念会上的讲话》,武汉版《新华日报》,1938 年 10 月 20 日。

[21]周恩来:《在鲁迅逝世四周年纪念会上的讲话》,重庆版《新华日报》,1940 年 10 月 20 日。

[22]周恩来:《在鲁迅逝世九周年纪念会上的讲话》,重庆版《新华日报》,1945 年 10 月 20 日。

[23]周恩来:《在鲁迅逝世十周年纪念会上的讲话》,重庆版《新华日报》,1946 年 10 月 20 日。

[25]鲁迅:《两地书·十一、十二》,北京:人民文学出版社 1973 年版。

[26]柔石:《柔石日记》(1929 年 2 月 9 日),《鲁迅生平史料汇编》,天津人民出版社 1986 年版。

[27]许广平:《鲁迅先生与海婴》,《欣慰的纪念》,北京:人民文学出版社 1981 年版。

[28]鲁迅:《华盖集·这个与那个》,《鲁迅全集》第 3 卷,北京:人民文学出版社 1981 年版。

[29]鲁迅:《二心集·对于左翼左家联盟的意见》,《鲁迅全集》第 4 卷,北京:人民文学出版社 1981 年版。

[30]鲁迅:《书信·致胡今虚》(1933 年 10 月 7 日),《鲁迅全集》第 12 卷,北京:人民文学出版社 1981 年版。

[31]鲁迅:《两地书》(二),北京:人民文学出版社 1973 年版。

[32][33]鲁迅:《华盖集续编·空谈》,《鲁迅全集》第 3 卷,北京:人民文学出版社 1981 年版。

[34]鲁迅:《书信·致萧军》(1935 年 10 月 4 日),《鲁迅全集》第 13 卷,北京:人民文学出版社 1981 年版。

[35]冯雪峰:《回忆鲁迅》,《鲁迅生平史料汇编》第 5 辑·上,天津人民出版社 1986 年版。

[36]钱理群:《心灵的探寻》,上海文艺出版社 1988 年版。

[37]鲁迅:《坟·娜拉走后怎样》,《鲁迅全集》第 1 卷,北京:人民文学出版社 1981 年版。

[38]鲁迅:《华盖集续编·记谈话》,《鲁迅全集》第 3 卷,北京:人民文学出

版社 1981 年版。

[39]鲁迅:《野草·题辞》,《鲁迅全集》第 2 卷,北京:人民文学出版社 1981 年版。

[41]侯外庐:《深切悼念郭沫若同志》,《历史研究》,1978 年第 7 期。

[43]郭沫若:《中国古代社会研究·自序》,《沫若文集》第 14 卷,北京:人民文学出版社 1958 年版。

[45]郭沫若:《我是中国人》,《沫若文集》第 14 卷,北京:人民文学出版社 1958 年版。

[52]鲁迅:《外集拾遗·英译本短篇小说选集·自序》,《鲁迅全集》第 7 卷,北京:人民文学出版社 1981 年版。

[53]郭沫若:《我的作诗经过》,《沫若文集》第 11 卷,北京:人民文学出版社 1958 年版。

[54]郭沫若:《我怎样开始了文艺生活》,《文艺生活》(海外版),1948 年第 6 期。

第四论

茅盾论鲁迅

一、茅盾和鲁迅的战斗友谊

茅盾和鲁迅有着深厚的战斗友谊。这种友谊开始建立于20世纪初期。1921年茅盾等人发起成立文学研究会。鲁迅当时在北洋政府教育部任佥事。因为北洋政府有所谓“文官法”规定，禁止各部官员参加社会上的各种团体，所以鲁迅没有正式参加文学研究会。鲁迅虽然没有参加文学研究会，但他对文学研究会的发起和宗旨都毫不犹豫地表示赞成。据郑振铎说，文学研究会的宣言和简章，是周作人起草，经鲁迅审阅后才公布的，其中也包含了鲁迅的一些意见。鲁迅和文学研究会始终保持密切的联系。他多次为茅盾主编的文学研究会机关刊物《小说月报》提供稿件，支持茅盾的工作。当时茅盾虽然还并没有见过鲁迅，但在他心目中，鲁迅一直是文学研究会会外的重要支柱。他希望郑振铎等在商讨文学研究会主要工作时，多向鲁迅请教。茅盾曾就《小说月报》的革新与编辑问题，多次与鲁迅磋商，与鲁迅频繁地通信。据鲁迅《日记》记载，仅1921年4月至12月，他们两人书信来往就有49次。可见他们联系之密切。1921年8月，茅盾在《评四五六月的创作》时，就表示了对鲁迅的钦佩。1923年10月，他又写了《读＜呐喊＞》的专论，对鲁迅的创作给予了高度的评价。

鲁迅与茅盾的第一次见面，是在1926年，鲁迅离开北京去厦门大学任教时，路过上海，郑振铎在“消闲别墅”为鲁迅接风，邀请茅盾作陪。因为鲁迅来去匆匆，他们没有来得及深入交谈，第二天鲁迅就离开了上海。第二次见面是在1927年10月12日。此前的一天傍晚，茅盾夫人孔德沚告诉他：鲁迅搬到景云里23号，我们家的前门正对着他家的后门。茅盾本想去拜会鲁迅，可是当时大革命失败后，他遭到国民党反动政府的通缉，秘密来到上海从事创作，生怕暴露身份，也担心为鲁迅招来麻烦，就没敢贸然拜会他。不料，几天后，鲁迅在周建人的陪同下，来登门看望茅盾，茅盾感到喜出望外。鲁迅是知道茅盾通缉令在身，行动不便，特来看望的。这次见面，他们交流了很多时政消息，还彼此介绍了自己的创作打算。鲁迅表示要在上海定居下来，专事写作。此次会见之后，茅盾撰写了《鲁迅论》一文，对鲁迅及其小说、杂文和思想作了高度评价。《鲁迅论》是中国新文学史上也是鲁迅研究史上第一篇比较全面地评论鲁迅思想和创作的长篇论文，反映出茅盾是鲁迅的最早的知音。

1930 年 3 月，中国左翼作家联盟在上海成立。鲁迅成为“左联”盟主。同年 4 月，茅盾从日本回到上海。不久，加入“左联”，并一度担任“左联”的执行书记。从此，茅盾和鲁迅的联系更为密切，他们并肩战斗，从事左翼文艺运动和社会斗争，结下了深厚的战斗友谊。1931 年，为抗议国民党反动派的血腥屠杀政策，鲁迅和茅盾等发表了《为国民党屠杀大批革命作家宣言》；1932 年 2 月，发表《上海文艺界告世界书》和《为日军进攻上海屠杀民众宣言》；同年 5 月，日本革命作家小林多喜二被害的消息传来，鲁迅和茅盾等 8 名作家联名发起为小林遗族募捐。1934 年 9 月，茅盾协助鲁迅创办《译文》杂志。《译文》是中国翻译史上第一份专门翻译和介绍外国文学的期刊，为进步文学的翻译事业开拓了新路。1936 年 2 月，当获悉中国工农红军长征胜利到达陕北的喜讯以后，茅盾和鲁迅联名致电毛泽东和党中央：“在你们身上，寄托着人类和中国的将来”。这质朴而真诚的语言表达了两位文艺巨星对以毛泽东为领袖的中国共产党的崇敬和信仰。

在中国新文学史上，茅盾是鲁迅最早的知音，是第一个自觉奋起捍卫鲁迅的文学评论家。他写过许多评论鲁迅思想和创作的文章，给予了鲁迅及其作品高度的，然而是公允的、科学的评价，批驳了种种错误观点，捍卫了鲁迅的战斗业绩，捍卫了以鲁迅为代表的中国新文学的方向。

二、茅盾论鲁迅的思想发展：从革命民主主义到共产主义

列宁研究马克思的思想发展所作的结论是：“从唯心主义转向唯物主义，从革命民主主义转向共产主义”。[1]既着眼于哲学思想，也着眼于政治立场，全面地阐明了作为世界观的两个主要方面。我们研究鲁迅的思想发展，也应在这两方面都有所阐明。

关于鲁迅的思想发展，1933 年，瞿秋白在他的著名论文《＜鲁迅杂感选

集>序言》中，提出鲁迅的思想发展道路有一个“从进化论到阶级论，从绅士阶级的逆子贰臣进到无产阶级和劳动群众的真正友人，以至于战士”的根本转变。从那以后，大多数鲁迅研究者都承认这一转变，并不断在探讨、研究这一转变。人们希望通过鲁迅思想发展道路及其根本转变的研究，来总结中国知识分子追寻革命道路及思想演变的规律与经验，并从中探究中国文化革命的某些特点与轨迹，因而使这个问题成为鲁迅研究的一个重要课题。笔者认为，瞿秋白对鲁迅思想发展道路的分析和概括，阐明了小资产阶级知识分子向无产阶级转化的根本途径和客观规律，是“基本正确”的，但从我们今天的眼光看来，也还存在着“某些缺陷”。[2]

1956年，在鲁迅逝世20周年纪念大会上，茅盾作了题为《鲁迅——从革命民主主义到共产主义》的重要报告，提出了鲁迅思想发展的新论断，超越了瞿秋白关于这个问题的见解。茅盾认为，“从鲁迅思想发展的道路看来，1927年前后是一个转折点……我们不妨以此为分界而称为前期后期……”[3]这就是说，以1927年为分界，鲁迅思想可以分为前后两期：1927年以前，鲁迅是一位革命民主主义者，1927年以后，鲁迅是一位共产主义者。“从革命民主主义到共产主义”，就是鲁迅思想发展的道路。我们应该怎样理解茅盾提出的这个新论断呢？这里笔者认为首先需要弄清的问题是：鲁迅一生跨越了旧民主主义革命和新民主主义革命两个历史阶段。他的整个活动是在民主革命阶段内，主要是在新民主主义革命时期。同时，终其一生，鲁迅没有参加共产党。那么，是不是像有些人所说他仅仅是一位革命民主主义者呢？关于这个问题，在茅盾以前，毛泽东作了明确的回答。他曾经多次说过：鲁迅是马克思主义者、共产主义者、党外的布尔什维克。早在1937年，毛泽东《在鲁迅逝世周年纪念大会上的演说》中就说过：“他并不是共产党组织中的一人，然而他的思想、行动、著作，都是马克思主义的。他是党外的布尔什维克。”1940年，毛泽东在《新民主主义论》中又说：“为什么文化‘围剿’一败涂地了呢？这还不可以深长思之吗？而共产主义者的鲁迅，却正在这一‘围剿’中成了中国文化革命的伟人。”直到新中国成立后，1957年，毛泽东在《同新闻出版界代表的谈话》中再一次明确地说：“鲁迅是真正的马克思主义者，是彻底的唯物主义者。”在这些论述中，毛泽东明确认为鲁迅后期是马克思主义者，共产主义者。应该说这对茅盾提出的关于鲁迅思想发展的新论无疑有着重要的影响。

那么，鲁迅是怎样走上革命民主主义的道路，成为一位革命民主主义者？又是怎样从一位革命民主主义者转变为一位共产主义者的呢？茅盾指出：“书香人家的子弟，幼诵孔孟之言，长习声光化电之学，从革命民主主义到共产主义”的“鲁迅走过的道路是漫长而崎岖的道路，不但充满了荆棘，而且有当道的豺狼，有窥伺在暗处的鬼蜮，也有戴骷髅而舞的狐狸。”[4]又说鲁迅“从革命民主主义走向马克思主义的道路并不是一夜之间可以完成的，而且也必须经过艰辛的战斗的考验。1919 年以后 10 年间鲁迅的革命活动和文学活动即是明显的证明。”[5]鲁迅究竟经历过哪些艰难和曲折？经历过哪些艰辛的战斗的考验呢？1919 年后 10 年间鲁迅的革命活动和文学活动的具体情况是怎样的呢！对此，茅盾在两个报告中根据鲁迅的思想和行为的实际及其在著作中的表现，作了比较简明的论述。但是，正如他自己所说：“由于时间的限制，这个报告不可能谈到鲁迅的从革命民主主义走向马克思主义，从进化论走向阶级论的思想发展过程。”[6]有鉴于此，我们不妨在茅盾提示和论述的基础上进一步作些阐释。

（一）鲁迅是怎样走上革命民主主义的道路，成为一位革命民主主义者的？大家知道，鲁迅出生的时代正是中国沦为半殖民地半封建社会的黑暗时期。英帝国主义发动了用鸦片和大炮轰开闭关自守的中国大门的鸦片战争（1840～1850 年），离鲁迅出生的 1881 年只有 40 年；打响了中国反帝反封建斗争第一炮的太平天国运动（1850～1873 年），离鲁迅出生才 30 年。鲁迅出生不久，又连续发生了中日甲午战争（1894～1898 年）、戊戌变法（1895～1900 年）、义和团反帝运动（1895～1901 年）。正是由于帝国主义的入侵，清朝统治的腐败，劳苦大众的痛苦，中华民族的危机，促使中国许多有志之士努力寻求救国救民的真理。所有这些都在鲁迅幼小的心灵中产生了深刻的影响。

毛泽东指出：“帝国主义和中国封建主义的结合，把中国变为半殖民地和殖民地的过程，也就是中国人民反抗帝国主义及其走狗的过程。”[7]鲁迅出生的封建家庭的衰落，就是这个过程中的一种辐射，这不但使鲁迅这个“衰落了的读书人家子弟”陷入了生活的困境，而更重要的是使他有更多的机会接触到“上流社会的堕落和下层社会的不幸”，[8]从而能够“看见世人的真面目”。[9]这在少年鲁迅的思想上产生了很大的震动。从鲁迅的自述中，我们得知他这时所看见的“世人的真面目”主要是：一方面由于避祸乡间，使他“能够间或和许多农民相亲近，逐渐知道他们是毕生受着压迫，很多痛苦”，[10]并结交了一些农村的穷孩子，同他们建立了亲密的情谊；另一方面是亲自体察到那些原来同周家交往密切的亲友，在他家衰落以后就疏远的疏远，断交的断交，甚至骂他为要饭的“乞食者”，使他能够从这些“冷眼”透视了本阶级中人们的丑恶灵魂，对他们“连心肝也似乎有些了然”。[11]鲁迅的这段经历对他走上封建阶级叛逆的道路，是一个重要的基础。正是在这一思想基础上，鲁迅没有走上故乡一般“衰落了的读书人家子弟”通常所走的道路，去学做“幕僚”或商人，而是“走异路，逃异地，去寻求别样的人们。”[12] 1898年，在鲁迅18岁的那年他便离开故乡，到南京求学去了。鲁迅是怀着寻求救国救民真理的心情去南京的。到了南京，先进江南水师学堂，后进矿路学堂，直到1902年毕业。在南京的四年，是鲁迅接受西方资产阶级思潮，日益走上民主主义革命道路的重要时期。这几年，我国发生了几件影响重大的事件。一件是鲁迅刚到南京时正在开展的变法维新运动。另一件是1900年震动了帝国主义和封建王朝统治根基的义和团反帝运动。接着一件，便是八国联军的攻陷北京。清朝封建统治者又一次表演了卖国投降，媚外求荣的丑剧。事实证明，已经处于日暮途穷的中国封建势力，尽管其统治地位已岌岌可危，但是它仍然不容许中国人民有一丝一毫的民主自由。国破民穷的现实，民族危亡的威胁，对萌芽于鲁迅少年时期的反帝反封建的民主主义思想，无异于火上浇油。忧国忧民之志日益发展，对清朝封建反动统治的仇恨日益增长。1902年，鲁迅去日本留学。不久，为了表示和中国封建统治的彻底决裂和对抗到底的决心，鲁迅毅然剪掉了象征清朝统治的头上的辫子，并且特意照相留念，这就是那脍炙人口的《自题小像》：“灵台无计逃神矢，风雨如磐暗故园。寄意寒星筌不察，我以我血荐轩辕。”“我以我血荐轩辕”的誓言，表达了他对风雨飘摇中的祖国的眷念，决心以自己的鲜血和生命献给祖国。在当时的历史条件下，这种深厚的民族感情和爱国思想，从一个重要方面标志着鲁迅的革命民主主义思想的发展和成熟。在鲁迅思想发展的民主革命阶段中，1906年又跨出了重要的一步。这年3月，他决定“弃医从文”，提倡文艺运动。虽然不论是“科学救国”，还是“文艺救国”，都不过是一种“美梦”，但是这一决定却为鲁迅终于成为一个革命民主主义者在政治上和思想创造了条件。鲁迅这一时期在中国留日学生办的《河南》杂志上发表的《人之历史》《科学史教篇》《文化偏至论》《摩罗诗力说》四篇论文，从哲学思想、社会思想和文艺思想等方面集中地表明他已经成为一位革命民主主义者。

鲁迅从1902年去日本到1909年回国，前后共7年的时间。这7年，是我国民主主义革命的一个重要时期。以康有为、梁启超为首的改良派，在戊戌变法失败以后，迅速堕落为保皇派。以孙中山、章太炎为首的革命派，在和保皇派的斗争中日益兴起。在这场关系到中国革命发展前途的政治斗争中，鲁迅始终站在革命派一边，并为传播民主主义革命思想，写了不少文章，做了不少工作。1903年，章太炎在《苏报》发表《驳康有为论革命书》，痛斥改良派君主立宪的谬说，并为邹容的《革命军》作序，张扬反对清廷的革命思想，以致因《苏报》案而被捕。鲁迅当时即非常景慕章太炎先生的革命品行和学问文章，后来仍非常钦佩地说道：“我的知道中国有太炎先生，并非因为他的经学和小学，是为了他驳斥康有为和作邹容的《革命军》序，竟被监禁于上海的西牢。”[13] 1906年，章太炎先生为了宣传民主革命思想，在日本创办并主持了《民报》。鲁迅说：“我爱看这《民报》，但并非为了先生的文章古奥，索解为难……是为了他和主张保皇的梁启超斗争……真是所向披靡，令人神往……前去听讲也在这个时候，但又并非因为他是学者，却为了他是有学问的革命家。”[14]伟大的革命先行者孙中先生，当年也多次到日本开展革命活动。他“以鲜明的中国革命民主派立场，同中国改良派作了尖锐的斗争。他在这一场斗争中是中国革命民主派的旗帜。”[15]鲁迅曾和留学生们一起开会欢迎孙中山，听过他的讲演。鲁迅对孙中山的革命思想和业绩一直是很敬佩的，后来也作过很高的评价，说：“中山先生……站出世间来就是革命，失败了还是革命……他是一个全体，永远的革命者。无论所做的那一件，全都是革命。无论后人如何吹求他，冷落他，他终于全都是革命。”[16]上述种种情况表明鲁迅早期对章太炎、孙中山，不仅仰慕其为人，而且热烈赞同并接受了他们的革命民主主义思想。

1909年的夏天，中国正处于辛亥革命的前夕，祖国的大地到处点燃起反清革命的烈火，鲁迅以民主主义革命战士的姿态，回到阔别多年的祖国，投入了反帝反封建的民主主义革命斗争。鲁迅怀着从未有过的希望迎接了辛亥革命，也以满腔革命激情参加了韶兴的光复。但辛亥革命并没有彻底完成反帝反封建的任务，它很快地失败了。辛亥革命的失败，使鲁迅非常失望。他亲眼看到中国资产阶级领导的这场革命，除了赶走一个皇帝，剪掉一条辫子，“内骨子是依旧的”。[17]这以后，正如他自己说的：“见过二次革命，见过袁世凯称帝，张勋复辟，看来看去，就看得怀疑起来，于是失望，颓唐得很了。”[18]鲁迅对资产阶级领导的民主革命产生的“怀疑”“失望”“颓唐”这样一种感情，说明他原来的革命理想和要求比辛亥革命要高得多，也就是说他所追求的资产阶级民主革命较辛亥革命要彻底得多。但我们知道，在中国只有无产阶级才是彻底的反帝反封建的。而当无产阶级还没有当做一个觉悟了的独立的阶级登上政治舞台的时候，鲁迅的“怀疑”“失望”“颓唐”，也就成为不可避免的了。所以这时鲁迅的“怀疑”“失望”“颓唐”，实际上是最忠于革命和真理的革命民主主义者对资产阶级能否领导这个革命的“怀疑”；他的“失望”和“颓唐”是经过辛亥革命、二次革命的事实教育，寻找新的革命领导力量而又暂时还没有找到的一种“失望”和“颓唐”。从1912年到1917年，是鲁迅思想比较沉寂的几年。这几年，他大都埋头于中国古籍的考证、纂辑、校勘等工作。鲁迅当年那种高昂的革命气概，旺盛的革命热情，由于辛亥革命的不彻底性，以及后来发生的多次反复，而遭到严重的打击和挫伤。鲁迅思想发展道路的这种曲折性和艰苦性，不仅是作为一个在革命道路上摸索前进的知识分子是不可避免的，这也是在中国革命的历史条件下所不可避免的。

（二）鲁迅是怎样从一位革命民主主义者转变为一位共产主义者的？鲁迅思想发展的这一转变，是一个极其复杂的问题，而且几十年来已有不少论者对此做了大量的工作，进行了不同程度的探索，形成了各自的见解，作出了各自的论断。这里，我们只从以下两个方面进行讨论：第一，转变的时间；第二，转变的标志。

第一，转变的时间。对于鲁迅在何时实现这一转变，学界有不同的看法。有说是1925至1927年的；有说是1927年大革命失败（“四一二”）前后或以后的；有说是1928年的；有说是1929年下半年或1930年的；瞿秋白则认为是1927年至1931年间才完成这个转变；[19]茅盾认为“1927年前后是一个转折点”。[20]这就是说，鲁迅世界观发生转变的时间是在1927年前后。上述种种见解都有各自立论的根据，不能简单肯定或否定哪一种，只能通过实事求是的、充分自由的讨论，以求得比较切合实际的结论。笔者认为，茅盾的观点切合实际，因而是科学的。这里应该说明的是，鲁迅从革命民主主义者转变为共产主义者并非“突变”。正如茅盾所说：“鲁迅不是那样的人：昨天刚从书本上读到了一点历史唯物主义和辩证唯物主义的初步知识，今天便自诩为已经掌握了无产阶级的世界观。他鄙薄这样的人……他不信世界上有人能于旦夕之间，听过一二次讲演，看过一二本书，就从非工人阶级的思想意识转变为工人阶级的思想意识。他以为这样‘突变’了的知识分子是经不起考验的。”[21]事实是，鲁迅世界观的转变有一个从量变到质变的过渡时期。这个过渡时期从1917年到1927年，大约经历了10年的时间。

正当鲁迅“怀疑”“失望”和“颓唐得很”的时候，1917年俄国爆发了十月革命。十月革命对于中国革命来说，是一个转折点，对于鲁迅思想的发展来说，也是一个转折点。毛泽东说：“十月革命一声炮响，给我们送来了马克思列宁主义。十月革命帮助了全世界的也帮助了中国的先进分子，用无产阶级的宇宙观作为观察国家命运的工具，重新考虑自己的问题。”[22]鲁迅就是毛泽东所说的受到十月革命帮助的中国的先进分子中的一个。从鲁迅著作中我们可以看到，对十月革命，鲁迅是衷心拥护的。1918年，鲁迅说过：“时候已是20

世纪了；人类眼前，早已闪出曙光。”[23]1919年，鲁迅更是满怀热情地歌颂俄国革命者，不但称颂十月革命“是新世纪的曙光”，并且号召人们迎着曙光前进。[24]1919年，我国爆发了五四运动。对于以五四运动为起点的新民主主义革命，鲁迅是全心全意赞成和拥护的。虽然鲁迅当时还没有认识到这个革命的领导阶级是无产阶级，但是在他的心目中，有“革命前驱者”的形象，并且表示自己的行动一定要听“革命前驱者”的将令。鲁迅积极投身于这场正在深入开展的革命斗争，以他光辉的著作（包括小说和散文），深刻地揭露帝国主义及其走狗军阀官僚在中国的黑暗统治，揭露几千年封建制度的吃人罪恶，有力地配合了这场伟大的斗争。鲁迅把他在五四前后所写的小说编辑成册，定名《呐喊》，并称他这个时期的作品为“遵命文学”，“所遵奉的是那时革命前驱者的命令”。鲁迅以文学为武器，看准革命方向，英勇地战斗，他自己就是一个革命的前驱者。五四运动以后，从1920年到1923年这三年间，由于新文化运动统一战线的分化，在北京“显着寂寞荒凉的古战场的情景”，这时鲁迅思想由五四高潮时期的乐观“呐喊”进入到五四退潮时期的苦闷“彷徨”。“寂寞新文苑，平安旧战场。两间余一卒，荷戟独彷徨”。[25]这首诗，表达的就是鲁迅在“彷徨”时期的心情。但是鲁迅彷徨而不消沉，苦闷仍在战斗，即便是孤军奋战，他仍然没有放下武器。他“荷戟独彷徨”，并引用屈原的诗句“路漫漫其修远兮，吾将上下而求索”，就是这种精神的写照。1925年开始的中国第一次大革命高潮，波及北京，发生了北京女师大风潮。鲁迅坚决站在进步学生运动一边，积极支持并直接参加了这场斗争，用他那支锋利无比的笔，无情地揭露了北洋军阀政府的反动面目，揭露了现代评论派陈西滢等人为北洋军阀反动统治效劳的丑恶嘴脸。1926年发生“三一八”惨案。噩耗传来，鲁迅义愤填膺，当天便以悲愤的心情写道：“这不是一件事的结束，是一件事的开头。”“墨写的谎说，决掩不住血写的事实。”“血债必须用同物偿还。拖欠得愈久，就要付出更大的利息!”并称这一天是“民国以来最黑暗的一天。”[26]不可否认，在新文化运动统一战线分化以后，五四运动退潮时期，鲁迅曾有过“彷徨”，但这只是短暂的“彷徨”。随着第一次大革命高潮的到来，鲁迅就不再“彷徨”了。1926年他在厦门给许广平的信中表示“不再彷徨，拳来拳对，刀来刀挡……”[27]他把过去的文章，编成一本题为《坟》的集子，并在离开厦门前，特意坐在一个水泥坟墓的祭桌上拍了一张照片。照片跟杂文集《坟》一样，反映了鲁迅要和旧世界告别，努力抛弃旧思想，埋葬旧立场，接受马克思主义的新思想，站到无产阶级立场上来的迫切愿望。1927年1月，鲁迅到广州，经历了“四一五”流血斗争的严酷考验，眼看许多共产党员和革命青年，惨遭反革命的杀害，而且杀人者，大多也是青年，这件事，给鲁迅以极大的震动。他曾经这样说："我的一种妄想破灭了。我至今为止，时时有一种乐观，以为压迫，杀戮青年的，大概是老年。这种老人渐渐死去，中国总可以比较地有生气。现在我知道不然了，杀戮青年的，似乎倒大概是青年。"[28]后来鲁迅还说："我一向是相信进化论的，总以为将来必胜于过去，青年必胜于老人。""然而后来我明白我倒是错了……我在广东，就目睹了同是青年，而分成两大阵营，或则投书告密，或则助官捕人的事实！我的思路因此轰毁。"[29]"妄想"破灭了，"轰毁"的究竟是什么呢？很明显，鲁迅在这里所说的"思路"，就是缺少唯物辩证法观点的旧唯物主义的"思路"。过去由于不懂得一切事物无不在矛盾中发展变化的辩证法规律，因而用形而上学的观点去看待青年。吸取了这次血的教训，于是，脑子中那条由来已久的形而上学的"思路"被"轰毁"了；代替它的，是辩证唯物主义和历史唯物主义的"思路"。《而已集》的大部分文章，都是在广州写的，其中许多文章都饱含着辩证唯物主义思想，它足以说明，鲁迅世界观的转变，是 1927 年在广州完成的。

事物总是作为过程而向前发展的。人们的思想也是一个发展的过程。鲁迅在 1927 年的上半年完成了自己的世界观的转变，旧的发展过程终结了，新的发展过程开始了。说鲁迅完成了世界观的根本的转变，不能理解为从此便纯之又纯，"百分之百"，不再前进了。作为一位伟大的共产主义战士，鲁迅在革命的道路上永远进击，也必然要在革命斗争实践中促使自己的思想继续向前发展。

第二，转变的标志。鲁迅世界观根本转变的标志，主要体现在以下三个思想高度上：

1. 确立了共产主义的宇宙观和社会革命论。鲁迅在 1927 年实现了世界观的根本转变，而成为马克思主义者、共产主义者以后，他的思想、行为、著作都提到了一个崭新的高度。他看清了革命的前景和社会发展的规律，树立了坚定的共产主义信念，确信在现代社会各阶级中，"唯新兴的无产者才有将来"。[30]并"确切的相信无阶级社会一定要出现，不但完全扫除了怀疑，而且增加了许多勇气了。"[31]所以正当 1927 年蒋介石发动了"四一二"反革命政变之后，反革命势力猖獗一时，貌似强大，而革命正处在最危险的时刻，他却坚决地站到无产阶级一边，并自觉地以无产阶级的革命文学作为无产阶级解放斗争的一翼，与国内外敌人作顽强的斗争。鲁迅是以"艺术的武器"与敌人战斗的。但他能充分地认识"武器的艺术"即武装斗争、暴力革命的重要性。

在他还是一位革命民主主义者的时候，就大声疾呼：“无论如何总要改革才好。但改革最快的还是火与剑。”并指出：“只有实地的革命战争”[32]才能救中国。他认为革命要取得胜利，不能光靠革命文艺，而必须重点依靠革命武力。“一首诗吓不走孙传芳，一炮就把孙传芳轰走了。”[33]所以他说比起文学的声音来他更“愿意听大炮的声音”。[34]在1927年蒋介石建立国民党新军阀的反动统治之后，中国共产党领导革命人民进行了武装起义，创建了人民军队。就在这年年底，鲁迅在《文艺与革命》一文中又强调“先要有党军，才能革命”。在国民党法西斯专政的白色恐怖下，他以坚毅与乐观的精神抒写着：“地火在地下运行，奔突，熔岩一旦喷出，将烧尽一切野草，以及乔木，于是并且无可朽腐”。[35]并预言：“不远总有一个大时代要到来”[36]因为他看到正是代表中国前途的中国共产党有了革命的军队，中国就有了希望。

正因为鲁迅确立了共产主义宇宙观和社会革命论，所以他能正确地理解无产阶级革命和无产阶级专政的历史使命。他指出：“无产者的革命，乃是为了自己的解放和消灭阶级。”[37]而为了实现这个目标，就必须实现无产阶级专政。他从当时列宁建立和领导的第一个无产阶级专政的国家看到了无产阶级专政的具体形象，看到了通过“无产阶级专政”来达到“将来的无阶级社会”，认为这就是“我们自己的生路”。[38]马克思把他对阶级和阶级斗争的理论的新贡献明确地概括为下列几点：“（1）阶级的存在仅仅同生产发展的一定历史阶段相联系；（2）阶级斗争必然要导致无产阶级专政；（3）这个专政不过是达到消灭一切阶级和进入无阶级社会的过渡。”[39]列宁指出：“只有承认阶级斗争，同时也承认无产阶级专政的人，才是马克思主义者。”[40]我们看到鲁迅所强调的正是马克思、列宁在这里所说的这些基本观点。这时的鲁迅，正是这样的马克思主义者。

2. 掌握了马克思主义的唯物辩证法。唯物辩证法是马克思主义中有决定意义的东西，马克思主义的活的灵魂，根本的理论基础。唯物辩证法是共产主义的宇宙观，是无产阶级认识和改造世界的强大思想武器。鲁迅在还是一个革命民主主义者的时候，已经具有一般的唯物论观点和一些可贵的辩证法思想，但是由于历史唯心主义的限制，不能得到充分的发挥。他后期确立了唯物史观，掌握了科学的认识论和方法论——唯物辩证法，因而对于客观事物的观察和认识，对于社会现象的洞察力和观察力，都提到了更高的水平。

列宁说过：“可以把辩证法简要地概括为关于对立面统一的学说。这样就可抓住辩证法的核心，可是这需要说明和发挥。”[41]唯物辩证法告诉我们，“世界上一切事物都是矛盾对立的统一体，矛盾双方不仅仅互相联系，互相依存，而且依据一定的条件，各向着它们的反面转化。”譬如，利与弊、福与祸、正确与错误、胜利与失败，都是互相联系、互相依存而可以互相转化的。鲁迅深通这个道理。如对于革命事业，鲁迅善于从胜利中看到可能失败的因素，从失败中能够看到胜利的希望，从而促使事物朝着有利于革命的方向转化。最突出的例子可以举出《庆祝沪宁克复的那一边》。在充分肯定北伐战争胜利的同时，鲁迅敏锐地觉察到革命隐藏着的危机，并语重心长地告诫革命者切不可“小有胜利，便陶醉在凯歌声中，肌肉松懈，忘却进击了”，否则，就有失败的危险。而当大革命失败，白色恐怖笼罩中华大地时，鲁迅在愤怒声讨国民党反革命屠杀罪行的同时，又从中国共产党刚刚创建的红军所掌握的“武器的艺术”中，看到“中国的最近的将来”，从反革命屠刀下的“血沃中原”与“寒凝大地”看到革命的“劲草”和“春花”。对革命过程中革命队伍的不断分化，鲁迅也根据唯物辩证法作出了马列主义的科学的解释。他指出：“每一革命部队的突起，战士大抵不过是反抗现状这一种意识，大略相同，终极目的是极为歧异的……因为终极目的的不同，在行进时，也时时有人退伍，有人落荒，有人颓唐，有人叛变，然而只要无碍于进行，则愈到后来，这队伍也就愈成为纯粹，精锐的队伍了”。[42]正是基于这种认识，他把那些要求“一切战士的意识，都十分正确，分明，这才是真正的革命军，否则不值一哂”的貌似“正当、彻底似的”言论，称之为“不可能的难题”、“空洞的高谈”和“毒害革命的甜药”。在谈到文化的改革时，鲁迅的意见就更加精辟了。他说：“文化的改革如长江大河的流行，无法遏止，假使能够遏止，那就成为死水，纵不干涸，也必腐败的。当然，在流行时，倘无弊害，岂不更是非常之好？然而在实际上，却断没有这样的事。回复故道的事是没有的，一定有迁移；维持现状态的事也是没有的，一定有改变。有百利而无一弊的事也是没有的，只可权大小。”[43]像这样汪洋恣肆的辩证分析，在鲁迅的后期杂文中，简直使你有应接不暇之感。

3. 在革命斗争实践中认识了中国共产党，公开地坚定地站在党和革命人民一边。五四运动和第一次大革命时期，鲁迅在北京就开始接近共产党。例如，他跟中国共产党创始人之一的李大钊有过密切交往，鲁迅后来在《<守常全集>题记》中，还念念不忘他们当年的战斗友谊，称赞李大钊是“革命的先驱者”，“以他为站在同一战线上的伙伴”。又如，1920 年 6 月，鲁迅收到陈望道译后寄来的《共产党宣言》，十分高兴说这是一件好事。还有在厦门期间，鲁迅与厦门大学学生自治会主席、共产党员罗扬才有过接近。1927 年，鲁迅一到广州，与共产党的关系便非常密切了。党向他伸出了热情的手，广东区委专门研究了鲁迅思想发展状况和欢迎工作，指定共产党人和中共中山大学党总支负责人徐文雅经常向鲁迅介绍当时的政治形势和党的方针、政策，把我党举办的刊物送给鲁迅。中共广东区委书记陈延年秘密会见鲁迅，进行亲切的交谈。党关怀、帮助鲁迅，鲁迅也在斗争中认识了党，公开地坚定地站在共产党一边。对国民党右派权贵人物戴季陶、陈公博、孔祥熙等发来的请帖，鲁迅浓墨大笔写上“概不赴宴”，一律退回；而对共产党的领导陈延年及其干部毕磊、徐文雅等人，鲁迅却促膝长谈，推心置腹，一往情深。对中山大学国民党右派学生组织“树的党”成员，鲁迅嗤之以鼻，冷眼相待；而对中共中山大学党总支领导的团体“社会科学研究会”，鲁迅却热情支持，应邀去演讲，并捐款资助。这同对国民党右派的态度，形成了鲜明的对照。

蒋介石发动“四一二”反革命政变，对共产党员和革命人民血腥镇压，不仅没有吓退鲁迅，相反更使他公开地坚定地站在共产党人一边。“四一二”大屠杀发生的当天下午，鲁迅冒雨赴中山大学参加各系主任紧急会议，营救被捕的共产党员和进步学生。营救无效，就愤而辞职，以示抗议。当鲁迅获知毕磊等共产党人在“四一五”中被杀害，心情万分悲痛，撰文《怎么写<夜纪之一>》表示深切的怀念和哀悼，表达了对我党真挚、深厚的感情。鲁迅还不顾处境的危险，挥动如椽之笔，写下了《答有恒先生》《可恶罪》《魏晋风度及文章与药及酒之关系》《小杂感》等杂文，影射、鞭挞反动头子蒋介石，揭露、抨击国民党反动派，把匕首和投枪掷向这伙“屠伯们”。

在党的关怀帮助下，在阶级斗争的急风暴雨中，鲁迅迅速成长为共产主义战士，“四一二”反革命政变以后，鲁迅的思想和行动都无愧于“坚定的共产主义战士”的光荣称号，不愧是一位党外布尔什维克。

以上三个思想高度，证明鲁迅是1927年在广州期间完成了思想上的飞跃，基本上确立起无产阶级世界观。然而，思想飞跃的完成并不等于思想发展的终止。鲁迅从1928年开始，以更饱满的政治热情，紧密结合革命斗争实践，大量阅读马列著作，比较系统地学习马列主义，更坚定更勇敢地参加无产阶级领导的革命，坚持与国民党反动势力、新月派、“自由人”、“第三种人”、“国粹主义”者、“全盘西化论”者，以及党内机会主义分子、教条主义者作不懈的斗争。“共产主义者的鲁迅”终于在国民党的反革命“围剿”中成了中国思想文化革命的“伟人”。

茅盾指出：“从革命民主主义走到共产主义：鲁迅所走过的这样的道路，使我想起了我们的许多前辈先生。这是中国的爱国的知识分子经过事实的教训以后所选择的道路。在20年代到30年代，鲁迅是引导着万千青年知识分子走向战斗，走向这样的道路的旗手。”[44]这就是说鲁迅思想发展的道路具有代表性。中国的爱国的知识分子大多走过这样的道路。鲁迅如此，茅盾、郭沫若等人也是如此。

三、茅盾论鲁迅的文学创作：融小说、杂文、思想于一体

鲁迅一生创作出版了三部小说集：《呐喊》《彷徨》《故事新编》。此外，鲁迅还创作出版了散文诗集《野草》、散文集《朝花夕拾》，以及从《热风》至《且介亭杂文末编》等14本杂文集。《呐喊》《彷徨》等文学创作出版以后，立即引起了人们的广泛注意和文学界的研究评论兴趣。主流论者都认识到鲁迅及其作品的价值和意义，肯定鲁迅在中国新文学史上的重要地位，但也有少数论者对鲁迅存在这样或那样的隔膜，对鲁迅及其作品发表了一些贬损性的意见，有的还出于反动的政治需要对鲁迅及其作品横加诬蔑和攻击。这里，我们试就茅盾对鲁迅文学创作的论述作几点评介。

（一）在中国新文学史上，茅盾是鲁迅最早的知音，是第一位自觉地奋起捍卫鲁迅的文学批评家。他最早给予鲁迅的《呐喊》与《彷徨》等文学创作以高度的，然而却是正确、公允、科学的评价。大家知道，《狂人日记》是《呐喊》的首篇，是鲁迅创作的第一篇白话小说，也是中国新文学白话小说的奠基之作，在中国新文学发展史上具有划时代的意义。《狂人日记》一面世便引起人们的广泛关注，绝大多数论者都对小说的主题思想、艺术成就、创作意义和它在中国新文学史上的地位，予以充分的肯定，但也有一些论者对《狂人日记》发表了褒贬不一的评论。这里暂且不谈发表初期成仿吾在《<呐喊>的评论》一文中对《狂人日记》等作品的贬抑[45]，单就1975年初版的司马长风的《中国新文学史》而言，司马长风一方面认为《狂人日记》“藉一个狂人的精神活动，对中国传统和社会做了锥骨敲髓的讽刺，读来令人毛骨悚然，一点不感寂寞，显示了作者非凡的笔力”；“用日记体写小说，在中国是首创；用白话写没有故事的小说更是首创；但凭写一个疯子的胡言乱道，浑然成一完整的创作，这些都是了不起的成就。对于一篇初试啼声的小说，我们只有无条件的喝彩”，另一方面又认为由于鲁迅以小说为“改良社会”的工具，缺乏“艺术加工”，“因此艺术之肉每每包不住‘改良社会’之骨，作品未免太寒素，有时太简陋了”，“又因为‘不太去写风月’，使作品缺乏彩色和情调。读来如置身在阴暗天幕下的冰原上。《狂人日记》以及其后大部分作品都表现了上述的缺点，而《狂人日记》的粗糙，又冠于其他诸作。”[46]对鲁迅小

说艺术描写的这种批评，反映了司马长风对鲁迅小说的艺术真髓还缺乏真切的理解。茅盾从捍卫中国新文学的新成就出发，早在20世纪20年代就热情地肯定了《狂人日记》的价值和意义，批评了那些错误的观点。1923年，他在《读<呐喊>》一文中说："1918年4月的《新青年》上登载了一篇小说模样的文章，它的题目，体裁，风格，乃至里面的思想，都是极新奇可怪的：这便是鲁迅君的第一篇创作《狂人日记》，现在编在这《呐喊》里的。""那时我对于这古怪的《狂人日记》起了怎样的感想呢，现在已经不大记得了；大概当时亦未必发生了如何明确的印象，只觉得受着一种痛快的刺戟，犹如久处黑暗的人们骤然看见了绚丽的阳光。这奇文中的冷隽的句子，挺峭的文调，对照着那含蓄半吐的意义，和淡淡的象征主义的色彩，便构成了异样的风格，使人一见就感着不可言喻的悲哀的愉快。这种快感正像爱吃辣子的人所感到的'愈辣愈爽快'的感觉。"[47]笔者认为，这种"感觉"其实就是《狂人日记》所引发的一种精神现象，是新、旧精神文化转型之初在人们心中所引起的一种精神症候，是"中国人一向自诩的精神文明第一次受到了最'无赖'的怒骂"[48]之后，传统的旧礼教的叛逆者所产生的一种精神效应。《狂人日记》发表30年后，1948年，茅盾又在《论鲁迅的小说》一文中进一步明确指出："这篇划时代的作品，标志了中国近代文学，特别是小说的新纪元，也宣告了中国的现实主义文学的发轫；同时，值得注意的，是这篇作品又提示了鲁迅前期的基本思想及其写作态度。""《狂人日记》是寓言式的短篇。惟其是寓言式，故形象之美为警句所盖掩；但是因此也使得主题绝不含糊而战斗性异常强烈。在这一点上，即使说《狂人日记》是中国革命文学进军的宣言或者也不算怎样过分罢?"[49]这些见解道别人所未道，充分地体现了茅盾在文学批评方面所具有的十分敏锐、深刻的目光，实属难得的精辟之论，为后人研究《狂人日记》的文学意义和思想意义开启了一个最有权威的切入点。

（二）茅盾不仅是杰出的作家，而且是慧眼独识的文学批评大师。罗丹曾经说过："所谓大师，就是这样的人：他们用自己的眼睛去看别人见过的东西，在别人司空见惯的东西上能够发现出美来。""拙劣的艺术家永远戴别人的眼镜。"[50]这对文艺创作来说是精辟之论，对文艺评论也是至理名言。作家或批评家都应该是美的创造者和发现者，都应该"用自己的眼睛"透视人生，都应该用自己的眼光，在别人司空见惯、熟视无睹的生活或作品里发现出那些人们还没有注意到的思想内容和艺术形式上的美来，而不能"戴别人的眼镜"，人云亦云。只有这样，文学批评才能起到帮助作家正确认识自己的作品，提高文学创作的能力；才能帮助读者正确理解作品的思想和艺术价值，提高鉴赏能力和艺术趣味。当然，并不是每个批评家都能达到这样的一个高度。但是，也正是在这一点上真正见出杰出的批评家的功力。作为杰出的文艺批评大师，茅盾对鲁迅文学创作评论的卓越之处，正在于他总是不为别人的批评所囿，敢于发表自己与众不同的独特见解，慧眼独识地发现鲁迅作品的思想光辉和艺术创造美，并热情地加以肯定。早在1921年，鲁迅的《故乡》刚刚发表，茅盾在同年8月发表的《评四五六月的创作》中就敏锐地发现："《故乡》的中心思想是悲哀那人与人中间的不了解，隔膜。造成这不了解的原因是历史遗传的阶级观念"。他称赞说："过去的三个月中的创作，我最佩服的是鲁迅的《故乡》"[51]。1922年，鲁迅的《阿Q正传》刚刚在北京《晨报副刊》上发表前四章，这时，读者谭国棠致信《小说月报》编者，指出当时长篇小说创作的贫乏，认为《晨报副刊》上连载了四期的《阿Q正传》，"作者一支笔真正锋芒得很，但是又似是太锋芒了，稍伤真实。讽刺过分，易流入矫揉造作，令人起不真实之感，则是《阿Q正传》也算个不得完善的了。"这种看法的偏颇是显而易见的。茅盾在给谭国棠回信中，以他敏锐的艺术判断力指出："我国新文学方在萌芽，没有大著，乃当然之事，正不必因此悲观也。"他对于谭国棠对《阿Q正传》的评价没有苟同，而是鲜明地表示："《晨报副刊》所登巴人先生的《阿Q正传》，虽只登到第四章，但以我看来，实是一部杰作。你先生以为是一部讽刺小说，实未为至论。阿Q这人，要在现社会中去实指出来，是办不到的；但是我读这篇小说的时候，总觉得阿Q这个人很是面熟。是呵，他是中国人品性的结晶呀!"，"而且阿Q所代表的中国人的品性，又是中国上中社会阶级的品性!"[52]在这里，茅盾肯定《阿Q正传》"实是一部杰作"，在当时评论界是空谷足音。1923年8月，新潮社出版了鲁迅的《呐喊》，茅盾于当年10月在《文学周报》第91期上发表了《读<呐喊>》一文，从精神现象的角度分析了阿Q的普遍性："《阿Q正传》给读者以难磨灭的印象。现在差不多没有一个爱好文艺的青年口里不曾说过'阿Q'这两个字。我们几乎到处应用这两个字，在接触灰色的人物的时候，或听得了他们的什么'故事'的时候，《阿Q正传》里的片断的图画，便浮现在脑前了。我们不断地在社会的各方面遇见'阿Q相'的人物，我们有时自己反省，常常疑惑自己身中也免不了带着一些'阿Q相'的分子，但或者是由于怠于饰非的心理，我又觉得'阿Q相'未必全然是中国民族所特具。似乎这也是人类的普通弱点的一种。至少，在'色厉而内荏'这一点上，作者写出了人性的普遍的弱点来了"[53]。茅盾的这段论述后来成了阿Q典型研究的经典之论，实质上是说"阿Q相"，即阿Q精神胜利法是整个人类的一种普遍的精神现象或普遍的弱点。它所概括的内容和所显示的意义，不仅限于某一时间、某一国度，而有极大的普遍性和典型性。阿Q精神胜利法是中国的，也是世界的，是历史的，也是现实的。茅盾在《读<呐喊>》中，还对鲁迅小说的历史贡献作了高度评价，不但称赞了鲁迅小说“无情地猛攻中国的传统思想”的战斗锋芒，而且充分肯定了鲁迅小说艺术独创的巨大价值，称许“在中国新文坛上，鲁迅君常常是创造‘新形式’的先锋；《呐喊》里的十多篇小说几乎一篇有一篇新形式，而这些新形式又莫不给青年作者以极大的影响，必然有多数人跟上去试验”，“使他们抛弃了‘旧酒瓶’，努力用新形式来表现自己的思想”[54]。1925年前后，鲁迅和他的作品受到社会上和文坛上某些人的非议、责难，乃至诬蔑和攻击。他们或来自那些标榜“自由资产阶级”的文人，或来自军阀政府的官吏，或来自同一阵容里的战友。例如1924年1月《创造季刊》2卷2期发表了成仿吾的《<呐喊>的评论》。在该文中，他对《呐喊》作了粗暴的贬抑。成仿吾认为“《狂人日记》为自然派所极主张的纪录(document)，固不待说；《孔乙己》《阿Q正传》为浅薄的纪实的传记，亦不待说；即前期中最好的《风波》，亦不外是事实的纪录，所以这前期的几篇，可以概括为自然主义的作品”。又说：“作者前期中的《孔乙己》《药》《明天》等作，都是劳而无功的作品，与一般庸俗之徒无异。”他甚至否定《阿Q正传》《一件小事》是小说，认为“前者不过是一篇故事（Tale)”，后者不过“是一篇拙劣的随笔”；“别的几篇也不外是一些记述（description)”。对《呐喊》的艺术描写，成仿吾也予以否定的评价，说什么“读《呐喊》的人都赞作者描写的手腕，我亦以为作者描写的手腕高妙，然而文艺的标语到底是‘表现’而不是‘描写’，描写终不过是文学家的末技。而且我以为作者只顾发挥描写的手腕，正是他失败的地方”。他在文中除了用一些“拙劣”“庸俗”“失败”等字眼外，还以“用字不甚修洁，造句不甚优美，还有些地方艰涩”等话语贬低《呐喊》的艺术表现技巧。侥幸等到肯定的《端午节》、《不周山》，不过是成仿吾“觉得我们的作者已再向我们归来，他是复活了。”[55]面对这种贬损，面对那样复杂纷纭的文坛，茅盾以他批评家的胆识和睿智，撰写了中国新文学史上第一篇比较系统地论述鲁迅创作的论文《鲁迅论》，旗帜鲜明地表示：“我和这位批评者的眼光有些不同，在我看来，《呐喊》中的人物并不是什么外国人，也不觉得‘跑到了一个未曾到过的国家，看见了各样奇形怪状的人在无意识地行动’，所以那‘里面最可爱的小东西《孔乙己》’以及那引起多人惊异的《阿Q正传》，我也不以为是‘浅薄的纪实的传记’，‘劳而无功的作品，与一般庸俗之徒无异’。”又说：“《呐喊》所收十五篇，

《彷徨》所收十一篇，除几篇例外的，如《不周山》《兔和猫》《幸福的家庭》《伤逝》等，大都是描写‘老中国的儿女’的思想和生活。”“《呐喊》和《彷徨》中的‘老中国的儿女’，我们在今日依然随时随处可以遇见，并且以后一定还会常常遇见。我们读了这许多小说，接触了那些思想生活和我们完全不同的人物，而有极亲切的同情；我们跟着单四嫂子悲哀，我们爱那个懒散苟活的孔乙己，我们忘记不了那负着生活的重担麻木着的闰土，我们的心为祥林嫂而沉重，我们以紧张的心情追随着爱姑的冒险，我们鄙夷然而又怜悯又爱那阿Q……总之，这一切人物的思想生活所激起于我们的情绪上的反映，是憎是爱是怜，都混为一片，分不明白。我们只觉得这是中国的，这正是中国现在百分之九十九的人们的思想和生活，这正是围绕在我们的‘小世界’外的大中国的人生！而我们之所以深切地感到一种寂寞的悲哀，其原因亦即在此。”“我以为在这里，作者奏起了‘艺术上的凯旋’。”[56]这里有“我们”和“我”，即茅盾独特的理解、独特的感受、独特的评价和独特的判断。这就是茅盾敢于发表自己与众不同的独特意见的文学批评的声音。在《鲁迅论》中，茅盾还最早发现和热情赞誉了鲁迅的不但“老实不客气的剥脱”别人，而且也“老实不客气的剥脱自己”[57]，勇于自我解剖的崇高人格和博大胸怀，并对鲁迅的杂文进行了精湛的分析，帮助人们发现和认识鲁迅卓越的艺术创造才能。茅盾指出，从《热风》《坟》《华盖集》《华盖集续编》等杂文集里，我们看到了这些作品所贯穿始终的“反抗一切的压迫，剥露一切的虚伪”的精神；看到了“剜剔中华民族的‘国疮’”，又“时有‘岁月已非，毒疮依旧’的新愤慨”；看到了鲁迅从不肯“以‘战士’，或青年‘导师’”自诩，“然而他确指引青年们一个大方针：怎样生活着，怎样动作着的大方针”[58]的胸襟。因此他希望“喜欢读鲁迅的创作小说的人们”看一看鲁迅的杂感，因为“杂感能帮助你更加明白小说的意义”[59]。1936年，鲁迅的历史小说集《故事新编》出版。对于鲁迅的历史小说，茅盾也作了高度的评价。他指出：“用历史事实为题材的文学作品，自‘五四’以来，已有了新的发展。鲁迅先生是这一方面的伟大的开拓者和成功者。他的《故事新编》，在形式上展示了多种多样的变化，给我们树立了可贵的楷式；但尤其重要的，是内容的深刻，——在《故事新编》中，鲁迅先生以他特有的锐利的观察，战斗的热情，和创作的艺术，非但‘没有将古人写得更死’，而且将古代和现代错综交融，成为一而二，二而一。”[60]茅盾的这段话语对《故事新编》在内容和形式上所取得的重要成就作了富有概括力的分析和评价。这种分析和评价充分说明了茅盾对鲁迅历史小说的深刻认识和真切理解。鲁迅在《故事新编》的《序言》中说：“那时的意见，是想从古代和现代都采取题材，来做短篇小说”，又指出写历史小说有两种手法：一是“博考文献，言必有据”；二是“只取一点因由，随意点染，铺成一篇”。[61]鲁迅运用的是后一种手法。鲁迅的历史小说不是“博采文献，言必有椐”的“教授小说”，而是“从古代和现代都采取题材”的新型历史小说。对于古代题材，“只取一点因由”即“旧书上的根据”。在创作时，他结合现实斗争的需要，一方面用现代观点解释古人古事，还历史以真面目，发扬历史固有的精神，另一方面在古人古事中夹杂一些以古代面貌出现的现代的典型人物和典型情节，对现实生活中丑恶的人和事进行揭露和抨击。熔古今于一炉，浑然一体。这种古今交融的艺术手法，增强了历史小说针砭现实的力量。茅盾说，鲁迅的历史小说非但“没有将古人写得更死”，而且“将古代和现代错综交融，成为一而二，二而一”。茅盾的这个见解和鲁迅的“意见”是完全吻合的。

（三）茅盾最早发现和肯定鲁迅独特的创作个性和艺术风格。作家的价值和生命在于显示出自己的创作个性和艺术风格，独领属于自己特有的那一片艺术空间。要攀登艺术创造的这一巅峰，不但需要作家艰苦卓绝的劳动和锲而不舍的探索，而且需要批评家的启迪、引导和帮助。茅盾作为杰出的批评家常被人们称为“中国作家的导师”，他的作家作品论卓越地完成了这一启迪、引导和帮助的任务。他在评论作家作品时，不仅十分尊重和珍惜作家的艺术创造，而且总是慧眼独识地最早发现和肯定作家与众不同的创作个性和艺术风格。在评论鲁迅创作谈到鲁迅杰出的艺术创造时，茅盾特别强调鲁迅独特的“个人风格”。他指出：“无论是他的小说、杂文、题词，乃至书信，一眼看去，便有他的个人风格迎面扑来。这种风格，可以意会，难以言传，如果要勉强作概括的说明，我打算用这样一句话：洗练，峭拔而又幽默。”[62]在这里，茅盾用“一句话”概括地说明了鲁迅创作的整体风格。大家知道，风格是作家创作个性的体现，而作家的创作个性既不是单一的，也不是凝固不变的。一个作家总要以独特方式去表现他对生活的独特认知和感受，总要向读者提供一些新鲜的东西。独特的艺术风格是一个作家艺术成熟的标志，也是一个作家的毕生追求。一个成熟的作家和别人相比，有自己鲜明的创作特色；他和自己相比，每一篇作品都有对生活的新的发现、新的认识、新的感受、新的格调，从而各有不同的风格。比如屈原的“《离骚》、《九章》，朗丽以哀志；《九歌》、《九辩》，绮丽以伤情；《远游》、《天问》，瑰丽而惠巧；《招魂》、《招隐》，耀艳而深华。”[63]又比如陶渊明的诗，“除论客所佩服的‘悠然见南山’之外，也还有‘精卫衔微木，将以填沧海，刑天舞干戚，猛志固常在’之类的‘金刚怒目’式。”[64]这说明一个作家的创作个性是多样的，其作品的风格也是多样的，尤其是伟大的作家莫不如此。鲁迅创作的风格从整体上看确如茅盾所说是“洗练、峭拔而又幽默”，但这只是鲁迅创作风格的一面。在另一方面，鲁迅作品的艺术风貌又是多种多样，不拘一格的。茅盾论鲁迅创作艺术的成功之处，最重要的一点是他既精准地指出鲁迅创作的整体的艺术风格是“洗练、峭拔而幽默”，又全面地描绘了鲁迅的丰富多彩，变幻多姿的艺术风貌。茅盾指出：不但“金刚怒目的《狂人日记》不同于谈言微中的《端午节》，含泪微笑的《在酒楼上》亦有别于沉痛控诉的《祝福》”，那“在幽默的笔墨后面跳跃着作者的深思忧虑和热烈期待”的《风波》也有异于“表面沉静、寂寞，百无聊赖，但透过此表面，则龙蛇变幻”，“如万丈深渊”的《涓生的手记》[65]。而且他的《故事新编》和他的杂文的艺术境界都是各异其趣，掩映多姿的。“《补天》诡奇，《奔月》雄浑，《铸剑》悲壮，而《采薇》诙谐”。他的六百余篇、一百多万字包罗万象的杂文，除有“匕首”“投枪”的战斗锋芒，“也还有发聋振聩的木铎，有悠然发人深省的静夜钟声，也有繁弦急管的纵情歌唱”[66]。在这里，茅盾用比较的方法，通过富有概括性的格言式的评语描绘出了鲁迅作品风格的多样性。茅盾的评述启示我们在研究一个作家的作品风格时，既要看到它的整体性，又要看到它的多样性。因为文学创作的风格是整体性和多样性的辩证统一。

茅盾对鲁迅文学创作的评论，融鲁迅的思想、小说、杂文为一体，或微观的单篇分析，或宏观的整体综论，都能以十分深刻、敏锐的目光发现鲁迅创作的思想光辉和艺术创造美，并热情地充分肯定，给予高度的，然而是正确、公允、科学的评价，捍卫了鲁迅的战斗业绩，捍卫了以鲁迅为代表的新文学的方向，堪称文学评论的典范。

参考文献：

[1]列宁:《卡尔·马克思》(参考书目),《列宁全集》第 21 卷,北京:人民出版社 1959 年版。

[2]程凯华:《瞿秋白论鲁迅》,《邵阳学院学报》(社会科学版)2007 年第 6 期。

[3][20]茅盾:《论鲁迅的小说》,香港:《小说月刊》,1948 年 10 月第 4 期。

[4][21][44]茅盾:《鲁迅——从革命民主主义到共产主义》,《文艺报》(第 20 号附册),1956 年。

[5][6]茅盾:《在鲁迅先生诞生八十周年纪念大会上的报告》,《人民日报》,1961 年 9 月 26 日。

[7]毛泽东:《中国革命和中国共产党》,《毛泽东选集》第 2 卷,北京:人民出版社 1991 年版。

[8][10]鲁迅:《英译本 <短篇小说选集> 自序》,《鲁迅全集》第 7 卷,北京:人民文学出版社 1981 年版。

[9][12]鲁迅:《呐喊·自序》,《鲁迅全集》第 1 卷,北京:人民文学出版社 1981 年版。

[11]鲁迅:《朝花夕拾·琐记》,《鲁迅全集》第 2 卷,北京:人民文学出版社 1981 年版。

[13][14]鲁迅:《且介亭杂文末编·关于太炎先生二三事》,《鲁迅全集》第 6 卷,北京:人民文学出版社 1981 年版。

[15]毛泽东:《纪念孙中山先生》,《毛泽东选集》第 5 卷,北京:人民出版社 1977 年版。

[16]鲁迅:《集外集拾遗·中山先生逝世后一周年》,《鲁迅全集》第 7 卷,北京:人民文学出版社 1981 年版。

[17]鲁迅:《朝花夕拾·范爱农》,《鲁迅全集》第 2 卷,北京:人民文学出版社 1981 年版。

[18]鲁迅:《南腔北调集 <自选集> 自序》,《鲁迅全集》第 4 卷,北京:人民文学出版社 1981 年版。

[19]瞿秋白:《鲁迅杂感选集·序言》,鲁迅著,瞿秋白选编:《鲁迅杂感选集》,哈尔滨:北方文艺出版社 2006 年版。

[22]毛泽东:《论人民民主专政》,《毛泽东选集》第 4 卷,北京;人民出版社 1991 年版。

[23]鲁迅:《坟·我之节烈观》,《鲁迅全集》第 1 卷,北京:人民文学出版社 1981 年版。

[24]鲁迅:《热风·随感录五十九"圣武"》,《鲁迅全集》第 1 卷,北京:人民文学出版社 1981 年版。

[25]鲁迅:《集外集拾遗·题 <彷徨>》,《鲁迅全集》第 7 卷,北京:人民文学出版社 1981 年版。

[26]鲁迅:《华盖集续编·无花的蔷薇之二》,《鲁迅全集》第 3 卷,北京:人民文学出版社 1981 年版。

[27]鲁迅、景宋:《两地书·原信·七九》,北京:中国青年出版社 2005

年版。

[28]鲁迅:《而已集·答有恒先生》,《鲁迅全集》第3卷,北京:人民文学出版社1981年版。

[29]鲁迅:《三闲集·序言》,《鲁迅全集》第4卷,北京:人民文学出版社1981年版。

[30]鲁迅:《二心集·“硬译”和文学的阶级性》,《鲁迅全集》第4卷,北京:人民文学出版社1981年版。

[31]鲁迅:《二心集·序言》,《鲁迅全集》第4卷,北京:人民文学出版社1981年版。

[32][33][34]鲁迅:《而已集·革命时代的文学》,《鲁迅全集》第3卷,北京:人民文学出版社1981年版。

[35]鲁迅:《野草·题辞》,《鲁迅全集》第2卷,北京:人民文学出版社1981年版。

[36]鲁迅:《三闲集·“醉眼”中的朦胧》,《鲁迅全集》第4卷,北京:人民文学出版社1981年版。

[37]鲁迅:《南腔北调集·辱骂和恐吓决不是战斗》,《鲁迅全集》第4卷,北京:人民文学出版社1981年版。

[38]鲁迅:《南腔北调集·我们不再受骗了》,《鲁迅全集》第4卷,北京:人民文学出版社1981年版。

[39]马克思:《致约·魏德迈》,《马克思恩格斯选集》第4卷,北京:人民出版社1960年版。

[40]列宁:《国家与革命》,《列宁选集》第3卷,北京:人民出版社1960年版。

[41]列宁:《辩证法的要素》,《列宁选集》第2卷,北京:人民出版社1960年版。

[42]鲁迅:《二心集·非革命的急进革命论者》,《鲁迅全集》第4卷,北京:人民文学出版社1981年版。

[43]鲁迅:《且介亭杂文二集·从“别字”说开去》,《鲁迅全集》第6卷,北京:人民文学出版社1981年版。

[45][55]成仿吾:《<呐喊>的评论》,《创造季刊》(第2卷第2期),1924年第11期。

[46]司马长风:《中国新文学史》上卷,香港:昭明出版社有限公司1980年版。

[47][48][53]茅盾:《读<呐喊>》,《文学周报》,1923 年 10 月第 91 期。

[49]茅盾:《论鲁迅的小说》,《香港小说月报》(第 1 卷第 4 期),1948 年 10 月。

[50]罗丹:《艺术论》,北京:人民美术出版社 1978 年版。

[51]茅盾:《评四五六月的创作》,《小说月报》(第 12 卷),1921 年 8 月第 8 期。

[52]茅盾:《关于阿 Q 正传(节选自《致 X X 信》)》,《小说月报》(第 13 卷第 1 期),1922 年第 1 期。

[54]雁冰(茅盾):《读〈呐喊〉》,原载 1923 年 10 月 8 日《文学周报》第 91 期;见严家炎编《二十世纪中国小说理论资料》第 2 卷,北京:北京大学出版社 1997 年版。

[56][57][58][59]茅盾:《鲁迅论》,《小说月报》(第 18 卷第 11 期),1927 年 11 月第 11 期。

[60]茅盾:《关于鲁迅的历史小说(节录自《玄武门之夜》)》,《茅盾论鲁迅》,济南:山东人民出版社 1982 年版。

[61]鲁迅:《故事新编 · 序言》,《鲁迅全集》第 2 卷,北京:人民文学出版社 1981 年版。

[62][65][66]茅盾:《在鲁迅先生诞生八十周年纪念大会上的报告》,《人民日报》,1961 年 9 月 26 日。

[63]转引自童庆炳主编:《文学概论》(修订本),武汉:武汉大学出版社 1995 年版。

[64]鲁迅:《且介亭杂文二集 · "题未定"》(六至九),《鲁迅全集》第 6 卷,北京:人民文学出版社 1981 年版。

第五论

郭沫若论鲁迅

郭沫若与鲁迅是中国文化战线上两面光辉的旗帜，是现代文坛的双子星座。这两位伟人以卓越的创造精神和辉煌的战斗业绩，为中国新文学奠定了坚实的基础，开拓了广阔的发展道路，赢得了世界声誉。关于他俩的关系和地位，周恩来曾作过如下的评述："鲁迅自称是'革命军马前卒'，郭沫若就是革命队伍中人。鲁迅是新文化运动的导师，郭沫若便是新文化运动的主将。鲁迅如果是将没有路的路开辟出来的先锋，郭沫若便是带着大家一道前进的向导。"[1]他俩"各人自有千秋"。[2]在新民主主义革命的艰苦岁月里，郭沫若与鲁迅曾经"同声相应，同气相求"地联合作战，结下了深厚的战斗友谊。当然，也不必讳言，在20世纪20、30年代，他俩也曾经发生过文字纠葛，打过笔墨官司，甚至还语言相讥，有积怨和矛盾。但可贵的是他俩都遵循着一个无产阶级的革命原则：在每一次大的战斗中，"都为着同一的目标，决不日夜记着个人的恩怨。"[3]因此，在白色恐怖下，他俩都遭到国民党反动派的迫害。鲁迅逝世后，郭沫若多次著文、作楹联、发表讲话，对鲁迅作了高度的评价和热情的赞扬，为纪念、捍卫和宣传鲁迅的伟大业绩作了不懈的努力。过去由于种种原因，不少人对郭沫若与鲁迅的关系还不甚了解。他们大都只注意郭沫若与鲁迅之间"曾经笔墨相讥"的矛盾的一面，而忽略了他们之间还有"同声相应，同气相求"的一致性的一面。因此不能正确理解郭沫若对鲁迅的态度和他们之间的关系。

一、郭沫若对鲁迅的态度和变化的原因

众所公认，郭沫若对鲁迅的态度有一个发展变化的过程。这个过程，学界大致有三种表述法。一种是说它经历了五个阶段，即：第一阶段"佩服"；第二阶段"反对"；第三阶段"辱骂"；第四阶段"追悔"；第五阶段"崇敬"。

二种是说郭沫若对鲁迅的态度有过两次剧变：一次是变过去，由亲鲁突变为仇鲁，时在1928年6月，而且这个仇鲁态度一直持续到鲁迅逝世；一次是变过来，由仇鲁又变为亲鲁，甚至崇鲁，时在1936年鲁迅逝世之后。三种是说郭沫若对鲁迅的态度，以1936年为界分为前后两期：1936年以前，几乎是完全的否定，1936年以后，又几乎是彻底的肯定。这三种表述，笔者认为第一种比较具体和精准；第二种说1928年6月到鲁迅逝世前，郭沫若对鲁迅的态度是“仇鲁”的；第三种说1936年以前郭沫若对鲁迅几乎持完全否定的态度，笔者认为似乎有点不太符合历史事实。这里试就郭沫若对鲁迅的态度及其变化的原因作些探讨和分析。

郭沫若认识鲁迅是从接触他的作品开始的。1920年，郭沫若在日本，当他读到鲁迅发表在《时事新报·学灯》的《双十节增刊》文艺栏内的小说《头发的故事》时，他在《眼中钉》一文中说：“当时很佩服他，觉得他的观察深刻，笔调很简练，大有自然主义的风味。”[4]并为鲁迅的这篇小说发表在一篇日本小说的译文后面深感不平。1923年鲁迅的第一本小说集《呐喊》出版时，郭沫若又专门著文表示赞赏：“我这几天非常高兴，因为我读了我们国内最近出版的两本书：一本是鲁迅的《呐喊》，一本是周作人《自己的园地》。这两本书在我们寂寞的文艺界，我觉得是值得欣赏的产物，尤其前者。关于前者的赞词，近来在报章上，在朋友的谈话中，我们所得的见闻已不少……”[5]当时有些论者对周作人的作品评价较高，认为在鲁迅之上；对鲁迅或每有贬抑与中伤。而郭沫若则感到“尤其”是鲁迅小说集的出版，是值得高兴的事。

1927年大革命失败后，中国革命处于低潮。郭沫若为了加强创造社的势力，扩大文化统一战线队伍和左翼文艺在青年中的影响，打算和鲁迅联合起来，以利于在同一阵营中共同反对国民党的文化“围剿”，并已采取了实际的行动。郭沫若后来说：“我是爱护创造社的，尤其爱护创造社在青年中所发生的影响，因此我想一面加强它，一面也要为它做些掩护的工作。怎样去加强它呢？我在人事上发动了李一氓和阳翰笙来参加，同时又通过郑伯奇和蒋光慈的活动，请求鲁迅来合作。鲁迅那时也由广州回到上海来了，对于我的合作的邀请，他是慨然允诺……我们从第一步做起，曾经在报章上登过恢复《创造周报》的启事，在这启事上是以鲁迅的名字领衔，我以麦克昂的变名居第二，以次是成仿吾、郑伯奇、蒋光慈等。”[6]恢复《创造周报》的启事以鲁迅的名字领衔，说明郭沫若联合鲁迅共同作战的诚恳心意和对鲁迅的尊重。关于和创造社结成联合战线一事，鲁迅也表示过同样的愿望。1926年“三一八”惨案后，鲁迅被迫南下，到了厦门。他在给许广平的信中说：“其实我也还有一点野心，也想到广州后……与创造社联合起来，造一条战线，更向旧社会进攻。”[7]1927 年 9 月 25 日，鲁迅在给李霁野的信中说：“创造社和我们，现在感情似乎很好。他们在南方颇受迫压了，可叹。看现在文艺方面用力的，仍只有创造，未名，沉钟三社，别的没有，这三社若沉默，中国全国真成了沙漠了。南方没有希望。”[8]鲁迅在这里谈到和创造社的感情，自然包括同郭沫若的感情。从以上事实可以看出，在 20 世纪初期和中期前后，郭沫若与鲁迅之间确有“同声相应，同气相求”联合作战、互相尊重的一致性的一面。但后来由于成仿吾和新从日本归来的后期创造社成员冯乃超、李初黎、彭康、朱镜我等的反对，他们对鲁迅以及联合鲁迅的重要意义认识不足，加上 1928 年 2 月 24 日郭沫若因受通缉被迫东渡日本，开始了十年流亡生活，便中断了和鲁迅的联系，联合的计划终于搁浅。20 年后，郭沫若还谈过这件事：“我在上海时，邀请鲁迅、蒋光慈和其他朋友结合起来，形成一种联合战线的打算，不仅完全被抛开，反而把鲁迅作为了批判的对象，让蒋光慈被迫和另一批朋友组织太阳社。于是雨丝社、太阳社、创造社，三分鼎立，构成了混乱的局面。”[9]

具体情况是这样：1928 年 3 月，郭沫若离沪赴日之前，他和创造社的其他主要成员以及以蒋光慈、钱杏邨为主要成员的太阳社，大力倡导无产阶级革命文学。这是根据当时无产阶级领导的革命斗争的需要提出来的。无产阶级革命文学的倡导者以前所未有的声势，宣传马列主义文艺理论，不但系统地阐发了无产阶级革命文学的理论主张，推动五四新文学运动发展到一个新阶段，而且在革命处于低潮、严重的白色恐怖环境中树起了一面鲜艳的旗帜，起了振奋人心、鼓舞士气、指明前进方向的作用。但由于这些倡导者当时大多正处于从小资产阶级知识分子向无产阶级转化的过程中，他们并没有真正掌握和理解马克思主义，对中国社会未曾加以细密的分析，对当时中国的社会性质、革命形势、革命任务等问题认识错误，在理论上又受到前苏联“拉普派”（俄罗斯无产阶级作家联合会）和日本福本和夫的“左”倾影响，宗派主义相当突出，在他们的一些文章中表现了强烈的“左”的倾向和宗派情绪，认为“小资产阶级的劣根性太浓厚了，所以一般的文学家大多是反革命派。”[10]对五四以来的新文学大有一笔抹杀之势。他们错误地批判鲁迅等进步的、革命的作家，加之他们在文学主张上也夹杂了一些不正确的观点。因此引起了新文学阵营内部历时一年多的论争（论争从 1928 年下半年开始到 1929 年上半年结束）。在论争中，1928 年 6 月，郭沫若以杜荃的笔名在《创造月刊》上发表了题为《文艺战线上的封建余孽》一文。他在该文中辱骂鲁迅是“资本主义以前的一个封建余孽。资本主义对于社会主义是反革命，封建余孽对社会主义是二重反革命。鲁迅是二重性的反革命人物。以前说鲁迅是新旧过渡期的游移分子，说他是人道主义者，这是完全错了。他是一位不得志的 fascist（法西斯蒂）！”[11]郭沫若如此辱骂鲁迅简直到了仇视的程度。鲁迅对于郭沫若的行为，是很有反感的。但他高瞻远瞩，以大局为重，并没有“以眼还眼，以牙还牙”，只是在几篇文章中用曲笔给予了揭露。最明显的是在 1930 年的《“硬译”与“文学的阶级性”》一文中谈到当年创造社的攻击之时，鲁迅说“例如我所属的阶级罢，就至今还未划定，忽说小资产阶级，忽说‘布尔乔亚’，有时还升为‘封建余孽’，而且又等于猩猩（见《创造月刊》上的<东京通信>）”。[12]指鲁迅为“封建余孽”，为“猩猩”，是杜荃（郭沫若）所为。鲁迅引其语而把文章的题目改为《东京通信》，暗示作者是住在东京的创造社成员。当时创造社成员只有郭沫若一人住在东京附近的千叶县。鲁迅在这里分明是用曲笔揭露杜荃的所作所为。实际上鲁迅是告诉郭沫若，杜荃是谁，明眼人一看就知道。在论争中，鲁迅主要发表了《“醉眼”中的朦胧》《文艺与革命》《我的态度气量与年纪》《文学的阶级性》《革命咖啡店》《文坛的掌故》《现今的新文学的概观》等文章。从这些文章可以看出，鲁迅对无产阶级革命文学是持完全肯定态度的，他认为“世界上时时有革命，自然会有革命文学。”[13]“革命文学之所以旺盛起来，自然是因为由于社会的背景，一般的群众，青年有了这样的要求”，[14]并指出无产阶级革命文学倡导之中“很有极坚实正确的人”。[15]肯定他们提出革命文学口号使大家注意了之功，是不可没的。论争开始，无产阶级革命文学倡导者表现了比较浓厚的“左”倾和宗派情绪，但随着论争的进一步开展和深入，这种情绪逐步有所克服。论争双方都致力于马克思主义的学习和介绍，促进了双方理论水平和思想认识的提高。鲁迅在论争的当时就说：“以史底唯物论批评文艺的书，我也曾看了一点，以为那是极直捷爽快的，有许多暧昧难解的问题，都可说明。”[16]后来又说：“我有一件事要感谢创造社的，是他们‘挤’我看了几种科学底文艺论，明白了先前的文学史家们说了一大堆，还是纠缠不清的疑问……以救正我——还因我而及于别人——的只信进化论的偏颇。”[17]郭沫若也说过：“其实就是我，也是实实在在被‘挤’的一个，我的向中国古代文献和历史方面的发展，一多半也就是被这几位朋友‘挤’出来的。”[18]通过论争，使双方的认识在马克思主义的基础上逐步趋向一致。为了联合起来，共同反对国民党反动派的反革命文化“围剿”，在中国共产党的领导和发动下，1930 年 3 月，郭沫若和鲁迅等 49 人具名并参与发起成立了中国左翼作家联盟。“左联”的成立，实现了数年前郭沫若谋求与鲁迅联合作战的宿愿，而且是在更广泛更深入的意义上实现了这个宿愿。“左联”成立以后，由于文人宗派主义并没有彻底克服，郭沫若与鲁迅之间的矛盾并没有根本解决，因此，在“左联”初期，郭沫若与鲁迅仍然发生过笔墨相讥。如众所周知，郭沫若的《＜创造十年＞发端》、鲁迅的《上海文艺之一瞥》，都包含了他们两人“用笔墨相讥”的成分。在文艺问题上郭沫若与鲁迅也仍然存在着这样或那样的意见分歧。1936 年在“左联”内部发生的与郭沫若和鲁迅相关的“两个口号”之争就说明了这一点。当年周扬等人提出“国防文学”口号，鲁迅等人则提出“民族革命战争的大众文学”口号。郭沫若当时虽身在日本，却发表了支持“国防文学”论者的文章，表示了与鲁迅不同的意见。值得指出的是，对“国防文学”口号，鲁迅虽然也有意见，但他并没有否定这口号。他认为“国防文学”口号与“民族革命战争的大众文学”口号可以并存，前者可以作为后者的补充。鲁迅还同意郭沫若对“国防文学”口号的解释，他说：“我很同意郭沫若先生的‘国防文艺是广义的爱国主义文学’和‘国防文艺是作家关系间的标帜，不是作品原则上的标帜’的意见。”[19]这不仅表现了鲁迅对郭沫若的意见的尊重，而且可以看出，在这一问题上，鲁迅与郭沫若的意见是比较地一致、比较地接近的。还应该注意到的是，鲁迅明知郭沫若对“民族革命战争的大众文学”持反对态度，却在《答徐懋庸并关于抗日统一战线问题》中说，在“民族革命战争的大众文学”这口号提出之前，原想听听郭沫若的意见，但当时“郭沫若先生远在日本，被侦探监视着，连去信商议也不方便”，[20]因此未能如愿，表示惋惜。从郭沫若来说，他认为“两个口号”的论争是“左联”阵营内部的论争，等于是一场军事演习。“鲁迅先生是在调遣着我们作模拟战，他似乎有意来检阅我们的军实的。”他把两个口号的论争比作是“搜苗的检阅”，想到它，他“顿时乐观了起来”。而且表示：“我对于鲁迅先生是应当彻底钦佩的，因为他的态度很鲜明，见解也很正确。”[21]可见他对鲁迅也是很钦佩的，并不是像有些人所说他对鲁迅一直抱着反对和敌视的态度。1936 年 10 月，郭沫若在一篇文章中谈到他与鲁迅的关系时，曾真诚地反思自己，追悔过去，他以生平未能与鲁迅相见一面“亲聆教益，洞辟胸襟”为一件“不能弥补的憾事”[22]；在另一篇文章中说：“由于人事上的龃龉，和地域上的隔离，鲁迅和我虽然到底没有能会面，然而我对鲁迅总是尊敬着的，是把他当成着精神上的长兄。作为年青的弟弟的我，对于长兄的叱斥，偶尔发过些孩子脾气，更曾辩过些嘴，倒也是事实……而一般的人往往以为我和创造社同人对鲁迅素有敌意，不仅在作这样的想，而且在作这样的宣传。事实却完全相反。”[23]郭沫若“对鲁迅总是尊敬着的，是把他当成着精神上的长兄”，而自己是“年青的弟弟”，这话说得很诚挚和亲切，他俩正是未见过面的兄弟和战友。十年以后，1946 年 9 月，他在《鲁迅和王国维》一文中再次表示自己对鲁迅的钦佩之意和未能与他晤面的后悔之情。他说："在近代学人中我最钦佩的是鲁迅……""自己实在有点后悔，不该增上傲慢，和这样一位值得请教的大师，在生前失掉了见面的机会。"[24]出于对鲁迅钦敬，当社会上的种种恶评——"褊狭""偏私""刻薄""世故"等等加在鲁迅头上的时候，郭沫若总是勇敢地站出来替鲁迅辩诬，坚决地保卫了鲁迅。他指出社会上对鲁迅的种种恶评"都是有意无意的诬蔑"，是"代表社会恶魔来说话"。[25]1936 年底，他写了一篇批驳胡适的《驳说儒》。在文章的开头，他公开表示"替鲁迅说几句话"。对于胡适在与某女士（即苏雪林——笔者注）关于文化动态的通讯中，借某女士的嘴，恶意攻击鲁迅的言论，他进行了揭露批判，认为这是胡适在玩弄"借刀杀人，而又来假惺惺地装个正经"的"战略"，而"这战略早已陈旧得发生了黑霉"。[26]对于反动派所攻讦鲁迅的"骂人"，郭沫若进行了深刻的分析，他说："鲁迅之所以受人责备，是因为他爱骂人，但他为什么要骂，他所骂的是否该骂？……同一样是骂人，而鲁迅之所以受青年爱戴者，是因为他骂的对象，既成的社会恶魔，为无染的青年所未具有。鲁迅之骂是出于爱，他是爱后一代人，怕他们沾染了积习，故不惜呕尽心血，替青年们作指路的功夫，说这儿有条蛇，那儿有只虎，这儿有个坑，那儿有个坎，然而也并不是叫他们一味回避，而是鼓励他们把那蛇虎驱掉，把那坎陷填平。为蛇虎坎陷者要恨他是理所当然，为青年者要感戴他不也是理所必然吗？"[27]郭沫若指出鲁迅的恨和爱是有鲜明的阶级性的，他憎恨"社会恶魔"，热爱人民大众，所以敌人恨他，人民热爱他。1941 年 8 月，郭沫若写了一篇《告鞭尸者》，他告诫那些鞭尸毁墓者，不要在他和鲁迅之间挑拨。他说"鲁迅生前骂了我一辈子，鲁迅死后我却要恭维他一辈子"，"但可惜他已经死了。再也得不到他那样深切的关心了。"[28]郭沫若在鲁迅生前和死后遭受敌人诬蔑之时，旗帜鲜明，奋起辩诬，足见他对鲁迅的崇敬之情。诚然，我们不必讳言郭沫若与鲁迅在文艺问题上有过意见分歧，有过误会和争论，甚至有过笔墨相讥的情况，但是我们更应该看到他俩在新文学运动中曾经同声相应，同气相求，互相支持、互相尊重，联合作战的事实。他俩战斗的大方向和目标是一致的。1936 年 8 月，鲁迅在《答徐懋庸并关于抗日统一战线问题》一文中说："我和茅盾、郭沫若两位，或相识，或未尝一面，或未冲突，或曾用笔墨相讥，但大战斗却都为着同一的目标，决不日夜记着个人的恩怨。然而小报却偏偏喜欢记些鲁比茅如何，郭对鲁又怎样，好像我们只在争座位，斗法宝。"[29]郭沫若在读到这篇文章以后，深受感动。他在同年同月写的《搜苗的检阅》

一文中说："我自己究竟要比鲁迅先生年轻些，加以素不相识，而又隔很远，对于先生便每每妄生揣测……读了之后才明白先生实在是一位宽怀大量的人，是决不日夜记着个人恩怨的。"他非常钦佩鲁迅"明达事理时常为大局着想"的气度。[30]鲁迅与郭沫若由于"大战斗都为着同一的目标"，由于他们的革命立场一致，所攻击的反革命目标一致，救国救民的思想一致，追求真理的热望一致，对中国共产党的热爱和拥护一致，对人民解放事业和共产主义事业的献身精神一致，在大是大非面前的态度一致等等，也就是说，在他们的思想和革命实践中有许多本质的共同点，有着坚实的思想基础，所以他们两人的战斗友谊是深厚的。正是在这样的思想和友谊的基础上，在鲁迅逝世后，郭沫若怀着悲痛的心情多次著文、作楹联，发表演讲，礼赞鲁迅，高度评价鲁迅，勇敢地捍卫鲁迅，热情地宣传鲁迅；揭露反动文人对鲁迅的诽谤和诬蔑；忠实地继承鲁迅的事业，学习和发扬鲁迅的战斗精神，充分地显示了郭沫若对鲁迅的无限崇敬和深切怀念之情。

从上述情况可以看出：郭沫若对鲁迅的态度确实几经变化：1936 年以前，在 20 世纪 20 年代初期和中期，郭沫若对鲁迅是佩服和尊重的，曾经有过"联鲁"的打算。在 20 世纪 20 年代末期和 30 年代初期，由于"左"的倾向和宗派主义情绪，郭沫若对鲁迅有过比较严重的对立情绪，甚至发展到了仇视的程度，有过"仇鲁"的表现。"左联"时期，郭沫若与鲁迅在文艺问题上仍然有某些意见分歧，发生过笔墨相讥；但是他们的政治方向和战斗目标是一致的。在战斗中，他们互相支持、互相尊重。有人说"左联"时期、1936 年以前，郭沫若对鲁迅持完全反对和否定的态度，这并不完全符合历史事实。随着马克思主义的学习、世界观的转变、思想觉悟的提高、宗派主义的克服，1936 年鲁迅逝世以后，郭沫若反思自己，追悔过去，认识到鲁迅在中国文学史、思想史和革命史上的巨大价值和崇高地位，对鲁迅处处表现出真诚的崇敬，是郭沫若的"崇鲁"时期，在这个时期他对鲁迅可以说是持完全肯定的态度。

二、郭沫若对鲁迅的高度评价和赞扬

评价是对于一个人物或事物作出价值判断，评论其价值的大小、高低或好坏。这里面包含着肯定或否定的成分。评价与评论者的态度是密切相关的。只有正确的科学的态度才有可能作出正确的科学的评价。如前所述，1936 年以前，郭沫若对鲁迅的态度复杂多变，时好时坏，所以他对鲁迅的评价也有好坏之分，既有肯定，也有否定。但 1936 年以后，郭沫若对鲁迅的态度已由"仇鲁”转变为“崇鲁”，因而他对鲁迅作出了高度的评价和热情的赞扬，是完全的肯定。

1936 年 10 月 19 日，鲁迅在上海病逝。当时郭沫若远在日本，在惊悉这个噩耗以后，悲痛不已，当晚就写了《民族的杰作——悼唁鲁迅先生》一文，他痛感鲁迅的逝世和高尔基的逝世一样是“两个宏朗的大星”的“失坠”，他称颂鲁迅为中国文学“开辟了一个新纪元”，“中国的近代文艺是以鲁迅为真实意义的开山”，“鲁迅的战斗精神与年俱进，至死不衰，这尤其是留给我们的一个很好的榜样。”“鲁迅是我们中华民族近代的一个杰作”。[31]同时还作挽联二副。

挽联之一是：

鲁迅先生千古

方悬四月，叠坠双星，东亚西欧同殒泪；

钦诵二心，憾无一面，南天北地遍招魂。

郭沫若哀挽[32]

上联中的“方悬四月，叠坠双星”，说的是刚刚相隔四个月，接连坠落了高尔基和鲁迅两颗巨星。高尔基于 1936 年 6 月 18 日逝世，鲁迅逝世于 1936 年 10 月 19 日，中间相隔四个月。下联中的“钦诵二心，憾无一面”，是说怀着钦敬的心情诵读鲁迅的《二心集》，遗憾的是两人未曾见过一面。《二心集》是鲁迅最为满意的一本杂文集，他说过：“我的文章，也许是《二心集》比较锋利”。[33]这里的“钦诵二心”是一种借代的写法，它泛指鲁迅的全部作品。郭沫若在《民族的杰作》中以追悔的心情说，虽然在鲁迅生前“时常想着最好能见一面，亲聆教益，洞辟胸襟，但终因客观的限制，没有得到这样的机会……但到现在，这愿望是无由实现了。这在我个人真是一件不能弥补的憾事。”悲痛之余的惋惜之情溢于言表。“东亚西欧”“南天北地”用方位名词相对，表示文艺巨星鲁迅逝世，普天同哀。作者将鲁迅与前苏联无产阶级艺术的杰出代表高尔基相提并论是对鲁迅的崇高评价，寄托了郭沫若对鲁迅的无限钦敬之情。

挽联之二是：

平生功业尤拉化

旷代文章数阿 Q

鲁迅导师千古

质文社同人哀挽[34]

这副挽联是郭沫若代表质文社同人书写的。质文社是“左联”留日支部的一个杂志社。“左联”留日支部的机关刊物原名《杂文》，出了几期被日本警视厅查封，后由郭沫若改名为《质文》。挽联下款作“鲁迅导师千古”，“质文社同人哀挽”。上联的“拉化”系“拉丁化”的省略语，是指汉字书写的改革。鲁迅在《且介亭杂文·门外文谈》中写道：“倘要中国的文化一同向上，就必须提倡大众语，大众化，而且书法更必须拉丁化。”[35]郭沫若在《民族的杰作》中说：“近年来，鲁迅对于前进文艺乃至一般文化，尤其语言的大众化与拉丁化这些工作特别加意促进，是永远值得我们纪念的。”[35]可以看出鲁迅与郭沫若都很重视我国的文字改革工作。下联的“阿Q”指的是鲁迅的中篇小说《阿Q正传》。这篇小说不啻是中国新文学史上的经典作品，而且是世界名著。郭沫若对这篇小说作了很高评价，认为是“旷代文章”，这在当时来说，是很难得的，在现在看也是十分正确的。这副挽联高度评价了鲁迅在文字改革上的巨大功绩和文学创作上的辉煌成就。挽联中称“鲁迅导师”，充分表示了对鲁迅的崇高敬意。

1936年10月22日（鲁迅逝世的第四天）和11月1日，郭沫若又先后作了《坠落了一个巨星》《不灭的光辉》两篇文章，对鲁迅也作了很高的评价。在前文中称鲁迅是“文艺的巨星”，他虽然“坠落”了，但鲁迅是不死的。“他的名声在中国文艺史上无疑的是和施耐庵，罗贯中，吴敬梓，李卓吾等一样地，作为永远光辉的存在而存在。”[36]在后文中，郭沫若说：“鲁迅死了，他的死有重大的历史的意义。在我们虽然是损失，在死者却是光荣。”他称颂“鲁迅始终是为解放人类而战斗一生的不屈的斗士，民族的精英。”鲁迅是我们中华民族的“不灭的光辉”，“这不灭的光辉将要永远的照耀而且领导着我们。”

1937年7月，在民族存亡之秋，郭沫若由日本潜回上海参加了一系列纪念鲁迅的活动。10月18日郭沫若在出席上海进步文艺界举行的鲁迅逝世周年纪念大会上即席作了一首《鲁迅赞》：

大哉鲁迅！鲁迅之前，无一鲁迅。鲁迅之后，无数鲁迅[38]。

“大哉鲁迅”这一句赞语，集中地表现了郭沫若对伟大鲁迅的崇高敬仰和钦佩；“鲁迅之前，无一鲁迅”，是指鲁迅的历史地位是空前的，是前人无可比拟的。而“鲁迅之后，无数鲁迅”一语，更是概括了郭沫若对鲁迅所代表的中华民族新文化的方向的充分肯定，以及他热切期待着在中国文坛上能够出现更多像鲁迅那样伟大的文学家、思想家和革命家。他预示着鲁迅逝世后，后继有人。

1940年6月，鲁迅逝世4周年，郭沫若在重庆著有《写在菜油灯下》一文。此文末尾写了一副楹联作为结束语：

鲁迅是奔流，是瀑布，是急湍，但将来总有鲁迅的海。

鲁迅是霜雪，是冰雹，是恒寒，但将来总有鲁迅的春。[39]

郭沫若在文章中指出：鲁迅生活在黑暗的旧中国，面对国民党反动派的迫害和压抑，“顷刻也不曾停止过反抗的呼声。这呼声像在千岩万壑中冲迸着的流泉，蜿蜒，洄冱，激荡，停蓄，有时在深处潜行，有时忽然暴怒成银河倒泻的瀑布。”楹联的前半，巧妙地用奔流、瀑布、急湍冲迸、迂回、激荡的景象，形象地比喻鲁迅不妥协的倔强性格和明快的文风；下联前半部是上联前半部的映衬、加深，以霜雪、冰雹、恒寒，含蓄地说明鲁迅对恶势力的斗争，像秋冬那样地酷冷无情。上下两联的最后一句，预示着鲁迅对社会和人生的影响将日益广泛而深远，后继者必然与日俱增。这副楹联，正是鲁迅光辉人格的写照，鲁迅伟大精神的体现。

1942 年，郭沫若在创作历史剧《孔雀胆》时，曾得到昆明的一位青年朋友杨亚宁的帮助。杨在这年 10 月 8 日致信郭沫若，说自己在重庆购得鲁迅翁石膏浮雕像一具，特请求郭沫若写一副楹联陪于像侧。郭沫若接信后，立即书写了《题鲁迅石膏浮雕像》楹联一副：

返国空余挂墓剑，

斫泥难觅运风斤[40]。

上联的“挂墓剑”这典故，出自《史记·吴太伯世家》：“季札之初使，北过徐君。徐君好季札剑，口弗敢言。季札心知之，为使上国未献。还至徐，徐君已死，于是乃解其宝剑，系之徐君冢树而去。从者曰：‘徐君已死，尚谁予乎？’季子曰：‘不然，始吾心已许之，岂以死倍（背）吾心哉？”这一典故说的是：春秋时吴国公子季札出使路经徐国，徐国君主看中吴公子的宝剑，想要这剑又不便于启齿。季札心领神会，决定将剑赠徐，但是出使任务尚未完成，暂不能赠予。待季札完成使命返回又到徐国时，徐君已死。于是季札当即解下宝剑，挂在徐君墓旁的树上遂扬长而去。从者不解而询之，季札回答说：当初我心里已把宝剑许给了徐君，如今难道因人亡而违背自己的心志吗？郭沫若从日本“返国”，鲁迅已不幸病故，内心只空留未能相晤之憾。郭沫若以这一典故来表示对鲁迅的恪礼尚义，深切悼念之情。下联的“斫泥”“运风斤”的典故出自《庄子·徐无鬼》：“郢人垩漫其鼻端若蝇翼，使匠石斫之；匠石运斤成风，听而斫之，尽垩而鼻不伤，郢人立不失容。宋元君闻之，召匠石曰：‘尝试为寡人为之。’匠石曰：‘臣则尝能斫之。虽然，臣之质死久矣。’……”这一典故说的是楚国郢都有人鼻尖上沾染了一块如蝇翅一般大小的白粉，于是请石匠给他砍掉。这个石匠用斧头上下挥动似刮风一样，以致白粉砍掉了而鼻子却没有受点滴之伤，郢人站立着面不改色。宋元君听说以后，召见石匠说：“你试着替我做一下。”石匠说：“我曾经能砍掉它。然而，我的好伙伴已经死了很久了。”郭沫若在这里活用了这个典故，说自己鼻端上有污泥，想请好友鲁迅再为自己砍掉，但鲁迅死了，已经难以寻找他那把运风的斤斧了。从郭沫若对自己的严格要求来说，在鲁迅逝世后，他曾不止一次地表示，希望再得到鲁迅的严厉的批评但已经不可得了。这种和鲁迅一样的严于解剖自己的精神，令人感动，令人敬佩。这正是值得我们认真学习的地方。

郭沫若评价和赞扬鲁迅有一个中心点，这个中心点就是：阐释鲁迅精神，学习、继承和发扬鲁迅精神。关于“鲁迅精神”，1937 年 10 月 19 日，毛泽东在延安陕北公学纪念鲁迅逝世一周年大会上发表的《论鲁迅》中作了专门的论述，他指出“鲁迅精神”有三个特点：

第一个特点是他的政治远见。他用望远镜和显微镜观察社会，所以看得远，看得真……第二个特点，就是他的斗争精神……他在黑暗与暴力的进袭中，是一支独立支持的大树，不是向两旁偏倒的小草。他看清了政治的方向，就向着一个目标奋勇地斗争下去，决不中途妥协投降……第三个特点是他的牺牲精神。他一点也不畏惧敌人对他的威胁、利诱和残害，他一点不避锋芒地把钢刀一样的笔刺向他所憎恨的一切。他往往是站在战士的血痕中，坚韧地反抗着，呼啸着前进。他是一个彻底的现实主义者，他丝毫不妥协，他具备坚决的心。[41]

1942 年 5 月，毛泽东《在延安文艺座谈会上的讲话》中强调指出：

鲁迅的两句诗，“横眉冷对千夫指，俯首甘为孺子牛”，应该成为我们的座右铭。“千夫”在这里就是说敌人，对于无论什么凶恶的敌人我们决不屈服。“孺子”在这里就是说无产阶级和人民大众。一切共产党员，一切革命家，一切革命的文艺工作者，都应该学鲁迅的榜样，做无产阶级和人民大众的“牛”，鞠躬尽瘁，死而后已。[42]

郭沫若对“鲁迅精神”的阐释，和毛泽东的观点几乎一致，并且其出发点也是完全相同的：既是从鲁迅这个具体的历史人物出发，从鲁迅的思想和行动出发，从鲁迅毕生一贯地不屈不挠地与封建势力和帝国主义以及形形色色的阶级敌人作坚决的斗争这一事实出发，又紧密地联系着当时的斗争大局（伟大的抗日民族解放战争）和时代要求（为中华民族的解放而奋斗）。早在 1936 年 11 月 1 日，他在《不灭的光辉》一文中就指出：

“鲁迅精神”是早在被人宣传的，但这精神的真谛，不就是“不妥协”三个字吗？对于一切的恶势力，鲁迅的笔不曾妥协过一次。乃至对于病菌，他的精神也不曾妥协过……他死不妥协地，对外和恶势力战，对内和结核菌战，一直战到了底，而英勇地完毕了他的战斗的一生。鲁迅战斗力的勇猛，使我们和他的日常生活疏远的人，实在没有想到他是患着那样不治的病，而且病是已经早到了垂危的地步。这情形，怕就连鲁迅周围的人都不见得是觉察着的吧？因为他不曾示弱于谁，他不曾对谁吐出过弱音。这种精神，这秉着剑倒在战场上的精神，这死不妥协宁玉碎毋瓦全的精神，这是永远值得我们纪念，值得我们继承的。[43]

1937 年 10 月 19 日在鲁迅逝世周年纪念大会年上，郭沫若发表了《鲁迅并没有死》的演讲，又指出：

鲁迅的逝世转瞬已就一周年了。我们在这民族解放运动的浴血抗战期中来纪念鲁迅觉得是最悲壮而且是最调和的。

对于恶势力死不妥协，反抗到底的鲁迅精神，可以说，是已经成为了我们的民族精神。我们目前的浴血抗战，可以说，就是这种精神的表现。

鲁迅是把我们民族性中的阿 Q 相枪毙了。

鲁迅所播下的种子已经发了芽，而且开了花，可惜他自己不及亲见，早在一年前死了。

但是，鲁迅果真是死了吗？我敢说：鲁迅并没有死，目前在前线上作战的武装同志，可以说个个人都是鲁迅。目前在后方献身于救亡运动的人，也可以说人人都是鲁迅。

鲁迅是化为了复数了。

但我们希望这复数化了的鲁迅，不仅要普遍地活着，而且要永远地活着。

贯彻鲁迅精神使它永远成为我们的民族精神，是纪念鲁迅的最好的方法，也是保卫国族的最好的方法。[44]

在这里，郭沫若极力赞扬鲁迅对于恶势力死不妥协，反抗到底的革命精神不死，并且指出在中华民族之中播下了种子，已经发了芽，开了花，结了果，“鲁迅是化为了复数了”。从而高度评价了鲁迅精神在中国人民革命斗争中的深远影响和巨大作用。

1938 年，在纪念鲁迅逝世两周年的时候，郭沫若写了《持久抗战中纪念鲁迅》一文。他在文章的开头就说：“在整个民族对于暴日持久抗战的时期中，现在又遇着鲁迅逝世的二周年了。鲁迅精神在这时特别鲜明地呈现在我们的面前。”紧接着指出：

鲁迅精神是什么？便是不屈不挠，和恶势力斗争到底。这种精神是特别值得发扬的，尤其在目前整个民族，坚苦地对于暴日作持久抗战的期间。

我们要纪念鲁迅，要学习鲁迅。但纪念鲁迅，是应该纪念鲁迅的这种精神，学习鲁迅，也是应该学习鲁迅的这种精神。[45]

郭沫若号召人们要纪念鲁迅精神，学习鲁迅精神，发扬鲁迅精神，把“鲁迅精神”带到全民族的持久的抗战中去，为中华民族的解放而奋斗。

郭沫若在学习了毛泽东对鲁迅的论述之后，在毛泽东思想的指导下，对鲁迅的评论达到了一个崭新的高度。他从鲁迅对人民和对敌人的态度、从鲁迅的方向（即为人民服务的方向，对反人民的恶势力顽强作战的方向）的视角，多次强调学习鲁迅的“横眉冷对千夫指，俯首甘为孺子牛”的精神。1946 年，鲁迅逝世 10 周年，郭沫若写了《鲁迅和我们同在》一文。在该文中，他教育并鼓励大家学习鲁迅“那种实事求是地勤勤恳恳地为人民服务”的精神，学习“那种坚忍不拔地死不妥协地向一切反人民的恶势力顽强战斗到底”的精神。他认为这就是鲁迅的方向，也是大家应该走的鲁迅的方向。[46] 同年 12 月 21 日，郭沫若在《冷与甘》一文中[47]，首先引用了鲁迅脍炙人口的两句诗：“横眉冷对千夫指，俯首甘为孺子牛”，他认为“这把鲁迅精神表示得非常圆满”。接着又引了另外两句诗“忍看朋辈成新鬼，怒向刀丛觅小诗”。他运用辩证唯物主义的对立统一的观点，把鲁迅精神中的两方面作了很好的阐释：鲁迅对敌人是“怒”，是“冷”，这是鲁迅精神的一面；而对无产阶级和人民大众是“甘”，是“爱”加“诚”，这是鲁迅精神的另外的一面。他号召大家要学习鲁迅的这种爱憎分明的阶级立场。

1949 年，鲁迅逝世 13 周年，郭沫若写了《继续发扬韧性的战斗精神》一文[48]，他指出，鲁迅的两句诗“横眉冷对千夫指，俯首甘为孺子牛”，“在今天依然是我们的战斗指标”，我们今天纪念鲁迅，要继续发扬鲁迅的韧性战斗精神，同国内外的敌人进行坚决的斗争；同时还要心甘情愿地为人民做“牛”，替新生中国做“牛”，使我们的祖国繁荣富强起来。1961 年 9 月 25 日，郭沫若在鲁迅诞生 80 周年纪念大会上的开幕词《继续发扬鲁迅的精神和本领》[49] 中指出：“要好好地学习鲁迅，老老实实地学，恭恭敬敬地学。”“首先要学习鲁迅的精神。学习他的明辨大是大非，坚忍不拔；学习他的实事求是，发愤忘我；学习他不在任何困难、任何敌人面前低头，而是冷静地对付他们，克服他们；学习他为正义事业不断鞭策自己，并有决心牺牲自己。”尤其要学习鲁迅“横眉冷对千夫指，俯首甘为孺子牛”的精神；要学习鲁迅“化草为奶”的本领。他认为只有这样，才能对祖国、对人民、对世界作出应有的贡献。郭沫若还对“横眉冷对千夫指，俯首甘为孺子牛”这两句诗作了很高的评价。1962年他在《孺子牛的质变》一文[50]中说："'横眉冷对千夫指，俯首甘为孺子牛'，虽寥寥十四字，对方生与垂死之力量，爱憎分明；将团结与斗争之精神，表现具足。此真可谓前无古人，后启来者。"郭沫若多次强调学习鲁迅的"横眉冷对千夫指，俯首甘为孺子牛"的精神，他自己也是具有这一精神的。1962年，他在《三味书屋》一诗[51]中写道："我亦甘为孺子牛，横眉冷对千夫怒"。他一生勤勤恳恳，心甘情愿地为人民服务，同帝国主义、国民党反动派及其御用文人作不屈不挠的斗争，都表现了这种与鲁迅相同的崇高精神和最可宝贵的性格。

参考文献：

[1][2]周恩来：《我要说的话》，重庆版《新华日报》，1941年11月16日。

[3][19][20][29]鲁迅：《且介亭杂文末编·答徐懋庸并关于抗日统一战线问题》，《鲁迅全集》第6卷，北京：人民文学出版社1981年版。

[4]郭沫若：《眼中钉》，《沫若文集》第10卷，北京：人民文学出版社1959年版。

[5]郭沫若：《批评—欣赏—检察》，《沫若文集》第10卷，北京：人民文学出版社1959年版。

[6][9][18]郭沫若：《跨着东海》，《沫若文集》第8卷，北京：人民文学出版社1958年版。

[7]鲁迅：《两地书》（六十九），北京：人民文学出版社1973年版。

[8]鲁迅：《致李霁野》，《鲁迅书信集》上卷，北京：人民文学出版社1976年版。

[10]麦克昂（郭沫若）：《桌子的跳舞》，《创造月刊》（第1卷），1928年第5期。

[11]杜荃（郭沫若）：《文艺战线上的封建余孽》，《创造月刊》（第2卷），1928年第1期。

[12]鲁迅：《"硬译"与"文学的阶级性"》，《鲁迅全集》第4卷，北京：人民文学出版社1981年版。

[13][17]鲁迅：《三闲集·文艺与革命》，《鲁迅全集》第4卷，北京：人民文学出版社1981年版。

[14][15]鲁迅：《二心集·上海文艺之一瞥》，《鲁迅全集》第4卷，北京：人民文学出版社1981年版。

[16]鲁迅:《致韦素园》(1928 年 7 月 22 日),《鲁迅书信集》上卷,北京:人民文学出版社 1976 年版。

[21]郭沫若:《搜苗的检阅》,《沫若文集》第 11 卷,北京:人民文学出版社 1959 年版。

[22]郭沫若:《民族的杰作——悼唁鲁迅先生》,《沫若文集》第 11 卷,北京:人民文学出版社 1959 年版。

[23][36]郭沫若:《坠落了一个巨星》,《现世界》(第 1 卷),1936 年第 7 期。

[24]郭沫若:《鲁迅与王国维》,《沫若文集》第 12 卷,北京:人民文学出版社 1959 年版。

[25][27][39]郭沫若:《写在菜油灯下》,《沫若文集》第 11 卷,北京:人民文学出版社 1959 年版。

[26]郭沫若:《驳说儒》,《沫若文集》第 1 卷,北京:人民文学出版社 1957 年版。

[28]郭沫若:《告鞭尸者》,《沫若文集》第 11 卷,北京:人民文学出版社 1959 年版。

[30]郭沫若:《搜苗的检阅》,《沫若文集》第 11 卷,北京:人民文学出版社 1959 年版。

[31][35]郭沫若:《民族的杰作》,《沫若文集》第 11 卷,北京:人民文学出版社 1959 年版。

[32]载《鲁迅先生纪念集》第 4 辑后所附《挽联辞》。

[33]见《质文》(第 2 卷)1936 年第 2 期。

[34]鲁迅:《且介亭杂文·门外文谈》,《鲁迅全集》第 6 卷,北京:人民文学出版社 1981 年版。

[37][43]郭沫若:《不灭的光辉》,《沫若文集》第 11 卷,北京:人民文学出版社 1959 年版。

[38]转引自艾芜:《你放下的笔,我们要勇敢地拿起来》,《四川文艺》,1978 年第 7 期。

[40]郭沫若:《为鲁迅石膏浮雕像题联》,《沫若文集》第 4 卷,北京:人民文学出版社 1957 年版。

[41]毛泽东:《论鲁迅》,《毛泽东文集》第 2 卷. 北京:人民出版社 1993 年版。

[42]毛泽东:《在延安文艺座谈会上的讲话》,《毛泽东选集》第 3 卷,北京:人民出版社 1991 年版。

[44]郭沫若:《鲁迅并没有死》,《救亡日报》,193 年 10 月 19 日。

[45]郭沫若:《持久抗战中纪念鲁迅》,武汉《新华日报》,1938 年 10 月 19 日。

[46]郭沫若:《鲁迅和我们同在》,《沫若文集》第 13 卷,北京:人民文学出版社 1961 年版。

[47]郭沫若:《冷与甘》,《沫若文集》第 13 卷,北京:人民文学出版社 1961 年版。

[48]郭沫若:《继续发扬韧性的战斗精神》,《文艺报》,1949 年第 3 期。

[49]郭沫若:《继续发扬鲁迅的精神和本领》,《文艺报》,1961 年第 9 期。

[50]郭沫若:《孺子牛的质变》,《人民日报》,1962 年 1 月 16 日。

[51]郭沫若:《三味书屋》(诗),转引自单演义、鲁歌编注,徐州师范学院学报编辑部编辑:《鲁迅与郭沫若》,1979 年版。

第二辑 02

第六论

马克思恩格斯论莎士比亚

一、马克思恩格斯对莎士比亚的热爱和尊崇

莎士比亚是欧洲文艺复兴时期杰出的戏剧家和诗人。马克思、恩格斯都很热爱莎士比亚及其作品。马克思阅读过德、法、英等国许多作家的作品，其中他最喜欢的是莎士比亚、埃斯库罗斯、歌德三人，尤其是莎士比亚。[1]出于对莎士比亚的热爱和尊崇，马克思不允许任何人贬低莎士比亚。德国政论家、资产阶级激进派阿·卢格 1858 年在文学周刊《德国博物馆》上发表了几篇文章，认为“莎士比亚没有哲学体系”，够不上戏剧诗人，马克思读后勃然大怒，斥卢格为“畜生”。当时有人歪曲莎士比亚，恩格斯在 1873 年 12 月 10 日致马克思的书信中指出：“单是《温莎的风流娘儿们》的第一部就比全德国文学包含着更多的生活气息和现实性。单是那个兰斯和他的狗可莱勃就比全部德国喜剧家加在一起更具有价值。”[2]由于马克思非常热爱莎士比亚，他全家都成了莎士比亚迷。马克思夫人和他的三个女儿在“自白”中都异口同声表示，莎士比亚是他们最喜爱的诗人。他们与恩格斯曾组织莎士比亚小组“道勃雷”（莎士比亚喜剧《无事烦恼》中一角色名）俱乐部，每两周一次，举行莎士比亚剧作朗诵会。对莎士比亚，马克思、恩格斯虽然没有专文论述，但在许多场合评论过莎士比亚，在他们一生的大量著作中经常引用莎士比亚的戏剧作品和人物。据前苏联学者姆·拉扎列瓦统计，马克思、恩格斯在他们的著作中共援引莎士比亚作品约 150 次[3]，实际上远不止此数。据我国学者就目前我国出版的《马克思恩格斯全集》所作的统计，仅在马克思的著作和信件中（不包括恩格斯的著作）涉及莎士比亚的作品就有 147 次之多。莎士比亚创作的 37 部著作中，马克思援引过的有 21 部（仅就著作而言，不包括通信）。在马克思

著作中出现过的莎士比亚的剧中人物达47个，其中出现次数最多的是《亨利四世》《温莎的风流娘儿们》中的约翰·福斯泰夫，达32次。[4]在以《福格特先生》为总标题的一系列文章中，马克思先后20余次以福斯泰夫来比喻福格特——曾经是小资产阶级民主主义者，后来堕落为路易·波拿巴的密探，积极参与对无产阶级革命家进行诬蔑和攻击的家伙。马克思说“不朽的约翰·福斯泰夫爵士”是“卡尔·福格特的老祖宗”[5]。马克思还把莎士比亚具有独特风格的词句大量摘录出来，整理分类。他曾经成段地引用《雅典的泰门》中的台词：“金子，黄黄的、发光的、宝贵的金子！……这东西，只这一点点，就可使黑的变成白的，丑的变成美的，错的变成对的，卑贱变成尊贵，老人变成少年，懦夫变成勇士。”[6]马克思指出莎士比亚对金钱的理解比一个现代的德国哲学家，那些满口理解的小资产者深刻得多，说“莎士比亚绝妙地描绘了货币的本质”。对中国读者来说倍感亲切的是，马克思曾多次以莎士比亚作品中的台词和人物来揭露发动肮脏的鸦片战争的元凶之一，当时的英国外交大臣帕麦斯顿。在《帕麦斯顿勋爵》一文的开始，马克思就引用了莎士比亚《皆大欢喜》一剧中的台词，说这位勋爵“没有眼睛，没有牙齿，没有味觉，没有一切。”[7]充分表示出马克思对这么一个罪恶的侵略者的强烈憎恨。以后马克思又以福斯泰夫来讽喻帕麦斯顿，在《英国即将来临的选举》一文中，马克思以《约翰王》一剧中的话来揭露帕麦斯顿这个贩卖鸦片“麻醉世人的甜蜜毒药”的鸦片贩子，是如何“忠心耿耿地为‘私利’这个颠倒乾坤的势力服务的。”[8]恩格斯1859年5月18日致拉萨尔的信中认为戏剧的发展应当是“德国戏剧具有较大的思想深度和意识到的历史内容，同莎士比亚剧作的情节的生动性和丰富性的完美的融合”。[9]赞许莎士比亚历史剧中的“福斯泰夫式的背景”。从以上引述可以看出，马克思、恩格斯对莎士比亚及其作品的评价是很高的。

马克思、恩格斯对莎士比亚这样热爱和尊崇，在自己的著作中大量引用莎士比亚的作品和人物，其原因我们认为主要有以下两点：第一，“莎士比亚是欧洲文学史上少数几个最杰出的作家之一。”[10]“莎士比亚的剧作是世界艺术的顶峰之一。”[11]他的剧作以高超的艺术技巧，令人惊叹地表现了他所处的时代和时代精神，开创了现实主义戏剧创作的新生面，是世界戏剧文学中最宝贵的财富。他的作品正如恩格斯所说，不仅具有“较大的思想深度和意识到的历史内容”，而且具有“情节的生动性和丰富性”，是思想性和艺术性的“完美融合”。[12]马克思、恩格斯比莎士比亚后出生二百五十多年，而仍然肯定莎士比亚作品的意义和价值，就因为莎士比亚作品不仅在文艺复兴时期起过进步作用，而且在无产阶级登上历史舞台时期仍然起着鞭挞资产阶级的进步作用，即使在现代资本主义社会和还存在资产阶级思想残余的社会主义社会中也还有借鉴价值。马克思、恩格斯正是从历史上的阶级斗争实际和文学的社会作用出发，以无产阶级的立场观点方法，历史地肯定莎士比亚的。莎士毕亚同时代的英国剧作家本·琼生曾说：莎士比亚是“时代的灵魂!”，“他不属于一个时代而属于所有的世纪!”三四百年来莎士比亚的作品早已跨越了国度和时间的限制，成为全世界各个时代人民的共同财富。第二，莎士比亚的作品对马克思的思想发展、科学研究以及著书立说都提供了帮助。莎士比亚是欧洲文艺复兴时期最有成就的作家之一。恩格斯曾指出，文艺复兴是“人类前所未有的最伟大的进步的革命”。这个时期的英国正处于封建制度解体，资本主义兴起的大转变时代。以神为中心的世界观正在消灭，以个人为中心的资产阶级世界观正在深入人心。这时，新兴的资产阶级还是一个正在成长的革命阶级，有与封建的宗教的黑暗势力作斗争的革命朝气。人文主义是新兴资产阶级反对封建的思想武器，它和中世纪的封建的、教会的思想进行斗争，提倡人道以反对神道，提倡人权以反对绝对君权，提倡个性解放以反对宗教桎梏。莎士比亚是具有民主倾向的人文主义作家，他运用人道主义的思想武器进行反封建斗争，这在当时，不仅直接为资产阶级制造舆论，而且符合广大人民的愿望和利益。莎士比亚善于思考，生活感受深，艺术修养高，加上他吸收了欧洲各国的新文化、新思想，因此他的作品广泛而深刻地反映了当时英国社会的政治、经济、思想、文化和风俗习惯，充满了对腐朽的封建制度的深刻揭露和批判，表现了人文主义思想，在历史上起过很大的进步作用。不仅如此，莎士比亚观察力极为敏锐，他能意识到历史发展的规律，早在资本主义上升时期，他就看到资本主义社会的金钱关系和资产阶级的利己主义，作品有力地揭示了资产阶级社会“金钱万能”的世态和资产阶级弱肉强食的掠夺本质。马克思曾在《资本论》中不止一次地引用过《雅典的泰门》这一剧本里控诉黄金在资产阶级社会的罪恶作用的诗句。他在阅读詹姆斯·穆勒的经济学著作时所做的笔记中用《威尼斯商人》中夏洛克的所作所为，来分析并描述资本主义社会的借贷、买卖关系。马克思甚至公开表明，在说明金钱的作用这一点上，伊丽莎白一世时代的作家莎士比亚要比与他同时代的哲学家、经济学家描述得更明确、更清楚。这一切都说明，莎士比亚的作品，对马克思的思想认识、科学研究以及著书立说都提供了帮助。

二、马克思恩格斯论要“莎士比亚化”不要“席勒式”

“莎士比亚化”和“席勒式”这两个概念是马克思、恩格斯提出来的。马克思于1859年4月19日写信给斐·拉萨尔，针对他的历史悲剧《弗兰茨·冯·济金根》的创作不从生活的历史真实出发，而从主观观念出发的唯心主义倾向，向他指出：“这样，你就得更加莎士比亚化，而我认为，你的最大缺点就是席勒式地把个人变成时代精神的单纯的传声筒。”[13]过了一个月（5月18日），恩格斯提醒拉萨尔，要他“多注意莎士比亚在戏剧发展史上的意义”，并强调说：“我认为，我们不应该为了观念的东西而忘掉现实主义的东西，为了席勒而忘掉莎士比亚。”[14]在这里，马克思、恩格斯明确地向拉萨尔指出，文艺创作要“莎士比亚化”，不要“席勒式”，这是马克思主义美学的一个重要问题。那么，我们应该如何理解“莎士比亚化”和“席勒式”呢？

关于“莎士比亚化”，我国文艺界有过多种不同的解释，但一般认为就是指莎士比亚戏剧创作中所体现出来的现实主义创作原则或艺术成就。具体地说，它有以下几个方面的基本特征：

首先，莎士比亚善于描绘广阔的时代背景，多方面地反映社会生活的真实。莎士比亚的戏剧描绘了广阔的社会生活图景，从古代到当代，从宫廷到战场，从市肆到乡村，从英国到意大利，把文艺复兴时期五光十色的社会都收罗眼底，但主要的则是16、17世纪的英国现实。恩格斯把莎士比亚戏剧在这方面的艺术成就形象地概括为描写了一幅“福斯泰夫式的背景”，“介绍那时五光十色的平民社会”。福斯泰夫是莎士比亚在《亨利四十》《亨利五十》和喜剧《温莎的风流娘儿们》中塑造的一个极为复杂的活生生的艺术形象，是封建制度解体时期的一个破落的贵族骑士的典型。在上述三部剧作里作者对福斯泰夫进行了深刻而全面的刻画，他平日以爵士自居，神通广大，上下结交，贪酒好色，吹牛撒谎，纠集同伙，为非作歹；战时利用征兵，诈取钱财。既贪婪成性又胆小如鼠，既诡计多端又机智幽默，他性格复杂，缺点很多，但又不到奸恶程度，构不成罪。莎士比亚让福斯泰夫广泛地接触到五光十色的平民社会。在他周围同他联系的有国王、王子、武士、乡绅、衙役、资产者、仆从、妓女、强盗、流氓、骗子等各阶层人物，以他为中心构成了一幅“福斯泰式的背景”。读者透过这幅背景，可以看到封建社会解体过程中英国动荡不安的社会状况，诸如封建贵族的互相争夺和残杀以及他们的破落、资产者的发迹、贪官污吏的敲诈、冒险家的拦路抢劫、凶悍警吏的搜捕、军界的抓丁买兵、工匠仆役的失业、农民的流离失所和饥寒交迫等等。整个历史变革时期的政治、经济、军事状况，阶级关系的变动，人们的精神风貌和时代的风土民习，社会生活的各个领域都真实生动形象地表现出来了。

其次，莎士比亚善于真实地再现典型环境中的典型人物，人物性格具有多面性、复杂性和鲜明性。恩格斯曾明确地指出："据我看来，现实主义的意思是，除细节的真实外，还要真实地再现典型环境中的典型人物。"[15]作为现实主义艺术大师，莎士比亚十分注重并善于广阔而深刻地描绘具有时代特征的典形环境，让典型人物生活在特定的典型环境之中。在莎士比亚的戏剧里，不是孤立地描写一个世界，而是多侧面、多系列地展现社会各阶层变化和发展的态势。他不去单纯地描写主人公的命运，而是将人物的命运摆到整个时代各种社会矛盾中去展开。以王子哈姆莱特与国王克劳狄斯的斗争为中心矛盾的《哈姆莱特》，所描绘的社会生活画面已远远地突破了宫廷的限制。这里有宫廷的密谋，守夜人的惊恐，封建家庭的训子，深闺恋人的痛苦，墓园里掘墓人的不平，宫廷外平民的暴动，边界上敌军压境，城堡内外戒备森严，还有戏剧界严肃的艺人被排挤的事实。丰富多彩地展现出一幅动荡不安、危机四伏的社会的时代的缩影，为描绘主要矛盾提供了一个广阔的社会背景，为主要人物形象提供了一个出色的典型环境。

关于人物的性格描绘，针对拉萨尔自夸为"一个主要受古代文艺及其光辉的作品所哺育而获得艺术观的人"，恩格斯告诉他："古代人的性格描绘在今天是不再够用了"，为了描绘鲜明的个性，应该"多注意莎士比亚在戏剧发展史上的意义"。这个"意义"世所公认，恰恰首先表现在性格描写的创新上。莎士比亚打破了古希腊悲剧描绘性格的古典主义方法，代之以现实主义的个性化，从而实现了戏剧史上划时代的伟大进步。前苏联著名莎学专家罗·萨马林认为，莎士比亚在戏剧史上的伟大革新，"就在于他提供了这样一种新概念：每一个人都是由人的本性、思想和感情（它们有时是尖锐地对立着的）所组成的不可重复的、丰富而复杂的世界。通过莎士比亚那些富于生活经验的多侧面的形象，世界文学第一次鲜明地刻画出个性的不可重复的特点，人的内心生动的丰富性和复杂性……"[16]只要将莎士比亚的悲剧和古希腊的悲剧在性格描绘方面作一比较，就知道萨马林的说法是十分正确的。古希腊人认为，人物的性格取决于人物身上占主导地位的某种固定的气质。古希腊悲剧中高尚的理想人物，例如俄狄浦斯、普罗米修斯、安提戈涅，都有较为单一的性格特征，他们在和命运（常归之于为神意）的斗争中，几乎在任何环境下都一成不变地按照各自固定的性格特征行动着。他们的性格缺乏多面性，也较少变化和发展，这其实只是一些“性格类型”，而不是个性化的性格。莎士比亚笔下的人物性格就完全两样了。他们大多数实现了个性和共性的艺术统一。无论是思想深刻、富有探索精神而又忧郁沉思的哈姆莱特，还是刚正不阿、单纯轻信的奥赛罗；无论是由专横傲慢转变为富有人文主义理想光辉的李尔王，还是权势熏心、残酷无情而又不乏恐惧心理的麦克白；无论吝啬、贪婪、残忍的夏洛克，还是才智超群的鲍西娅，都是一些形象鲜明、个性突出的人物。他们都是像生活中的人物一样丰富多彩，性格具有多面性和复杂性。在莎士比亚笔下，正面人物的肯定品质占主导地位，同时也有他的弱点，譬如哈姆莱特；反面人物的否定品质占主导地位，同时又具有某种值得肯定的成分，譬如克劳狄斯。莎剧中人物的性格不仅具有多面性、复杂性、鲜明性，而且始终处于发展、变化之中。他的人物总是处在内外两种矛盾冲突之中，人物的性格也总是在这种与客观环境矛盾冲突和自身内心矛盾冲突的发展过程中成长、变化。哈姆莱特的性格就有着鲜明的发展阶段性，他原是一个热情天真的“快乐的王子”，受到意外事故的残酷打击以后，成了一个“忧郁的王子”，在明确了复仇的目标和责任后，因种种原因而成了一个“行动延宕的王子”。各个时期的性格因素又是相互联系、相互渗透，形成哈姆莱特典型性格辩证的发展变化过程，这就使哈姆莱特的性格呈现出深刻的思想内涵和多面性的特点。莎士比亚在描绘人物性格时，还特别注意用对比的方法，把人物互相区别得更加鲜明，忧郁的丹麦王子就是一个非常明显的例证。但拉萨尔的济金根就完全不一样，既无主导性，又无丰富性和鲜明性，是一个纯粹的作家以意为之的人物。

再次，莎士比亚善于通过生动、丰富的场面和情节自然而然地表现作家的思想倾向。恩格斯在致敏·考茨基的信中指出：“我决不反对倾向诗本身。悲剧之父埃斯库罗斯和喜剧之父阿里斯托芬都是有强烈倾向的诗人，但丁和塞万提斯也不逊色；而席勒的《阴谋与爱情》的主要价值就在于它是德国第一部有政治倾向的戏剧。现代的那些写出优秀小说的俄国人和挪威人全是有倾向的作家。可是我认为倾向应当从场面和情节中自然而然地流露出来，而不应当特别把它指点出来；同时我认为作家不必要把他所描写的社会冲突的历史的未来的解决办法硬塞给读者。”[17]恩格斯在给拉萨尔的信中，特别强调戏剧创作要把“较大的思想深度和意识到的历史内容，同莎士比亚剧本的情节的生动性和丰富性”“完美的融合”起来。莎士比亚的每部剧作都安排了两条或两条以上互相衬托、交错发展的情节线索。《哈姆莱特》是一出描绘资产阶级人文主义者同封建帝王争夺统治权斗争的剧本。作品安排了三条为父复仇的情节线索，包括哈姆莱特、雷欧提斯和福丁布拉斯的复仇。雷欧提斯要尽孝子之道，是一种为复仇而复仇的封建传统的复仇方式；福丁布拉斯要夺回父亲输掉的土地，是一种以自身利益为转移的个人复仇方式；哈姆莱特自觉地将个人复仇与“重整乾坤”的使命结合起来，是一种理想的人文主义者的复仇方式。三条复仇线索的安排，既扩大了作品的容量，又突出了哈姆莱特复仇的悲剧意义。剧本在复仇情节之外，还写了许多次要情节，如爱情、友谊、家庭等等，用以烘托主要情节，充分显示作品的主题。戏中演戏，将克劳狄斯的罪恶行为和内心的惊恐万状，及其他人物的性格得到浓缩的表现；奥菲利娅在父亲死亡、情人远离后疯疯癫癫唱牧歌上场的凄凉场景；雷欧提斯兴师动众冲向宫廷的紧张气氛；情人惨死之后，立即安排一场掘墓人富有喜剧色彩的笑谈；当读者在笑声中冷静思考时，接着来了一场刀光剑影的决斗场面，顷刻间死去四个主要人物。这样，更增加了情节的生动性和丰富性。

最后，莎士比亚是一位世界杰出的戏剧语言大师。他在《哈姆莱特》中借人物之口指出：戏剧语言要“文字质朴而富于技巧”，要“兼有刚健与柔和之美，壮丽而不流于纤巧”。莎士比亚的戏剧语言达到了自己所倡导的审美标准，他的语言生动形象，丰富多彩，词汇量大，韵（诗体）散（散文体）结合，人物语言充分个性化，同时善于运用比喻、借代、夸张、双关、反语等修辞手法以增强语言的表现力。他的许多词句脍炙人口，成为英国全民语言的一部分。

上述四个方面是“莎士比亚化”主要的或者说基本的特征。马克思要拉萨尔“莎士比亚化”是为了帮助他克服“席勒式”的唯心主义错误倾向，并不是说莎士比亚的现实主义没有局限，更不是要我们去重复莎士比亚剧作的题材和情节，也不是让我们去机械地模仿莎士比亚的艺术手法，而是要求我们从自己的时代现实生活出发，去借鉴莎士比亚成功的艺术经验。这经验，既适用于戏剧，也适用于一切大型叙事文学体裁。

所谓“席勒式”主要是指席勒在从事历史、哲学研究时期，受康德的影响，在文学创作中表现出来的观念化，即不从现实生活的真实出发，而从抽象的观念出发；理想化，即把他所描写的人物和世界无限地加以美化，离开和超越了现实生活的土壤，以致把人物当作自己观念和理想的工具，即马克思所说的“席勒式地把个人变成时代精神的单纯的传声筒”。这种倾向在他的早期创作如《强盗》等中已露端倪，但严重的是在后来，1787 年写的《唐·卡洛斯》，可以说是表现“席勒式”创作倾向的代表作。这个剧本的两个主要人物是唐·卡洛斯和他的朋友波萨侯爵。波萨具有资产阶级的进步思想，梦想人类自由和社会正义的实现，他从尼德兰回到西班牙，不满于西班牙统治者对尼德兰人民的奴役，向国王菲利普二世要求思想自由，并劝说具有自由思想的唐·卡洛斯争取被派往尼德兰去参加独立斗争，帮助那里的人民获得解放。国王却决定派遣残暴的阿尔巴将军去镇压尼德兰。唐·卡洛斯和他的继母伊丽莎白相爱，由于阿尔巴和御前牧师多明吉的阴谋陷害，这两个代表进步力量的朋友先后遭到杀害。作者把唐·卡洛斯和波萨描写为追求自由和正义的理想化的人物，并加以热情赞美，说唐·卡洛斯是“正义事业的坚强堡垒”，“为人类幸福而战斗”的“世界第一人”。波萨是个“士为知己者死”式的人物，是“一个未来世界的公民”。他在别人播种死亡的地方播种生命。他把一颗心永远交给王子，是想“通过他拥抱整个世界”，他要在王子的灵魂中，“为千百万人筑起地上的天堂”。为此，他贡献了自己的全部大智大勇，以至于他死后，连国王也说：“他的心是为人类，为世界，为未来千秋万代的幸福而跳动。”席勒写此剧的目的是想通过它表现反对专制主义、要求自由的思想和关于抽象的“人”的理想。但是，唐·卡洛斯的恋爱、剧本的情节和内容却并不能包含如此重大的社会政治内容，而且剧中的人物，只不过是艺术虚构的产物，完全脱离了人物所生活的历史土壤，人物是根据、按照作者的主观观念和理想去说去做的。马克思说“席勒式地把人物变成时代精神的单纯的传声筒”，此剧最有代表性。这种创作结果是席勒的美学思想的必然产物。他在“素朴的诗和感伤的诗”中，把诗分为素朴的和感伤的两大类，并对两类诗形成的原因进行了分析。他写道：“在自然的素朴状态中，由于人以自己的一切能力作为一个和谐的统一体发生作用，他的全部天性因为表现在外在生活中，所以诗人的作用就必然是尽可能完美地模仿现实；在文明的状态中，由于人的天性的和谐活动仅仅是一个观念，所以诗人的作用就必然是把现实提高到理想，或者表现或显示理想。”[18]因为席勒要通过剧本表现或显示社会理想，而不注意完美地模仿现实，因而造成了把个人变成时代精神的传声筒的缺陷。当然“席勒式”不是指席勒的全部作品的全部缺点，而仅仅在指他创作中部分地存在的主观唯心主义的创作偏向，在接触席勒作品时，如果不是特别喜爱这种偏向，那席勒还是有不少艺术经验值得借鉴的。

席勒是18世纪德国的浪漫主义诗人、剧作家，也是著名的美学家。不可否认，有他自身的弱点和缺点，在艺术成就方面也不如莎士比亚卓著。但是，无论如何也无法否认席勒在德国历史上是一位伟大的进步的思想家和艺术家，在德国启蒙运动中发挥过重要作用，在德国文学发展中作出过巨大贡献。也无法否认席勒是一位伟大的反封建的战士。他的剧作影响很大。马克思、恩格斯在对待莎士比亚和席勒的态度上，对莎士比亚是比较推崇的，对席勒批评较多，这并不意味着席勒没有什么值得肯定，也并不意味着他们要全面否定席勒。恩格斯说席勒的剧本《强盗》“歌颂一个向全社会公开挑战的豪侠青年”，《阴谋与爱情》是“德国第一部有政治倾向的戏剧”，都得到了肯定的评价。因此，我们说，马克思、恩格斯提倡要“莎士比亚化”不要“席勒式”并不是全面否定席勒及其作品，而只是限于对他的创作的薄弱方面和严重缺陷作些批评。而且马克思、恩格斯的“莎士比亚化”和“席勒式”的概括，也是建立在对前人的研究资料进行分析和批判继承的基础之上的。前人评论莎士比亚，如赫士列特、撒·约翰逊、柯勒律治、歌德等，都把莎士比亚叫做“自然诗人”。从他们的评论看，所谓“自然”包括两层意义：一是像自然那样真实，一是像自然那样丰富。对席勒创作中的局限，前人也指出过。歌德曾批评说：“席勒对哲学的倾向损害了他的诗，因为这种倾向使他把理想看得高于一切自然，甚至消灭了自然。”对于这种倾向，席勒后来也有所认识和克服。1796 年，他在给一位朋友的信中说：“从前我在波萨和卡洛斯等人身上，试图用美丽的理想去代替那不足的现实，如今在华伦斯坦身上，我试着单纯用真实来弥补贫乏的理想（也就是热情）”，并表示要“遵循纯粹现实主义的途径来创造出一个戏剧性强烈的，包括真正生活原则的性格”。1798 年 6 月 27 日他给威廉·亨布尔物的信中说：“正是现在，当我的全部活动集中在创作上的时候，我每天都感到，一般抽象的概念对于我的创作没有什么帮助。”席勒的这个转变是从 1794 年他同歌德交往开始的，是同歌德对他的影响分不开的。他们的合作长达十年之久，这使席勒从哲学的研究上又回到文艺创作上来。这一时期的创作就没有了中期那种“席勒式”的倾向，他有意追求的现实主义的成分增多了。1799 年完成《华伦斯坦》和 1804 年完成的《威廉·退尔》就可说明这一点。

这里需要特别指出的是，有人说马克思、恩格斯提倡文艺创作要“莎士比亚化”不要“席勒式”，不过是出于他们在审美趣味方面的个人好恶而已。我们认为，这乃是一种皮相之论。早在 1933 年，瞿秋白就批评过这种说法，他指出：“马克思、恩格斯提倡‘莎士比亚化’而反对‘席勒式’，决不只是出于‘私人兴趣’，它在理论上有着‘原则性的意义’。这个意义便是‘鼓励现实主义’。”[18] 把“莎士比亚化”和“现实主义”联系起来，完全符合原著的精神。在这里，“观念的东西”和“现实主义的东西”、席勒和莎士比亚两两对举，“席勒式”相当于“观念的东西”，“莎士比亚化”则相当于“现实主义的东西”。瞿秋白以为提倡“莎士比亚化”便是“鼓励现实主义”，基本上揭示了它的内涵；后世许多学者把“莎士比亚化”当做马克思、恩格斯现实主义创作论的一个组成部分，力求从现实主义角度领会它的实质，这也是正确的。然而，“现实主义的东西”，毕竟不是“现实主义”的全部。无论是马克思的信或是恩格斯的信都表明，他们提出“莎士比亚化”，并不是在一般地讨论现实主义问题，而是对戏剧创作——准确地说是对悲剧创作——提出具体的现实主义要求。因此，我们不能把“莎士比亚化”跟马克思、恩格斯主张的现实主义创作原则简单的看作一回事，而应该如实地把它理解为从属于马克思、恩格斯的现实主义理论的一项具体的主张。既重视它和现实主义一般要求在精神上的相通之处，也不忽略它所包含的戏剧创作特别是悲剧创作的特定要求和具体内容。

参考文献：

[1]《马克思恩格斯全集》第31卷,北京:人民出版社1975年版,第588页。

[2]《马克思恩格斯全集》第33卷,北京:人民出版社1975年版,第108页。

[3]拉扎列瓦:《马克思著作中引用的莎士比亚作品》,前苏联《科学情报通讯》,1968年第17期,第161~166页。

[4]周士琳:《马克思与莎士比亚》,《外国语》(上海外国语学院学报),1982年第2期,第60页。

[5]《马克思恩格斯全集》第14卷,北京:人民出版社1975年版,第405页。

[6]《马克思恩格斯全集》第42卷,北京:人民出版社1975年版,第150~155页。

[7]《帕麦斯顿勋爵》,《马克思恩格斯全集》第9卷,北京:人民出版社1975年版,第389页。

[8]《英国即将来临的选举》,《马克思恩格斯全集》第12卷,北京:人民出版社1975年版,第161页。

[9]《马克思恩格斯论艺术》第1卷,北京:人民文学出版社1960年版,第37页。

[10]杨周翰等主编:《欧洲文学史》上卷,北京:人民文学出版社1979年版,第185页。

[11]阿尼克斯特:《英国文学史纲》,北京:人民文学出版社1980年版,第106页。

[12]恩格斯:《致斐·拉萨尔》,《马克思恩格斯选集》第4卷,北京:人民出版社1972年版,第343页。

[13]马克思:《致斐·拉萨尔》,《马克思恩格斯选集》第 4 卷,北京:人民出版社 1972 年版,第 340 页。

[14]恩格斯:《致斐·拉萨尔》,《马克思恩格斯选集》第 4 卷,北京:人民出版社 1972 年版,第 344 页。

[15]《恩格斯致玛·哈克奈斯》,《马克思恩格斯选集》第 4 卷,北京:人民出版社 1972 年版,第 462 页。

[16]罗·萨马林:《我们和莎士比亚的血缘关系》,《莎士比亚四百年诞辰纪念文集》,苏联科学出版社(莫斯科版),1964 年版,第 7 页。

[17]恩格斯:《致敏·考茨基》,《马克思恩格斯选集》第 4 卷,北京:人民出版社 1972 年版,第 454 页。

[18]《瞿秋白文集》(二),北京:人民文学出版社 1953 年版,第 1016 页。

第七论

马克思恩格斯论歌德和席勒

一、马克思恩格斯论歌德世界观和创作的两重性

歌德是18世纪后半期和19世纪初期德国的伟大作家，是马克思、恩格斯所热爱的诗人之一。马克思在“自白”中，对“您所热爱的诗人”这一问题的回答是：“莎士比亚、埃斯库罗斯、歌德。”[1]恩格斯曾坚持用“美学的观点和历史的观点”科学地论述歌德世界观和创作的两重性，批驳了卡尔·格律恩在《从人的观点论歌德》一文中对歌德的曲解。

“美学的观点和历史的观点”是恩格斯于1847年提出的文艺批评的标准。当时，德国的激进的小资产阶级评论家白尔尼和“真正的社会主义者”卡尔·格律恩，他们或从道德的、党派的观点攻击歌德不是自由主义者，或从抽象的人的观点出发，说歌德是“人的诗人”等等。面对这种错误倾向，恩格斯在书评《卡尔·格律恩‘从人的观点论歌德’》中明确地指出：“我们决不是从道德的、党派的观点来责备歌德，而只是从美学和历史的观点来责备他；我们并不是用道德的、政治的、或‘人的’尺度来衡量。”[2]1859年，恩格斯就拉萨尔的剧本《弗兰茨·冯·济金根》的评论写给作者的信中，重申了他依据的批评标准。他说，“您看，我是从美学观点和历史观点，以非常高的、即最高的标准来衡量您的作品的，而且我必须这样做才能提出一些反对意见，这对您来说正是我推崇这篇作品的最好证明。”[3]马克思也曾多次明确地表述过同恩格斯类似的见解。他称赞巴尔扎克的《人间喜剧》“用诗情画意的镜子反映了整整一个时代”[4]；劝告拉萨尔要“在更高得多的程度上用最朴素的形式把最现代的思想表现出来”。[5]这里，“诗情画意的镜子”和“最朴素的形式”属于美学的要求，“反映了整整一个时代”和表现“最现代的思想”属

于历史的要求。可见，运用这样两个观点并把它们统一起来评价作家作品，这是马克思主义一贯坚持的文艺批评标准。

那么，何谓美学观点和历史观点？马克思、恩格斯在他们的批评实践中又是怎样运用这两个观点评价歌德的呢？

马克思、恩格斯并没有对美学观点和历史观点作出直接的、正面的阐述说明，但是在马克思、恩格斯的批评实践中，特别是对歌德的评论中和对拉萨尔的剧本《济金根》的分析中，却严格贯彻和体现了美学观点和历史观点的原则，可以使我们从中把握美学批评和历史批评的基本精神。所谓美学观点，是指既包括内容和形式、思想和艺术的关于艺术的基本观点。运用这个观点进行文艺批评，必须对作品的内容和形式、思想和艺术以及二者的关系进行具体的分析，从而正确判断作品的美学价值。所谓历史观点，就是历史唯物主义观点。用历史唯物主义观点批评文艺，就是要求把作家、作品放在特定的时代和历史条件下进行考察，作历史的、社会的、阶级的具体分析，看其是否反映了历史的真实、是否有进步的倾向，并以此作为价值判断的标准。恩格斯对歌德的评论就是这样做的。下面我们来看恩格斯对歌德的具体评论：

歌德在自己的作品中，对当时的德国社会的态度是带有两重性的。有时他对它是敌视的，如在“伊菲姬尼亚”里和在意大利旅行的整个期间，他讨厌它，企图逃避它；他像葛茈，普罗米修斯和浮士德一样地反对它，向它投以靡非斯特非勒斯的辛辣的嘲笑。有时又相反，如在“温和的讽刺诗”诗集里的大部分诗篇中和在许多散文作品中，他亲近它，“迁就”它，在“化装游行”里他称赞它，特别是在所有谈到法国革命的著作里，他甚至保护它，帮助它抵抗那向它冲来的历史浪潮。问题不仅在于，歌德承认德国生活中的某些方面而反对他所敌视的另一些方面。这常常不过是他的各种情绪的表现而已；他心中经常进行着天才诗人和法兰克福市议员的谨慎的儿子、可敬的魏玛枢密顾问之间的斗争；前者厌恶周围环境的鄙俗气，而后者却不得不对这种鄙俗气妥协，迁就。因此，歌德有时非常伟大，有时极为渺小；有时是叛逆的、爱嘲笑的、鄙视世界的天才，有时则是谨小慎微、事事知足、胸襟狭隘的庸人，连歌德也无力战胜德国的鄙俗气；相反，倒是鄙俗气战胜了他；鄙俗气对最伟大的德国人所取得的这个胜利，充分地证明了“从内部”战胜鄙俗气是不可能的。歌德过于博学，天性过于活跃，过于富有血肉，因此不能像席勒那样逃向康德的理想来摆脱鄙俗气；他过于敏锐，因此不能不看到这种逃跑归根到底不过是以夸张的鄙俗气来代替平凡的鄙俗气。他的气质、他的精力、他的全部精神意向都把他推向实际生活，而他所接触的实际生活却是很可怜的。他的生活环境是他应该鄙视的，但是他又始终被困在这个他所能活动的唯一的生活环境里。歌德总是面临着这种进退维谷的境地，而且愈到晚年，这个伟大的诗人就愈是疲于斗争，愈是向平庸的魏玛大臣让步。我们并不像白尔尼和门采尔那样责备歌德不是自由主义者，我们是嫌他有时居然是个庸人；我们并不是责备他没有热心争取德国的自由，而是嫌他由于对当代一切伟大的历史浪潮所产生的庸人的恐惧心理而牺牲了自己有时从心底出现的较正确的美感；我们并不是责备他做过宫臣，而是嫌他在拿破仑清扫德国这个庞大的奥吉亚斯的牛圈的时候，竟能郑重其事地替德意志的一个微不足道的小宫廷做毫无意义的事情和寻找 menas plaisirs。（希腊神话中奥吉亚斯王的巨大的极其肮脏的牛圈。意思是指极端肮脏的地方）[6]

从以上所引的一大段论述中，我们可以看出这样几个意思：1. 歌德的世界观和创作充满着矛盾，他对当时的德国社会的态度是带有两重性的：既敌视、讨厌、反对、嘲笑，又亲近、迁就、保护、帮助。对于 1789 年法国革命的态度，歌德也是矛盾的。他曾对艾克曼说过："革命决不是人民的错误，而是政府的错误。"对法国革命的伟大的历史意义，歌德也似乎有所认识，他说过："从此时此地起，世界历史将开始一个新的时代。"可是当革命深入发展，起义人民用暴力摧毁专制统治时，歌德却是疑惧、反对的。这正如恩格斯所说歌德同"整个资产阶级和贵族中的优秀人物"一样，革命初期，他们是"为革命欢欣鼓舞的朋友"，而当革命进入流血阶段时，这些人"都变成了革命的最疯狂的敌人"。[7]对德国社会和法国革命这种两重性的态度都表现在他的著作里。2. 恩格斯把歌德放在特定的历史条件下，对造成歌德这种两重性的态度的原因作了时代的、社会的、阶级的具体分析。恩格斯指出：歌德一方面是一个"天才诗人"，另一方面又是一个"法兰克福市议员的谨慎的儿子、可敬的魏玛的枢密顾问"；"他的生活环境是他应该鄙视的，但是他又始终被困在这个他所能活动的唯一的生活环境里。歌德总是面临着这种进退维谷的境地"。当时德国经济落后，小市民的庸人习气笼罩着整个德国，这对歌德产生了极大的影响。歌德所生活的那个特定的社会环境决定着歌德对当时的德国社会的态度。歌德世界观和创作的矛盾，正是他生活的社会矛盾的反映。3. 恩格斯不仅论述了造成歌德世界观两重性的社会历史原因，而且通过歌德和席勒的对比，在更深层次上揭示了产生歌德两重态度的个人原因。指出歌德的个性特征"过于博学""过于活跃""过于富有血肉"，"因此不能像席勒那样逃向康德的理想来摆脱鄙俗气"；他"过于敏锐"，"因此不能不看到这种逃跑归根到底不过是以夸张的鄙俗气来代替平凡的鄙俗气"。歌德个人这种特有的气质、性格、精力和全部意向，使他成为一个既“非常伟大”又“极为渺小”的作家。4. 恩格斯评论歌德的前提是把他当做一个诗人而不是政治家。歌德首先是一个伟大的诗人而不是一个政治家。因此，不应该用政治标准去苛求他；而歌德需要批评的是，他不应丧失了作为一个诗人和艺术家所不应丧失的“较正确的美感”。如果我们把恩格斯对歌德的分析论述，同卡尔·格律恩和白尔尼、门采尔对歌德的分析论述作一比较，就可看出美学的和历史的文艺批评的巨大深度和力量。卡尔·格律恩在评论歌德时，用抽象的人性观点，离开人的社会属性，离开人的历史发展，说歌德不是“民族的诗人”，而是什么“人的诗人”，把歌德作品中所描写的一切小市民的鄙俗的东西，说成是真正的“人的东西”，表现了“完美的人性”。对此，恩格斯曾给予无情的揭露和辛辣的讽刺。他说：

如果我们在上面只是从一个方面观察了歌德，那么这完全是格律恩先生的罪过。他丝毫没有描写歌德伟大的一面。对于歌德的一切确实伟大的和天才的地方，例如，“浪荡公子”歌德的《罗马哀歌》，格律恩先生不是匆匆地一闪而过，就是滔滔不绝地说一通言之无物的废话。但是他却以少有的勤勉去搜罗一切庸俗的、一切小市民的、一切琐屑的东西，把所有这些收集在一起，用真正文学家的笔法加以夸张，并且每当他有可能利用歌德的权威，而且还常常是被歪曲了的歌德的权威来支配自己的狭隘性的时候，他就兴高采烈起来……他对歌德的每一句庸俗的语言所嘟嘟囔囔地说出来的感激不尽的话，这才是被侮辱的历史所能给予最伟大的德国诗人的最残酷的报复。[8]

格律恩一类的庸人把歌德一切庸俗的、小市民的、琐屑的东西搜集起来，用文学家的笔法加以夸张；对歌德思想中的落后部分，极为推崇，赞扬备至，利用歌德的权威，来鼓吹他们的错误观点，不过是拉大旗作虎皮，借歌德的声望来抬高自己。他们全然不顾歌德生活的特定时代和历史条件，不顾形成歌德世界观和艺术观的复杂的社会原因、阶级原因、个人原因，从宗派主义立场出发，以十分偏激的态度，用所谓“党派的”“政治的”和“道德的”尺度衡量歌德。他们责备歌德对德国革命保持沉默，不去参加反对拿破仑的斗争，没有为争取德国自由尽到责任；指责歌德出任魏玛宫臣，是不道德的、无个性的人，甚至辱骂歌德是公侯的奴仆、押韵的乡愿等等。总之，在他们看来，歌德一无是处，应该加以全盘否定。格律恩和白尔尼、门采尔对歌德的具体评价虽截然不同，但他们用以评论作家、作品的标准，都是同美学的和历史的标准背道而驰的。

文艺批评的美学观点和历史观点，是各有特点，有其相对的独立性。正因为如此，马克思、恩格斯在他们的批评实践中，在对具体作家作品的评论中，有时侧重美学观点的分析，如对莎士比亚等的现实主义创作成就的分析；有时侧重于历史观点的分析，如对歌德世界观和创作的两重性的分析。尽管如此，但绝不能认为马克思、恩格斯的文艺批评，仅仅是纯美学的艺术分析，或仅仅是纯历史的社会分析。“侧重点”不同并非偏向一个方面而忽视另一个方面。实践证明，马克思、恩格斯的文艺批评坚持了美学观点和历史观点的统一。

二、马克思恩格斯论席勒的剧作和“席勒式”

席勒是18世纪德国资产阶级上升时期伟大的戏剧家和诗人，也是著名的美学家。他和歌德同是德国文史上著名的狂飙突进运动的主将和启蒙主义文学的代表人物，被公认为德国文坛上的双子星座。这两位伟大的作家曾在文学上亲密合作整整10年，使德国文学达到了前所未有的高峰，谱写了德国文学史上最辉煌的“华彩乐章”，给世界文坛留下了一段动人的美谈。

作为伟大的戏剧家，席勒的前期剧作主要有：《强盗》《阴谋与爱情》《堂·卡洛斯》等；后期的剧作主要有：《华伦斯坦》三部曲、《奥里昂姑娘》、《威廉·退尔》等。其中《强盗》是青年席勒的第一部剧本，也是他的成名作；《阴谋与爱情》是席勒的代表作，也是世界戏剧的名著之一。这两部剧作确立了席勒的反对封建专制制度、争取自由和民族觉醒的创作道路，都得到了恩格斯的肯定评价。《强盗》的主人公是一个有理想和豪侠气概的纯洁青年。他为当时腐朽社会所迫，加入了强盗对伍，杀富济贫。这个剧本充满了批判激情和抗争精神，体现了德国青年对封建专制制度的反抗。在《强盗》第二版的扉页上，席勒写了“打倒暴纣者”的口号，并引用古席腊名医希波克拉特的话：“药不能医者，以铁治之；铁不能治者，以火治之。”战斗热情极为强烈。这个剧本一上演，就像干柴上的一把火，点燃了人民反抗暴政的激情，立刻引起整个社会的轰动。恩格斯曾称赞该剧是“歌颂一个向全社会公开宣战的豪侠青年”。[9]《阴谋与爱情》的剧情是：宰相瓦尔特的儿子斐迪南和平民乐师米勒的女儿露伊丝深深相爱，但这对年轻人的爱情既遭到作为平民的米勒的反对，也遭到作为贵族的宰相瓦尔特的破坏。米勒反对他女儿爱上一位贵族公子，是因为他认为门第不当，贵族公子不可能真正爱平民姑娘。宰相瓦尔特反对他儿子爱上平民的女儿，除了门第不当外，主要原因是宰相要他的儿子立刻娶大公爵的一位情妇为妻，以博得大公爵的欢心，借以确保自己的政治地位和飞黄腾达。为了制造公爵与情妇断交的假相，必须找人同情妇“结婚”。宰相明白，只要斐迪南娶了公爵的情妇，他就可以把公爵控制在自己的手里。可是斐迪南下定决心要排除等级差别和一切障碍与露伊丝结婚，并且恫吓他的父亲，如果再强迫他们分离，他就要公开所知道的宰相的罪行。宰相的秘书由于自己曾向露伊丝求婚未成，怀恨在心，向宰相献出诡计：绑架米勒老人，强迫露伊丝给不认识的宫廷侍卫长写情书，并要露伊丝守口如瓶。为了保住父亲，露伊丝只得如此。斐迪南看到信后，再三追问露伊丝。在极端绝望之下，斐迪南给自己和露伊丝服下毒药自杀。一对年轻人为了纯洁的爱情双双殉情，成为宫廷阴谋的牺牲品。剧中的女主人公露伊丝是一个善良纯洁的女性，她不趋炎附势，与斐迪南相爱，丝毫不顾地位和等级的悬殊，她深深地厌恶封建贵族的阶级偏见，对自己卑微的出身丝毫不觉可耻，充满了信心和乐观精神。她的性格体现了当时德国进步青年反对封建专制制度、要求自由平等的思想，她在剧中呼喊出“等级的限制都要倒塌，阶级可恨的皮壳都要破裂！人就是人!”可以说是惊天动地，体现了时代的心声。斐迪南虽出身贵族，但他接受了启蒙主义的新思想，他的世界观、价值观与贵族阶级截然不同，他曾说：“我拒绝承继那种让我记起一个丑恶的父亲的遗产!”他不顾父亲的强烈反对与露伊丝相爱，体现了他对封建专制制度的反抗和痛恨。《阴谋与爱情》通过斐迪南与露伊丝的爱情悲剧，通过他们可歌可泣的爱情命运，有力地控诉了专制统治的暴虐和宫廷的腐败、黑暗，深刻地反映了德国市民阶级和封建统治阶级的矛盾冲突，表现了市民群众追求平等自由和个性解放的强烈愿望，具有鲜明的反封建的政治倾向和启蒙主义的思想意蕴。因而被恩格斯称赞为“德国第一部有政治倾向的作品”。[10]当然，莱辛的《爱弥利亚·迦洛蒂》、歌德的《葛兹》，席勒的另一个剧本《强盗》，也都是有政治倾向的戏剧。但是，在《阴谋与爱情》中，作者敢于面对这样黑暗的现实，并勇敢地、充分地把它反映出来，特别富有戏剧性和战斗性。席勒曾公开声称：“剧中事件发生在德国某一宫廷中。”据研究者的考定：剧中的许多人物都是以符腾堡奥金宫廷中的人物为原型的。例如，宰相瓦尔特、公爵的情妇米尔佛特夫人、秘书伍尔牧，其原型就是符腾堡公国的部长蒙马登、奥金公爵的情妇佛兰西斯卡和卖身投靠的无耻文人维特列德。他们在符腾堡行政机构中都占有重要地位。这个剧本演出时，获得了巨大的成功。它在德国的任何一个舞台上，都能强烈地打动人心，使观众激动起来。因为专横与残暴，狡诈的阴谋与合法的荒淫，在德国所有的宫廷里，都是普遍存在的事实。剧本虽然只描写一个公国的黑暗，观众却在剧本的背后，看见了整个德国的黑暗。通过这个剧本，我们可以看出席勒对于当时德国的封建暴君的血腥专制制度和他们的一切侵犯人权的暴虐统治，抨击得何等的猛烈。难怪恩格斯认为席勒的作品“洋溢着对整个德国社会挑战和叛逆的精神”。

马克思、恩格斯一方面肯定了《强盗》《阴谋与爱情》的意义与价值，另一方面对席勒剧作中存在的缺点，即“席勒式”的不良倾向进行了批评，提出了要“莎士比亚化”不要“席勒式”的美学主张。1859 年，马克思针对拉萨尔在历史剧《济金根》的创作中不从生活的历史真实出发，而从主观观念出发，向他指出：“这样，你就得更加莎士比亚化，而我认为，你的最大缺点就是席勒式地把个人变成时代精神的单纯的传声筒。”[11]与马克思写此信的同时，恩格斯也针对《济金根》致信拉萨尔，同样向他指出：“我认为，我们不应该为了观念的东西而忘掉现实主义的东西，为了席勒而忘掉莎士比亚。”[12]马克思说的“莎士比亚化”和“席勒式”、恩格斯说的“现实主义的东西”和“观念的东西”，是什么意思呢？

关于“莎士比亚化”的意思，根据马克思、恩格斯的有关论述，我们可知它指的是莎士比亚戏剧创作中所体现出来的现实主义创作原则和艺术成就。具体地说，莎士比亚戏剧创作的艺术成就主要有以下几个方面：

1. 广泛而深刻地反映社会各阶层的现实生活，描绘具有时代特征的社会背景和典型环境。在莎士比亚的戏剧里，不是孤立地描写一个世界，而是多侧面多系列地描写社会各阶层变化和发展的态势。恩格斯把莎士比亚戏剧在这方面的艺术成就形象地概括为描写了一幅“福斯泰夫式的背景”，“介绍那时五光十色的平民社会”。[13]

2. 坚持现实主义创作原则，真实地再现典型环境中的典型人物。恩格斯曾明确地指出：“据我看来，现实主义的意思是，除细节描写的真实外，还要真实地再现典型环境中的典型人物。”[14]作为一种现实主义艺术创作原则，“莎士比亚化”在人物塑造上，十分注意把所要描写的人物放在特定的典型环境和充分发展的现实关系中，让人物的性格和命运摆到整个时代的各种社会矛盾中去展开，表现出具有多面性、复杂性和鲜明性的典型性格。

3. 通过生动、丰富的场面和情节自然而然地表现作家的思想和倾向。恩格斯指出：“我决不反对倾向诗本身。悲剧之父埃斯库罗斯和喜剧之父阿里斯托芬都是有倾向的诗人……席勒的《阴谋与爱》的主要价值就在于它是德国第一部有政治倾向的戏剧……可是我认为倾向应当从场面和情节中自然而然地流露出来，而不应当特别把它指点出来；同时我认为作家不必把他所描写的社会冲突的历史的未来的解决办法硬塞给读者。”[15]在莎士比亚戏剧中，作家的思想和倾向总是通过生动、丰富的情节自然而然地流露出来的。

马克思所说的“莎士比亚化”与“席勒式”是相互对立的两种美学范式。所谓“席勒式”，即是指席勒创作中部分地存在的主观唯心主义创作倾向，主要表现是力求回避现实矛盾，沉湎于不能实现的理想的精神意象之外。在创作过程中则表现为从作家自我出发，以主观热情代替对客观现实的清醒观察，以抽象观念的演绎代替对实际生活的真实描写。在人物塑造上则表现为人物的抽象化、理想化、概念化，即把人物变成时代精神的单纯的传声筒，让人物宣讲作者的思想，缺乏性格真实。这种不良的创作倾向在《强盗》《阴谋与爱情》中已初露端倪，而在《唐·卡洛斯》中表现更加突出。《唐·卡洛斯》可以说是表现“席勒式”的创作倾向的代表作。这个剧本的两个主要人物是唐·卡洛斯和他的朋友波萨侯爵。作者把唐·卡洛斯和波萨描写为追求自由和正义的理想化的人物，并加以热情赞美，说唐·卡洛斯是“正义事业的坚强堡垒”，“为人类幸福而战斗”的“世界第一人”。波萨是个“士为知己者死”式的人物，是“一个未来世界的公民”。他在别人播种死亡的地方播种生命。他把一颗心永远交给王子，是想“通过他拥抱整个世界”，他要在王子的灵魂中“为千百万人筑起地上的天堂”。为此，他贡献了自己的全部大智大勇，以至于他死后，连国王也说：“他的心是为人类，为世界，为未来千秋万代的幸福而跳动。”席勒写此剧的目的是想通过它表现反对专制制度，要求自由的思想和关于抽象的“人”的理想。但是，唐·卡洛斯的爱情，剧本的情节和内容，却并不能包含如此重大的社会政治内容，而且剧中的人物只不过是艺术虚构的产物，完全脱离了人物所生活的历史土壤，人物是根据、按照作者的主观观念和理想去说、去做的。马克思说：“席勒式地把个人变成时代精神的单纯的传声筒”，此剧最有代表性。

马克思、恩格斯并不是反对文艺作品应当表现作者的政治倾向，也并不是反对文艺作品应当体现时代精神。马克思、恩格斯所反对的只是把作品中的人物变成作者思想倾向和时代精神的“单纯的传声筒”，代替作者说话，宣传作者的思想和观念，而失去人物本身的性格。如前所述，马克思、恩格斯认为作品应当体现“政治倾向”和“时代精神”，但这种体现不应当是“席勒式”的，而应当是“莎士比亚化”的，即以时代的社会生活为“重要背景”，描绘出“个性化”的人物性格，使作家的思想倾向和时代精神从生动、丰富的“场面”和“情节”中自然而然地流露出来。而席勒，正是代表着马恩所反对的倾向——以作品中的人物作为自己的宣传工具，使人物成为时代精神的单纯的传声筒。

应当说明的是，“席勒式”并不是指席勒的全部作品的全部缺点，而仅仅是指他创作中的一种不良倾向。马克思、恩格斯提倡“莎士比亚化”，反对“席勒式”，并不意味着全面否定席勒及其作品，而只是限于对他的创作的薄弱方面和明显缺陷提出批评，他们维护的是现实主义的创作原则，反对的是唯心主义的观念化的倾向。如果不是特别偏爱这种倾向，如果全面考察席勒的全部作品，那么，席勒还是有不少艺术经验是值得借鉴的。但是马克思、恩格斯批评的《济金根》作者拉萨尔，他对席勒特别偏爱，说什么“德国戏剧通过席勒和歌德取得了超越莎士比亚的进步，就在于他们两个，尤其是席勒，首先创造了狭义的历史剧”。[16]拉萨尔还把席勒剧作中的“使个人变成时代精神的单纯的传声筒”的缺点，当作成功的艺术经验加以标榜，并且变成自己写作剧本的指导原则，以致最后写出了更加席勒化的《济金根》。所以，马克思、恩格斯指出的“席勒式”“观念的东西”，与其说是揭示席勒剧作的缺陷，还不如说是批评拉萨尔的观念化、抽象化的唯心主义创作倾向更为确切。

参考文献：

[1]《马克思恩格斯全集》第 31 卷，北京：人民出版社 1975 年版，第 588 页。

[2]《马克思恩格斯全集》第 4 卷，北京：人民出版社 1975 年版，第 257 页。

[3]《恩格斯致斐·拉萨尔》(1863 年 4 月 9 日)，《马克思恩格斯选集》第 4 卷，北京：人民出版社 1972 年版，第 347 页。

[4]梅林：《马克思传》，北京：人民出版社 1965 年版，第 70 页。

[5]马克思：《致斐·拉萨尔》，《马克思恩格斯选集》第 4 卷，北京：人民出版社 1972 年版，第 340 页。

[6]恩格斯：《诗歌和散文中的德国社会主义·二，卡尔·格律恩“从人的观点论歌德”》，《马克思恩格斯全集》第 4 卷，北京：人民出版社 1958 年版，第 257 页。

[7]《马克思恩格斯论艺术》，北京：人民文学出版社 1963 年版，第 347 页。

[8]恩格斯：《诗歌和散文中的德国社会主义·二，恰尔·格律恩“从人的观点论歌德”》，《马克思恩格斯全集》第 4 卷，北京：人民出版社 1958 年版，第 274 ~275 页。

[9]《马克思恩格斯全集》第 2 卷，北京：人民出版社 1975 年版，第 643 页。

[10][15]《恩格斯致敏·考茨基》(1885 年 11 月 26 日)，《马克思恩格斯选集》第 4 卷，北京：人民出版社 1972 年版，第 454 页。

[11]马克思：《致斐·拉萨尔》(1859 年 4 月 19 日)，《马克思恩格斯选集》

第4卷,北京:人民出版社1972年版,第340页。

[12][13]《恩格斯致斐·拉萨尔》(1859年5月18日),《马克思恩格斯选集》第4卷,北京:人民出版社1972年版,第345页。

[14]《恩格斯致玛·哈克奈斯》(1888年4月),《马克思恩格斯选集》第4卷,北京:人民出版社1972年版,第462页。

[16]拉萨尔:《<弗兰茨·冯·济金根>序》,北京:人民文学出版社1976年版。

第八论

马克思恩格斯论巴尔扎克

奥诺雷·德·巴尔扎克是法国批判现实主义文学最杰出的代表，他的卷帙浩瀚的巨著《人间喜剧》以编年史的方式反映了19世纪前期法国的社会生活，“汇集了法国社会的全部历史”。无产阶级革命导师马克思恩格斯对巴尔扎克作了高度评价，称赞他是伟大的“现实主义大师”；《人间喜剧》“用诗情画意的镜子反映了整整一个时代”；它取得的成就“是现实主义的最伟大胜利之一”。巴尔扎克大大地发展和丰富了现实主义创作方法，他不仅是法国文学史上最伟大的作家，而且在世界文学史上也占有极重要的地位。

一、马、恩论巴尔扎克《人间喜剧》的历史内容和巨大价值

《人间喜剧》是巴尔扎克从1829～1848年所写的多卷集现实主义小说的总称。巴尔扎克从1829年发表《朱安党人》起，每年都写出好几部小说，立志要完成一部描写法国社会的巨著。他非常称赞英国作家司各特“把小说提高到历史哲学的地步”，可又批评他“没有把他的作品联系起来”，“编成一部完整的历史”。巴尔扎克苦心孤诣地研究他的巨著的名称和结构。1834年，巴尔扎克完成《高布赛克》《驴皮记》《欧也妮·葛朗台》和《夏倍上校》等杰作以后，就开始设想把他的小说联成一个整体，编成一部完整的历史。1842年，巴尔扎克正式将自己的全部创作联结为一个整体，在但丁《神曲》（直译为《神的喜剧》）和拉封丹“百幕大喜剧，人间为舞台”的《寓言诗》的启示下，定名为《人间喜剧》。他把人类社会当做一个大舞台，人们的生活比作一部喜剧。巴尔扎克还为这部巨著写了长篇《前言》，系统地阐述了自己的创作意图和现实主义观点。他说：“法国社会将要作历史学家，我只能作它的书记”，“从来小说家就是同时代人们的秘书。”他要真实地全面地深刻地“再现自己的时代”，使之构成一部通过形象来表现的历史。他反复地强调，要“完

成一部描写19世纪法国的作品”，他要研究“法国史的主要统治时期”，以描绘“构成这个社会的通史”的全部风俗，这部风俗史正是“许多历史学家忘记了写的那部历史”。巴尔扎克感到一部作品难以完成这个任务，于是他想把自己的作品“联系起来，编写成一部完整的历史，其中每一章都是一部小说，每一部小说都描写一个时代”，这样集合起来，便构成一部“包罗万象的社会史”。

《人间喜剧》是马克思、恩格斯最喜爱的文学作品之一。根据拉法格的回忆，马克思“非常推崇巴尔扎克”，曾不止一次的表示，要写一篇关于评论巴尔扎克《人间喜剧》的文章。原因就在于巴尔扎克以其非凡的艺术才华，在他的作品中，“用诗情画意的镜子反映了整整一个时代”。[1]至于恩格斯，他在1883年12月写给劳拉·拉法格的信中说：“在我卧床这段时间里，除了巴尔扎克的作品外，别的我几乎什么也没有读，我从这个卓越的老头子那里得到了极大的满足。这里有1815年至1848年的法国历史，比所有拉贝尔、卡普菲格、路易·勃朗之流的作品所包含的多得多。多么了不起的勇气！在他的富有诗意的裁判中有多么了不起的革命辩证法！”[2]恩格斯这段话，可以同他给哈克奈斯的信中对巴尔扎克及其作品的论述互相补充。恩格斯之所以喜爱巴尔扎克的小说创作，也在于“在他的富有诗意的裁判中”有着“了不起的革命辩证法”，表现了“了不起的勇气”。我们应该怎样理解马克思恩格斯的上述话语呢？大家知道，马克思恩格斯一贯主张，要以美学的和历史的观点，对各种文艺现象包括作家、作品进行科学的批评。他们把美学的和历史的评价作为文艺批评的最高标准。恩格斯早在1846年评论卡尔·格律恩的《从人的观点论歌德》一书时，就指出过：“我们决不是从道德的、党派的观点来责备歌德，而是从美学和历史的观点来责备他……”[3]大约过了13年之久，恩格斯在批评拉萨尔的剧本《济金根》时，又重申了他的主张，他说：“您看，我是从美学观点和历史观点，以非常高的、即最高的标准来衡量您的作品的。”[4]和恩格斯的上述观点相同，马克思除了也多次申明相似的见解之外，同恩格斯一道，都以各自的文学批评实践了他们提出的观点。马克思恩格斯的文学批评实践告诉我们，美学的和历史的批评作为一个“最高的标准”支配着文学批评的全过程，二者是统一的和融合的。马克思称赞《人间喜剧》“用诗情画意的镜子反映了整整一个时代”，恩格斯说在巴尔扎克的“富有诗意的裁判中有多么了不起的革命辩证法”，这简练又形象的评价虽然没有直接用美学和历史的概念或术语，但在字里行间，却融合运用了美学的和历史的批评原则。“诗情画意的镜子”“诗意的裁判”属于美学的要求；“反映了整整一个时代”“有多么了不起的革命辩证法”属于历史的要求。二者不能等同而又不能分开。马克思恩格斯在融合运用它时，做到了言简意赅而又恰到好处。1888 年，恩格斯在致英国女作家哈克奈斯的信中进一步指出：“巴尔扎克，我认为他是比过去、现在和未来的一切左拉都要伟大得多的现实主义大师，他在《人间喜剧》里给我们提供了一部法国‘社会’特别是巴黎‘上流社会’的卓越的现实主义历史”，“他汇集了法国社会的全部历史，我从这里，甚至在经济细节方面……所学到的东西，也要比当时所有职业的历史学家、经济学家和统计学家那里学到的全部东西还要多。”[5] 马克思、恩格斯高度评价了巴尔扎克，概括而准确地论说了《人间喜剧》丰富的社会历史内容和巨大的认识价值。

《人间喜剧》包括 96 部各自独立而又相互联结的长、中、短篇小说，登场人物 2400 多个，著名典型人物 70 多个。作家通过这些人物的描写，形象地勾勒出了 19 世纪上半叶法国社会发展的历史。我们可以从以下几个方面进行具体分析。

在《人间喜剧》中，巴尔扎克通过描写形形色色的具有时代特征的资产者形象，表现了资产阶级剥削方式从高利贷资本到金融资本的演变，揭露了资产阶级用各种卑劣的手段进行残酷掠夺的罪恶发家的历史。恩格斯指出：巴尔扎克“用编年史的方式几乎逐年地把上升的资产阶级在 1816 年至 1848 年这一时期对贵族社会日甚一日的冲击描写出来。”[6] 巴尔扎克为了充分表现资产阶级取代贵族阶级的历史过程，对资产阶级的兴起曾经作过深入的研究。他发现从中世纪起，资产阶级的前身市民阶级就逐渐强大起来，它们“以商业和一切社会联系反对封建主义，以科学、智谋、金钱反对强权，以天赋人权反对强加的法权，以罗马法反对领主司法”。（《论保皇党状况》）法国大革命改变了人们的观念，资产阶级的风俗已经渗入贵族世家。波旁王朝复辟时期，贵族阶级虽然重掌政权，但实际上已无法与资产阶级抗衡，资产阶级已经统治了社会，金钱已经统治了一切。巴尔扎克在《人间喜剧》中通过描写多种类型的资产者形象，鲜明生动地表现了资产阶级的剥削本质、发家过程和各种剥削方式，反映了资产阶级取代贵族阶级这一不可逆转的历史趋势。《高利贷者》中的高布赛克是早期资产阶级的代表。他是典型的高利贷者的形象。他主要用重利盘剥为自己积累了大量的财富，成了巴黎“无人知晓的国王”，他完全是由囤积商品形成的贮藏货币的守财奴；《欧也妮·葛朗台》中的葛朗台老头是资本主义迅速发展时期的一个商业投机者典型。他的活动范围比高布赛克广泛得多，他发财致富的手段也比高布赛克“高明”得多。他吝啬、贪婪而又狡诈，既经营种植园，进行商业投机和高利盘剥，又参与证券交易，把财产增加到

1700多万法郎，成为全省首富，自己则变成金钱的奴隶；《纽沁根银行》中的银行家纽沁根是18世纪30年代法国金融资产者的典型。他的发家手段与旧式资产者高布赛克和葛朗台显然不同。他不仅用资金的不断周转来获取巨额利润，而且利用法律的保护搞假倒闭，牟取暴利，他的财富是由千百万人的血泪所聚成的。除了上述三种类型的资产者之外，巴尔扎克还描写了其他一些巧取豪夺的资产者暴发户形象。这些暴发户发的都是黑心财，他们的财产中或多或少都沾血腥味。马克思曾精辟地指出过资本主义阶段剥削的本质及其卑鄙残酷的特征："资本来到世间，从头到脚，每个毛孔都滴着血和肮脏的东西。"[7]巴尔扎克描写了资产者血迹斑斑的发家史，为人们认识资产阶级的历史发展状况提供了形象的丰富的材料。巴尔扎克创作的时代，正是资产阶级取代封建贵族的过渡时期，资产阶级正处在上升的历史阶段。《人间喜剧》中的这些资产阶级暴发户，他们在与贵族的较量中总是胜利者，他们的发迹和兴盛是不可阻挡的。但是，他们的发迹是建筑在千百万人的破产和贫困之上的，他们的发家史是罪恶的发家史，他们是踩着血污走向兴盛的。巴尔扎克从道德上鞭挞了这些资产者唯利是图的剥削本质和贪婪成性的极端利己主义思想，但是，又尊重生活和历史，写出了这些唯利是图者正是资本主义发展时代的"英雄"，在社会竞争中他们总是胜利者。这种描写显示了一个真理：由于私有制和利己主义原则的影响，决定了资本主义社会的历史正是以榨干人们感情为代价来换取社会进步的，谁最先完成了感情的物化，谁就成了资本主义时代的"英雄"。这正表现了巴尔扎克思想的深邃，他既不因历史而美化资产者，也不因道德而丑化资产者。

在《人间喜剧》中，与资产阶级罪恶的发家史紧密联系的是，通过描写一系列腐朽没落的贵族形象表现了封建贵族阶级在资产阶级金钱势力的攻击下日益走向灭亡的历史。诚如恩格斯所说：巴尔扎克描写了"贵族社会在1815年以后又重整旗鼓，尽力重新恢复旧日法国生活方式的标准。他描写了这个在他看来是模范社会的最后残余怎样在庸俗的、满身铜臭的暴发户的逼攻之下逐渐灭亡，或者被这一暴发户所腐化"。[8]在《人间喜剧》中"若按照主体的行为状态划分，贵族的失败与衰亡，可大致分为四种类型"[9]。"第一种是闭着眼睛走向灭亡者"。这种贵族是贵族中的弱智者，他们把自己关闭在狭窄的贵族小天地里，眼睛不看变化了的时代，对现实社会和现实生活一无所知；他们思想保守，观念陈旧，性格固执，是地地道道的时代落伍者，地地道道的没落贵族。在《古屋陈列室》中，巴尔扎克描写了两个不共戴天的代表两股对立政治势力的沙龙集团。一个是以德·埃斯格里荣侯爵为首的世袭贵族集团，在这里聚集着以德·埃斯格里荣侯爵为首的最顽固的贵族老古董。“在那里，皇帝和国王永远是波拿巴先生；在那里，路易十八才是君主”。他们甚至认为保皇党的报纸在宣传愚昧、异教和革命思想。他们企图恢复旧日的生活方式。同这个集团相对立的是以杜·克洛亚齐埃为首的资产者集团，他的沙龙人更多，更年轻，更活跃，实际上对社会起着更大的影响。杜·克洛亚齐埃本想娶德·埃斯格里荣侯爵的妹妹，被拒绝了。侯爵原想把儿子维克杜尼埃送到巴黎，作一翻光宗耀祖的事业，不料他反而背了一身债，而且债主就是杜·克洛亚齐埃，“可怕的命运等待着没落的贵族”。杜·克洛亚齐埃声称要贵族承认资产阶级的存在，提出要侯爵的儿子维克杜尼埃同他的侄孙女结婚，却被拒绝了。杜·克洛亚齐埃说：“眼下我们是在19世纪，你们难道还想停留在15世纪吗？亲爱的孩子们，今天已经没有贵族阶级了，而只有贵族风气。拿破仑的《民法》已经砍倒了爵位，正如大炮已经轰倒了封建主义。只要你有钱，就会比现在显得更高贵”，“我们比在拿破仑治下更为强大”。侯爵死后八天，他的儿子就同意和杜·克洛亚齐埃的侄孙女结婚。这个结局表明了贵族阶级已经寿终正寝。在巴尔扎克笔下，德·埃斯格里荣侯爵是一个失去时代意义、只配进“古屋陈列室”的玩意儿，而他的儿子则是在资产阶级金钱关系中腐化堕落的花花公子。巴尔扎克给德·埃斯格里荣侯爵的沙龙冠以“古屋陈列室”的称号是寓意深远的，即法国的贵族已寿终正寝，虽然高雅，却只有陈列的价值了。“第二种是睁着眼睛走向灭亡者”。这种贵族是贵族中的道德高尚者，他们在理性认识上对现实社会有较清醒的了解，懂得了资本主义生产关系已经确立，金钱成了社会的主宰，金钱关系已经浸入到了生活的各个领域，唯利是图的自私自利观念已腐蚀了社会人心。但是，他们在道德感情上却鄙视满身铜臭的资产者，恪守贵族的注重门第高贵、家庭荣誉、人格尊严、举止高雅和人伦人性等传统道德，固守着贵族人性道德阵地与资产阶级相抗衡，结果总是归于失败。《禁治产》中的德·埃斯巴尔侯爵、《高老头》中的鲍赛昂子爵夫人、《幽谷百合》中的莫尔索夫人和《贝姨》中的于洛男爵夫人等都属于这一类。“第三种是经过激烈争斗的失败者”。这种贵族是贵族中的实力派，他们拥有较雄厚的经济势力，拥有在政界、社交界乃至军界等方方面面的良好而过硬的社会关系；他们对社会对时代有较透彻的了解，也懂得运用金钱、法律、人际关系等有利条件对付敌人，保护自己，谋求发展，并且有切切实实的行动实践。但是，他们仍然斗不过那些同样拥有过硬社会关系和经济实力的，狡诈、阴险、毒辣和残忍的资产者，往往经过几番争斗以后不得不败下阵来。《农民》中的蒙柯奈伯爵是这一类贵族的代表。“第四种是主动与资产者联姻融合的贵族”。巴尔扎克注意到，贵族阶级的必然灭亡的趋势使得一部分贵族采取了同资产阶级联姻融合的态度。《苏镇舞会》中的德·封登纳伯爵就是其中的代表。他是贵族世家出身，对波旁王室效过犬马之劳，但他认识到“一切都完了”，因而“识时务地”与资产阶级攀亲联姻。他的大女儿嫁给总税收官，二女儿嫁给富有的法官，大儿子娶了大盐商的女儿，二儿子娶了银行家的女儿，三儿子娶了布尔日总税收官的独生女。他认为这样做符合 19 世纪进程和改革君主制的思想。当时这已经成了一种社会风气。在《人间喜剧》中，贵族阶级的败落衰亡、被资产阶级所融化的社会现象，得到了真实的、充分的反映。巴尔扎克清楚地看到，贵族社会“在复辟时期十五年这一段意外胜利期间，没有能够重建，它在资产阶级用羊角槌撞击下，分崩离析了”。(《贝娅特丽克丝》）复辟王朝的政客“不管如何出色，不但没有帮助我们稳固这座建筑，反而继续着使这个社会的毁灭工作”。(《两个少妇的通信》）在这里，巴尔扎克不得不违反自己的阶级同情和政治偏见，他看到了他心爱的贵族们灭亡的历史必然性，从而把他们描写成“不配有更好命运”的人。

应该指出，巴尔扎克对贵族的态度是矛盾的：一方面由于残存的封建的思想感情和道德观念，也由于憎恶金融资产阶级的统治，使他有时对贵族阶级的灭亡深表同情，充分流露了对贵族上流社会的赞赏和留恋，并且有意识地发掘他们身上的某些人性的闪光。例如在《高老头》中，他用感叹的笔调描写鲍赛昂子爵夫人的爱情悲剧，百般美化她的贵族气节，用希腊女神和罗马斗士来形容她被迫告别巴黎时的神态；又如在《禁治产》中称德·埃斯巴尔侯爵为超凡入圣的贵族，因为他保持了清廉正直的家风。再如在《现代史内幕》中描写一群旧贵族如何组织了一个慈善机构，为首的是一个反对大革命的女贵族，她的女儿上了断头台，而她则被判处 20 年监禁，但她后来却救助了变得穷困交迫的那个当年判她刑的法官。这是矛盾的一方面。另一方面，巴尔扎克的中小资产阶级立场和对现实的唯物主义态度，又使他能清醒地看到社会历史发展的进程和贵族阶级虚弱、腐朽的本质，所以在作品里巴尔扎克能违反自己对贵族的同情和偏见，对“不配有更好命运”贵族男女的行动给予了毫不留情的讽刺和鞭挞，写出了贵族阶级必然灭亡的历史。正如恩格斯所说：“不错，巴尔扎克在政治上是一个正统派；他的伟大的作品是对上流社会必然崩溃的一曲无尽的挽歌；他的全部同情所在注定要灭亡的那个阶级方面。但是，尽管如此，当他让他的深切同情的那些贵族男女行动的时候，他的嘲笑是空前尖锐的，他的讽刺是空前辛辣的。”[10]

马克思恩格斯在《共产党宣言》中指出：“资产阶级在它已经取得了统治

的地方把一切封建的、宗法的和田园诗般的关系都破坏了。它无情地斩断了把人们束缚于天然酋长的形形色色的封建羁绊，它使人和人之间除了赤裸裸的利害关系，除了冷酷无情的‘现金交易’，就再也没有任何别的联系了。”[11]在《人间喜剧》的舞台上我们看到了资产阶级罪恶的发家史，也看到了法国19世纪前期“金钱主宰一切”的时代特征。巴尔扎克用他那支锋利的笔，尖锐地揭露了资本主义社会人与人之间赤裸裸的金钱关系。在《欧也妮·葛朗台》中，老葛朗台爱钱如命，对任何人都没有感情。他把妻子和女儿当做佣工，对即将破产的弟弟见死不救，侄子查理为父死痛苦时，他反用揶揄的口吻进行指责：“这孩子没出息，把死人看得比钱还重。”当他得知女儿愿意放弃遗产时，他把女儿拥抱得喘不过气来，激动地说：“孩子，你给了我生路，我有了命啦；不过这是你把欠了我的还了我，咱们两讫了，这才叫做公平交易。人生就是一种交易。”在《高利贷者》中，描写做母亲的为了剥夺女儿的财产，烧毁了丈夫的遗嘱；在《夏倍上校》中，描写一个拿破仑时期的骑兵上校夏倍受了重伤，其妻与别人结婚，他归来时，妻子为了侵吞家产，不承认他就是自己的丈夫，致使夏倍最后沦为乞丐。在《高老头》中，描写高老头被两个女儿榨干了最后一滴血汗后孤零零地死在伏盖公寓里；《幻灭》通过金钱操纵报纸的描述，指出金钱对文学、艺术、新闻以及精神生活的腐蚀，新闻界“是不法、欺骗、变节的地狱”，在那里“思想是按值多少钱出售的”；文学变成了“娼妓”；医生参与阴谋，害死病人。在金钱主宰一切的社会里，“资产阶级抹去了一切向来受人尊敬的职业的灵光，他把医生、律师、教士、诗人和学者变成了他出钱招雇的雇佣劳动者”。[12]在资产阶级眼里，金钱就是一切；在资产阶级社会，人人都为了自己的贪欲而陷害亲人。这正如马克思恩格斯所说：“资产阶级撕下了罩在家庭关系上的温情脉脉的面纱，把这种关系变成了纯粹的金钱关系。”[13]马克思在《资本论》第三卷中说，巴尔扎克“在深刻理解现实关系上总是极其出色的”。何谓“现实关系”？所谓“现实关系”也就是资本主义的“现实的社会关系”，即以金钱为纽带联结起来的人与人之间的关系。我们读巴尔扎克的作品，处处可以感到这种以金钱为纽带的现实关系在起着潜在的巨大作用，处处可以看到这种以金钱为纽带的现实关系在驱使着人们去演出各种各样的人间喜剧。巴尔扎克以特有的艺术敏感，揭示了资本主义现实关系的本质。众所周知，对金钱问题的关注并非始于巴尔扎克，从古罗马作家普劳图斯的《一坛黄金》到17世纪法国古典主义作家莫里哀的《悭吝人》，都辛辣地讽刺过贪图金钱的吝啬鬼。英国的莎士比亚在戏剧中涉及金钱的地方也不少。他的《雅典的泰门》中的主人公泰门的那篇“黄金咒”，其深刻的意义在于揭示了金钱的威力，批判了现实生活中金钱左右一切的现象。马克思曾称赞那篇“黄金咒”“绝妙地描绘了货币的本质”。巴尔扎克发扬了他们的艺术传统和批判精神，结合他那个时代的生活真实，不仅用他的一系列小说从不同的角度去描绘，而且金钱问题还构成了小说情节的中心环节。《人间喜剧》的艺术效果，是形象地反映了金钱已经渗透到家庭、婚姻、人与人的关系的一切角落、一切方面，真实而深刻地揭露了资本主义社会人与人之间赤裸裸的金钱关系。巴尔扎克在这方面的成就是独一无二的。

《人间喜剧》还有一个值得注意的内容，就是对共和党的英雄们和一些小人物的赞美。恩格斯指出：巴尔扎克“经常毫不掩饰地加以赞赏的人物，却正是他政治上的死对头，圣玛丽修道院的共和党的英雄们，这些人在那时（1830～1836 年）的确是代表人民群众的。”“他在当时唯一能找到未来的真正的人的地方看到了这样的人。”[14]这些人物一般具有“正直无私”和“勇于自我牺牲”的高尚品德。巴尔扎克笔下的共和党英雄，有参加 1832 年 6 月的人民起义，在圣玛丽修道院牺牲的克雷斯蒂安，有保持大革命传统、疾恶如仇的农民尼雪龙老爹。《幻灭》中的克雷斯蒂安是“一个会改变世界面目的大政治家”，是“法兰西最高尚的一个人物”。1831 年巴黎共和党起义时，他和一个普通士兵一样，在战斗中英勇地牺牲，他的牺牲引起所有认识他的人们的深切哀悼。农民中的尼雪龙老爹则“铁一般坚强，像黄金一样纯净”。他放弃他在大革命中应得的财产，甘愿过贫苦的生活，曾把独子送到前方去参加保卫祖国的战争。因为他憎恨有钱的人，他特别受到农民的爱戴。这些共和主义者，作为艺术典型虽不丰满，但他们的崇高精神却表现得十分突出。《人间喜剧》的另一类正面人物是正直善良的小知识分子。他们服务社会，洁身自好，自食其力。《高老头》中的贫困正直的医科大学生皮安训，好学不倦，乐于助人。他曾开导过拉斯蒂涅，又和拉斯蒂涅一起照顾有病的高老头。在《幻灭》中，皮安训医生加入了一个理想的青年团体。《幻灭》中的大卫，品德高尚，对自己的事业兢兢业业。他苦心钻研，发明了廉价纸，希望能满足社会需求。他虽然因缺少资金，又被大工业逼迫破了产，但作者充分肯定了他人格的尊严和精神的崇高。

《人间喜剧》的内容是这样丰富，思想是这样深刻，价值是这样巨大。正因为如此，马克思恩格斯才给予了如此高度的评价。与巴尔扎克同时代的许多作家、评论家，也都异口同声地赞赏《人间喜剧》具有对当时社会的认识价值。有的认为它表现了“整个现代文明”（雨果语）；有的认为他的作品是“风俗史的卷宗，刚过去的半个世纪的回忆录”（乔治·桑）；有的认为“今后，不参考巴尔扎克，就不能写出路易·菲力普统治的历史”（福楼拜）；有的认为巴尔扎克是“现代法国的伟大历史学家”（法朗士）。巴尔扎克是无愧于这样评价的。

二、马、恩论巴尔扎克的成就是“现实主义的最伟大胜利”

恩格斯在《致玛·哈克奈斯》的信中，指出：巴尔扎克取得的创作成就是“现实主义的最伟大胜利之一”。“现实主义的最伟大胜利”，涉及现实主义作家的世界观和创作的关系问题，也涉及现实主义的典型论问题，这既是一个理论问题，又是一个创作实践问题。这一问题自1888年提出至今，已经一个多世纪了。在这一个多世纪里，围绕这一问题在东西方马克思主义文艺理论家之间及其内部，进行了旷日持久的论争，主要出现了三种不同的观点。一种观点认为，现实主义作家的世界观和创作的关系是绝对矛盾的，即“绝对矛盾论”。但这种观点早已被否定。与这种观点相反的是“绝对一致论”，即“世界观决定论”。这种观点在创作界、理论研究和教学中广为流传。持这种观点的论者一味强调巴尔扎克等现实主义作家的世界观本身存在着矛盾，认为他们世界观中的进步因素决定他们创作中的有价值的和积极的方面，他们世界观中的保守和反动的因素决定着他们作品中的落后和消极的方面。还有第三种观点，认为现实主义作家的世界观和创作之间的关系是“极为复杂”的，我们姑且把这种观点叫“极为复杂论”，将在后面论及。

何谓“现实主义的最伟大胜利”？究竟应怎样理解“现实主义的最伟大胜利”？关于这个问题，我们首先还是来看一看恩格斯对巴尔扎克的分析。恩格斯指出：“不错，巴尔扎克在政治上是一个正统派；他的伟大的作品是对上流社会必然崩溃的一曲无尽的挽歌；他的全部同情都在注定要灭亡的那个阶级方面，但是，尽管如此，当他让他所深切同情的那些贵族男女行动的时候，他的嘲笑是空前尖锐的，他的讽刺是空前辛辣的。而他经常毫不掩饰地加以赞赏的人物，却正是他政治上的死对头，圣玛丽修道院的共和党英雄们，这些人在那时（1830～1836年）的确是代表人民群众的。这样，巴尔扎克就不得不违反自己的阶级同情和政治偏见；他看到了他心爱的贵族们灭亡的必然性，从而把他们描写成不配有更好命运的人；他在当时唯一能找到未来的真正的人的地方看到了这样的人，——这一切我认为是现实主义的最伟大胜利之一，是老巴尔扎克最重大的特点之一。”[15]恩格斯这个分析说明了巴尔扎克的世界观和他的创作之间是存在着矛盾的，即：一方面是巴尔扎克对贵族的“阶级同情和政治偏见”，一方面是他通过对现实的观察、分析、研究所认识到的（即看到的）、并在作品中表现的“心爱的贵族们灭亡的必然性”。这就是巴尔扎克创作中现实地存在的世界观与创作之间的矛盾。现实主义大师巴尔扎克是怎样解决这个矛盾的呢？恩格斯指出，他“不得不违反自己的阶级同情和政治偏见”，并使之服从于从现实中“看到”的历史必然性。巴尔扎克从客观生活中那两个“看到了”的实际出发，在创作中克服了贵族正统派、保皇党的主观“同情”和“偏见”，而又服从生活中两个“看到了”的客观真理，把他政治上的死对头——圣玛丽修道院的共和党人，写成了代表历史未来的英雄。恩格斯举巴尔扎克的例子以及对这个例子的分析是为了说明：“现实主义甚至可以违反作者的见解而表露出来。”所谓“见解”就是对客观世界、对现实生活的认识和看法，即作家的世界观。恩格斯的意思是：对于一个伟大的现实主义作家来说，他所描写的生活真实，有可能同作家本人的世界观发生矛盾，而前者有可能突破后者的局限而表露出来。这里涉及的就是作家世界观与创作的关系问题。它说明了作家的世界观和创作的关系是复杂的，矛盾的。有些人为了证明世界观对创作的决定作用，证明世界观与创作之间的一致性，故意回避恩格斯关于现实主义可以违反作者的见解而表露出来的论断和他对巴尔扎克创作中世界观与创作之间矛盾的分析，而极力从巴尔扎克世界观中去寻找“积极的、进步的”因素，认为巴尔扎克世界观本身存在着矛盾：他世界观中的进步因素决定着他创作中的有价值的积极的方面；他世界观中的保守因素或反动因素决定着他作品中的落后的或消极的方面，从而得出了所谓“决定论”或“一致论”。我们认为这种说法是缺乏说服力的。不可否认，巴尔扎克创作中的矛盾，是同他世界观中的进步因素与保守因素的矛盾有关的。但是，我们决不能用这种“一致论”来否定世界观与创作之间的复杂的关系，而且我们还应该看到，造成像巴尔扎克创作中矛盾的最深刻根源，主要不是世界观本身的矛盾，而是他所固有的对贵族的阶级同情和政治偏见同他的生活实践之间的矛盾。仅用世界观的矛盾来解释作家创作中的矛盾，而看不到生活、实践对作家创作的决定作用，这种看法是肤浅的。如果按照“决定论”或“一致论”来分析巴尔扎克创作中的矛盾，那还有什么现实主义和“见解”之间的矛盾，还有什么恩格斯所说的现实主义“可以违反”“不得不违反”作者的阶级同情和政治偏见而表露出来呢？一句话，还有什么“现实主义的胜利”呢？我们认为，“现实主义的胜利”的确切含义，只能理解为作者违反他的阶级同情和政治偏见，看出或敢于写出生活的真实。一部作品能否真实地反映生活，能否揭示出生活的真实，归根到底起决定作用的并不是作家的世界观，而是作家的生活、实践。生活、实践的观点，是唯物主义认识论的首要观点，也是现实主义艺术创作的首要观点。作家的世界观和政治观点，无疑对作家的创作具有不可忽视的影响和作用，但这种作用只是表现为制约和指导作用，而不应该也不可能是决定作用。决定的因素是生活和实践。因此，“现实主义的胜利”归根结底是作家生活实践的胜利，是历史唯物论的胜利，而不是像有些人所说的是世界观中这一因素对另一因素的胜利。[16]还有一种看法认为，“现实主义的胜利，是巴尔扎克的现实主义创作方法战胜了他的反动的世界观。”陆贵山教授在一篇文章中指出：“这种看法是不准确的。”因为这种看法“1. 把创作方法和世界观完全对立起来；2. 把巴尔扎克的世界观看做是完全反动的；3. 把巴尔扎克的创作方法看做是完全进步的；4. 把巴尔扎克能创作出伟大的现实主义作品看做是和巴尔扎克世界观中的进步的唯物主义因素毫无关系；5. 这种说法没有看到巴尔扎克世界观中积极的进步的方面。即便是巴尔扎克世界观中的消极面也不是无处不在无时不在的，而是在时间空间上有变化有发展的……更重要的是，巴尔扎克的世界观中的真理观和认识论具有强大的唯物主义的思想成分，驱使他在观察生活时具有忠于现实，膺服真理的精神；反过来，使他世界观中的唯物主义成分更加强化和扩大，因此，我认为‘现实主义的胜利’应理解为作家用唯物主义世界观或作家的世界观中的唯物主义的思想因素和成分观察和表现生活的胜利。”[17]我们认为陆贵山教授的意见颇有道理。西方马克思主义文艺理论家卢卡契是较早意识到恩格斯论断重要性的理论家，他在谈到巴尔扎克创作中的矛盾和恩格斯对巴尔扎克的评论时，曾经说过，像巴尔扎克那样伟大的现实主义作家之所以伟大，就在于“他的构想出来的场景和人物的内在发展跟他们所珍爱的偏见，甚至跟他们认为是神圣的信念，发生了矛盾，那么他们将毫不迟疑地抛弃这些偏见和信念，去描写他们实际看到的东西。”又说：“使巴尔扎克成为一个伟大人物的，是他描写现实的至诚，即使这种现实正好违背他个人的见解、希望和心愿，他也是诚实不欺的”，所以“他在这部小说里实际做到的，恰恰和他准备要做的相反；他所描绘的不是贵族庄园，而是农民小块土地的悲剧。正是这种主观意图和客观实践之间的矛盾，这种政治思想家的巴尔扎克和《人间喜剧》作者巴尔扎克之间的矛盾，构成了巴尔扎克的历史伟大性。”[18]卢卡契认为，这就是恩格斯所说的“现实主义的最伟大胜利”，这就是巴尔扎克的伟大。应该说，卢卡契的这个看法，是符合恩格斯对巴尔扎克评论的精神的，也是符合巴尔扎克的创作实际的。

以上我们从马克思恩格斯现实主义理论关于现实主义创作中作家世界观与创作的关系这一层面，对“现实主义的最伟大胜利”作了诠释，下面我们再从现实主义的典型论这一层面对这一问题进行分析。大家知道，典型论是马克思恩格斯现实主义理论的一个极其重要的方面，可以说它是现实主义理论的核心。恩格斯在《致玛·哈克奈斯》的信中说："据我看来，现实主义的意思是，除细节的真实外，还要真实地再现典型环境中的典型人物。"[19]《人间喜剧》的现实主义艺术成就集中表现在对典型的塑造上。历史是人的历史。巴尔扎克认为，要写出一部完整的历史，就必须塑造众多的人物形象。他说："我企图写出整个社会的历史。我常常用这样的一句话说明我的计划：'一代就是四五千突出的人物扮演的一出戏'，这出戏就是我的著作。"[20]而要"绘写出时代的广阔风貌"，就要写出这个"时代的主要人物"。(《<夏娃的女儿>和<玛西米拉·多尼>初版序言》)他把塑造典型人物作为再现时代和社会的主要手段。《人间喜剧》素以典型众多著称于世。据统计，在《人间喜剧》中出现的人物达到两千四百多个，这在世界文学史上是罕见的。《人间喜剧》中出现了社会各阶级、各阶层、各种类型的人物，包括资产者、贵族、官吏、野心家、政治家、律师、军人、教士、艺术家、科学家、作家、农民、工人、职员、警探、妓女、流氓、强盗等。其中以资产者、贵族最多。而具有典型意义的人物就有上百个。巴尔扎克认为描写出两三千个人物，就能反映整个社会。《人间喜剧》的创造已达到这一目的，其中出现的人物群已获得"巴尔扎克社会"的称誉。这个社会其实就是当时的法国社会。19 世纪上半叶的法国，由于经过了 18 世纪末彻底的资产阶级革命，成为欧洲最典型的资本主义社会。这个环境的确提供了数量众多的"社会的人"——各种各样典型的模特儿。

关于典型人物的塑造，巴尔扎克有自己的一套理论，他在《<一桩神秘案件>初版序言》中说："一个典型，从应该赋予这个词的意义来说，就是一个人物，他把所有多少与他相似的人的特征都概括在自己身上了，他是这一类人的样。"[21]对这种典型的塑造方法，他在《<古物陈列室>、<冈巴拉>初版序言》中说得更具体："文学使用绘画上应用的手法：在绘画上，为了画出一个美人，从这个模特儿身上取其手，从另一个模特儿身上取其足，从这个模特儿身上取其胸，从另一个模特儿身上取其肩。画家的任务就是赋予这精选的各个部位以生命，并且叫人信以为真。"[22]这是文学理论家所说的"艺术合同法"，托尔斯泰、契诃夫、高尔基、鲁迅等著名现实主义小说家也都谈过同样的经验和体会。这是行之有效的塑造典型的方法之一，巴尔扎克总是"就若干同质的性格约采博取，从中糅合出一些典型"。[23]巴尔扎克善于运用多种多样的艺术手法塑造典型，特别是善于通过精细入微、生动逼真的环境描写

（包括自然环境和社会环境）来刻画人物，以再现生活，反映社会。试以《高老头》的环境描写为例。这篇小说描写了伏盖公寓和鲍赛昂府邸两个典型环境，一个是巴黎下层人物的寄居之地，一个是巴黎上流社会人物游乐的场所。坐落在巴黎贫民区的伏盖公寓，呈现出一片萧条衰败的景象：房子附近"一切都暗淡无光"，"街面上石板干燥，阴沟内没有水，脚墙根生满的是草"，死气沉沉的屋子，"带几分牢狱气息"，屋内到处散发着"闭塞的、霉烂的、酸腐的气味"，塞满了残破丑陋、油腻的器皿、家具。住在这寒伧、粗俗、颓败的公寓里的人，都是比较贫穷和失去生活依靠的人。这公寓正是19世纪20年代初巴黎的一隅，是下层社会真实的缩影。在圣日耳曼区的鲍赛昂府邸，则是完全不同的另一番景象：门前站着穿金镶边的大红制服的门丁，院中有套着精壮马匹的华丽马车。玻璃门开处，一座金漆栏杆、大红地毯、两边供满鲜花的大楼梯，直通鲍赛昂夫人的上房。客厅小巧玲珑，陈设精雅绝伦，布置别出心裁。复辟王朝时期贵族生活的穷奢极欲跃然纸上。这是贵族上流社会的写照。

一般认为，典型环境决定典型人物，有什么样的典型环境便有与之相适应的典型人物。环境决定人物性格。狄德罗说："人物的性格要根据他们的处境来决定。"巴尔扎克认为，正是不同的环境"把人类陶冶成无数不同的人"，形成"千殊万类"的性格。马克思说："人的性格是由环境造成的。"因此，他们从环境对人物的决定和制约作用出发，主张人物塑造要同环境描写结合起来，联系起来。《人间喜剧》的人物塑造和环境描写就是紧密结合和联系的。我们仍举《高老头》为例。《高老头》开卷紧接着环境描写之后，就引出在其中活动的人物。这里，环境描写是人物塑造的先导。先写伏盖公寓，再介绍它的主人公伏盖太太及其性格特征——庸俗小气、见钱眼开，便有了非常坚实的基础，令人感到这样的性格确是这样的典型环境的产物。作者出色地写出了"这一个"典型环境中的典型人物。大家知道，典型环境不是凝固不变的。典型环境变化了，人的性格也会发生相应的变化。在《高老头》中写拉斯蒂涅的堕落，完全是由环境的变化造成的。这个外省乡下的破落贵族子弟，穷困窘迫的大学生，初出茅庐，天良未泯，后来到巴黎这个欧洲著名的大都会上大学，学习法律，他本想通过刻苦攻读，以便将来"做一个清正的法官"。但是他在充满荒淫无耻、尔虞我诈的巴黎社会生活了一段时间，与形形色色的资产阶级人物接触以后，就逐渐堕落下去。他先是受到他表姐鲍赛昂夫人的"启蒙"："拉斯蒂涅先生，你得以牙还牙的去对付这个社会……你越没有心肝，就越高升得快，你毫不留情的打击别人，人家就怕你。只能把男男女女当做驿马，把他们骑得筋疲力尽，到了站上丢下来，这样你就能达到欲望的最高峰。”接着又领教了苦役逃犯伏脱冷的“开导”:“你知道巴黎人是怎样打出路来的?不是靠天才,就是靠腐蚀。在这个人堆里,不像炮弹一般轰进去,就得像瘟疫一般钻进去。清白诚实是一无用处的。”“要弄大钱,就得大刀阔斧地干,要不就万事大吉……人生就是这么回事,跟厨房一样腥臭。可是作乐,就不能怕弄脏手,只消你事后洗洗干净;今日所谓道德,不过是这么回事,世界一向就是这样的。”后来这个年轻人目睹了伏脱冷的被捕、鲍赛昂夫人的被逐,野心和罪恶像毒菌一样侵入了他的肌体,使他发生了灵魂和性格的病变。高老头的死给他以极大的震动,死者临终前绝望的哀鸣和愤怒的咒骂,回响在他的耳中,两个女儿踩着父亲的身体在舞会上摇首弄姿,大出风头的情景,萦绕在他的眼前,面对如此世态炎凉,拉斯蒂涅看透了这个社会,他决心“拼一拼”,终于成了野心家。就这样,作者用细腻的笔触生动地描写出了拉斯蒂涅这个青年野心家在变化了的典型环境中成长过程的一个侧面。

总之,巴尔扎克在《人间喜剧》中运用的正是塑造“典型环境中的典型人物”的现实主义原则。巴尔扎克自觉地、有意识地采用这一原则,是从唯物论的反映论出发的。巴尔扎克懂得环境和人物之间存在着有机联系,看到环境对人物的思想、感情和兴趣爱好能产生非常重要的影响。因此,他认为要非常精细准确地描写环境,这样才能通过典型环境塑造出典型人物,从而再现社会现实。恩格斯正是从巴尔扎克为首的一批现实主义作家的创作中,总结出“典型环境中的典型人物”这一现实主义原则的。由此可以看到巴尔扎克创作的巨大成就,这巨大成就也正是《人间喜剧》“现实主义的最伟大胜利”的重要体现。

参考文献:

[1]梅林:《马克思传》,北京:人民出版社 1965 年版,第 70 页。

[2]《马克思恩格斯全集》第 36 卷,北京:人民出版社 1975 年版,第 144 页。

[3]《马克思恩格斯全集》第 4 卷,北京:人民出版社 1958:年版,第 581 页。

[4]恩格斯:《致斐·拉萨尔》,《马克思恩格斯选集》第 4 卷,北京:人民出版社 1972 年版,第 347 页。

[5]恩格斯:《致玛·哈克奈斯》,《马克思恩格斯选集》第 4 卷,北京:人民出版社 1972 年版,第 462 ~463 页。

[6]恩格斯:《致玛·哈克奈斯》,《马克思恩格斯选集》第 4 卷,北京:人民出版社 1972 年版,第 462 ~463 页。

[7]马克思:《所谓原始积累·工业资本家的产生》,《马克思恩格斯选集》第2卷,北京:人民出版社1972年版,第265页。

[8]恩格斯:《致玛·哈克奈斯》,《马克思恩格斯选集》第4卷,北京:人民出版社1972年版,第463页。

[9]李赐林:《人间喜剧面面观》,北京:作家出版社2008年版,第22~27页。

[10]恩格斯:《致玛·哈克奈斯》,《马克思恩格斯选集》第4卷,北京:人民出版社1972年版,第463页。

[11]马克思恩格斯:《共产党宣言》,《马克思恩格斯选集》第1卷,北京:人民出版社1972年版,第253页。

[12]马克思恩格斯:《共产党宣言》,《马克思恩格斯选集》第1卷,北京:人民出版社1972年版,第253页。

[13]马克思恩格斯:《共产党宣言》,《马克思恩格斯选集》第1卷,北京:人民出版社1972年版,第254页。

[14]恩格斯:《致玛·哈克奈斯》,《马克思恩格斯选集》第4卷,北京:人民出版社1972年版,第463页。

[15]恩格斯:《致玛·哈克奈斯》,《马克思恩格斯选集》第4卷,北京:人民出版社1972年版,第463页。

[16]蒋培坤:《马克思恩格斯的现实主义理论》,《马列文论研究》第2集,北京:中国人民大学出版社1982年版。

[17]陆贵山:《列宁论列甫·托尔斯泰》,《马列文论研究》第2集,北京:中国人民大学出版社1982年版。

[18]卢卡契:《<农民>》(1934),《卢卡契文学论文集》(2),中国社会科学出版社1981年版。

[19]恩格斯:《致玛·哈克奈斯》,《马克思恩格斯选集》第4卷,北京:人民出版社1972年版,第462页。

[20]巴尔扎克:《致"星期报"编辑意得利特·恰斯狄叶先生》,《文艺理论译丛》第2辑,北京:人民文学出版社1957年版。

[21]巴尔扎克:《人间喜剧》第24卷,北京:人民文学出版社1997年版。

[22]巴尔扎克:《人间喜剧》第24卷,北京:人民文学出版社1997年版。

[23]巴尔扎克:《人间喜剧·前言》,《人间喜剧》第1卷,北京:人民文学出版社1997年版。

第九论

列宁论列甫·托尔斯泰

一、列宁论列甫·托尔斯泰一组论文的时代背景

1905～1907年俄国革命失败以后，进入了黑暗、反动、白色恐怖的斯托雷平时期。革命暂时处于低潮。沙皇政府的御用文人、资产阶级自由派、工人运动中的资产阶级代理人，在思想文化领域向马克思主义发动猖狂进攻，其手段之一是，趁1908年托尔斯泰80诞辰和1910年托尔斯泰忌辰之机，大肆贩卖以“勿以暴力抵抗邪恶”“全人类之爱”“道德自我完善”为主要内容的托尔斯泰主义。他们一方面竭力吹捧托尔斯泰是“伟大的先知”“生活的导师”“思想的明灯”“全世界的良心”等等；另一方面却抹杀托尔斯泰创作中愤怒揭露、强烈抗议、无情鞭挞沙皇政府的积极的部分。其目的是借此宣扬投降主义，在政治思想上毒害人民群众，诱骗群众远离无产阶级领导的革命运动。正是在这种背景下，列宁亲自动手先后写了7篇评论托尔斯泰的文章：《列甫·托尔斯泰是俄国革命的镜子》（1908年9月24日）、《列·尼·托尔斯泰》（1910年11月29日）、《转变没有开始吗?》（1910年11月29日）、《列·尼·托尔斯泰和现代工人运动》（1910年12月11日）、《托尔斯泰和无产阶级斗争》（1910年12月31日）、《“保留”的英雄们》（1910年12月）、《列·尼·托尔斯泰和他的时代》（1911年2月4日）。

1907年底，列宁说过：“我们应该利用现在群众行动暂时沉寂的时候，有批判地来研究这次大革命的经验，检查这种经验，消除其中的渣滓，把这种经验交给群众作为未来斗争的指南。”[1]列宁评论列甫·托尔斯泰的文章，就是研究俄国革命经验和教训的一个组成部分。在这组论文中，列宁分析了俄国革命的性质、动力和对象，以及无产阶级在未来革命中的作用和地位，并运用马

克思主义辩证唯物论和历史唯物论科学地论述了托尔斯泰是俄国革命的镜子、托尔斯泰世界观和创作的矛盾以及形成这种矛盾的根源，高度评价了托尔斯泰在俄国文学史和世界文学史上的重要价值和地位，并号召无产阶级和人民大众“要接受”“要研究”托尔斯泰的文学遗产；同时深刻揭露了各种反动势力“纪念”托尔斯泰的虚伪性和欺骗性，愤怒地批判了他们歪曲和诬蔑托尔斯泰的无耻行径和险恶用心。这组论文十分巧妙地把文学遗产的批判继承同当时的革命任务，也即同党的工作紧密结合了起来。严格的科学性和高度的革命性的辩证统一，充分体现了无产阶级的党性原则。

列宁对托尔斯泰的评论，是建立在对托尔斯泰全面深入了解的基础之上的。列宁非常热爱托尔斯泰的著作，并且以俄罗斯土地上产生的这位伟大作家自豪。他曾经以不少的精力和时间阅读和研究托尔斯泰的作品。据列宁夫人克鲁普斯卡娅回忆，列宁在整个一生中曾多次阅读和反复欣赏托尔斯泰的作品。她侨居克拉柯夫时写给玛·亚·乌里扬诺娃的信中谈道：“……一小本残缺不全的《安娜·卡列尼娜》也读了百来遍。”[2]高尔基在其回忆录中曾经引证过列宁关于托尔斯泰的这样一段话：

有一次我到他那里去，看见桌上摆着一本《战争与和平》。

“是的，托尔斯泰！我想读一读打猎的那个场面，可是我记起必须给一个同志写信。读书——完全没有时间。只是昨天夜里我才读完了您那本关于托尔斯泰的书。”

他微笑着，眯起眼睛，快活地在靠椅上把身体伸直起来，放低声音，迅速地继续说道：

“怎样的一个大师啊，噢？怎样伟大的一个人物啊！老兄，这才是一个艺术家呢……您知道，还有什么令人惊异的呢？在这位伯爵以前文学里就没有一个真正的农民。”

接着，他用那眯起的眼睛看着我，问道：“欧洲有谁能够同他并肩媲美的呢？”

他自己回答道：

“没有。”

于是他搓着两手，满意地笑了起来。[3]

上述回忆反映了列宁对世界文学大师的深刻了解以及对艺术家的崇敬。这正是列宁能够对托尔斯泰的思想和创作做出科学分析和高度评价的重要原因。

二、列宁论列甫·托尔斯泰是俄国革命的镜子

列宁十分重视和尊崇列甫·托尔斯泰。他在托尔斯泰生前死后写的7篇论文的第1篇就是《列甫·托尔斯泰是俄国革命的镜子》。在该文中，列宁首先指出："把这位伟大艺术家的名字同他显然不了解的、显然避开的革命联在一起，初看起来，会觉得奇怪和勉强。分明不能正确反映现象的东西，怎么能叫做镜子呢?"接着，列宁运用唯物论的反映论精辟地分析了列甫·托尔斯泰为什么是俄国革命的镜子。他指出："如果我们看到的是一位真正伟大的艺术家，那么他就一定会在自己的作品中至少反映出革命的某些本质的方面。""作为一个发明救世新术的先知，托尔斯泰是可笑的。所以国内外的那些偏偏想把他学说中的糟粕变成一种教义的'托尔斯泰主义者'是十分可怜的。作为俄国千百万农民在俄国资产阶级革命前夕的思想和情绪的表现者，托尔斯泰是伟大的。托尔斯泰富于创造性，因为他的全部观点，总的说来，恰恰表现了我国革命是农民资产阶级革命的特点。从这个角度来看，托尔斯泰观点中的矛盾，的确是一面反映农民在我国革命中的历史活动所处的各种矛盾状况的镜子。""托尔斯泰的思想是我国农民起义的弱点和缺陷的一面镜子。"[4]

列宁把列甫·托尔斯泰称为俄国革命的镜子，是对作家的崇高的评价，也是合乎科学的评价。根据列宁的论述，列甫·托尔斯泰之所以是俄国革命的镜子，是因为第一，托尔斯泰的作品勾勒了一幅"无与伦比"的俄国生活的画面，极其广阔地、十分真实地反映了1861年以后俄国的社会生活，反映了他身处的那一个时代以及俄国农民资产阶级革命中的社会基本矛盾：一是农民和贵族地主的矛盾，一是农民和资产者的矛盾，一是贵族地主和资产者的矛盾。通过这几组矛盾，表现了俄国农奴制的崩溃，资本主义的崛起；表现了几百年的农奴制的压迫以及农奴制改革后农民的悲惨遭遇，使得千百万农民的阶级仇恨喷发燃烧，使得他们的观点发生了急剧的变化。列宁说，托尔斯泰"反映了一直到最深的底层都在汹涌激荡的伟大的人民的海洋，既反映了它的一切弱点，也反映了它的一切有力的方面"。[5]作家通过《安娜·卡列尼娜》中列文的嘴说："现在在我们这里，一切都翻了个身，一切都刚刚开始安排。"[6]列宁认为"对于1861年~1905年这个时期，很难想象得出比这更恰当的说明了"。列宁并且解释道，那"翻了一个身"的东西，就是农奴制以及与之相适应的整个"旧秩序"，而那"刚刚开始安排"的东西，却是托尔斯泰极不愿意看到的资本主义制度。第二，托尔斯泰的作品反映了俄国革命的某些本质的方面。

对于这一点，我们可以从两个方面来理解：一是托尔斯泰的作品在一定程度上表现了俄国革命的性质和特点。20世纪初期，特别是1905～1907年俄国革命失败以后，列宁在总结俄国革命的经验和教训方面做了大量工作。他极其正确地分析了俄国革命的性质、动力和对象，阐明了这一阶段俄国历史的特点。他指出俄国革命是资产阶级革命，这是“因为它的直接任务是推翻沙皇专制制度、沙皇君主政体和摧毁地主土地占有制，而不是推翻资产阶级的统治”。但是俄国革命又是农民资产阶级革命，这是因为1861年“农奴制改革”后，农奴制并未真正彻底消灭，资本主义却飞速地渗入农村的各个角落，“客观条件把改变农民基本生活条件的问题，把破坏旧的中世纪土地占有制的问题，把给资本主义‘扫清基地’的问题提到了第一位，是因为客观条件把农民群众推上了多少带点独立性的历史行动的舞台。”[7]托尔斯泰虽然不完全理解俄国革命的性质和特点，虽然不主张用暴力抗恶，但他的创作却极其真实地反映了俄国农民对土地的要求，对地主贵族土地占有制的不满和诅咒，对消除农奴制残余，废除土地私有，解决农民问题的热切愿望和历史趋势。他站在宗法式农民的立场“对土地私有制的毅然决然的反对，表达了一个历史时期的农民群众的心理”，[8]具有批判的民主主义的思想成分。二是托尔斯泰的作品在一定程度上反映了俄国革命的力量和弱点，也表现了它的威力和局限。在托尔斯泰的创作、思想里，有对沙皇统治愤怒的揭露、强烈的抗议和无情的鞭挞，同时也有作家荒诞的幻想、遁世的愿望和天国的爱。这些正表现了1861～1905年间俄国革命准备时期千百万农民群众的心理状态和矛盾，反映了当时大部分农民热切向往新的生活，但又不知道采取什么斗争手段，通过什么途径来达到目的时所产生的悲观主义乃至绝望的幻灭感。广大农民憎恨地主贵族和旧制度，咒骂他们所不了解的资本主义敌人。而几百年来他们又吸收了旧制度的传统、习惯、原则和信仰，最后竟至成了一条捆缚他们手脚的绳索，或只能祈祷哭泣，逆来顺受，向“精神”呼吁；或被抛入城市，流浪街头，听凭资本剥削，在抗议声中表现出任人宰割的万般苦痛和恐惧。列宁说，“托尔斯泰如此忠实地反映了他们的情绪，甚至把他们的天真，他们对政治的漠视，他们的神秘主义，他们逃避现实世界的愿望，他们的‘对恶不抵抗’，以及他们对资本主义和‘金钱势力’的无力咒骂，都带到自己的学说中去了。千百万农民的抗议和他们的绝望，这就是融合在托尔斯泰学说中的东西。”[9]就这一意义来说，“托尔斯泰观点中的矛盾，的确是一面反映农民在我国革命中的历史活动所处的各种矛盾状况的镜子”，而那种以基督教义和道德自我完善为中心的托尔斯泰主义，则不过是俄国“农民起义的弱点和缺陷的一面镜子”。[10]

列宁称托尔斯泰为“俄国革命的镜子”。马克思也曾把优秀的现实主义作家的作品称作镜子。据梅林说：“马克思非常欣赏巴尔扎克的《人间喜剧》，认为它用诗情画意的镜子反映了整整一个时代。”[11] 19 世纪法国最早的批判现实主义作家司汤达曾经说过，“优秀的作品犹如一面照路的镜子，既映出蓝色的天空，也映出路上的泥塘，读者不应责备镜子上的泥塘，而应责备护路的人不应让水停在路上，弄得泥泞难行。”[12] 莎士比亚在《哈姆雷特》中借主人公的口说：“演戏的目的，从前也好，现在也好，都是仿佛要给自然照一面镜子，给德行看一看自己的面貌，给荒唐看一看自己的姿态，给时代和社会看一看自己的形象和印记。”无论是马克思、列宁说的“镜子”，还是司汤达、莎士比亚提到的“镜子”，都只是一个形象的比喻，它们的基本精神，都是主张现实主义文艺应该按照生活的本来面貌描写生活，按照生活的本来面貌反映生活，要求文艺在反映生活时像镜子一样真实地生动地再现现实关系，并不是要求作家对生活作自然主义的机械的描摹或照抄。托尔斯泰之所以是“俄国革命的镜子”，这不仅由于他是俄国宗法农民思想和情绪的表达者，而且也是 1861 年后俄国社会生活的真实反映者和现实关系的生动再现者。他的作品涉及当时俄国社会生活的各个方面，人们通过他的作品，可以清晰地看到农奴制崩溃、资本主义崛起的俄国社会的历史性转变，认识到俄国革命准备时期的全部社会情状。

三、列宁论列甫·托尔斯泰世界观和创作的矛盾

列宁在 1908 年写的《列甫·托尔斯泰是俄国革命的镜子》一文中，指出托尔斯泰的世界观和创作充满着“显著”的矛盾：

托尔斯泰的作品、观点、学说、学派中的矛盾的确是显著的。一方面，是一个天才的艺术家，不仅创作了无与伦比的俄国生活的画面，而且创作了世界文学中第一流的作品；另一方面，是一个发狂地笃信基督的地主。一方面，他非常有力地、直觉地、真诚地反对社会的撒谎和虚伪；另一方面，是一个“托尔斯泰主义者”，即是一个颓唐的、歇斯底里的可怜虫，所谓俄国的知识分子，这种人当众捶着自己的胸膛说：“我卑鄙，我下流，可是我在进行道德上的自我修养；我再也不吃肉了，我现在只吃米粉团子。”一方面，无情地批判了资本主义的剥削，揭露了政府的暴虐以及法院和国家管理机关的滑稽剧，暴露了财富的增加和文明的成就同工人群众的穷困、野蛮和痛苦的加剧之间极其深刻的矛盾；另一方面，狂信的鼓吹“不用暴力抵抗邪恶”。一方面，是最清醒的现实主义，撕下了一切假面具；另一方面，鼓吹世界上最讨厌的东西之

一，即宗教，力求让有道德信念的僧侣代替有官职的僧侣，这就是说，培养一种最精巧的因而是特别恶劣的僧侣主义。[13]

依据列宁的论述，可以看出，一方面，托尔斯泰世界观内部包含着许多积极的、进步的因素，这些思想因素主要是对当时沙皇专制制度，对资本主义的剥消和地主土地占有制，对警察、法庭和官办教会都抱着批判的、否定的态度，深刻地揭发了社会矛盾和统治阶级的腐烂，看到了俄国社会革命的不可避免。这些思想因素指导和制约着他的创作实践，使他选择和采用了批判现实主义的创作方法，“创作了世界文学中第一流的作品”，达到了“最清醒的现实主义”。另一方面，托尔斯泰的世界观内部还包含着一些消极落后甚至反动的因素，这些因素主要是他“绝对不能了解工人运动和工人运动在争取社会主义的斗争中所起的作用，而且也绝对不能理解俄国的革命”。[14]而又害怕俄国革命，他企图替自己出身的贵族阶级寻求拯救贵族社会的药方，因而创造了“道德上的自我完善”“勿以暴力抵抗邪恶”“人道”“博爱”之类的托尔斯泰主义的学说，这些思想干扰和破坏了他运用的批判现实主义的创作方法，使他不能完全正确地表现客观现实，并以虚伪的僧侣主义的宗教说教来调和阶级矛盾和斗争，从而在一定程度上离开了现实主义的创作方法。

1910年，列甫·托尔斯泰逝世。就在这一年，列宁写了《列·尼·托尔斯泰》等论文，进一步既指出托尔斯泰是沙皇专制制度的“激烈的抗议者、愤怒的揭发者和伟大的批评家”，[15]是“曾经以巨大的力量、信念和真诚提出许多有关现代政治和社会制度的基本特点问题的思想家”，[16]同时又指出了托尔斯泰主义“完全避开了1905～1907年的群众革命斗争。一方面反对官方办的教会，另一方面却鼓吹清洗过的新宗教，即用一种清洗过的精制的新毒药来麻醉被压迫群众。否定土地私有制，但并没有集中全力去反对真正的敌人，去反对地主土地占有制和它的政权工具，即君主政体，而只是发出幻想的、含糊的、无力的叹息。揭发资本主义以及它给群众带来的苦难，但同时却对国际社会主义无产阶级所领导的全世界解放斗争抱着极其冷漠的态度”[17]。列宁始终坚持“两点论”，用辩证唯物主义的方法分析托尔斯泰的世界观和创作的矛盾，在对矛盾状态的分析中，处处以对比的方法，突出作家身上的对立面，勾勒出了作家的真实形象。他引用俄国诗人涅克拉索夫的诗句：“俄罗斯母亲啊你又贫穷又富饶，你又强大又软弱！”[18]这样来描绘托尔斯泰，真是最准确、最生动不过的了。

列甫·托尔斯泰世界观和创作的矛盾在其一系列作品中，特别是在《战争与和平》《安娜·卡列尼娜》《复活》等几部具有里程碑意义的长篇代表作中都有反映，尤其是在他世界观转变后所创作的《复活》中表现得更为突出。

《复活》写贵族青年聂赫留朵夫诱奸了农奴少女卡秋莎·玛丝洛娃，随后遗弃了她，使她备受凌辱，沦为娼妓，最后又被诬告犯杀人罪而被关进了牢房，押到法庭受审。聂赫留朵夫凑巧是法院的陪审员。他意外地遇见了玛丝洛娃，才明白女方的堕落是自己一手造成的，他受到良心谴责，决定赎罪，为她奔走申冤，上诉失败后又陪她去西伯利亚流放。他的行为感动了玛丝洛娃，使她重新爱他。他提出要同玛丝洛娃结婚，被拒绝后，他在《福音书》中找到了精神和道德的归宿：要宽恕，要忍受别人对你的损害，不仅不要仇恨敌人，而且要"爱敌人，帮助敌人，为仇敌效劳"。于是，聂赫留朵夫的精神、道德和人性"复活"了。他精神、道德和人性"复活"的过程，既是他改恶从善、道德自我完善的过程，也是他转变贵族立场、走向人民的过程，具有现实的典型性。《复活》是托尔斯泰所有作品中最富有批判性的一部小说。作为一个"最清醒的现实主义者"，托尔斯泰在这部作品中，通过描写玛丝洛娃法庭受审的场面和监狱中囚犯的非人生活，表现了沙皇法庭和法律反人民的实质；通过描写聂赫留朵夫为玛丝洛娃奔走上诉过程的所见所闻，揭露了从城市到农村的整个沙皇官僚集团的反动腐朽和冷酷残忍；通过描写监狱教堂举行祈祷仪式的场面，讽刺了官方教会的伪善和欺骗；通过描写农村破产、农民贫困的悲惨景象，揭示了农民贫困的真正原因是没有土地，从而否定了土地私有制。正如列宁所说，这部小说"对现代一切国家制度、教会制度、社会制度和经济制度作了激烈的批判"[19]，"托尔斯泰的批判所以有这样充沛的感情，这样的热情，这样有说服力，这样的新鲜、诚恳并有这样'追根究底'要找出群众灾难的真实原因的大无畏精神，是因为他的批判真正表现了千百万农民的观点的转变，这些农民刚刚摆脱农奴制度获得了自由，就发现这种自由不过意味着破产、饿死和城市'底层'的流浪生活等等新灾难罢了。"[20]托尔斯泰在《复活》中用最清醒的现实主义反映了俄国社会生活的各个方面，对当时国家、教会、社会和经济等制度进行了深刻的批判和猛烈的抨击，具有巨大的思想价值和艺术力量。但这部小说也有许多糟粕。主人公聂赫留朵夫和玛丝洛娃通过"忏悔"和"宽恕"，走上精神和道德上的"复活"，使"人性"由丧失到复归，在这里，作者宣扬了他的人性论、"勿以暴力抵抗邪恶"、"道德上的自我完善"、"爱的宗教"等麻醉人民、瓦解斗志的"托尔斯泰主义"毒素。从《复活》这部小说可以看出，托尔斯泰转变后的世界观仍然包含着显著的矛盾，既有强有力的积极的一面，又有极软弱的消极的一面。

列宁不仅深刻分析了托尔斯泰世界观和创作的矛盾、双重性，而且揭示了这种矛盾、双重性的根源。列宁指出："托尔斯泰的观点和学说中的矛盾并不是偶然的，它反映了19世纪最后三十几年俄国实际生活所处的矛盾状况。”[21]“托尔斯泰的学说不是什么个人的东西，不是什么突发的和独特的东西，而是千百万人在相当长的时期内实际所处的一种生活条件产生的思想体系。”[22]“托尔斯泰的观点中的矛盾，不仅是他个人思想的矛盾，而且是一些极其复杂的矛盾条件、社会影响和历史传统的反映，这些东西决定了改革后和革命前这一时期俄国社会各个阶级和各个阶层的心理。”[23]“他用天才艺术家所特有的力量，表现了这一时期的俄国——即乡村和农民的俄国——最广大人民群众的观点的急遽转变。”[24]根据列宁的这些分析，我们知道，托尔斯泰世界观和创作的矛盾、双重性不是凭空产生的。它具有深刻的社会、时代、阶级根源。从社会根源来看，从1861年到1905年，俄国社会生活动荡，经济结构更替，阶级关系变化，由于农奴制崩溃、资本主义崛起的历史趋势的感召和激发，托尔斯泰作为贵族阶级中敏感的神经，作为最清醒的现实主义者，看到资产阶级对贵族的冲击，资本主义“怪物”对“旧基础”的破坏，看到贵族阶级在经济上和道德上日趋没落，觉察到时代和社会的去向，醒悟到自己的阶级不配有更好的命运，这时，贵族地主的偏见和宗法式农民的思想在他头脑中进行激烈的斗争，斗争的结果，他接受了宗法式农民的思想，世界观发生了剧烈的变化，由贵族地主的立场转变到宗法式农民的立场。正如列宁所说：“乡村俄国一切‘旧基础’的急剧的破坏，加强了他对周围事物的注意，加深了他对这一切的兴趣，使他的整个世界观发生了变化。”[25]这表明了俄国社会生活的变化对托尔斯泰的世界观的变化起了积极的影响。从此，托尔斯泰开始以宗法式农民的眼光观察事物，对贵族地主的腐败和资本主义的贪婪，对专制制度、官方教会、法律机关的残酷、虚伪、黑暗、腐化和种种罪行进行了尖锐的批判和愤怒的控诉。所有这些，构成了托尔斯泰世界观和创作中的积极的进步的因素。至于托尔斯泰的世界观和创作中的消极的落后的因素，也并不是属于他个人的，而是属于他的时代的。列宁曾指出，托尔斯泰的时代，虽然整个旧制度已经“翻了一个身”，但“群众是在这个旧制度下教养出来的”。这些宗法式的农民还在吃奶的时候便受到旧社会的影响，“吸取了这个制度的原则、习惯、传统和信仰，他们看不出也不可能看出‘开始安排’的新制度是什么样子，是哪些社会力量在‘安排’这种新制度以及怎样‘安排’这种制度，哪些社会力量能够消除这个‘变革’时代所特有的无数特别深重的灾难。”[26]相反，宗法式农民在这种“安排”给他们带来的破产面前感到困惑不解，于是产生“悲观主义、不抵抗主义、向‘精神’呼吁”等软弱心理，这一切完全符合托尔斯泰主义的精神。亚历山大二世被民意党处死以后，革命陷于低潮，反动势力的残酷镇压，大大削弱了社会上的革命力量，助长了“不抵抗主义”哲学的风行，加强了俄国宗法式农村里某些政治势力企图寻求“拯救”的气氛。托尔斯泰主义正是在这样的时代历史条件下形成的。从阶级根源来看，托尔斯泰作为俄国宗法式农民的思想和情绪的表达者，他的学说、观点和作品既反映了宗法农民的“强烈仇恨，已经成熟的对美好生活的向往和摆脱过去的愿望；同时也反映了幻想的不成熟、政治修养的缺乏和革命意志的软弱。”[27]列宁认为，俄国宗法式农民中，只有极少数敢于拿起斗争的武器，向压迫他们的仇敌冲杀，而大多数农民还是耽于幻想，因斗争的残酷和挫折而陷于悲观失望，在祈祷和自我麻醉中忍受着非人的生活的折磨。托尔斯泰主义正是这部分农民思想和情绪的反映。此外，托尔斯泰当时面对的俄国革命是以宗法式农民为动力的农民资产阶级民主革命。俄国宗法式农民作为这次革命的主体和基本动力，他们的思想的积极方面和消极方面、优点和弱点、革命性和软弱性都必然在革命过程中反映出来，也必然在托尔斯泰这面“俄国革命的镜子”中展现出来。所以，托尔斯泰学说、观点和创作，突出地体现了整个第一次俄国革命的历史特点，既反映了它的力量，也表现了它的弱点。

列宁运用辩证唯物论和历史唯物论分析托尔斯泰的世界观和创作的矛盾、双重性及其形成根源，具有方法论的普遍意义，为我们研究作家特别是古代作家的思想和创作，树立了光辉的范例。不仅如此，列宁还对如何评价托尔斯泰观点和作品中的矛盾提出了富有原则性意义的指导意见。列宁指出：“托尔斯泰观点中的矛盾，不应该从现代工人运动和现代社会主义的角度去评价（这样评价当然是必要的，然而是不够的），而应该从反对新兴的资本主义，反对群众破产和丧失土地……的角度去评价。”[28]列宁认为，无产阶级从现代工人运动和现代社会主义的角度去评价托尔斯泰是必要的，但是仅仅这样，是不够的。那么，如何具体理解这里所说的“必要”和“不够”呢？说这样评价“必要”是因为托尔斯泰的活动与现代工人运动和现代社会主义有关。托尔斯泰主要活动于第一次俄国革命前60年。但在其活动后期，俄国工人运动已蓬勃兴起，现代社会主义已迅速传播，因而有必要从现代工人运动和社会主义的角度去评价。但仅仅这样是“不够”的。因为单从现代工人运动和现代社会主义的角度去评价，我们就只能看到托尔斯泰的消极的落后的甚至反动的一面。只有既从现代工人运动和现代社会主义的角度，又从反对新兴的资本主义，反对群众破产和丧失土地的角度这两方面去评价，才能既批判其弱点，又能肯定其长处。列宁这个指示是要求我们必须全面评价托尔斯泰，必须把对托尔斯泰的历史评价和现实评价有机地结合起来。列宁在另一处又说：“只有从社会民主主义无产阶级的观点出发，才能对托尔斯泰作出正确的评价……”[29]因为无产阶级既“绝对忠于民主主义事业”，而又“能够同资产阶级的（也包括农民的）民主的局限性和不彻底性进行斗争”。无产阶级忠于民主主义事业，因而就能够正确评价农民的革命性；而能够同资产阶级的民主的局限性和不彻底性进行斗争，则必须站在现代工人运动和现代社会主义的立场。从这种辩证观点出发，列宁对托尔斯泰作了一分为二的评价。

文学是一定时代的具体的社会现象，是一定社会生活在作家头脑里的形象的反映，是与一定的社会经济基础相适应的特殊的社会意识形态。要说明文学现象，就必须把它们放到产生它们的一定社会生活、经济条件和历史环境中去考察。诚如列宁所说：“在分析任何一个社会问题时，马克思理论的绝对要求，就是要把问题提到一定的历史范围之内。”[30]列宁对托尔斯泰世界观和创作矛盾的分析，是放在俄国1861年农奴制改革到1905年革命这一特定的历史时代进行的。列宁认为，只有对托尔斯泰所处的时代“明确地、历史地、具体地”进行分析，“注意从俄国革命的性质、革命的动力这个观点去分析他的作品”[31]，才能真正认识托尔斯泰创作的意义，脱离俄国革命的性质、动力和对象，抽象地不作具体分析地把托尔斯泰的世界观说成是反动的，而作家的作品又是伟大的，这是彻头彻尾的唯心史观、形而上学。列宁以历史唯物主义的观点，分析了当时的时代特征和革命的性质，以及作为当时革命的主要力量——农民的状况。指出当时除少数觉悟的先进农民外，大多数农民的思想和行动是矛盾的，而托尔斯泰作为俄国千百万农民在俄国资产阶级民主革命前夕的思想和情绪的体现者，他的思想和学说以及作品中的矛盾，正是不觉悟的宗法式农民在革命中所处的矛盾状况的真实反映。列宁由此得出结论：“在托尔斯泰的作品里，正是既表现了农民群众运动的力量和弱点，也表现了它的威力和局限性。”[31]

列宁还指出：“托尔斯泰的学说无疑是空想的，就其内容来说是反动的（这里反动的一词，是就这个词的最正确最深刻的含义用的）。但是决不应该因此得出结论说，这个学说不是社会主义的，这个学说里没有可以为启发先进阶级提供宝贵材料的批判成分。”[32]列宁在这里把托尔斯泰的学说归结为一种空想社会主义。作为一种空想社会主义的学说，它“恰与历史发展进程成反比例”。[33]自从工人阶级作为独立的政治力量登上历史舞台以来，空想社会主义便开始转化为反动的了。但同时它又为无产阶级提供了宝贵的批判成分，对于农民群众来说，则应通过对不抵抗主义的批判，了解它的反动性，了解“这种不抵抗是第一次革命运动失败的极重要的原因”，[34]从而使群众认识自己的弱点，和由于这种弱点而不能把自己的解放事业进行到底的原因。因此，“俄国人民不应该向托尔斯泰学习如何求得美好的生活，而应该向托尔斯泰所没有了解其意义的那个阶级学习，向唯一能摧毁托尔斯泰所憎恨的旧世界的那个阶级学习，即向无产阶级学习。俄国人民只有懂得这一点的时候，才能求得解放。”[35]列宁阐明了托尔斯泰和俄国农民资产阶级革命的关系，和现代工人运动的分歧；分析了托尔斯泰作品、学说包含的精华和糟粕，从而也就自然地提出无产阶级应该如何对待托尔斯泰的遗产的问题。列宁论托尔斯泰一组文章的历史意义，在于通过托尔斯泰这一极为复杂而生动的典型，说明了“俄国无产阶级要接受这份遗产，要研究这份遗产。”[36]列宁指出，无产阶级所以要接受和研究这份遗产，首先是由于在托尔斯泰的作品里，“却有着没有成为过去而是属于未来的东西。”[37]“属于未来的东西”包含两方面的内容：一是指托尔斯泰对国家、教会、土地私有制的弊端的无情揭露和对资本主义脓疮的猛烈批判。这种揭露和批判，不仅对当时尚未取得资产阶级革命胜利的俄国具有现实意义，同时就是在俄国革命胜利后甚至在无产阶级革命胜利后，仍然具有现实意义。这是因为，在今天的世界上，不少国家依然是建立在托尔斯泰所批判过的剥削制度的基础上的，广大人民依然受到资本的剥削和宗教的愚弄。二是指托尔斯泰的卓越的艺术经验，后人完全可以批判地借鉴；托尔斯泰创造的艺术作品，“可供群众在推翻了地主和资本家的压迫而为自己建立了人的生活条件的时候永远珍视和阅读。”应该“使他的伟大作品真正为全体人民所共有”。[38]无产阶级之所以要接受和研究托尔斯泰遗产，其次，还因为“俄国工人阶级研究列甫·托尔斯泰的艺术作品，会更清楚地认识自己的敌人；而全体俄国人民分析托尔斯泰的学说，一定会了解他们本身的弱点在什么地方，由于这些弱点他们不能把自己的解放事业进行到底。”[39]“俄国无产阶级要向劳动群众和被剥削群众阐明托尔斯泰对国家、教会、土地私有制的批判的意义，但是目的不在于使群众局限于自我修身和对圣洁生活的憧憬，而在于使他们振奋起来对沙皇君主政体和地主土地占有制进行新的打击。”“俄国无产阶级要向群众阐明托尔斯泰对资本主义的批判，但是目的不在于使群众局限于诅咒资本和金钱势力，而在于使他们学会在自己的生活和斗争中处处依靠资本主义的技术成就和社会成就，把自己团结成一支社会主义战士的百万大军，去推翻资本主义，去创造一个人民不再贫困、没有人剥削人的现象的新社会。”[40]列宁把接受和研究托尔斯泰的文学遗产，同教育无产阶级和广大劳动群众准备新的斗争、推翻沙皇政府、打倒资产阶级，紧密地结合了起来。

列宁关于“要接受”“要研究”托尔斯泰的文学遗产的论述给我们以深刻

的启示。长期以来人们一提起文学遗产的继承问题，就会联想到“旧瓶装新酒”这句成语，认为古代优秀作家具有高超的创作技巧和精湛的语言艺术，作品的艺术形式是可以继承的；至于古代作品的思想内容，则是不健康的、腐朽落后的、有毒素的，在今天只会产生消极和反动的影响，不能继承。这种“艺术形式可以继承，思想内容不可继承”的论调，势必把作品的思想内容与艺术形式机械地割裂开来，这是形而上学的观点。众所周知，关于文艺的内容和形式的关系，马克思主义的辩证唯物论有两个基本观点：一是内容和形式是对立统一的两个范畴，彼此联系，相互依存。一定的内容体现在一定的形式中，一定的形式包含着一定的内容。没有内容也就没有形式，没有形式也表现不了内容。把内容和形式完全割裂开来，是唯心主义和形而上学的观点。二是辩证唯物论认为，文艺作品的内容和形式的矛盾是绝对的，两者的统一则是相对的。各国文艺史上，作品的内容和形式不相适应的情形较多，而把进步的思想内容与较好的艺术形式恰当地统一起来的作品，却不是很多的。凡是优秀的、成功的文艺作品，从总体而论，内容和形式基本是互相适应、彼此统一的。用鲁迅的话说是做到了“内容的充实”与“技巧的上达”。如曹雪芹的《红楼梦》、巴尔扎克的《人间喜剧》、莎士比亚的戏剧、托尔斯泰的小说都属于这类作品。它们内容丰富，思想比较进步，有民主性的精华，形式较完善，技巧高超，比较真实、深刻地反映了特定历史时期的社会生活。在内容上有很大的认识价值，艺术上可资借鉴。这样的文学作品完全可以批判地继承。当然，我们探讨文学作品的思想内容的继承问题，必须紧密联系文学的社会职能和它的特点。文学既然是一种社会意识形态，它必然随着经济基础的变革，发生着或速或缓的变革，归根结底它要与经济基础相适应。因此，随着社会历史的发展，不同社会形态的各个阶级，对文学作品的思想内容的要求也是不同的。任何时代的任何阶级对于前人遗产的学习和继承都有自己的明确的目的。列宁在论托尔斯泰的一组文章中，号召无产阶级要接受和研究托尔斯泰的文学遗产，首先是出于无产阶级革命斗争的需要。当前，我国正处在构建社会主义和谐社会的新时期，我们对文学遗产进行批判地继承，其目的就是要大力发展和繁荣社会主义的文学，为经济社会发展服务。

列宁论列甫·托尔斯泰的一组论文，是辩证唯物主义和历史唯物主义分析作家作品的典范。但这种分析，又是建筑在科学地考察俄国革命的性质、动力和对象的基础上的，因而严格的科学性和高度的革命性是辩证统一的。我们今天学习列宁论述托尔斯泰的文章，首先要学习列宁这种分析问题的方法论，即把作家、作品放到他们所处的特定的历史环境中去，从作家所处的特定时代的革命的性质、动力和对象的角度，一分为二地分析研究作家的功过和成败得失，反对那种说好一切皆好，讲坏一切皆坏的形而上学地分析问题的方法。

列宁对列甫·托尔斯泰世界观和创作的辩证分析，为无产阶级的文学评论树立了光辉的榜样。马克思主义理论家卢那察尔斯基指出："列宁论托尔斯泰的文章应予特别认真的研究。它们对于像托尔斯泰创作和学说这样巨大的文学和社会现象，在一切主要方面都作了透彻的阐述，它们是把列宁主义方法运用于文艺学的光辉典范。"[41]但是，我们也不可否认，列宁的论文，是从政治家的角度，从当时政治斗争的需要出发，着眼于历史人物与无产阶级使命的关系，针对形形色色的反动势力企图利用托尔斯泰学说中的消极因素反对无产阶级暴力革命而写的。因此，其重点是评论托尔斯泰创作的思想价值，而对其艺术成就、艺术形式虽然也有所涉及，却没有进行充分的论述。对此，有学者指出："列宁作为无产阶级的革命导师、领袖，他对托尔斯泰的评论是最具权威性的，他对托尔斯泰的批评应该是全面的，而不是片面的，是高屋建瓴式的，而不是表面的或浅层次的。在这一点上，可以毫不夸张地说，列宁作出了努力，也有所建树。但也不能不令人遗憾地看到，列宁实际上并未完全做到全面地、全方位地估价托翁。虽然列宁从当时俄国无产阶级革命斗争的目的、意义、任务等前提出发来评价托尔斯泰，来回击贵族资产阶级和反动的御用文人对托尔斯泰作品的歪曲，处处以托翁作品的积极性与消极性、进步性和反动性展开批评是情有可原的，然而，他不自觉地评价托尔斯泰作品的多方面留下了空缺。文学作品作为一种'有意味的形式'，决不仅是思想内容而已。列宁遵循'美学的和历史的'标准去评判托翁其人其作，而实际上，列宁却反反复复强调'历史的标准'，重点估价托翁作品的思想价值，对其艺术成就、艺术形式却谈得很少，即或涉猎，也是零星、抽象式的概括，既不像评价其思想倾向那样具体，也没有多方面地给予总结。这不能不说是列宁的疏忽。像托尔斯泰这样丰富的作家，列宁单靠7篇论文是不可穷尽的。但是，托翁的丰富性并不能搪塞列宁对其艺术成就、艺术形式的疏忽。是故，现代的读者阅读列宁的'托尔斯泰论'文本，确实有一种缺憾感。"[42]在谈到托尔斯泰世界观的两重性与作品两重性的关系时，这位学者认为，"列宁论托尔斯泰世界观的两重性与作品两重性的关系，也令人产生困惑。正确的世界观，的确对文学创作有着重要的影响，但是，有了正确的世界观，并非作品的思想倾向就完全正确，没有任何问题。一个具有无产阶级思想的作家，他在作品中并不一定完全表现无产阶级思想。反之，有的作家世界观、人生观不正确，甚至颓废，但也并非不能写出好作品。世界观与文学创作的关系的确太复杂，要做具体的有针对性的阐述。列宁认为托翁克服贵族阶级偏见、站在人民立场的正确世界观，使他的作品具有了积极的进步因素，而他保留下来的贵族阶级思想以及宗法制农民意识，又使他的作品具有了许多消极的，甚至带有毒素的东西。如果将托翁的世界观与文学创作进行这种截然有别的划分，反而陷入了机械唯物论的泥坑。”[43]关于对托尔斯泰主义的评价，有学者认为：“被列宁否定的托尔斯泰学说中的托尔斯泰主义，说到底是一种人道主义。无可否认，这种人道主义在19世纪后期和20世纪初期俄国民主革命日益高涨、广大人民群众日益觉醒的时代，起到了麻痹人民意志的作用，无疑是荒谬的，甚至是反动的。但是，托尔斯泰主义可以说是伟大思想家、艺术家，托尔斯泰毕生对社会问题探索的结晶，是托尔斯泰站在一个更高的阶梯上所提出的拯救俄国和整个人类的政治、道德主张，是一个热爱人类的伟大艺术家的人道主义思想的真诚体现。托尔斯泰主义尽管在某个历史阶段上显示了它的悲剧性和局限性，但从整个人类的发展看，随着无产阶级专政的实现，随着社会历史的发展和时代的进步，托尔斯泰主义的价值和深远的意义也必将显示出来。”[44]上述意见，值得大家思考和讨论。现在我们把这几位学者的意见摘录如此，以供大家参考。

参考文献：

[1]《社会民主党在俄国第一次革命中的土地纲领》,《列宁全集》第13卷,北京:人民出版社1959年版,第407页。

[2]列宁:《给玛·亚·乌里杨诺娃的信》,《列宁全集》第37卷:1893~1922年家书集,北京:人民出版社1959年版,第486页。

[3]《列宁论文学与艺术》第2卷,北京:人民文学出版社1960年版,第883~884页。

[4]《列甫·托尔斯泰是俄国革命的镜子》,《列宁全集》第15卷,北京:人民出版社1959年版,第176页。

[5]《托尔斯泰和无产阶级斗争》,《列宁全集》第16卷,北京:人民出版社1959年版,第352页。

[6]《列·尼·托尔斯泰和他的时代》,《列宁全集》第17卷,北京:人民出版社1959年版,第32页。

[7][8]《列·尼·托尔斯泰》,《列宁全集》第16卷,北京:人民出版社1959年版,第322页。

[9][20][24]《列·尼·托尔斯泰和现代工人运动》,《列宁全集》第16卷,

北京:人民出版社 1959 年版,第 331 页。

[10]《列甫·托尔斯泰是俄国革命的镜子》,《列宁全集》第 15 卷,北京:人民出版社 1959 年版,第 180~181 页。

[11]梅林:《马克思传》,人民出版社 1965 年版,第 70 页。

[12]伍蠡甫主编:《西方文论选》下卷,上海译文出版社 1979 年版。

[13][18]《列甫·托尔斯泰是俄国革命的镜子》,《列宁全集》第 15 卷,北京:人民出版社 1959 年版,第 179 页。

[14][28]《列甫·托尔斯泰是俄国革命的镜子》,《列宁全集》第 15 卷,北京:人民出版社 1959 年版,第 180 页。

[15][17][23]《列·尼·托尔斯泰》,《列宁全集》第 16 卷,北京:人民出版社 1959 年版,第 323 页。

[16]《列·尼·托尔斯泰和现代工人运动》,《列宁全集》第 16 卷,北京:人民出版社 1959 年版,第 329 页。

[19]《列·尼·托尔斯泰和现代工人运动》,《列宁全集》第 16 卷,北京:人民出版社 1959 年版,第 330 页。

[21][28]《列甫·托尔斯泰是俄国革命的镜子》,《列宁全集》第 15 卷,北京:人民出版社 1959 年版,第 180 页。

[22]《列·尼·托尔斯泰和他的时代》,《列宁全集》第 17 卷,北京:人民出版社 1959 年版,第 35 页。

[25]《列·尼·托尔斯泰和现代工人运动》,《列宁全集》第 16 卷,北京:人民出版社 1959 年版,第 330 页。

[26]《列·尼·托尔斯泰和他的时代》,《列宁全集》第 17 卷,北京:人民出版社 1959 年版,第 34 页。

[27]《列甫·托尔斯泰是俄国革命的镜子》,《列宁全集》第 15 卷,北京:人民出版社 1959 年版,第 182 页。

[29]《列·尼·托尔斯泰》,《列宁全集》第 16 卷,北京:人民出版社 1959 年版,第 323~324 页。

[30]《论民族自决权》,《列宁全集》第 20 卷,北京:人民出版社 1959 年版,第 401 页。

[31][35][36]《列·尼·托尔斯泰》,《列宁全集》第 16 卷,北京:人民出版社 1959 年版,第 325 页。

[32]《列·尼·托尔斯泰和他的时代》,《列宁全集》第 17 卷,北京:人民出版社 1959 年版,第 35 页。

[33]《列甫·托尔斯泰是俄国革命的镜子》,《列宁全集》第15卷,北京:人民出版社1959年版,第182页。

[34]《托尔斯泰和无产阶级斗争》,《列宁全集》第16卷,北京:人民出版社1959年版,第353页。

[37]《列·尼·托尔斯泰》,《列宁全集》第16卷,北京:人民出版社1959年版,第321页。

[38]《托尔斯泰和无产阶级斗争》,《列宁全集》第16卷,北京:人民出版社1959年版,第352~353页。

[39]《列·尼·托尔斯泰》,《列宁全集》第16卷,北京:人民出版社1959年版,第325~326页。

[40]《卢那察尔斯基文集》第8卷,转引自:《列宁和俄国文学问题》,北京:中国社会科学出版社1982年版,第331页。

[41][42]邓楠:《从接受美学看列宁的托尔斯泰论》,《武陵学刊》,1998年第4期。

[43]木易:《论列宁对托尔斯泰的评论》,《云南师范大学学报》,1999年第3期。

第十论

列宁论高尔基

高尔基是列宁的革命战友。列宁热爱高尔基。列宁不仅十分重视高尔基的文学创作，赞赏他的作品，对他的散文诗《海燕》和长篇小说《母亲》给予了高度评价，而且始终热情关注着高尔基的革命活动和思想动向。出于热爱，每当高尔基在思想上或艺术上出现偏离社会主义道路的错误倾向时，列宁总是热情地、及时地、严肃地指出他的错误，并帮助他分析、认识背离马克思主义的实质。列宁充分信任高尔基，相信高尔基是能够改正错误、能够从错误中吸取教训的无产阶级艺术家。事实正是这样。高尔基在列宁光辉思想的影响和人格魅力的感召下，在现实生活的教育下，终于逐步克服了思想上存在的弱点和错误，站到列宁主义的立场上来，从而使自己的思想和创作上升到了一个新阶段。高尔基在文学事业上所取得的伟大成就，是和列宁的关怀和教导分不开的。列宁从无产阶级革命利益出发，正确对待高尔基的错误，为如何团结和教育知识分子，提供了生动范例；高尔基坚持真理、修正错误的精神，为知识分子改造世界观，树立了良好榜样。

一、列宁对高尔基革命活动和思想动向的关注

1. 列宁对高尔基革命活动的关注

高尔基是伟大的无产阶级革命文学家，是列宁的革命战友，不仅创作了大量的无产阶级革命文学作品，而且在列宁的影响和指引下，直接参加了实际的革命活动。1895 年，列宁创立了“工人阶级解放协会”，在此基础上建立了革命的马克思主义工人政党——俄国社会民主工党。为了宣传马克思主义理论，1900 年，列宁在国外创办了《火星报》，在俄国各地撒下了革命的火种。从 1901 年起，高尔基便是《火星报》的忠实读者和坚决拥护者。1900 ~ 1907 年，即俄国第一次革命前后，这个时期的历史特征是俄国人民解放运动的高

涨。在汹涌澎湃的革命浪潮的推动下，高尔基的革命活动与文学创作也更加活跃，并同俄国工人运动联系得更加紧密了。1901 年 3 月，高尔基参加了彼得堡的群众游行示威运动，并代表文艺工作者起草了反对沙皇当局镇压革命群众的抗议书，同时发表了举世闻名的充满激情的革命颂歌《海燕》，热烈地歌颂了暴风雨般的群众革命运动，充分地表达了当时广大人民群众的革命情绪。就在这一年，沙皇政府借口高尔基与社会民主党人有联系，将作家逮捕监禁，最后逐出下新城。沙皇政府对高尔基的这种高压政策引起了列宁愤怒的抗议。列宁在《示威游行开始了》一文中写道："专制政府不经审讯，就把这位全欧闻名的作家驱逐他的故乡……这位作家的全部武器就是自由的言论。"列宁指出："现在我们已经看到，示威运动正由于种种原因而在下新城、在莫斯科、在哈尔科夫再次地高涨起来。民愤到处在增长，把这种愤懑汇合成为一道冲击到处横行霸道、肆虐逞凶的专制制度的洪流，愈来愈必要了。"[1]1902 年 3 月，高尔基被选为俄罗斯皇家科学院名誉院士，但立即遭到沙皇警察公署的反对，沙皇尼古拉二世亲下"圣旨"，取消高尔基名誉院士的资格，其中一个重要原因是他正在受到侦查。著名作家柯罗连科与契诃夫等闻讯之后非常愤慨，并退回皇家科学院名誉院士的选任书，以示抗议。列宁的《火星报》发表了《科学院发生的不幸的事件》一文及其他文章，报道了这件事，并对沙皇政府进行了抨击。1902 年 10 月，《火星报》在莫斯科的代表会见了高尔基，事后写信向列宁报告了这次会见的情况。这位代表说，高尔基赞同《火星报》的观点并表示愿意给《火星报》以物资上的支持。列宁夫人克鲁普斯卡娅在给这位代表的信中说："得知您所说的关于高尔基的一切，非常高兴，尤其是因为急需钱用……请您约高尔基为我们写稿，并立即告知暗号（考虑到你们两人可能被捕）。"[2]在这以后高尔基常慷慨解囊，不仅从自己的稿费中抽出一部分作为《火星报》的活动经费，还从莫斯科的一个工厂主莫罗佐夫那里为《火星报》争取到经费支援。这使列宁在办《无产者报》时，有了充分的经济来源。1905 年革命前后高尔基深感剧场是号召革命，鼓舞斗志的思想阵地，于是写了一系列的戏剧作品，著名的有《小市民》《底层》等。这时，列宁虽身在国外，但仍一如既往地对高尔基的活动表示关注。1903 年，高尔基的剧本《底层》在莫斯科上演时，列宁在给母亲的信中说，他很想看看剧本的演出[3]。1905 年 1 月 9 日，高尔基目睹了沙皇政府在彼得堡血腥镇压请愿的群众。由于他为此起草了《告全国人民及欧洲各国舆论书》，抗议沙皇政府的暴行，号召全体公民与专制制度作坚决斗争，再次被沙皇政府逮捕监禁。列宁得知这一情况，立即在日内瓦出版的《前进报》上发表了《特列波夫执掌大权》

一文对高尔基和其他被捕者表示声援，同时揭露沙皇专制制度的无理和专横，保卫了作家和其他革命者的政治权利。[4] 列宁经常关切地询问高尔基的情况，不止一次地说："高尔基和我们在一起，这好极了。高尔基是真正的革命作家，他有巨大的才能，他不诉苦，他不喜欢知识分子当中的可怜虫，这很好。"[5] 在国内外舆论的强大压力下，沙皇政府终于释放了高尔基。他获释后，继续从事革命活动，并于1905年下半年加入了俄国社会民主工党。同年12月在彼得堡举行的俄国社会民主工党中央会议上，列宁和高尔基首次相见。从此两位伟人取得了密切的联系建立了深厚的友谊。在这次中央会议上，列宁和高尔基交谈了创办党报和准备武装起义的问题。在莫斯科12月起义的准备工作中，高尔基积极协助购买武器，并亲自参加起义斗争。起义失败后，他于1906年接受党的委托，到欧洲和美国去，其目的一方面是设法阻挠沙皇政府从国外取得贷款，另一方面是介绍俄国革命情况，以取得国际无产阶级的支援，并为俄国社会民主工党募集基金。列宁认为高尔基此行"具有重大意义"。[6] 在旅美期间，高尔基创作了在无产阶级文学史上具有划时代意义的社会主义现实主义的奠基作《母亲》。这是一部反映19世纪末20世纪初俄国无产阶级革命斗争的杰出作品，得到列宁的高度评价和赞扬，他认为这是"一本非常及时的书"。1905年，俄国社会民主工党准备召开第5次代表大会，围绕着高尔基能否以代表资格参加大会的问题，在布尔什维克和孟什维克之间展开了激烈的斗争。孟什维克只同意高尔基作为大会的"客人"，而以列宁为首的布尔什维克则坚持给高尔基以代表资格。最后高尔基以有发言权的代表出席了代表大会。第5次代表大会闭幕不久，第二国际决定在德国斯图加特举行国际社会党大会。俄国社会民主工党把高尔基列为该党出席大会的代表团名单。列宁给高尔基写信，希望他参加大会，信中说："见见面该有多好，不然也许很久见不到面"，"大家全都希望您来。只要您身体健康，一定要来。别错过机会看看国际社会党人的工作，这完完全全不是一般的拜访朋友和饭后谈天。"[7] 这封信言辞恳切，表达了列宁希望再次会见高尔基的心情。从1900～1906年，高尔基迅速成长为先进的无产阶级战士和革命文学家，这是列宁的影响和指引、布尔什维克党的关怀和实际的革命斗争锻炼的结果。

2. 列宁对高尔基思想动向的关注

1905年俄国革命失败以后，进入了黑暗、反动、白色恐怖的斯托雷平时期。革命者受到残酷迫害，一些意志不坚定的民主知识分子变节投降。反动文人恶毒攻击革命，修正主义思想和颓废文人也一时泛滥成灾。高尔基愤怒地指出："从1907到1917年的这十年，完全够得上称为俄国知识界历史上最丢脸和最可耻的十年。”[8]面对这一险恶的局势，为促进革命事业和进步文学的发展，高尔基对当时的颓废思想和变节行为开展了有力的斗争。他发表了《论犬儒主义》《个性的毁灭》等一系列文章，有力地打击了文学上的消极悲观情绪。高尔基反对文学上的颓废派的斗争得到了列宁的全力支持。列宁说：“您认为必须经常不断地同政治上的颓废、变节、消沉等现象进行斗争，这个意见我万分同意。”[9]然而，由于高尔基在1906年10月离开美国之后，长期定居于意大利的卡普里岛，在马赫主义者波格丹诺夫等人把持下的党校任教，受到了他们的“寻神说”“造神说”的影响，写出了一部有严重错误倾向的小说《忏悔》，宣扬应当创造一个新的公正和博爱的上帝，企图把工人运动和造神说、和创立所谓“社会主义”新宗教的反动学说联系起来。列宁虽然支持高尔基反对颓废派的斗争，但是对他那“寻神说”“造神说”的错误观点，却不客气地给予严厉的批评。指出：“神的观念永远是奴隶状况（最坏的、没有出路的奴隶状况）的观念，它一贯麻痹和削弱‘社会感情’，以死东西偷换活东西。神的观念从来也没有‘把个人同社会联系起来’，而是一贯用对压迫者的神圣性的信仰来束缚被压迫阶级。”[10]认为高尔基这样做，是“拿最甜蜜的、用糖衣和各种彩色纸巧妙地包着的毒药来诱惑他们（指小市民——引者注）的灵魂”，[11]是“离开无产阶级的观点而去迁就一般民主的观点”[12]而帮了资产阶级的忙；资产阶级“正是特别热心地用这种纯洁的、精神上的、创造的神的观念来麻痹人民和工人”。[13]与此同时，列宁又满腔热情地肯定高尔基对无产阶级革命斗争和文学事业所作出的卓越贡献。1909年底，当资产阶级报刊散布高尔基被开除出党时，当时由列宁负责的《无产者报》编辑部立即致函《俄国晨报》编辑部辟谣，接着列宁发表《资产阶级报纸关于高尔基被开除的无稽之谈》一文，揭露造谣者的目的是“想要高尔基脱离社会民主党”，指出他们这样做是“白费力气”。因为“高尔基同志用他的伟大的艺术作品把自己同俄国和全世界的工人运动结合得太牢固了”[14]。列宁又在《政治家札记》一文中肯定“高尔基毫无疑问是无产阶级艺术的最杰出的代表，他对无产阶级艺术作出了许多贡献，并且还会作出更多的贡献”。[15]在这里，列宁特别强调指出了高尔基同工人运动的牢固联系和他对无产阶级艺术作出的杰出贡献这两点。在列宁的批评教育下，高尔基逐步认识并改正了自己的错误。1917年十月社会主义革命的伟大胜利，使高尔基受到很大鼓舞，他在列宁和布尔什维克党的领导下，为建设苏维埃社会主义新文化和团结、争取知识分子中的进步力量做了大量工作，作出了新的重要贡献。但是，由于高尔基从意大利回国不久，定居彼得堡后又受到资产阶级知识分子的包围，对革命胜利之初在国内出现的一些复杂情况感到困惑。因而在1917~1918年间，思想认识上又发生了严重的错误，主要表现为：对知识分子缺乏阶级分析，对工农的革命力量估计不足，对无产阶级专政的必要性和重要性认识不够。列宁针对高尔基这些错误，进行了热情耐心的批评和帮助。他在1917年9月所写的《远方来信》中就指出高尔基在政治上迷失了方向，并在其他一些文章中批评高尔基的错误观点。这些批评和帮助，特别是1918年8月30日阶级敌人谋刺列宁的反革命事件，使高尔基受到巨大的震动和教育，他对自己的错误有了初步的认识，在同年11月29日的一次群众集会上作了严肃的自我批评。他在一则日记里写道："弗·伊·列宁在10月以其不寻常的大胆果断使我和许多布尔什维克感到困惑不解……但是列宁比人们所认为的要更英明，他的同志们是这位天才的名副其实的同事和朋友，而工人阶级的意识和意志要比我这个文学家所想象的更为坚强有力。从1918年起，从有人谋害弗·伊·列宁的生命那一天起，我重新感到自己是一个'布尔什维克'……"[16]这年9月下旬他到莫斯科去时，曾去克里姆林宫看望列宁，后来在谈到这次会见时说："在谋杀列宁的事件发生后有一点完全清楚了，即列宁不仅仅只是布尔什维克的领袖，不仅仅只是无产阶级的一部分的领袖……而是整个无产阶级的领袖，你们大概记得当时群众是怎样回答这起谋杀事件的。正是在这时起，我的那种深信'夺取政权的做法不正确'的看法消失了……在这之后，我就到列宁那里去对他说：'没有什么可说的，弗·伊，我错了。'"[17]但要真正从世界观上解决问题，彻底与错误思想和错误路线划清界限，还需要一个长期的艰苦的改造过程。1919年正当卫国战争的艰苦阶段，高尔察克、尤登里奇、邓尼金的白匪军一度攻到彼得堡城下。高尔基当时在这个"被围困的城市"里，"受到那些满怀怨恨的资产阶级知识分子的包围"，同广大工农群众及其生气勃勃的斗争生活相隔绝，因此消极悲观的错误思想情绪又重新支配了他，对布尔什维克和苏维埃政权发出了种种怨言和责难。尽管如此，列宁从来没有对高尔基失去过信心，他认定高尔基是能够改正错误的。在1919年7月31日写给高尔基的信中，详细分析了高尔基产生错误思想情绪的原因：一是他"受到那些满怀怨恨的资产阶级知识分子的包围"，"把全部精力都花在听取那些不健康的知识分子的不健康的埋怨上，花在观察处于严重军事危险和极度贫困之中的'故'都上"，二是在于他所处的地位使他"不能直接观察到工人和农民，即俄国十分之九的人口生活中的新事物"，而"在那里，只要简单观察一下，就能很容易区别旧事物的腐朽和新事物的萌芽"[18]。为了改变高尔基的错误、消极的思想情绪，纠正脱离工农兵斗争生活的倾向，列宁要高尔基离开彼得堡，冲破资产阶级的包围，到“下面”去，“到农村或外地的工厂（或前线）”去，到工农兵中间去，到火热的斗争中去。在这封信中，列宁还向无产阶级文艺家提出了一个重大的使命，那就是“观察”，并“分辨出旧事物的腐朽和新事物的萌芽”，热情反映和歌颂“生活中的新事物”，哪怕是“萌芽”状态的革命新生事物。高尔基由于对当时革命斗争的形势认识不清，耳边充塞着资产阶级知识分子的抱怨和牢骚，只看到彼得格勒的某些病态现象，对生活中的某些本质和主流认识不清，因而产生消极悲观情绪。列宁提醒高尔基应当正确区分生活中的主流和支流，透过各种生活现象认识事物的本质；应当“观察”“新生活的新建设”，因为这种“新事物的萌芽”代表着生活的本质方面。当时的工农兵群众正在为保卫新生的苏维埃政权，建设自己的新生活而斗争。“要观察就应该在下面观察”，就应该到工厂、农村、部队和战斗的前线去，到工农兵火热的斗争中去，只有在斗争实践中转变自己的思想感情，以马克思主义世界观作指导，才能分辨腐朽的旧事物和新事物的萌芽，在作品中无情地揭露旧事物的必然灭亡，满腔热情地歌颂工农兵，赞颂革命的新生事物，表现出无产阶级必然胜利的斗争历程和历史规律。在列宁的热情帮助和教育下，高尔基很快地提高了认识，改正了错误，振奋了精神，并以极大的热情承担着苏维埃政府的文学领导工作。高尔基常说，他是在列宁思想哺育下成长起来的。高尔基不断地从列宁的文章、通信或直接交谈中吸取精神养料，创作出像《母亲》、自传体三部曲、《阿尔达莫诺夫家的事业》、《仇敌》等无愧于无产阶级的伟大作品。从列宁和高尔基的多年交往中，我们可以看出，列宁对于高尔基在文学上的成就总是给予充分的肯定，而对于高尔基的错误则给予严厉的、耐心的、有分析的、有说服力的批评。高尔基在回忆列宁时说：“他对我的态度是一个严厉的教师和一个和善的‘体贴入微’的朋友。”[19]列宁夫人克鲁普斯卡娅曾经这样说过：“他（指列宁——引者注）在给高尔基的信里直截了当地表明了他不同意什么，关心什么，并且说明什么令他不安。伊里奇平时给同志们的信也是这样，但在给高尔基的信中这却有着一种独特的色彩。他的口气常常都很尖锐，但在尖锐中却流露出了无限的温存。这些信件往往是由于对某件事情的直接感受而写的，所以信中有各种各样的情感：焦虑、不安、喜悦和希望都跃然纸上。伊里奇认为高尔基对这一切都会很容易了解。他热烈维护自己的观点，总想说服高尔基相信这些观点是正确的。”[20]在高尔基每前进一步中都贯穿着革命领袖列宁对无产阶级作家的关怀和爱护。

二、列宁对高尔基《海燕》和《母亲》的评价

列宁十分重视和喜爱高尔基的文学创作，其中对高尔基的散文诗《海燕》和长篇小说《母亲》更给予了高度评价

1. 列宁赞美《海燕》是一首迎接革命暴风雨的战歌。

《海燕》作于1901年，是高尔基早期创作的一篇著名的散文诗。当时正是俄国1905年革命前夕沙皇统治最黑暗的时代，人民群众的革命运动蓬勃兴起。高尔基目睹了沙皇政府的暴行，并经历了当时的群众革命运动，于是结合当时的革命斗争形势写成了短篇小说《春天的旋律》。《海燕》就是海燕在《春天的旋律》的结尾部分所唱的歌，原题为《海燕之歌》。作品通过暴风雨即将到来前几个场面的生动描写，刻画了象征大智大勇的无产阶级革命先驱者——海燕的形象。“在苍茫的大海上，狂风卷集着乌云。在乌云和大海之间，海燕像黑色的闪电在高傲地飞翔”，当暴风雨在酝酿之中时，海燕早已按捺不住对暴风雨的渴望和欢乐，冲击于乌云与海浪之间，勇猛地叫喊。别的海鸟——海鸥、海鸭和企鹅视暴风雨为灭顶之灾，惊恐万状，而海燕却在热切地迎接暴风雨的到来。当暴风雨逼近，乌云直压下时，海燕仍然有如“黑色的闪电”，似离弦之箭，在风吼雷鸣中飞舞着、号叫着，像“暴风雨中的精灵”；当电闪雷鸣、山呼海啸，暴风雨即将爆发时，海燕以胜利的“预言家”的姿态，终于大声疾呼“让暴风雨来得更猛烈些吧！”作品深刻地反映了俄国1905年革命前夜“山雨欲来风满楼”的政治形势，暗示了革命暴风雨即将到来，沙皇专制统治必然崩溃，革命事业必然胜利，有着深广的政治意义和象征内涵。这种思想倾向的作品，在当时是无法发表的。但沙皇政府的愚蠢的书报审查官在审查时没有看出有什么革命倾向性，于是作品便发表在1901年4月号的《生活》杂志上。《海燕》一经发表，便在俄国大地上产生了巨大的反响，并得到了列宁的赞扬和高度评价。前苏联老布尔什维克雅罗斯拉夫斯基（1879~1943）在《地下活动中的无产阶级作家的道路》一文中回忆到20世纪最初几年的情况说：“高尔基的小说《春天》出现了，它被印刷出来和传抄着；但是高尔基的《海燕》——这篇战斗的革命诗歌，特别具有重大的意义。在我们的文学当中，未必能找到一种作品，像高尔基的《海燕》一样，出版过这么多的版本。在每个城市里都翻印它，它被用胶印机和打字机打印的形式传播出去，他被用手传抄，它被在工人小组和大学生小组上朗诵和反复传诵。很可能，在那些年代里，《海燕》的印数达到了几百万份之多……毫无疑问，

《海燕》和《鹰之歌》——它们对群众所起的革命作用，并不亚于某些党组织的革命委员会的宣言；而某些党组织也常常印发高尔基的宣言，并在群众中广为流传。”[21]克鲁普斯卡娅回忆说：“《海燕之歌》明显地反映出了高尔基整个革命情绪。这篇诗歌的每一行，都表现出了当时工人阶级所亲身经历的，它的每一行都透吸着工人阶级革命斗争的诗的气息。谁读了这首诗，谁都会了解，为什么伊里奇那样热爱高尔基，为什么工人阶级那样热爱高尔基。他走向布尔什维克，并不是在他们胜利了的时候，而是在革命斗争最激烈的时候。”[22]列宁非常喜爱《海燕》，他在1906年8月21日写的《暴风雨之前》一文中，曾经引用了高尔基在《海燕》中所描绘的海鸟、企鹅的形象和诗句：“无产阶级正在准备斗争，他们正在同心协力地、精神焕发地迎接暴风雨的到来，准备投入最激烈的战斗。胆小的立宪民主党人，这些‘胆怯地把肥胖的身体藏到了悬岩下面’的‘蠢笨的企鹅’的领导，已经使我们忍无可忍。‘让暴风雨来得更猛烈些吧！’”[23]在这里，列宁用“让暴风雨来得更猛烈些吧！”这句极具鼓动性和号召力的诗句作为自己文章的结尾，鼓舞和号召人民积极起来进行革命斗争，去迎接革命暴风雨的到来。一篇文学作品受到革命导师列宁这样喜爱和高度评价，产生这么大的影响，这在文学史上的确是很光辉的一页。

2. 列宁称颂《母亲》是“一本非常及时的书”。

《母亲》是高尔基最优秀的代表作，是无产阶级文学中第一部优秀的长篇小说。它描写俄国无产阶级革命运动的发展和群众的觉醒过程。小说分为两部：第一部重点写巴威尔在革命和实践中的成长过程。开头叙述资本主义制度下工人的痛苦生活，接着写老工人符拉索夫的儿子巴威尔在俄国社会民主工党领导下，和工人掀起了反对厂主额外剥削的“沼地戈比事件”。巴威尔和他的同志们被捕入狱后，他的母亲尼洛芙娜也参加了革命。广大工人群众在斗争中提高了觉悟，在五一国际劳动节举行了声势浩大的游行示威，但遭到统治者的残酷镇压，巴威尔再度被捕。第二部重点写母亲毅然接替儿子，勇敢而沉着地担负起革命工作，革命运动的规模越来越大了。巴威尔利用法庭作讲坛，揭露敌人的罪恶，宣传马克思主义的真理。最后，母亲在车站散发儿子的法庭演说稿，革命的思想传播开去，反映俄国革命在马克思主义理论指导下的迅速发展，预示了无产阶级革命的必然胜利。

《母亲》对世界无产阶级的革命事业起了不可估量的推动作用，在世界无产阶级文学史上具有划时代的意义，曾经得到列宁的高度评价。列宁说，这是“一本非常及时的书”，“很多工人不自觉地、自发地参加了革命运动，现在他们读一读《母亲》，对自己有很大的益处”。高尔基认为这是对他“唯一的然而是极其珍贵的赞语。”[24]列宁说这本书“非常及时”，一是说它适合时宜，符合当时教育工人群众的需要；一是说它发表得正是时候，因为当时1905年革命已经失败，革命走向低潮，需要用这部描写工人阶级开始觉醒、工人运动蓬勃发展的小说，鼓舞人们的斗志。列宁在《关于1905年革命的报告》中曾经指出：“只有斗争才能教育被剥削阶级，只有斗争才能使被剥削阶级发现自己的力量，扩大自己的力量，提高自己的能力，清醒自己的头脑，锻炼自己的意志。”[25]巴威尔和尼洛芙娜参加革命斗争后迅速成长的情况正是如此。作为社会主义现实主义文学奠基石的《母亲》，第一次描写了马克思主义政党所领导的无产阶级革命运动，第一次成功地塑造了无产阶级先进战士的光辉形象。它在俄国革命处于低潮的时期问世，极大地鼓舞了教育了革命群众，所以列宁赞扬它是“一本非常及时的书”。工人读者对《母亲》的看法同列宁的评价是完全一致的。他们写信给作家说：他们也像巴威尔一样是“从阴沉冷漠和浓重的黑暗走到自觉生活的光明中来的。”《母亲》很快地被译成欧洲许多国家的文字，在德国、法国、意大利的工人报刊则以报纸副刊的形式，成百万地传播开去。全世界的工人都从这部小说中受到了“非常及时”的革命斗争的鼓舞和教育。列宁重视《母亲》还有另外两个原因：一是这部小说写的是下诺夫哥罗德工业区莫沃工人阶级的生活和斗争，小说的主人公巴威尔·符拉索夫和他的母亲彼拉盖娅·尼洛芙娜的原型是那里的工人彼得·安德烈耶维奇·扎洛莫夫和他的母亲安娜·基里洛夫娜·扎洛莫娃。小说中五一示威游行和符拉索夫及其同伴被捕受审的情节，也是根据1902年那里发生的事写的。当年列宁非常关注索尔莫沃工人的斗争，《火星报》从1902年6月起对此作了多次报道，12月发表了扎洛莫夫等4人在法庭上的演说和列宁的序言，接着又出版了这篇演说的单行本。列宁在《新事件和旧问题》一文（1902年12月14日）中赞扬索尔莫沃工人不怕沙皇政府使用各种方法的恫吓坚持斗争的精神，说他们对政府作了一个“多么出色的回答”。[26]关注索尔莫沃工人运动发展的列宁，自然会对高尔基的这部小说表现出特殊的兴趣。二是在高尔基写作《母亲》的前一年，即1905年，列宁发表了他的著名论文《党的组织和党的出版物》。他在这篇文章中提出了社会主义文学的基本原则，强调指出，文学事业不应当是个人的事业，而“应当成为无产阶级总的事业的一部分”，“应当成为有组织的、有计划的、统一的社会民主党的工作的一个组成部分”；他主张用“真正自由的、同无产阶级公开联系的文学，去对抗伪装自由的、事实上同资产阶级联系的文学”；他要求文学“为千千万万劳动人民服务”，而“不是为饱食终日的贵妇人服务，不是为百无聊赖、胖得发愁的‘几万上等人’服务。”[27]高尔基的《母亲》体现了列宁的上述文艺思想，符合他提出的要求。按照小说中提出的问题的现实意义和重要性，按照其思想内容的正确和深刻，艺术手法的新颖，以及对全世界读者所起的作用来说，《母亲》不仅是俄国文学中的最重大的事件，而且也是20世纪世界文学中的最重大的事件。列宁正是看到了作品的最本质的方面，而给予充分的肯定。

《母亲》从1906年诞生到今天已有100多年的历史，列宁是这部小说的第一个评论者，他从正在蓬勃兴起的无产阶级革命运动的视角，对小说的教育功用和社会效益作了精辟的分析。从此在一个多世纪以来的《母亲》研究评价史上，对其思想内容的研究远远地超过了对其美学价值的艺术分析。我们认为，列宁把思想内容的分析放在首位，表现了一个无产阶级革命家深刻、独到的见解。但文学作品包括内容和形式、思想和艺术两个方面，绝不仅仅是思想内容而已。因此，对文学作品的评判必须顾及内容和形式、思想和艺术两个方面，采用马克思主义的“美学的和历史的”批评标准进行评判，采用这一标准时，决不能顾此失彼。作为伟大的马克思主义者，列宁自然不会忘记“美学的和历史的”标准，但在批评实践上，列宁强调的是“历史的标准”，重点是评价《母亲》的思想价值，对其艺术形式、艺术成就几乎没有谈及，因而他不自觉地在评价《母亲》上留下了一块空白，同时，列宁对《母亲》的评价仅留下了“这是一本非常及时的书”这一句如高尔基所说“唯一的、然而是极其珍贵的赞语”[28]，也不能不说是一个遗憾。

参考文献：

[1]《列宁全集》第5卷，北京：人民出版社1959年版，第289页。

[2]《列宁和高尔基》（增订本第三版），北京：科学出版社1969年版，第468页。

[3]《列宁全集》第53卷，北京：人民出版社1990年版，第279页。

[4]《列宁全集》第9卷，北京：人民出版社1987年版，第219~222页。

[5]《列宁和高尔基》（增订本第三版），北京：科学出版社1969年版，第474页。

[6]《列宁和高尔基》（增订本第三版），北京：科学出版社1969年版，第478页。

[7]《列宁全集》第45卷，北京：人民出版社1990年版，第140页。

[8]高尔基：《文学论文选》，北京：人民文学出版社1958年版，第343页。

[9]《列宁全集》第45卷,北京:人民出版社1990年版,第169页。

[10]《列宁论文学与艺术》第1卷,北京:人民文学出版社1960年版,第440页。

[11]《列宁论文学与艺术》第1卷,北京:人民文学出版社1960年版,第434页。

[12]《列宁论文学与艺术》第1卷,北京:人民文学出版社1960年版,第435页。

[13]《列宁论文学与艺术》第1卷,北京:人民文学出版社1960年版,第433~434页。

[14]《列宁全集》第34卷,北京:人民出版社1990年版,第414~415页。

[15]《列宁全集》第16卷,北京:人民出版社1981年版,第202页。

[16]《列宁和高尔基》(增订本第三版),北京:科学出版社1969年版,第389页。

[17]《列宁和高尔基》(增订本第三版),北京:科学出版社1969年版,第354~355页。

[18]《列宁选集》第4卷,北京:人民出版社1960年版,第58~61页。

[19]《高尔基文集》第17卷,北京:人民文学出版社1981年版,第41页。

[20]《列宁论文学与艺术》第1卷,北京:人民文学出版社1960年版,第406页。

[21][22]转引自戈宝权:《谈谈高尔基的<海燕>》,《北京师范大学学报》,1978年第4期。

[23]《列宁全集》第13卷,北京:人民出版社1987年版,第334~335页。

[24]高尔基:《高尔基文集》第17卷,北京:人民文学出版社1981年版,第7页。

[25]《列宁全集》第23卷,北京:人民出版社1958年版,第247页。

[26]《列宁全集》第7卷,北京:人民出版社1981年版,第7页。

第三辑 03

第十一论

茅盾论冰心

一、茅盾论冰心的原因和条件

茅盾是中国新文学史上最早出现的有影响的文学批评家和文艺理论家之一，为现代文学批评与文艺理论的建设作出了极大的努力。20 世纪 20 年代是他文学思想的形成时期，30 年代则是完善期。在这期间，他写了许多作家作品论，涉及作家甚多，《冰心论》是其中之一。茅盾对冰心的评论，基于以下几个原因或条件：

其一，思想上对文学批评的重视，是茅盾评论冰心及其他作家作品的前提条件。他认为，批评“这件事又实在很重要”[1]。在他看来，批评家从各个方面去评价作家作品，实际上是一种再创作。对作家而言，中肯的批评能揭示出作家创作上的长处与短处，从而鼓励作家的创作朝着有利的方向发展，并且纠正创作上的不足之处；对读者而言，客观的评价能揭示文学作品客观存在的价值，从而引导读者正确地理解文学作品，帮助读者提高欣赏水平。在文学批评实践中，茅盾也确实做到了。首先是引导了作家的创作。当冰心的创作逃避现实问题，躲进“爱”和“美”的理想天国时，茅盾对此基本上持否定的态度，意在提醒作者，呼吁作者，要求创作要反映时代；而在冰心的《分》和《冬儿姑娘》等反映现实与时代的作品问世后，茅盾又对冰心寄予了深切的期望。其次是指导读者充分了解了作品的真正价值。1922 年冰心创作的《疯人笔记》在《小说月报》上发表后，有位名为“啸云”的读者来信反映，感到这篇小说“迷离惝恍，莫名其妙”，不知所云，难以把握。为了帮助读者认识这篇小说的特点，茅盾及时指出：“《疯人笔记》是神秘而且带点象征的作品”，“我自知我的性情就不是能领悟神秘象征派的。”[2]

其二，文学批评思想的成熟与个人文学创作的丰收，为茅盾评论冰心及其他作家作品准备了理论基础与实践经验。茅盾一开始所从事的不是文学创作活动，而是文学理论批评工作，并在一些专文或其他文章里表达了自己的文学批评观。1921年1月，茅盾接编并全面革新了《小说月报》。在致郑振铎书中，他提出要开辟一个专栏《国内新作汇观》，专门批评别人的创作。于是从这一年起，他便以《小说月报》等为阵地，担负起评述当时文学的任务，不仅写了综合评述文学创作的文章，而且也写了一些作品论、流派论，提出了一些新的文学创作中急需解决的重要课题，指导文学创作实践，向着健康的方向发展。所以，茅盾的文学批评思想在《<创造>给我的印象》《评四五六月的创作》等诸多批评实践中日益走向完善，并在20年代末和30年代初进入成熟期，《冰心论》正写于这个成熟期。与此同时，茅盾在个人创作上也取得了巨大的丰收，《蚀》《子夜》《春蚕》《林家铺子》等小说的发表，使他成为了一个在文坛上享有一席之地的著名作家。于是，他的评论和言说都带有一定的导向作用。更重要的是，作家的身份让他在开展评论时，能切身的从一个作家的本位来考虑问题，这使得他对冰心的评论较其他评论家如蒋光赤而言要中肯得多。蒋光赤对冰心的创作是一棍子打死，认为“她的人生观是小姐的人生观”，“所代表的是市侩性的女性，只是贵族性的女性”[3]；而茅盾则从冰心生活经历出发考察作品，认为“在所有‘五四’时期的作家中，只有冰心女士最最属于她自己”，她在她的作品中“把自己反映得再清楚也没有”[4]。茅盾的这一看法，既符合冰心文学观的实际，也符合她创作的实际。冰心“最最属于她自己”和她的“真”的文学观有密切的联系。冰心认为“无论是长篇，是短篇，数千言或几十字。从头至尾读了一遍，可以使未曾相识的作者，全身涌现于读者之前。他的才情、气质、人生观，都可以历历的推知”。因此，她呼吁：“文学家！你要创造‘真’的文学么？请努力的发挥个性，表现自己。”[5]冰心是一位很有自己见解的作家，也是不轻易放弃自己见解的作家。她在《是非》一文中说：“众人以为‘是’的，就是‘是’，众人以为‘非’的，就是‘非’，但是‘是非’问题就如此这般地解决了么？‘我’呢，‘我’到哪里去了？有了众人，难道就可以没有了‘我’？”不能没有“我”，不仅是冰心对是非问题裁决的要求，也是她写作品对自己的要求。我们读了冰心的作品，会确切觉得她的个性和整个心灵完全呈现在读者之前。

其三，冰心的文学创作为茅盾的评论提供了具体文本。茅盾主张“从实际方面下手，多取近代作品来批评”[6]，又坚持“必先有了某一派的文学作品，然后该派的文学批评方才建设得起来。譬如好手的厨子果然应该常听吃客的批评以改良他的肴馔，但是吃客先须有好肴馔来尝，方才能够做出一本

‘食谱’来……‘巧妇难为无米之炊’，批评材料缺乏，虽天才的批评家恐亦难以见好，何况浅陋如我呢！”[7]作为文学研究会的作家之一，冰心是以问题小说登上文坛的，成为了茅盾早期所提倡的“人生派”写作阵营中的一员，她的创作无疑为茅盾提供了具体的批评材料。不仅如此，冰心是五四时期一批从苦闷、彷徨中走向神秘主义、超然最后又回归现实的青年作家的代表。他们的创作，在当时批评界引起了许多不同的见解和看法，这自然也引起了茅盾的注意。在他看来，对于一部作品，如果存在着许多不同的见解和看法相互辩诘，“惟其多纷争，不统一，文学批评论才会发达进步”[8]，所以茅盾是不会放弃这么好的批评材料的。

除此以外，对女性作家的关心与尊重也促使他对冰心的创作进行评论。

二、茅盾论冰心的创作历程和创作的意义

罗丹说：“所谓大师，就是这样的人：他们用自己的眼睛去看别人见过的东西，在别人司空见惯的东西上能够发现出美来”，而“拙劣的艺术家永远戴别人的眼镜。”[9]在众多评论冰心的作家、艺术家中，茅盾堪称“大师”，因为他没戴“别人的眼镜”。用他自己的话来说，“不过是一个心地率直的读者喊出他从某作品所得的印象而已”[10]。不过，茅盾所谈的“印象”，“不是表面的，肤浅的，而是以一种深沉的眼光，努力地去挖掘，并从历史发展上去判断它的可信性和深刻性”[11]，这使得茅盾对冰心的评论与众不同。这种不同，主要表现在以下两个方面。

首先是对冰心创作历程生成原因的独特分析。

茅盾认真、客观地分析了冰心的创作历程，他不是就事论事，简单分析，而是力图找出生活环境、文化熏陶、时代氛围以及思想发展等方面对冰心创作的影响。在《冰心论》里，他将冰心的创作分三部曲加以分析。这三部曲用公式表示就是：现实——神秘主义的爱的哲学——现实。

第一个“现实”是指冰心的问题小说，即第一部曲的写作，包括《两个家庭》《斯人独憔悴》《最后的安息》《秋雨秋风愁煞人》等小说。茅盾评曰，是“‘五四’时期的热蓬蓬的社会运动激发了冰心女士第一次的创作活动”，“是那时的人生观问题，民族思想，反封建运动，使得冰心女士同‘五四’时期所有的作家一样‘从现实出发’”[12]。他的见解非常精辟，很符合冰心的实际情况。冰心曾回忆自己是怎样走上创作之路的，她说：“这奔腾澎湃的划时代的中国青年爱国运动，文化革新运动，这个强烈的时代思潮，把我卷出了狭

小的家庭和教会学校的门槛，使我由模糊而慢慢地看出了在我周围的半封建半殖民地的中国社会里的种种问题！在我们的日常生活里，几乎处处都有问题。这里面有血，有泪，有凌辱和呻吟，有压迫和呼喊……我只想把我所看到听到的种种问题，用小说的形式写了出来。"[13]后一个"现实"是指冰心创作的第三部曲。茅盾评曰："世界的风云，国内的动乱，可曾吹动冰心女士的思想，我们还不很了解。但是在她的小说《分》里头，我们仿佛看到了一些'消息'了"。[14]茅盾再次剖析了时代氛围对冰心创作的重大影响。"神秘主义的爱的哲学"，茅盾将它归于冰心第二部曲的创作，《超人》《悟》就是这类作品。为什么冰心在创作和思想上会有这么大的转变呢？对此，茅盾通过对冰心生活环境的分析找到了答案。他认为冰心很受基督教教义和泰戈尔哲学的影响的看法只说对了一半，因为"大凡一种外来的思想好比一粒种子，必须落在'适宜的土壤'上，才能够生根发芽；而此所谓'适宜的土壤'就是一个人的生活环境"[15]。冰心之所以会接受基督教教义和泰戈尔哲学的影响，而没有接受风靡"五四"时期的实验主义和科学方法的影响，她的不新也不旧的生活优裕的家庭，个人道路的顺利畅达，生活的美满和谐，是一个重要的因素。而且她个人生活中所感受到的爱，从小面对大海、倾向自然的个性，倾向精神生活的兴趣等等，使冰心所借以"躲避风雨"的"母亲的怀抱" "也就不得不是'爱的哲学'——或者也可以说是神秘主义的爱的哲学"[16]。

茅盾这种通过时代氛围、作家的文化熏陶以及生活环境来分析作家创作的方法，使他真正地了解了冰心的创作个性和她的创作，得出了"在所有'五四'时期的作家中，只有冰心女士最最属于她自己"，她在她的作品中"把自己反映得再清楚也没有"的正确结论；而不像蒋光赤、瞿秋白那样，以一种较"左"的批评眼光为凭借，将冰心的创作一棍子打死；也不像陈西滢、贺玉波那样，不能切身的从一个作家的本位来考虑问题，忽视作家的创作个性。

其次是对冰心创作社会意义的精到分析。

茅盾十分重视文学作品的社会意义，即作品的思想性及其社会功利目的。他认为，文学的"重大责任"，主要是"激励民气"，"唤醒民众而给他们力量"[17]；在他的观念中，新文学作品，应该"重在读者所受的影响，对于社会的影响"，而不是"将个人意见显出自己的文才。"[18]对于冰心的创作，他从探讨作家的基本精神面貌出发，以是否真实地反映了社会、时代、人生为根据，精到地剖析了冰心创作的社会意义或有无社会意义。

从具体作品出发，茅盾由表及里地探索冰心创作的基本精神面貌，从中揭示出冰心创作精神的发展变化，由关注现实、对现实感到无奈，到向往理想、追求理想，及其在表现理想时又感到苦闷彷徨，再到以“血肉之躯”去“滚针毡”[19]的直面现实的勇气。冰心精神的发展变化，与其创作历程的变化是一一相对应的。在《冰心论》中，茅盾尤其敏锐地抓住冰心谈论自己创作的一首长诗——《往事集·自序》，说明冰心在创作第二部曲时思想上的矛盾：

第二部曲我又在弹奏，
我唱着人世的欢娱；
……
人世间只有同情和爱恋，
人世间只有互助与匡扶；
……
失望里猛一声的弦音低降，
弦梢上露出了人生的虚无。

显然，冰心自诉是在用“微笑”去讴歌“美”和“爱”，讴歌“理想的人世间”的同时，也觉出了“人生的虚无”。对此，茅盾又借用《繁星》中的诗句，分析冰心在歌唱理想时为什么会“露出了人生的虚无”，在“心中的风雨来了”时又是怎样的去对付心中的风雨。他的分析就像在剥一个竹笋，将她的思想一层一层地拨开，让我们清楚她的“爱好理想”的创作精神。这种精神，在茅盾看来无可非议，甚至值得称赞，但是，一味的将“现实”诗化，沉浸于虚无缥缈的理想中，不仅是一种自欺欺人的做法，而且对揭示社会人生一无是处，换句话说，这样的作品无社会现实意义可言。

茅盾认为：“我们的‘现实世界’充满了矛盾和丑恶，可是也胚胎着合理的和美的光明的幼芽；真正的‘乐观’，真正的慰安，乃在举示那矛盾和丑恶之必不可免的末日，以及那合理的美的光明的幼芽之必然成长。真正的‘理想’是从‘现实’升华，从‘现实’出发。撇开了‘现实’而侈谈‘理想’，则所谓‘讴歌’将只是欺诓，所谓‘慰安’将只是揶揄了。”[20]这段话其实揭示了冰心的第二部曲创作没有从现实出发，没有反映这个社会或时代里的人生风景。由此可以看出，茅盾对冰心创作的基本精神面貌的探索，归根到底要回到其作品是否真实地反映了社会、时代、人生，以便确定其创作有无现实意义或有多少现实意义。以此为根据，茅盾继而表明自己对冰心的创作持三种态度，即：肯定—否定—期待。他提倡“真的文学也只是反映时代的文学”[21]，又主张“文学家所欲表现的人生，绝不是一人一家的人生，乃是一社会一民族的人生"[22]。因此，茅盾反对把人们引入远离现实的"虚空"的文学，所以对冰心的第二部曲创作，把人引入"爱"的虚幻的天国是不赞成的；茅盾主张文学要社会化，"为人类呼吁的"，是"'血'和'泪'写成的"，是"人类中少不得的文章"[23]，所以他又肯定了冰心五四时期"从现实出发"的问题小说，并对冰心反映阶级差别的第三部曲创作满怀着期待与厚望。

三、茅盾《冰心论》的批评模式及影响

在中国现代文学批评史上，茅盾的作家作品论是卓然独步的。虽然不能篇篇珠玉，甚至某些篇章也受到了时代和各种思潮的影响，评价亦不免苛刻和"左倾"，方法亦不免幼稚和生硬——这主要体现在《冰心论》中。他对最能体现冰心创作艺术深度的第二部曲持否定的态度，原因是：不仅其没能赶上时代的潮流，而且主观体验过于浓烈，甚至出现了神秘主义的色彩。这种批评方法和结果在今天看来并不完全正确，但我们不能用现在的观念去苛求前人——因为从《冰心论》中显现出来的独成一体的批评模式、与众不同的切入视角，已赋予了茅盾作家论以深刻的时代意义。

从茅盾对具体作品社会意义的分析来看，《冰心论》为当时和后来的文艺批评家树立了正确的社会学批评方法。他与同时代的其他批评家一样，把作品的时代性与社会性当做文学批评的基本标尺之一，强调文学作品的社会性和时代性；不同的是，在运用社会学批评方法时，茅盾没有将文艺批评当做宗派斗争的工具，改变了在文坛上动不动就采取"棒杀"或"骂杀"的主观态度。当一些人对冰心的"爱的哲学"进行棒杀的时候，他不为别人批评所囿，而是从作品的分析延伸到对作家生活环境的分析，从中得出了忤逆批评潮流的见解，而且还从冰心问题小说中"具有正义感然而孱弱的""软脊骨的好人"中觉察出了现实的意味，并给予高度评价。由此可见，社会学批评方法到了茅盾那里，不再是"批评家手中挥舞的棍棒"，而是"替作家悬示的鹄的"[24]。

从茅盾对冰心创作历程的分析来看，他在作家作品论上科学地实践了"历史的批评"方法。"历史的批评"方法，不是茅盾的首创，别林斯基早在1842年就提出："历史的批评，是必要的，特别是……当我们的世纪有了肯定的历史倾向的时候，忽略这种批评，就意味着……把批评庸俗起来。每件艺术作品必须一成不变地和时代，和当时的历史关联起来。"[25]茅盾将这一方法运

用于对冰心的评论，从宏观的角度科学地勾勒出冰心创作的发展轨迹，即将冰心的创作分为三部曲：受“五四”时期的现实所激而写的“问题小说”——“心中的风雨来了”，躲到“母亲的怀里”——认明了社会中存在着深刻的阶级“分”野。这种从历史的发展中去归纳作家创作历程的做法，不仅有助于我们了解作家创作的基本主题的嬗变和作家思想的发展，而且为我们提供了一个立体的作家画册，使作家论变得丰满起来。

总之，与同时代人相比，茅盾对冰心的评论领时代之先，体现了他敏锐的文学才思，也证实了他是名副其实的“走在时代前面的文学巨擘”[26]，是“20 世纪中华民族精神文明与智慧水准的当之无愧的优秀代表”[27]。

参考文献：

[1]茅盾:《春季创作坛漫评》,《小说月报》,1921 年第 4 期。

[2]茅盾:《通讯》,《小说月报》,1922 年第 7 期。

[3]蒋光赤:《现代中国社会与革命文学》,《民国日报副刊·觉悟》,1925 年 1 月 1 日。

[4][12][14][15][16][19][20]茅盾:《冰心论》,《文学》,1934 年 8 月第 3 卷第 2 号。

[5]冰心:《文艺丛谈》(二),《小说月报》,1921 年第 12 卷第 4 号。

[6][8][10]茅盾:《“文学批评”管见一》,《茅盾全集》第 18 卷,北京:人民文学出版社 1989 年版。

[7]茅盾:《论无产阶级艺术》,《文学周报》,1925 年第 172 期。

[9]傅雷译:《罗丹艺术论》,北京:人民美术出版社 1978 年版。

[11]杨健民:《论茅盾的早期文学思》,长沙:湖南文艺出版社 1984 年版。

[13]冰心:《从“五四”到“四五”》,《文艺研究》,1979 年第 2 期。

[17]茅盾:《杂感——读代英的 <八股>》,《文学周报》,1923 年第 10 期。

[18]茅盾:《什么是文学》,松江暑期演讲会《学术演讲录》第 2 期。

[21]茅盾:《文学与社会背景》,《茅盾文艺杂论集》上,上海:上海文艺出版社 1981 年版。

[22][23]茅盾:《现在文学家的责任是什么》,《茅盾全集》第 18 卷,北京:人民文学出版社 1989 年版。

[24]《茅盾研究》第 4 辑,北京:文化艺术出版社 1982 年版。

[25]别林斯基:《关于批评的话……A·尼基金科·第一篇》,《别林斯基论

文学》,上海:新文艺出版社 1958 年版。

[26]翟德耀:《走近茅盾》,北京:中国文联出版社 2001 年版。

[27]张光年:《文学家与革命家的完美结合》,《茅盾 90 诞辰纪念论文集》,北京:作家出版社 1987 年版。

第十二论

茅盾论庐隐

作为现代中国文坛上主要文学评论家，茅盾在近50年的文学批评活动历程中惯常地使用着作家论批评体式。其早期批评生涯的“作家论”型文学评论名作如《鲁迅论》《王鲁彦论》《落花生论》《徐志摩论》《冰心论》《庐隐论》《女作家丁玲》7篇，不仅在他本人的批评史上占据着非常重要的文学史地位，而且对当时的文学批评起过典范性影响，也为后来中国文学批评的发展确立了一定的批评规范。即使到了现在，茅盾的这些作家论仍备受学界关注，足见其独特鲜明的个性和深远悠久的影响。本文试图对茅盾1934年创作的《庐隐论》的写作背景和目的、茅盾对庐隐创作历程和艺术风格的论述，及其批评方式和深远影响作简要评介。

一、茅盾《庐隐论》的写作背景和目的

“批评是一般文化史的组成部分，因此离不开一定的历史和社会环境。”[1]茅盾的作家论也无法离开他当时的时代背景和文化土壤。

1927年，曾经轰轰烈烈的大革命失败了。东渡日本的茅盾，思想上逐步朝其时文坛占主导地位的左翼文学靠拢。中国左翼作家联盟成立后，茅盾回国参加了“左联”并把主要精力投注到文艺战线，成为蓬勃兴起的无产阶级革命文艺运动的一名主力干将。而当时新兴的“革命文学”提倡者则明确指出，要把文艺作为回击反革命的有力武器，要求文学承担解放斗争的历史使命，从而提出了鲜明的阶级文学观点，偏激而错误地抛弃文学遗产，更是把五四以来的文学作品当作小资产阶级的文艺，把从五四过来的作家批判为“时代落伍者”。事实上，他们所谓的小资产阶级作家在现代中国文学发展之初是文坛的主力军。因此，如何对待和评判所谓的小资产阶级作家作品，成为了由“文学革命”向“革命文学”转变的关键所在。

面对如此偏激苛刻的批评态势和狂飙突进的文学变革，茅盾深感重新审视新文学所走过的道路很有必要。于是从1927年底，茅盾开始系统地研究了一批被“革命文学”倡导者视为“旧作家”或“小资产阶级”作家，并撰写了一系列的“作家论”，而他的写作意图相当明确和显豁，即“通过这一工作去总结五四新文学传统，批判与纠正‘文学革命’倡导者否定与割裂新文学的错误主张”[2]，探索现代中国文学更为切实和稳妥的发展道路。

正是出于上述目的，茅盾作家论的批判客体通常非常注意所选作家的典型性和代表性。庐隐作为其作家论的评论对象之一，之所以进入茅盾的批评视野，是因为她是五四新文学拓荒时期颇具影响力的作家，是第一个加入文学研究会的女会员，五四时期“能够注目革命性的社会题材”的第一位女作家。我们知道，庐隐的作品长于表现五四时期社会的积弊和现实的黑暗，反映当时尖锐的社会问题：那个历史时期的新女性为追求人生意义所经历的苦闷、挣扎与奋斗。新的思想，新的形式，新的主题，使她成为20世纪20、30年代中国文坛独树一帜的作家。然而，1934年，这位五四文坛盛名的女作家却在风华正茂的时候与世长辞了。她的英年早逝，就像文坛一枝过早凋零的花，从而使世人无法再感受她创作上迷人的芬芳。茅盾的批评，正是把她的写作才华定格于此。通过庐隐创作历程的剖析，让人们目睹五四落潮期的一些苦闷青年终于没能从自己的狭窄天地走出来，而庐隐的创作也因拘囿于自我的生活而无法与时俱进，进而导致创作的“停滞”，并以此视庐隐为五四之后没有长进的代表作家之一。这样一位在五四时期涌现的颇有建树的作家，却在不断发展的时代面前踟蹰不前了，个中缘由令人深思，茅盾认为探讨其缘由对如何寻求新文学的发展道路、构造新型文学很有必要。

二、茅盾论庐隐的创作历程和艺术风格

在《庐隐论》中，茅盾审视了庐隐和“五四”时代的紧密关系。从庐隐的偶然病逝，到联系其创作上无法突破既有主题的必然终结，茅盾认为“庐隐与‘五四’运动，有‘血统’关系”[3]。五四运动的蓬勃发展，给庐隐的创作带来了累累硕果，她的作品渗透着“五四”的时代气息。五四虽然落潮了，但时代仍然前行，而庐隐的创作还呼吸着“五四”的空气，这从客观上造成了她创作之路的“后退”。立足社会与作家关系这样的批评基点，茅盾主要采用社会——历史批评的方法，按照“时代—作家—作品”的批评模式，运用“史论”笔调，从题材与时代意义、创作历程阶段特征和创作风格等方

面对庐隐创作进行了动态的考察，在文体层面显示了三个方面的批评个性。

一是“三段论”批判模式的构筑和深化。有论者指出：“所谓三段论，就是茅盾一般地将作家的创作历程分为三个阶段，讨论每一个阶段的创作成就、不足及特色。”[4]对于庐隐的创作历程，茅盾把它分为三个阶段，并深入剖析了庐隐每一阶段的创作特色。茅盾指出，庐隐创作的第一阶段是“民国”10年到13年期间，以其第一篇短篇小说集《海滨故人》为代表。这一时期的庐隐，最初“是满身带着‘社会运动’的热气的”，朝着客观写实的道路走，“很注意题材的社会意义，在自身以外的广大社会生活中找到题材”[5]，是五四时期第一个注意革命性社会题材的女作家。随着五四的落潮，庐隐的这一注目也就成为昙花一现，庐隐退回到了自我的“现身说法”——关注五四时代觉醒了的女性，第一阶段的创作也就在此停滞。而庐隐创作的第二阶段，当是指1927年四五月间写作的第二个短篇小说集《曼丽》。这个时候，庐隐的宇宙观和人生观有了第二次转向。茅盾敏感地挖掘了这种不经意的转变，认为它体现在庐隐创作题材的选择上，“把婚姻问题和男女问题不当做单纯的恋爱问题而当做社会问题提了出来”，描写了“大革命时代女子的幻想和失望”。而创作路向的如此转变，茅盾认为这是“时代的暴风雨的震荡”使然。茅盾认为，这一题材转向对庐隐的“创作生活”具有相当的意义。茅盾把庐隐1927年后至1934年病逝期间的小说创作归为第三阶段。这段时间庐隐作品在数量上虽然有所增多，但茅盾认为其创作内容与《海滨故人》并无大异，同样反映五四时期觉醒了的女性，不同的只是她们在苦苦寻求人生意义之后，发现了“人生终究‘无意义’而悲哀”。而对于“恋爱问题”的处理，庐隐“也更加显明地为‘精神恋爱’说教了”，带有浓重的教化色彩。茅盾深刻地指出，庐隐对爱情题材如此“情有独钟”，但塑造的“人物”性格却相当雷同，这样过多的描写，定会让读者产生厌倦之情，庐隐的创作生命也就在此画上了终止符。

二是成为社会——历史批评文本的范例。列宁指出：“为了确实认识一个对象，人们必须把握和研究它的一切方面，一切联系和‘媒介’，虽然我们永远不能完全做到这一点，但是全面的要求会使我们避免错误和僵化。”[6]茅盾的作家论旨在系统地对五四新文学运动的实绩作比较全面准确的总结，“抉出艺术的真相……指出艺术的趋向与范畴，使作家从无意的创造进而有意的创造”[7]。在《庐隐论》中，茅盾对庐隐创作过程的阶段划分是根据“时代——作家——作品”模式划分的，他把庐隐及其作品置放在一个宏大的社会、文化和文学的框架与背景中来展开品味和评说，而茅盾的这一理论深受泰纳的影响。泰纳根据“作家所属人中、作家所处时代的社会现象、政治现象及个人环境，和作家所处时代及所居社会内的主要思潮”进行作家作品品评[8]，别林斯基也曾指出：“每件艺术作品必须一成不变地和时代，和当时的历史关联起来。”[9]在时代、作家、作品这三个要素中，时代起决定作用。茅盾正是把时代性作为一个重要的范畴来考察、评论作家作品，首先强调作品要具有透彻的时代性和浓郁的社会性。《庐隐论》正是在回归“五四”时代文化背景之中，论述和分析了庐隐作为独特的文化和文学现象的生成、发展与“停滞”过程及原因。茅盾指出，庐隐是“五四”的产儿，被五四的怒潮从封建的氛围里掀起的一个觉醒了的女性；但五四运动落潮后，庐隐思想和创作的发展也随之“停滞”了；而时代继续向前推进，“虽然庐隐主观上是挣扎着要向前‘追求’”[10]然而客观上的“后退”是无可避免的。其次，茅盾对庐隐文学创作是否“突破”和“停滞”的评析和判断，其主要基点和理据是题材。相对于小说创作技巧等其他独特的艺术性因素，茅盾更重视关切社会人生的重大题材。时代发展为庐隐写作提供了更为深广的、具有重大社会人生意义的主题和题材。在创作之初，庐隐能从社会生活中择取具有社会意义的题材，是五四时期第一个关注革命性社会题材的女作家，在创作第二阶段也将婚姻问题和男女问题当作社会问题提出来了。对此，茅盾给予了高度评价。但在两次“浅尝辄止”的转向后，庐隐再次把视线转移到自己的个人世界，作品带有“很浓厚的自叙传的性质”时，茅盾为此感到焦灼不已。茅盾认为，虽然个人及其周围小圈子的生活也是社会生活的缩影，固然也可以一定程度的折射出社会现实，但其程度非常有限。只有拓宽视野，才能获得丰富的生活社会题材，充实作品的思想内涵。一个时代有一个时代的文学。时代要求着文学，文学也必然要适应自己的时代，才能焕发出艺术生命的光彩。文学作品一定要反映作家所处的时代背景和社会生活，才是真正意义上为人生的文学。题材选择上的变化，又反映着作家在不同时期的思想倾向。正所谓“一位作家在某一时期的宇宙观和人生观在他所处理的题材中也可以部分的看出来。”[11]总而言之，茅盾将社会时代发展与作家思想、创作历程组合在一起予以深入剖析，透过时代看作家，通过作家看社会，从而深入挖掘了时代和作家个性的有机联系。

三是作品艺术特色的精湛阐释。除了对庐隐的创作进行社会——历史批评、发掘深刻的思想意蕴之外，茅盾还把庐隐的作品放在中国新文学运动广阔的历史背景上，从美学批评的视角将庐隐创作的基本主题与主观抒情特色紧密结合，由浅入深，层层剥离批评对象，从而使作家论在总结新文学创作上获得了普遍意义和范式作用。茅盾认为：“作家的价值和生命在于显示出自己的艺术个性。”[12]因此，茅盾首先要求作家反映的生活和思想情感必须具有“普遍意义”。茅盾指出：“文学家所欲表现的人生，决不是一人一家的人生，乃是一社会一民族的人生。”[13]出于这种典型化的要求，茅盾非常注重庐隐所创作的人物形象中所包含的普遍意义。庐隐作品中的青年是五四时期的产儿，身上带着无比鲜明的五四印痕。她们对人生意义的探索及苦闷矛盾的心理特征，是当时社会知识分子阶层的典型代表。这些典型形象也揭示新文学运动早期文学创作的基本主题，即表现人们对旧中国灰色人生的深沉思索，表现人们在追求人生意义中出现的社会心理矛盾。而五四进入尾声后，历史的车轮已经朝新的方向继续行进。在这种语境中，这些人物性格虽然能“作为一种社会现象来看”，但这些人物形象所代表的社会意义和典型性就大大减弱了。[14]其次，茅盾非常重视作品中蕴含的创作个性与独特风格。在对作家创作历程进行阶段考察时，茅盾也不忽略庐隐创作在语言、结构和风格方面的独特之处。庐隐文笔哀婉动人，流利酣畅，一任感情的自然流淌，茅盾称赞它“流利自然。她只是老老实实写下来，从不在形式上炫奇斗巧”。不过，茅盾也明确地指出庐隐后期创作技巧上的明显进步。早期，庐隐的作品结构较为散漫，作者没有很好地驾驭，导致故事结构杂乱。但她后期的作品，较之前期进步了，茅盾特别赞誉她的后期的《归雁》和《女人的心》等作品，认为这些作品没有前期作品中“那些过多的‘辞藻’”[15]，采用朴实无华的艺术形式恰如其分地表达了作品的内容，也突出地表现了庐隐作品中的主观抒情性特色：苦闷人生。我们能从庐隐作品中的主人公露沙、秋心、亚侠和丽石等人身上找到庐隐的自我身影，庐隐对人生的所有悲观情绪都能从这些人物身上得到恰当而形象的体现。

此外，茅盾还用对照比较的方法把握庐隐别具一格的创作个性。茅盾将庐隐的小说和小品文对照起来，觉得庐隐的几篇小品文“似乎要比她的小说更好”，因为庐隐在小品文中“很天真地把她的‘心’给我们看。比我们在她的小说中看她更觉明白”，但茅盾仍然十分赞许庐隐在小说创作中一贯保持的天真而严肃的态度。因此，在该篇收束处，茅盾匠心独具地引用了庐隐的小品文《醉后》中的一句：“但是怯弱的人们，是经不住撩拨的。”这不仅非常全面精确地总结概括了庐隐作品中所有重要人物的性格，而且“使人们更清楚的理解庐隐作品的思想内容”[16]，同时更深刻地体会庐隐作品所具有的强烈的主观抒情色彩。

《庐隐论》是茅盾作家论中成熟而又从容的篇章。对庐隐创作与五四血肉联系的简要论证，对庐隐创作停滞而创作题材狭窄批评的同时又对其因“时代暴风雨的震荡”而做出转向努力的肯定，对庐隐自然流利写作风格及不断进步的创作技巧的欣赏，茅盾都是紧扣作家作品，采用社会——历史批评的方法，切入作家的创作道路和思想发展，重点在作品研究的基础上梳理作家的个性与思想。这种批评方法，在我国现代文学批评史上具有里程碑的意义，不仅开辟了宏观的文学批评方式的先河，而且“对于作家创作轨迹和风格予以全面的审视提供了一个科学的批评方式”[17]，在开拓中国现代文学批评新思路和新视野的基础上创造了一种新的批评形式和文体。

参考文献：

[1]雷纳·韦勒克:《近代文学批评史》第1卷,上海:上海译文出版社1987年版。

[2]温儒敏:《中国现代文学批评史》,北京:北京大学出版社1995年版。

[3][5][10][11][14][15]茅盾:《庐隐论》,《文学》,1934年第1期。

[4]周景雷:《茅盾与中国现代文学》,北京:中国社会科学出版社2004年版。

[6]《卢卡契文学论文集》第2册,北京:中国社会科学出版社1981年版。

[7]茅盾:《论无产阶级艺术》,《文学周报》,1925年第173期。

[8]茅盾:《文艺批评杂谈》,《文学旬刊》,1925年第51期。

[9]别林斯基:《关于批评的话……A·尼基金科·第一篇》,《别林斯基论文学》,上海:新文艺出版社1958年版。

[12]李方平:《茅盾作家论的美学创造》,《青海师院学报》,1996年第2期。

[13]茅盾:《现代文学家的责任是什么?》,《茅盾文艺杂论集》上,上海:上海文艺出版社1981年版。

[16]杨健民:《论茅盾的早期文学思想》,长沙:湖南文艺出版社1987年版。

[17]罗宗义:《文学批评论》,厦门:厦门大学出版社1991年版。

第十三论

茅盾论丁玲

一、丁玲：中国新文学史上一颗耀眼的巨星

在中国新文学发展史上，从五四开始，女作家一个又一个出现在文坛上：冰心、庐隐、陈衡哲、白薇、冯沅君、石评梅、凌叔华、苏雪林、谢冰莹、萧红、张爱玲……就像红线串着明珠一样，灿烂夺目。五四新文学运动刚刚兴起的时候，冰心由于写抒情哲理小诗、“问题小说”和散文而蜚声中外；到了大革命时期，这位闺秀作家逐渐沉默了，其他一些女作家也由于种种原因先后从文坛消失。可是就在冰心等众多女作家逐渐走向沉默和消失的时候，又一位有才华的女作家——丁玲在文坛崛起了。1928 年春，丁玲发表了《莎菲女士的日记》，令文坛耳目一新，也使作家一举成名。《日记》既是丁玲的成名作，又是她的早期代表作，还是 20 世纪 20 年代短篇小说创作的重大收获。它的问世，“好似在这死寂的文坛上，抛下一颗炸弹一样，大家都不免为她的天才所震惊了”，[1]“人们于是更深切地认识到一位新起的女作家，在谢冰心沉默了时候，以一种新的姿态出现于文坛。”[2]从此，丁玲成了中国新文学史上一颗耀眼的巨星，她是我国继鲁迅、郭沫若、茅盾之后在国内外享有盛誉的杰出的无产阶级革命作家

作为中国新文学史上杰出的作家和文艺理论批评家，茅盾写过许多作家论。就女性作家来看，就有《冰心论》《庐隐论》《女作家丁玲》等。本文首先简要地介绍了茅盾与丁玲的师生与战友的情谊，然后以茅盾发表的《女作家丁玲》《丁玲的 < 母亲 >》《丁玲的 < 河内一郎 >》三篇评论为基础，重点分析了在特殊的时代背景下，茅盾论丁玲创作的时代意义和审美分析，以及丁玲创作的独特贡献。

二、茅盾与丁玲的“师生和战友”情

茅盾与丁玲这两位在现代文坛上贡献卓著的杰出作家的关系，我们认为可用“师生和战友”五个字来概括。茅盾与丁玲的关系，首先是师生关系。五四运动的爆发，使出生在没落的地主阶级家庭，且受富有民主、自由思想、勇于冲破封建旧礼教藩篱、民族女权主义者的母亲余曼贞和杰出革命家、共产党人向警予影响的丁玲，勇敢地走出家门，走向社会。1921 年，丁玲终止了湖南岳云中学的学业。次年初，未满 18 岁的丁玲因向往到“一个更遥远的更光明的地方去追求”，和桃源女师时的同学、挚友王剑虹一起，带着理想奔赴上海，进入陈独秀、李达创办的上海平民女子学校学习。茅盾、陈望道等知名人士都在此校任教。茅盾说：“那时候，正当五四运动把青年们从封建思想的麻醉中唤醒了来。‘父与子’的斗争在全国各处古老的家庭爆发，一些反抗的青年女子从‘大家庭’里跑出来，抛弃了深闺小姐的生活，到‘新思想’发源的大都市内找求她们理想的生活来了；上海平民女校的学生大部分就是这样反叛的青年女性。”[3] 当时茅盾在该校讲授的是英文课，但在授课半年后，因为党内和商务印书馆的事应付不过来，就没再给丁玲她们上课了。后来，丁玲与王剑虹又辗转到南京求学，遇见了瞿秋白。在瞿秋白的动员下，她们不久又来到了共产党创办的当时有众多名师任教的上海大学中文系学习。茅盾由党安排来上海大学中国文学系兼课，讲授外国文学。俞平伯讲授古典文学，田汉讲西洋诗，陈望道讲古文。这样，丁玲两度做过茅盾的学生。所以，她一直以师尊称茅盾。在茅盾逝世后，丁玲曾著文说：“一九四九年至一九五三年，我们又在新中国的作家协会共事，他是主席，我是副主席。但我一直把他当做老师，他的态度也始终是我的老师，我们相处非常融洽。”（丁玲：《忆茅公》）丁玲认为茅盾是“一个比我高大”“是我佩服的”人，也是她文学事业的引路人。她曾回忆说：我喜欢沈雁冰（茅盾）讲的《奥德赛》《伊利阿特》这些远古的、异族的极为离奇又极为美丽的故事。我从这些故事里产生过许多幻想。我去翻欧洲的历史，欧洲的地理，把它们拿来和我们自己民族远古的故事来比较。我还读过沈先生在《小说月报》上翻译的欧洲小说。他那时给我的印象是一个会讲故事的人，但是不会接近学生。他从来不讲课外的闲话，也不询问学生的功课[4]。虽然茅盾很少接近学生，但对丁玲等学生的思想是了解的。他觉得丁玲性格比较“沉默”，“好像对于争执还不感多大兴趣，思想上她还是近于无政府主义。”及至读了丁玲的《梦珂》《莎菲女士的日记》，并经过长达三四年的思考，茅盾写道：“在谢冰心女士沉默了的时候”，丁玲“以一种新的姿态出现于文坛”，并明确指出丁玲是20世纪末期“一位新起的女作家”。

丁玲与茅盾的关系，还是战友的关系。这是就他们二人在大革命失败后都加入中国左翼作家联盟而言的。他们此时成了左翼文艺战线上的战友了。丁玲在自己的丈夫兼战友胡也频遭到国民党枪杀后，勇敢地挑起了“左联”机关刊物《北斗》主编的担子。在这过程中，丁玲得到了鲁迅、瞿秋白、茅盾等文坛名家的鼎力支持。茅盾曾用书信体向丁玲供稿——《创作不振之原因及其出路——致编辑》。

“一二八”事变后，丁玲和茅盾等人一起，强烈谴责日本帝国主义的卑劣行径。2月4日，鲁迅、茅盾和丁玲一道署名发表《上海文化界告全世界书》，向日本提出强烈抗议。不久，茅盾的《我们所必须创造的文艺作品》在丁玲主编的《北斗》上发表。茅盾在1931年秋老虎袭人的秋季，只写了一篇短篇小说——《喜剧》，据他自己回忆：“这还是为了支持丁玲主编的《北斗》而赶写出来的。”

正是在茅盾、鲁迅等名家的支持、关心和帮助下，丁玲的编辑和创作都取得了很好的成绩。这却引起了反动势力的注意。1935年5月14日，丁玲应邀参加正风学院一个座谈会，会后回家，被守候在她家门口的国民党特务绑架了，秘密押往南京。

为了营救丁玲，茅盾、鲁迅等左翼文艺战士，纷纷在报刊上撰文，在舆论上大造声势，向国民党反动派提出强烈的抗议。一时间，左翼文艺阵营掀起了营救丁玲的热潮。茅盾在这个时期写了评论丁玲的两篇文章——《女作家丁玲》和《丁玲的<母亲>》。《女作家丁玲》是一篇纪念性的作家论文章。该文简略的回忆并介绍了丁玲的生活和创作道路，指出丁玲的创作历程，经历了五四以来“个人主义”“革命加恋爱”再到工农斗争题材的发展过程，并且认为正是其短篇小说《水》的创作成功，标志着在左翼文坛上“革命加恋爱”的公式已被清算，因而她不但是左翼“阵营内战斗的一员”，更是“一个重要的而且最有希望的作家”。[5] 通篇充满着对战友的关怀与抚慰，对敌人野蛮暴行的愤怒和仇恨，并号召广大青年沿着斗争的道路继续走下去，表现了茅盾作为左翼作家所具有的不屈不挠的斗争精神。

三、茅盾论丁玲的文学创作

丁玲在20世纪各个历史年代都创作了不同类型的优秀作品；在特殊的时

代背景下，茅盾沿着时间线索，“跟踪性”地论述了丁玲的文学创作。在这里，笔者试以茅盾的《女作家丁玲》《丁玲的 <母亲> 》《丁玲的 <河内一郎> 》三篇评论为基础，评介茅盾论丁玲创作的时代意义和审美分析，以及丁玲创作的独特贡献。

1. 茅盾论丁玲初期的创作

这里所说的“初期”，是指20世纪20年代末期，即1927~1929年。在本时期，丁玲连续创作了包括《梦珂》《莎菲女士的日记》在内的14个短篇，后结集为《在黑暗中》《自杀日记》《一个女人》。《梦珂》是处女作，《莎菲女士的日记》是成名作，也是初期代表作。茅盾说：丁玲的第一篇小说《梦珂》发表的时候，她的名字“在文坛上是生疏的，可是这位作者的才能立刻被人认识了。接着她的第二篇短篇小说《莎菲女士的日记》也在《小说月报》上发表了，人们于是更深切地认识到一位新起的女作家，在谢冰心女士沉默了的时候，以一种新的姿态出现于文坛。”她“是满带着‘五四’时代的烙印的：如果谢冰心女士作品的中心是对于母爱和自然的颂赞，那么，初期的丁玲的作品全然与这‘幽雅’的情绪没有关涉，她的莎菲女士是心灵上负着时代苦闷的创伤的青年女性的叛逆的绝叫者”，“是一位个人主义，旧礼教的叛逆者。她要求一些热烈的痛快的生活”，“莎菲女士是‘五四’以后解放的青年女子在性爱上的矛盾心理的代表者”[6]。茅盾这里主要是说莎菲，但差不多也是在说当时的丁玲。话虽不多，却论断了名震中外的两位女性大作家及其与时代的关系；并从比较研究的角度肯定了其独特贡献，指出了她们的差异与各自的局限。

从中国女性文学的角度来比较，丁玲与她之前的女作家的确不同。她不像冰心那样写“问题小说”，而是从人物性格和心理出发写的是性格和心理小说；她没有冰心那样的心境宣传“爱的哲学”，因此，其“作品全然与这‘优雅’的情绪没有关涉”。她也缺乏淦女士（冯沅君）的爱情小说的缠绵悱恻，吟唱“恋爱路上的玫瑰花是血染的，爱史的最后一页是血写的，爱的歌曲的最终一阕是失望的呼声。”（淦女士：《隔绝》《隔绝之后》）庐隐女士虽然也曾注目社会题材，但她的主人公大半自命“我是一个最脆弱的人”，感情不能战胜理智，因而温文尔雅却流于纤巧；凌淑华则恰如鲁迅所说：“她恰和冯沅君的大胆、敢言不同，大抵很谨慎的，适可而止的描写了旧家庭中婉顺的女性。即使间有出轨之作，那是为了偶受着文酒之风的吹拂，终于也回复了她的故道了。”[7]而丁玲却不类于此。她所关注的，是自己般的从封建社会分化出来、承受过五四雨露洗礼的小资产阶级知识分子女性的命运。借小说中对她们的描写，“代替自己来给这社会一个分析”。[8]不仅体验着时代深沉的苦闷，而且反映出时代的浓重的黑暗，勇敢地喊出反封建的绝叫的青年女性的叛逆精神，表现了与传统观念尖锐对立的进击性态势，在作风上则以大胆著称，给人以一种火辣辣的痛快的感觉。正是因为这一点，茅盾充分地肯定了以《莎菲女士的日记》为代表的丁玲的初期小说。

丁玲的《莎菲女士的日记》第一次在中国新文学史上真实而生动地刻画了一个小资产阶级知识女性的复杂性。在莎菲的身上，我们可以感受到五四思想的烙印。在精神实质上，莎菲的价值取向和五四是一致的。五四时期对封建礼教的反抗、对爱情婚姻自由的追求、对个性解放的无限憧憬，都在莎菲身上得到了充分的体现。但是莎菲的生活天地非常的狭小，时代的风云，人民的斗争，社会的变革，她都无从关心，她的整个心灵都只在爱与病中徘徊，陷入了大革命失败后苦闷、绝望中。她的个性解放的思想也只有在个人生活的狭小天井里得到实现。正如茅盾所言，在莎菲身上，我们可以看到她对爱的渴求与她对爱的超尘脱俗的美好愿望所构成的内心矛盾冲突。她不爱怯懦的、没有男子气概的苇弟，又不忍心拒绝他的感情。她被来自新加坡的美男子凌吉士俊朗的外表所吸引，燃起她少女的不可遏止的激情，可是又发现“在他丰仪的里面是躲着一个何等卑丑的灵魂”！莎菲对凌吉士从内心深处怀着厌恶的心理，然而当凌吉士拥抱她时，她没有勇气拒绝，反而希望他多拥抱自己一会，她也无法拒绝凌吉士的吻。过后，她又鄙夷自己的行为，甚至伤心地哭起来。在几经痛苦的自我斗争之后，莎菲还是踢开了他。这一行动，是她对世俗的决绝和胜利，同时也宣告了主人公“理想”的破灭与落空。在争取自己的幸福生活和理想爱情的斗争上，比起鲁迅《伤逝》中的子君来，莎菲更大胆，更无畏，但她的精神支柱同样是资产阶级的个性解放，走的也是一条个人挣扎的道路，同样没有跟上时代的步伐，同样无法取得斗争的胜利。她在理想与现实的极端矛盾中作着痛苦的挣扎，从而揭示了那个时代的苦闷与彷徨。

莎菲形象是丁玲步入文坛后对新文学作出的第一个独特贡献，它为新文学人物画廊提供了一个五四退潮后小资产阶级叛逆女性系列中第一个最重要的艺术典型。“一千个读者，有一千个哈姆雷特”，时至今日，关于莎菲形象的看法，出现了多种不同的见解。一种意见是以茅盾在20世纪30年代的评论和冯雪峰在1948年发表的《从＜梦柯＞到＜夜＞》为代表。将莎菲看成是个叛逆女性，以自我为中心的个人主义者，爱情至上者，同时又是爱情怀疑论者。与此相反的看法，认为莎菲“是个转变中的人物，她不会永远迷茫，迷茫到了尽头，就会找到光明的前途”。[9]在爱情上，“莎菲不是为了爱而爱，而是为了生而爱；她不是为了寻找生活的伴侣才去恋爱的，而是在以爱情为手段追求知己的过程中陷入了性爱的纠葛”。[10]唐弢先生则认为莎菲“将个性解放要求和自己的全部生活目的混同起来，错误地理解为应当‘享有我的一切’。”这是“没落的资产阶级人生观”。[11]仁者见仁，智者见智。今天在笔者看来茅盾关于丁玲莎菲的论述还是较中肯有理的，且具有一定的代表性。

2. 茅盾论丁玲左联时期的创作

中国新文学史上的所谓“左联时期”，一般是指1930年中国左翼作家联盟成立到1936年“左联”宣布自动解散前后6年的时间。

1930年丁玲加入“左联”，成为“左联”作家。丁玲参加“左联”以后，创作思想发生了很大的变化。在半封建半殖民地的旧中国，一个倾向进步的作家，倘若仅从自身命运的不幸遭遇，做个人反抗和呼喊，那作品的调子必然低沉忧郁，时代色彩也自然灰暗无光。反之，当他脱离了小资产阶级个人主义思想束缚，从国家民族和广大劳动者的命运去思想和创作，那他的作品，无疑将成为革命斗争的武器，成为推动时代前进的号角。丁玲从初期创作到“左联”时期的创作，就是经历了这样的转变过程。1930年至1931年，丁玲先后创作了《韦护》《一九三零年春上海》（之一、之二），这是作者思想转变时期的作品，也是作者跟随时代前进的标志。《韦护》以五四运动前的社会现实为背景，以瞿秋白与作者的挚友王剑虹为模特儿，描写了革命者韦护与小资产阶级知识女性丽嘉的恋爱冲突。韦护一方面站在不可动摇的革命立场上，另一方面又站在生命的自然需要上（指恋爱），经过思想斗争，终于革命战胜了恋爱，离开了丽嘉到当时革命中心广州去了。韦护走后，丽嘉虽然感到幻灭的痛苦与悲哀，但她还是在时代浪潮的冲击下，想要去做点事业出来。《韦护》情节的构思和描写，明显地表现了丁玲创作转变期残留着的思想痕迹，即小资产阶级感情色彩。但与《莎菲女士的日记》作比较，很明显地可以看出《韦护》已透出时代的亮色和光明前景。《韦护》是丁玲尝试创作革命文学的第一篇小说，它描写了早期作品中未曾出现过的革命者形象，有着一定的时代性。有学者指出：“这部以瞿秋白和王剑虹的爱情悲剧为素材的中篇小说，不仅是最初一批表现革命和恋爱相矛盾的作品，而且是表现恋爱应该服从革命的作品，它的主题的积极性正标志着丁玲从自己思想苦闷的低谷走出，向革命靠拢，决心投身革命。而小说那异常真实细腻的笔触，更把这幕动人的悲喜剧描写得淋漓尽致。小说主人翁丽嘉从失去爱人的悲痛中挺身而起，准备投入革命的浪潮，与原型王剑虹悒悒以终不同，这正是作家本人思想的跃进。”[12]《一九三零年春上海》（之一）中的美琳，天真善良，有理想，不满现实，她与作家子彬相爱，有着一个美好的小家。当革命浪潮冲来时，她与子彬之间发生了严重分歧。子彬脱离现实，关门写作，嘲笑、攻击普罗文学，暴露了十足的资产阶级立场和态度。美琳则追求进步，渴望到社会中去，越来越不安于幽居家中，成为一个玩偶。经过痛苦的思想斗争，她终于抛弃了新式太太的生活，投入了如火入荼的革命运动。但由于作者对革命斗争生活不够熟悉，认识不够深刻，小说和《韦护》一样仍然没有摆脱“革命加恋爱”的模式，表现的只是“革命就不能恋爱，恋爱就不能革命”的主题思想，而且在人物塑造上概念化的倾向比较明显。

茅盾称《韦护》是一部长篇小说。其实这部作品不过是篇幅稍长的中篇罢了。茅盾指出“丁玲企图描写他那已故的好朋友王剑虹女士的思想转变。书中的女主角丽嘉就是王女士的影子，而男主角韦护是一个老牌的社会主义者”。[13]是的，《韦护》这部作品在生活中确实是存在着原型。茅盾没有指明的这个“老牌的社会主义者”就是瞿秋白，丁玲在自己所写的回忆文章《我所认识的瞿秋白》中讲述，“我写的中篇小说《韦护》是一九二九年末在《小说月报》上发表的。韦护是秋白的别名。他是不是用这个名字发表过文章我不知道。他曾用过‘屈维陀’的笔名，他用这个名字时曾对我说，韦护是韦陀菩萨的名字，他最疾恶如仇，他看见人间的许多不平就要生气，就要下凡去惩罚坏人，所以韦陀菩萨神像历来不朝外，而是面朝着如来佛，只让他看佛面。”[14]通过丁玲的描述，我们可以看出，丁玲写韦护这个人物，主观上是赞美他的这种“疾恶如仇”，“看见人间的许多不平就要生气，就要下凡去惩罚坏人”的气质，正是革命家具有的。但是，在作品中，作家对韦护个人情感的一面表现得还比较真切，而对于他的革命家的一面却没有给予相应的表现。所以当韦护离开丽嘉，韦护最终选择革命，放弃爱情，在读者看来，就显得突兀了。这也许是茅盾评论“那位男主角韦护是表现得并不好的”的原因吧。当然，也由于当时时代的特殊性，大革命失败后，国共合作破裂，国民党大肆的捕杀共产党员，茅盾在此时不说出瞿秋白这名“老牌的社会主义者”的名字也是情理之中了。

对于作品的女主角，在茅盾看来，“丽嘉的思想性格，多少有些和莎菲女士相像，她的恋爱的发生与其说是由于男主角那方面的思想的感应，还不如说由于她那少女的好奇心和浪漫的热情。”[13]读完作品，丽嘉给读者的感觉是个美丽，任性，傲慢而热情，狷介而温柔的姑娘。她被韦护深深吸引着，却强作女性的矜持，不愿屈服于内心萌发的情愫。而当爱情的火焰从灵魂深处燃烧起来，她便不顾一切，一往情深，甚至和韦护同居了。这在 20 世纪 20 年代初，可以说是冲破封建牢笼，追求恋爱自由的大胆的表现。她不在乎周围人的一切看法，她要的只是能和韦护整天缠绵在一起。所以从对爱情的角度上看，丽嘉和莎菲是相似的，在她们身上，我们都可以看到五四后追求个性解放，恋爱自由的女性的形象。

但是丽嘉又是不同于莎菲的形象。在《莎菲女士的日记》中，整部作品的基调是沉闷的，给人有找不到出路的迷茫的感觉。而在《韦护》中，在韦护最终离开丽嘉之后，我们看到的是一个不同与莎菲的丽嘉。她勇敢地站起来，觉得自己要“好好做点事业出来”。茅盾评论说，丽嘉最后是要“决心投身于实际的革命工作了”，这与作品的实际描写有点不符，似乎是有点拔高作者的创作意图。但是不管丁玲到底要表达的实际意愿是什么，丁玲没有按照生活原型王剑虹的实际情况，让女主人公最后选择死亡，而是坚强地站起来。这让我们看到了新式的女性已经告别了旧式的女性，她们不再是离开自己的丈夫便无法生存，她们的生活空间不再是狭小的个人主义，她们已经开始向集体主义迈进，她们已经从莎菲的苦闷生活中解脱出来了。

《韦护》是丁玲以“革命加恋爱”为题材创作的第一部小说，最终革命战胜了恋爱，从中我们可以看出丁玲服务于革命的愿望更加强烈了。这一思想倾向在带有更明显的观念演绎痕迹的姊妹篇《一九三〇年春上海》（之一）（之二）中体现的更明显。在韦护那里，革命并非出自内在生命的需求，而是在时代浪潮裹挟下的一种选择，所以，他和丽嘉的分手，实在是有着不得已而为之的被动和无奈。而对于美琳和望微来说，革命是主动抉择的结果，革命不再仅仅是外在于爱情的障碍，而成了爱情内部不可调和的冲突之源，世界观、人生观的分歧最终导致了两对爱侣的分道扬镳。对于《一九三〇年春上海》（之一）这部作品，茅盾给予相应的内容阐释后，指出“作者努力想表现这时代以及前进的斗争者——这种企图，却更明显而且有意识的。”应该说，茅盾的评价是中肯的。丁玲的《一九三〇年春上海》（之一）这部作品，相当真实的揭示了现实生活中革命加恋爱的矛盾，提出了当时流行的思想——为革命要不惜牺牲爱情的思想。很可惜的是，茅盾并没有对《一九三〇年春上海》（之二）做出评价。无论是从人物的革命性，还是时代背景的描写，《之二》都比《韦护》、《之一》更成熟和更深刻。但是相比前两部作品，《之二》则没有什么新意了。这也许是茅盾之所以不评价的原因吧。

随着左翼文艺运动的深入，丁玲的视野更加开阔了，她的注意力开始从知识分子转移到贫苦农民身上。1931 年 7 月，创作了以农村生活为题材的短篇小说《田家冲》。小说写风景秀丽的南国小山村——田家冲，一个安分守己的农民赵得胜一家，在革命者三小姐宣传革命道理的影响下的觉醒过程。赵得胜后来在三小姐被捕后走上了反抗道路。尽管《田家冲》在艺术上还比较粗糙，但它是丁玲自觉地运用马克思主义阶级观点反映农村生活的“试笔”之作。从《田家冲》出发，丁玲继续摸索，创作了中篇小说《水》。1931 年，中国发生了“一世纪以来世界史上仅有”的特大水灾，“灾区达 16 个省的地域，死亡的人数达二十余万，流离失所的农民更不知多少。”[16]水灾发生后，国民党反动政府的达官贵人不仅置灾民于不顾，并丧尽天良地吞食大批国内外募捐得来的救灾物资。《水》正是摄取了这一重大的现实题材。丁玲怀着对灾民的阶级同情和对国民党反动派的深仇大恨，以鲜明的阶级观点，粗犷奔放的笔触，生动地刻画了一系列的农民群像，描绘出农民与洪水搏斗的惊心动魄的场景，表现了他们在严重的自然灾害和残酷的阶级斗争中的坚强性格和巨大力量，以及从与水灾斗争到与官府斗争的逐步觉醒、反抗的过程。虽然这还是一种自发反抗斗争的行为，但预示着这种斗争的力量是无比强大的，是真正冲决黑暗统治的洪水一般的潮流。这篇小说在题材的选取上，突破了作者过去惯于描写的小资产阶级知识分子的生活，特别是突破了当时流行的“革命加恋爱”题材的模式，而直接面对黑暗的社会，以广大农民的苦难和觉醒作为作品的内容，这不仅有直接的现实意义，而且有着开拓的意义。可以说，《水》既是作者创作历程转折性的代表作品，又是整个左翼文坛带有方向性的作品。它的出现，尖锐地提出了左翼文学应该怎样突破狭小天地，反映更广阔的生活现实问题。因此，它发表以后曾震动了左翼文坛，受到冯雪峰、阿英、茅盾等左翼作家的高度评价。茅盾在丁玲被秘密绑架两个月，尚不知丁玲的生死和下落之际，著文称：“《水》在各方面都表现了丁玲的表现才能的更进一步的发展。这是以 1931 年中国 16 省的水灾作为背景的。遭了水灾的农民群众是故事中的主人公。他们和洪水奋斗，和饥饿奋斗，最后，逃到城市的时候，又和欺骗他们的官吏绅士赈员奋斗，终于和自己队伍中的动摇思想奋斗。全体的农民就革命化起来，这是 1931 年大水灾后农村加速革命化的文艺上的表现。虽然……多用了一些观念化的描写，可是这篇小说的意义是很重大的。不论在丁玲个人或文坛全体，这都表示了过去的‘革命加恋爱’的公式已被清算”。[17]茅盾这段话准确地肯定了《水》的成就和意义，同时也实事求是地指出了作品的缺点。据了解，《水》的题材是作者听来的，而非亲身的经历或真切的直接体验之所得。作家对自己所描写的对象不太熟悉，因而出现了茅盾所批评的“多用观念的描写”这样的弊端。这有它的必然性。茅盾的《路》《三人行》以及《子夜》中描写农村骚动以及工人罢工等部分的弊端，也均出于同一原因。所以茅盾对教训的自我总结，也同样适用于丁玲：“徒有革命的立场而缺乏斗争的生活，不能有成功的作品”。[18]因此，茅盾在文章中肯定《水》的思想成就和意义时，又指出其艺术上的弊端，实在是颇有分寸，且颇实事求是的。

丁玲是一个勇于不断探索，不断创造，不断前进的作家，她绝不会就此止步。经过半年的总结、酝酿和准备，1932 年 6 月，她开始写作《母亲》。《母亲》的直接创作动因，是中共江苏省委委托楼适夷主编《大陆新闻》时需要一个连载的长篇。但更重要的原因则是丁玲对其母亲一生的敬爱与了解，以及她意识到借母亲一生的经历，可展示“一个社会制度在历史过程中的转变的”，所以她“就开始觉得有写这部小说的必要”，“这书里所包括的时代，是从宣统末年写起，经过辛亥革命，一九二七年之大革命，以至最近普遍于农村的土地骚动。地点是湖南的一个小城市，几个小村镇。人物在大半部中都是以几家豪绅地主做中心，也带便的写到其他的人”。“母亲”名于曼贞，“她是贯穿这部书的人物当中的一个”，她的“一切苦斗的陈迹上”，代表着“虽然受了封建的社会制度的千磨万难，却终究是跑过来了”的一条过度社会中女性自强自立的人生道路。“那过去的精神和现在的属于大众的向往，却是不可卑视的。”（《母亲》第 2 ~ 3 页，人民文学出版社）据作者回忆，此书写作时，兼顾了《良友文学丛书》的篇幅要求，“原打算写成三部”，但此书第一部还差二三万字，丁玲就被国民党特务绑架并转南京软禁，是鲁迅提议先出版这八万多字并大肆宣传，借以扩大丁玲的影响，揭露国民党反动政府。这就是流传至今，作家一直未能写完的《母亲》。关于《母亲》的创作，当时受到了左翼文坛的一些批评，说《母亲》的出现，是丁玲创作思想的倒退。我们认为这种批评显然是错误的。《母亲》，是以丁玲的母亲为素材，但小说通过母亲的形象，表现一个封建家庭的千金小姐怎样转变成为“维新思想”的信奉者，她是辛亥革命时期新女性的典型形象。古今中外文学家的笔下曾经刻画过许许多多的母亲形象，但在“母亲”这个画廊中，我们就能一眼认出她——“这一个”母亲于曼贞来，绝不会和“那一个”母亲相混淆。一个重要的原因，是作者写出了于曼贞“这一个”母亲丰富多彩的个性特征和独特的生活经历，她的思想、感情、心理状态等等。于曼贞的形象，是以作者的母亲为原型的。丁玲在《我的母亲的生平》一文中说：“她是一个坚强、热情、吃苦、勤奋、努力而又豁达的妇女，是一个伟大的母亲。”于曼贞也具有这些性格特征，不过作者着力刻画的是于曼贞“有代表性的性格”——刚毅和倔强。作品用了许多丰富的、生动的细节去描写人物“做什么”和“怎样做”，从而突出了曼贞这一刚毅倔强的性格特征。例如，家务和孩子拖累了她，她就早起临字，深夜还坚持学习；有些小姐、少奶奶学不到几天，就因为怕苦怕累而告退了，可是曼贞却连迟到也没有，由于她刻苦学习，成绩居然能同那些聪明的女孩相比了；为了把脚放大，她不畏艰辛拐着一双小脚上操跑步。茅盾在《丁玲的<母亲>》一文中说："我们这时代的女性也许觉得自己的一双天足算不了什么大幸福，但是'前一代女性'挣扎的苦心在这'小小的事上'就充分体现着。《母亲》的独特异彩便是表现了'前一代女性'怎样艰苦地在'寂寞中挣扎'。"[19]作者正是抓住这一件件小事，从不同的侧面：学习、生活、放脚、上操等去刻画曼贞的典型性格。从而使读者看到这个文质彬彬的女人，有多么坚强的毅力。茅盾最赞赏《母亲》之处，正是这一点。

在20世纪初的中国，象曼贞这样勇于走出自己狭小的家庭，勇敢地走向社会，向往着自食其力的生活的女性是凤毛麟角的。曼贞却是五四以前妇女觉醒的先驱，她有如深寂莽原中的一声号角，黑暗王国中的一线曙光，正预兆着不可阻挡的妇女解放浪潮和被光明照亮的新一代历史的到来。曼贞形象的深刻典型性就在这里。无论在五四以来的新文学中，还是在丁玲所创造的许多女性形象中，这样一个概括本世纪初的具有思想光彩和可贵品格的女性形象的出现，还是第一次。从这一点上，可以说《母亲》填补了中国新文学史上的一块空白，我们不能不认为这是丁玲对我国新文学的一个重要的贡献。

在"左联"作家群中，对左翼文艺的发展有着特殊贡献而能享受到崇高荣誉的，除了鲁迅、茅盾等人外，莫过于丁玲。鲁迅在答朝鲜《东方日报》记者申彦俊时指出：中国现代文坛上，"丁玲女士才是唯一的无产阶级作家"[20]。茅盾在《女作家丁玲》及其晚年的回忆录《我走过的道路》中再三肯定：丁玲是"左翼运动兴起后出现的第一个有才华最有希望的作家"。左联《宣言》强调指出："丁玲是中国特出的女作家，是新革命文艺最优秀的代表者。"[21]这些评价充分地说明丁玲在左翼文坛的重要意义和重要地位。丁玲为左翼文学所做出的独特贡献，人们自然应该给予足够的重视和评价。

3. 茅盾论丁玲在延安时期的创作

1936年9月，丁玲奔向革命圣地延安，开始了作为无产阶级革命作家生活和创作的崭新阶段。从1937年至1948年，她先后创作了《一颗未出膛的枪弹》《新的信念》《我在霞村的时候》《在医院中》《田保霖》10多篇短篇小说和《太阳照在桑干河上》一部长篇。

抗战的特殊时代要求，文艺创作的作用是为抗战服务，宣传抗战。毛主席说："宣传要大众化，新瓶新酒也好，旧瓶旧酒也好，都应该短小精悍，适合战争环境，为老百姓所喜欢，要向群众，向友军宣传我党的抗日主张，宣传抗日救国十大纲领，扩大我们党和军队的政治影响。”[22]正是毛主席的这番话，确立了丁玲创作的方向。1937 年抗战开始后，中央军委组织西北战地服务团，任命丁玲为主任。丁玲回忆说：“西战团除了写通讯报道以外，主要是各种形式的宣传演出，并且常常以话剧为主。这样我不能不参与选剧本，审查节目，或者动手写。那时我先后写了两个剧本：《重逢》与《河内一郎》。”[23]在抗战初期的舞台上戏剧创作最为普遍的主题，就是揭露和控诉日本帝国主义的疯狂侵略及其犯下的滔天罪行，反映广大人民群众的抗日热情，歌颂忠贞不屈，誓死不当亡国奴的民族气节，以及抗日军民抗战到底的决心和气概。蜚声文坛的小说家丁玲，出于一种明确的革命功利目的，怀着一个革命作家的强烈的时代意识和革命责任感，转向戏剧创作。她的戏剧作品数量虽不多，但却从独特的角度和侧面表现了时代的重大主题，适应了当时抗战的需要，同时也超越了作家自我，其意义不可低估。

在抗日战争这样炮火连天的岁月里，茅盾依然关注着丁玲的文学活动。1938 年 4 月 16 日，茅盾主编的《文艺阵地》在汉口创刊，利用这个阵地为抗日助威。当他看到丁玲和舒群主编的《战地》半月刊后，欣然在《文艺阵地》上给予介绍，对内中的文章充分肯定，并对丁玲的新作《河内一郎》写了一篇剧评：《丁玲的 < 河内一郎 >》。在这篇剧评中，茅盾用了大半的篇幅介绍了《河内一郎》这个剧本的主要内容和思想意义，而且还作了分幕的详细介绍。

《河内一郎》创作于 1943 年，同年 7 月由西安生活书店出版后，很快就流传到国统区，几个艺术团体竞相演出，并受到了茅盾的好评。这个剧本最引人注目之处是以独特的视角反映抗日战争的生活，突破了一般反映战争题材的范围。剧本通过一个日本人的觉醒和反正，揭露了日本军国主义者发动侵华战争给中日两国人民带来的深重灾难和精神创伤；同时还以生动的艺术形象雄辩地揭示了中国人民反抗日本侵略战争的正义性和取得这场战争胜利的必然性。剧本的主人公河内一郎原本是一个正直、善良，向往和平的日本公民；日本军阀发动侵华战争，他受了军阀的麻醉和欺骗，被征召入伍，开赴侵略中国的第一线。他既受着军阀魔影的愚弄，又怀有“替天皇陛下尽忠”的愚昧意识，因而它的善良、正直的人性受到扼杀。直到他被俘后，由于我党我军优待战俘政策的感化，才使他“觉悟到从前是受骗”，并且认识到“真正的生活理想已经在他面前”，认识到自己的真正使命和任务。他的善良、正直的人性才得以复苏和释放。于是他就毅然决然地“掉转枪头”，参加了反法西斯战争的斗争行列，坚定地表示：“我还是爱日本，但爱日本也得先打倒日本军阀，我现在是为日本而战，为世界和平而战。”

对于河内一郎这位主人公，茅盾认为：“在河内一郎的性格中，我们看出可宝贵的地方为了一种生活的理想，他是能拼命的……河内一郎那样的人，被欺骗麻醉的朴实而坚强的日本平民，可说是日本帝国主义对我们侵略的主力……但是河内一郎那样的人当他觉醒了时，就会毫不迟疑地更加勇敢地打倒日本军阀！在我们长期抗战和正确的对敌宣传工作之前，日本大兵大觉悟这一天是必然要到来的。剧本《河内一郎》就是坚强我们信心的作品。”[24]对于丁玲的《河内一郎》，茅盾所作的评价仅限于阐说其思想意义，并未着力评价作家的审美创造。因为从审美创造看，《河内一郎》除第一幕写得比较好以外，第二幕、第三幕写得并不成功。这个问题，丁玲自己是充分意识到的。她说《河内一郎》“第二、第三幕实在缺乏生活，较公式化而且乏味。”[25]这个自我批评应该说是实事就是的。

不论是丁玲的戏剧创作还是茅盾的剧评，都是为了一个共同的目标——宣传抗战，鼓舞人心。客观地说，丁玲并不擅长戏剧创作，她的戏剧作品，远没有她的小说那么出色。但是我们认为，作为一名无产阶级革命作家，丁玲的戏剧创作是革命和人民在一定形势发展下特别需要的，虽然是急就之章，虽然并非自己所长的体裁，但丁玲仍然有独特贡献。在《河内一郎》中，丁玲把敌军士兵作为剧作的主人公来描写，这是颇为大胆的。在中国现代戏剧史中，抗战题材的作品把爱国主义和国际主义这样好地结合起来描写的，《河内一郎》恐怕还是第一部。这些都是《河内一郎》这部剧作不可磨灭的贡献。

值得注意的是，对丁玲在本时期创作的长篇巨著《太阳照在桑干河上》，茅盾并未写专论，对丁玲进入解放区后所创作的短篇，他也未遑涉及。这是意味深长的。为什么呢？有评论者作了这样的探析：“众所周知，举凡涉及党内斗争和政治问题，茅盾一向谨慎从事。丁玲在四二年文艺整风中的遭际，建国后在文坛上的复杂处境，由于同在领导岗位上，且深知三十年代左联内部矛盾底细的茅盾，决非毫无所见。因此，他的避而不谈的态度，反倒说明他可能是有一定保留的。”[26]我们认为这种分析有一定道理。

参考文献：

[1]毅真:《当代中国女作家论》,光华书局1933年版。

[2][3][5][6][13][15][17]茅盾:《女作家丁玲》,《茅盾论中国现代作家作品》,北京:北京大学出版社1980年版。

[4][14]丁玲:《我所认识的瞿秋白》,《学生阅读经典》,北京:中国戏剧出版社2003年版。

[7]鲁迅:《且介亭杂文二集·中国新文学大系·小说二集序》,《鲁迅全集》第6卷,北京:人民文学出版社1981年版。

[8]丁玲:《我的创作生活》,《丁玲文集》第5卷,长沙:湖南人民出版社1984年版。

[9][10]林伟民、赵惠芬:《莎菲女士的日记的再评价》,《齐鲁学刊》,1980年第6期。

[11]唐弢:《中国现代文学史》,北京:人民文学出版社1980年版。

[12]张炯:《丁玲全集·序》,石家庄:河北人民出版社2001年版。

[14]玎玲:《我所认识的瞿秋白》,《学生阅读经典》,北京:中国戏剧出版社2003年版。

[16]阿英:《一九三一年文坛的回顾》,《北斗》,1931年第1期。

[18]茅盾:《茅盾选集·自序》,《茅盾论创作》,上海:上海文艺出版社1980年版。

[19]茅盾:《丁玲的<母亲>》,《茅盾论中国现代作家作品》,北京:北京大学出版社1980年版。

[20]《鲁迅致申彦俊的一封佚信》,《新文学史料》,1983年第3期。

[21]《中国左翼作家联盟为丁潘被捕反对国民党白色恐怖宣言》,《中国论坛》,1933年第7期。

[22][23]丁玲:《延安文艺座谈会的前前后后》,《众谈纷纭话延安》,广州:广州人民出版社2000年版。

[24]茅盾:《丁玲的<河内一郎>》,《茅盾文艺杂论集》下集,上海:上海文艺出版社1986年版。

[25]丁玲:《序<丁玲戏剧集>》,《丁玲文集》第6卷,长沙:湖南文艺出版社1959年版。

[26]丁尔纲:《茅盾论丁玲》,《丁玲研究》,长沙:湖南师范大学出版社1992年版。

第十四论

鲁迅论萧红

萧红是中国新文学史上优秀的女作家之一，也是鲁迅生前最为关爱和扶持的青年作家。她创作时间不长，但是留下了《生死场》《呼兰河传》等众多脍炙人口的传世名篇，奠定了她在中国新文学史上的地位。不过新文学史多将萧红简单的定位于“左翼作家”，这使萧红获得了名誉，但也使世人对萧红的解读失之于偏颇。萧红是鲁迅亲自培养出来的作家。鲁迅对萧红特别关爱并对其代表作《生死场》给予了高度评价。我们可以从鲁迅致萧红、萧军的信及其为萧红《生死场》所作的序言看出。

一、鲁迅对萧红的特别关爱

鲁迅向来热切关爱青年作家，他对萧红、萧军的关爱就是最典型的例子。

1934 年 10 月底，萧红、萧军带着各自的创作成果——《生死场》《八月的乡村》，从青岛到上海。到上海前不久，萧军曾在 10 月初写信给鲁迅，询问现在需要什么作品，可否替他们看一看稿子，提一些批评的意见。9 日《鲁迅日记》记：下午“得萧军信，即复。”信中告诉他们：“现在需要的是斗争的文学，如果作者是一个斗争者，那么，无论他写什么，写出来的东西一定是斗争的。”稿子“可以看一看的，但恐怕没工夫和本领来批评。”二萧到上海定居后，立即写信给鲁迅要求见面。11 月 3 日《鲁迅日记》记：午后“得萧军信，即复。”信中说“见面的事，我以为可以从缓，因为布置约会的种种事，颇为麻烦，待到有必要时再说罢。”关于见面的事，5 日夜的复信又提到“你们如在上海的日子多，我想我们是有看见的机会的。”鲁迅虽然没有答应马上和他们见面，但是却关怀着他们，生怕这两个热情的、进步的青年到上海不了解文艺界复杂的内幕，容易上当受害，因而在 12 日致二萧的信中特别指出：“上海实在不是好地方，固然不必把人们都看成虎狼，但也切不可一下子就推心置腹。”过了几天，在20日致二萧的信中又提醒他们：“现在我要赶紧通知你的，是霞飞路的那些俄国男女，几乎全是白俄，你万不可跟他们说俄国话，否则怕他们会疑心你是留学生，招出麻烦来。他们之中，以告密为生的人们很不少。”这一次提醒比上一次更加具体化，详细到不可做某事的地步，鲁迅对二萧的关爱可见一斑。在同一封信中，鲁迅还主动提出：“我想我们还是在月底谈一谈好，那时我的病该可好了，说话总能比写信讲得清楚些。”27日又给二萧一封信，提出了见面的具体时间：“本月三十日（星期五）下午两点钟，你们两位可以到书店里来一趟吗？小说如已抄好，也就带来，我当在那里等候。”《鲁迅日记》30日记：“萧军、悄吟来访。”这是萧红、萧军和鲁迅的第一次会见。在鲁迅面前，萧红看到鲁迅是那样平易近人，没有一点大作家的架子。萧红感到像多年相处无间的师友一样，感情融恰，没有一点隔阂。在最初的这一接触上，奠定了萧红对鲁迅的永恒的尊敬。出于对鲁迅的热爱和关心，第一次会见以后，二萧给鲁迅写了一封信，以表达对鲁迅健康状况的忧虑。关于这一点，鲁迅显示出他一贯的达观态度。他在12月6日的回信中指出，这是“自然法则”，不必为此而“悲哀”；同时当鲁迅看到二萧目下正处于一种焦躁状态无法工作时，对他们提出了如下忠告：“我看你们的现在的这种焦躁的心情，不可使它发展起来，最好是常到外面去走走，看看社会上的情形，以及各种人们的脸”。在鲁迅的忠告背后所包含的无限情意，毫无疑问，二萧是能够深深体会得到的。当鲁迅了解到二萧初到上海，不仅人地生疏，而且经济也很窘困，就从自己辛苦得来的稿费中拿出一部分来接济他们。他们回去后曾写信给鲁迅表示谢意和不安。鲁迅在回信中说：“来信上说到用我这里拿去的钱时，觉得刺痛，这是不必要的。我固然不收一个俄国的卢布，日本的金圆，但因出版界上的资格关系，稿费总比较青年作家来得容易，里面并没有青年作家的稿费那样的汗水的——用用毫不要紧。而且这些小事，万不可放在心上，否则，人就容易神经衰弱，陷入忧郁了。”鲁迅关爱正在前进的青年作家的生活就是这样的无微不至。12月19日，鲁迅在广西路梁园豫菜馆邀客吃饭，借这个机会把当时几位进步的、革命的作家介绍给二萧。他在邀约二萧的信中说：请的“几个朋友，都可以随便谈天的”。据《鲁迅日记》记：这次“到者萧军夫妇、耳耶（注：聂绀弩）夫妇、阿紫（注：叶紫）、仲方（注：茅盾）及广平、海婴”。1935年3月5日晚，《鲁迅日记》记：又“晚约阿芷（注：叶紫）、萧军、悄吟往桥香夜饭，适河清（注：黄源）来访，至内山书店又值聚仁来送《芒种》，遂皆同去，并广平携海婴”。这并不是什么泛泛的应酬，乃是为了扩大二萧和文艺界的接触面。从此，在鲁迅的引导下，二萧开始走入上海文坛，并与当时文艺界许多重要人物建立了广泛的联系。这对萧红日后自身事业的发展产生了不可估量的影响。鲁迅还把萧红的稿子推荐给生活书店、《文学》、《太白》等杂志社，并为萧红的作品和陈望道、郑伯奇等联系，有时还亲自为她送稿、寄稿给有关杂志的编辑部。当萧红的《生死场》稿子的副本送给鲁迅时，曾提出过一个要求：希望详细看一遍，做一篇序。鲁迅答应了，但是没有马上就动笔。原因在 10 月 20 日给二萧的信中说得很清楚："《生死场》的名目很好，那篇稿子，我并没有看完，因为复写纸写的，看起来不容易。但如要我做序，只要排印的末校寄给我看就好，我也许还可以顺便改正几个错字。"这部小说本来经鲁迅介绍给生活书店，由"文学社"出版，但是稿子送到反动的"书报检查委员会"去"审查"，搁了半年，结果是不准出版，只好自印，由鲁迅选定用"奴隶社"名义，列为《奴隶丛书》之三（一是叶紫的《丰收》，二是萧军的《八月的乡村》）出版，并亲自为《生死场》作序，请胡风写《读后记》。这样，《生死场》才公开发售。

1935 年《生死场》出版，在当时上海文坛产生了较大影响，许广平在《追忆萧红》一文中曾记述《生死场》"给上海文坛一个不小的新奇和惊动，因为是那么雄厚和坚定，是血淋淋的现实缩影"。以后在各种新文学史著中，《生死场》被公认为是萧红的代表作。作者萧红因此成为 20 世纪 30 年代最引人注目的左翼女性作家。小说的成功离不开作者写作的功力，但不可忽视的是其出版的"名义"以及鲁迅先生写作的序言。在某种程度上可以说，正是鲁迅的精心培养、大力提携、热情关爱和高度评价，才会有新文学史上萧红的地位。鲁迅帮助过的文学青年不少，但是亲自作序的不多。为什么鲁迅特别关爱萧红，会为萧红《生死场》作序，并请胡风写《读后记》呢？我们认为除了萧红是进步的青年作家，萧红真诚、率直的个性和对鲁迅衷心的的敬仰给鲁迅"战士式"的生活增添了几分快乐，深得鲁迅的喜爱以外，更重要的是，萧红是鲁迅文学思想和文学创作的认同者、学习者和实践者。大家知道，1906 年，鲁迅弃医从文，立意在于以文艺来改变人的精神和民族的精神。因为"文艺是国民精神所发的火光，同时也是引导国民精神的前途的灯火。"[1]鲁迅弃医从文的主要目的在于拯救国人的灵魂，他认为文学有启蒙和改良人生、拯救社会的功能："说到'为什么'做小说吧，我仍抱着十多年前的'启蒙主义'，以为必须是'为人生'，而且要改良这人生……我的取材，多采自病态社会的不幸的人们中，意思是揭出病苦，引起疗救的注意。"[2]鲁迅遵循自己的创作意图，他的小说采取两类题材：一是农村生活题材，一是知识分子生活题材。这两类题材都采自半殖民地半封建病态社会的不幸的人们。鲁迅的农村生活题材特别注意从精神世界来揭示农民的痛苦，并以更多的笔墨描写了在长期封建统治下农民没有觉悟的精神状态和思想弱点。萧红 1927 年就开始接触鲁迅作品，在东北时期的创作，也着重选取农村题材，但她笔下的农村，不同于这一时期茅盾、叶紫、吴组缃所描写的半殖民地化的农村社会，而是地处边隅的闭塞的封建宗法式的农村社会，这正是与鲁迅相同的。萧红所关注的不是艾芜那样的奇特的事件、人物，而是大多数贫苦农民的普通生活和最一般的思想，是整个社会风俗，这也与鲁迅相通。在考察整个社会风俗时，萧红注意的中心又是社会心理与社会关系中的病态，着重从精神上的毒害来揭示农民的不幸命运。这样的观察角度与描写视角显然受到鲁迅的影响。可以说，在 20 世纪 30 年代农村题材小说中，和鲁迅最接近的是萧红的作品。当然，由于她在学识上、经历上、思想深度上，都与鲁迅存在着较大的距离，是不能与鲁迅相提并论的；但是从以上事实可以看出，萧红的文学思想与文学创作和鲁迅真是不谋而合，在文学上萧红可以说是鲁迅文学思想和文学创作的认同者、学习者和实践者。这也正是鲁迅特别关爱萧红、精心培养萧红的一个重要原因

1935 年 5 月 2 日，鲁迅同许广平携海婴到二萧家去看望他们并共进午饭。对萧红来说，这真是喜出望外，激动不已，深受鼓舞。送走鲁迅后，萧红就勤奋写作，几乎是夜以继日，只用了 10 天时间，就写了几十篇散文，1936 年 8 月结集出版《商市街》。萧红觉得只有不断写出好作品，才不辜负鲁迅对她的厚爱与期望，她后来也正是这样做的。

1936 年，埃德加·斯诺在去延安前最后一次拜访鲁迅。当时斯诺夫人海伦·福斯特正在为斯诺编选的小说集《活的中国》撰写题为《当代中国文学运动》的长篇论文，受其委托，斯诺向鲁迅询问了 23 个大问题，其中第 3 个问题是：包括诗人和戏剧家在内，最优秀的左翼作家有哪些？鲁迅在提到茅盾、丁玲、田军等人后接着说："田军的妻子萧红，是当今中国最有前途的女作家，很可能成为丁玲的后继者，而且她接替的时间要比丁玲接替冰心的时间早得多。"这是中国新文学史上第一次将冰心、丁玲、萧红作为三代女作家的领军人物相提并论；也可看出，鲁迅对萧红满怀着期待，寄予了厚望。

二、鲁迅论《生死场》的思想和艺术

鲁迅对萧红作品的评价见诸笔端的不多，主要集中在他为萧红写作的《生死场》的《序言》和相关的书信中。

在《生死场》的《序言》中，鲁迅花了不少的笔墨对国民党检查当局做

了一番讽刺，对审查委员会的反动性作了揭露和鞭笞。关于小说本身，鲁迅说：“这本稿子的到了我的桌上，已是今年的春天，我早重回闸北，周围又复熙熙攘攘了。但却看见了五年以前，以及更早的哈尔滨。这自然不过是略图，叙事和写景，胜于人物的描写，然而北方人民的对于生的坚强，对于死的挣扎，却往往已经力透纸背；女性作者的细致的观察和越轨的笔致，又增加了不少明丽和新鲜。精神是健全的，就是深恶文艺和功利有关的人，如果看起来，他不幸得很，他也难免不能毫无所得……不过与其听我还在安坐中的牢骚话，不如快看下面的《生死场》，她才会给你们以坚强和挣扎的力气。”[3]

从鲁迅的《序言》中可以总结出这样几点：

首先，在思想内容上，《生死场》“力透纸背”地表现了“北方人民的对于生的坚强，对于死的挣扎”。“对于生的坚强，对于死的挣扎”12个字，是鲁迅对小说内容和主旨的高度概括，也是对作品命题的准确注释。小说共17章。前10章描写1931年“九一八”事变以前的十年间，哈尔滨附近一个偏僻的小村庄农民在死亡线上挣扎的悲惨生活和愚昧落后的病态心理。《老马走进屠场》一章十分真切地描述了地主阶级对农民的残酷剥削。王婆为了偿还地租，把老马送进屠场，卖马所得的“三十张票子”，只能“充纳一亩地租”，失去了心爱的牲畜，“王婆哭着回家两只袖子完全湿透。那好像是送葬回来一般”。王婆还没有到家，而“地主的使人早等在门前，地主们连一块铜板也从不舍弃在贫苦农民的身上”。作者悲愤地写道：“王婆半日的痛苦没有代价了！王婆一生的痛苦也没有代价。”这是对地主阶级的愤怒控诉！残酷的阶级剥削和痛苦不堪的生活，造成了贫苦农民的病态心理。人的价值被泯灭了：“农家无论是菜棵或一株茅草也要超过人的价值。”从作品中可以看到，这些被弃置在荒漠大地的贫苦农民，对于生活没有什么过高要求，更谈不上什么美好理想，他们只是应付着维系生命的起码要求。但是，总摆脱不了穷困对他们的蹂躏和愚昧对他们的捉弄：有的因重病的折磨而致死，有的因难产的痛苦而身亡，有的因生活的艰难和精神的重压而服毒自杀，有的因债主逼债而摔死生下刚满一个月的女儿……一幕幕惨剧令人触目惊心。总之，正如作者所概括的：“在乡村，人和动物一起忙着生、忙着死……”也正如胡风于1935年在《<生死场>读后记》中所形象描绘的：“蚊子似地生活着，糊糊涂涂地生殖，乱七八糟地死亡，用自己的血汗自己的生命肥沃了大地，种出食粮，养出畜类，勤勤苦苦地蠕动在自然的暴君和两只脚的暴君的威力下面。”[4]小说在描写北方人民“对于死的挣扎”的同时，也描写了他们“对于生的坚强”。他们不甘做奴隶，进行抗租斗争。李青山和赵三组织的“镰刀会”，尽管是自发斗争，并且斗争也没成功，但是却埋下了反抗的火种，表现了农民阶级意识的觉醒。小说的后七章，写“九一八”事变发生以后，日寇的旗子插入了乡村，就像是“黑色的舌头”在吞卷着这块土地。受尽地主压榨的广大农民又受到高举“王道”招牌的侵略者的践踏、烧杀、抢掠、强奸。这残酷的现实，使人民从对比中感到，昨日的日子已够艰难，但“今日的日子还不如昨日”。于是，由于这亡国的灾难的警策，原来那些似乎浑浑噩噩生活着的愚夫愚妇们震惊觉醒了，猛然增强了民族意识，眼光由只顾自家的琐细事情，而开始转向对国家命运的关注。在这个巨大转变中，老赵三是个典型的代表，“他可以代表整个的村人在进步着”。几年前，由于组织“镰刀会”失败，老赵三本已收敛了锐气，安分守己，由“一块铁”变成了“一堆泥”。而现在，民族意识觉醒了，爱国热情空前高涨。他“只知道自己是中国人”，“他逢人便讲亡国，救国，义勇军，革命军”，并积极主张“招集小伙子们，起名也叫革命军”与敌人斗，还动员自己的儿子放胆地去干。这种民族意识与爱国感情，使赵三前后判若两人，终于在全村的抗日宣誓大会上，他老泪纵横地发出了深沉的誓言：即便死了，“也要把中国旗子插在坟顶，我是中国人！我要中国的旗子，我不当亡国奴，生是中国人，死是中国鬼”。这是有血气的中国人的呼声，这是觉醒了的东北人民的反帝爱国的共同呼声。神圣的民族战争在奴隶们心头点燃了战斗的圣火，“蚊子似地为死而生的他们现在是巨人似地为生而死了。”北方人民不甘蚊子似的被践踏而死，他们“悲壮地站在了神圣的民族战争的前线”[5]奋起抗日。《生死场》真是“力透纸背”地表现了北方人民的“对于生的坚强”，“写下了蓝空下的血迹模糊的大地和流在那模糊的血土上铁一样的战斗意志。”[6]萧红的小说有其与众不同的感染力和穿透力正表现在这里。

其次，在艺术风格上，《生死场》显示了“女性作者的细致的观察和越轨的笔致，又增加了不少明丽和新鲜。”鲁迅《序言》中的这句话乃是对《生死场》艺术风格的精辟归纳。这里所说的“细致的观察”，主要是指作者对生活的观察而言。萧红像一个高明的写生画家，善于以细腻的鲜明的笔触把所勾画的生活风俗画反映出来。这里既有对北方农村自然风光的描绘，也有对农民日常生活风习的抒写，这二者融合在一起，就构成了一幅幅逼真而充满泥土气息的农村生活图景。这种图景在作品中是随处可见的。比如作品开篇写二里半的家，对于这个极普通的农家，它的环境位置，它的菜园、高梁林，它的简陋的土屋、篱墙和门窗等，都写得井井有条，而且富于北方农户的特征。即使对于一只老山羊啃嚼榆树皮的动作，也是写得细致而真切。特别是对这农户的主人二里半、麻面婆以及他们的儿子罗圈腿的描写，均能抓住人物的主要特征，几笔勾勒就神态逼现。就中尤其对于麻面婆的刻画，她的忙乱、粗野、愚蠢，都是通过具体的细节体现出来，形象极其鲜明。所有这些，都显示出作者观察的细致。《序言》中所说的“越轨的笔致”，是指萧红以开放的眼光，探索的精神，敢于打破传统小说创作的清规戒律，敢于写他人所不敢写，敢于言他人所不敢言的别样的笔致，使她具有一种超越于或区别于其他作家（尤其是女性作家）的独特的创作个性。这主要表现在以下几个方面：1. 以大胆泼辣、挥洒自如的笔墨刻画人物的性格，使人物显现出一种粗犷而近于野性的特征，如老王婆；也善于以女性少有的男性的雄浑的手笔描写场面，渲染出一种豪迈粗壮的气势，比如农民在抗日盟誓大会上李青山表示，宁可让脑袋挂满村子里所有的树梢，也要驱逐日寇；赵三声泪俱下地说，就是埋在坟里，“也要把中国的旗子插到坟顶”。这血与火的氛围，灵与肉的撞击，显示出一种英武之气和阳刚之美。胡风所说的“非女性的雄迈的胸襟”正是指这一点。这从一般女性作者纤细手笔的特征看，确乎是有些“越轨”的。2. 越出传统小说法则的轨道，不注意故事的编织和情节的安排，全文没有完整曲折的情节，没有一个中心事件加以贯串，也不集中描写某个人物的命运历程，而只截取一个或几个生活片断来编织故事，把 17 幅农村生活和斗争的画面连缀在一起，合成一组组人物在阶级矛盾和民族矛盾的“生死场”上挣扎的全景略图，形成“形散而神不散”的散文式结构。这种小说散文化的结构方式，与注重故事情节的传统的结构方式和五四以后以主要人物为中心细致描绘人物性格和命运变化的结构方式相比，可谓形式上的“越轨”笔致。有评论者认为萧红的小说采用散文式的结构，与散文没有明显的界限，因此不是严格意义上的小说。那么萧红自己是怎样看待这种现象的呢？萧红曾说：“有一种小说学，小说有一定的写法，一定要具备某几种东西，一定写得像巴尔扎克或契诃夫的作品那样。我不相信这一套，有各式各样的作者，有各式各样的小说。若说一定要怎样才算小说，鲁迅的小说有些就不是小说，如《头发的故事》《一件小事》《鸭的喜剧》等等。”[7] 由此看来，萧红小说结构的“越轨”的笔致，不是无意形成，而是作家自觉追寻、探索的审美倾向。这种结构上的“越轨”笔致，在她的另一部长篇小说《呼兰河传》中，体现得也较为鲜明。《呼兰河传》在风格上与《生死场》一脉相承，是她这种体裁的延续并且是她的巅峰之作。3. 采用不同凡响的艺术手法。五四以后的现代小说描写人物性格和命运的变化，多引进外国小说的艺术手法，其中心理描写是常用的手法之一。而《生死场》并没有运用这种流行手法。它很少解剖人物的心理流程，更没有冗长的内心独白，而是通过富有特征的外部行动来揭示人物的内心活动，如对赵三的描写就是这样。肖象描写是一般小说中不可或缺的。在肖象描写中历来的成功经验如鲁迅所说是把笔墨倾注在最能显示人物性格特点的眼睛上，即“画眼睛，勾灵魂”的手法。但在《生死场》中，萧红不着意画眼睛而注重写头发。比如写王婆，虽然也写了一句“她的眼睛是大的圆形”，但更多的时候是写她的头发。描写金枝时也经常写她那成双的辫子。萧红用王婆的头发来传神写照，玉米缨穗的头发反映出农村妇女的懒散和倦容，鬼魂样的头发表达了王婆的心绪和胆战，小发卷的生气更用拟人的手法直接抒发王婆的气愤和谴责。同样我们从金枝一双黑油油的辫子看到了一个端庄文静的小姑娘的容颜。这种不同凡响的艺术手法，也显示了萧红的“越轨”的笔致。4.“变形”与“陌生化”的描写语言。所谓“变形”是指“作家在构思中极大地调动想想力与创造力，以违反常规事理创造形象的方式”。[8]而对常规语言“变形”所产生的艺术效果是：“凡是破例的、偶见的语言形式往往给人以新奇感，而新奇的表达形式往往能隐含比较丰富的信息量，引起人们丰富的联想和想象，从而产生美感。”[9]萧红没有按常规思维和语言习惯来写作，而是以一种既陌生又自然的方法去描绘她所熟悉的一切，给读者带来了一种生疏感和新鲜感，即如作者本人所说，是“非常的生疏，又非常的新鲜”。《生死场》“越轨”的笔致很大程度上源于这一文本中的“变形”与“陌生化”的语言描写。如萧红用阴冷的语言极度的丑化人物：月英本是村上最美的女人，但最后病得眼珠变绿，牙齿变绿，瘦如灯杆，下身长满蛆虫；老王婆更是怪诞，孩子们视她如猫头鹰，眼睛大而圆的发着青，脸纹看上去发绿，经常把牙齿咬得发响。这种丑陋的形象描写迥异于一般女作家笔下的优美世界，甚至在整个文学史上都罕见。萧红以“女性作者的细致的观察和越轨的笔致”，给文坛带来了东北大地的生和死、哀和乐，带来一派天然的神韵，带来清澈如泉的灵气。自然，由于萧红写作《生死场》时只有一年多的创作历史，她又是首次写这样的作品，虽然有丰富的生活感受和对生活的细致观察，她也熟悉自己所写的人物，但是，放在东北沦陷前后这样一个广阔的历史背景来写，她又感到自己缺乏艺术概括的力量。她在青岛写完这本小说时，就曾向梅林谈到自己在创作中的这种难处。萧红又是个醉心表现自己的生活感受与观察的作家，她无意精心组织结构小说的故事情节和人物塑造，所以作品也存在明显的不足之处。诚如鲁迅所说“叙事和写景，胜于人物的描写”。这短短的一句话，既赞扬了萧红在叙事写景上的长处，又婉转地点出了萧红在描写人物方面不够生动的弱点，希望萧红继续努力。鲁迅考虑到萧红不能理解他的苦心，1935 年 11 月 16 日鲁迅在致萧军、萧红的信中专门解释过这一段话：“那序文上，有一句‘叙事写景，胜于人物的描写’，也并不是好话，也可以解作描写人物并不怎么好。因为做序文，也要顾及销路，所以只得说的弯曲一点。”[10]鲁迅此语一语中的。萧红在《生死场》中的景物描写即便不是绝佳，也细致地描写出了白山黑水的地域风貌，但是人物却驳杂单调，有失之于概念化倾向。如二里半、王婆、赵三同是爱家畜，但却是一个爱法，可以看出书中农民一个整体特性，却没有鲜明个性。此外，似乎结构也还不够完整。根据萧红的老友、老作家舒群的回忆，他曾亲眼见到过鲁迅修改过的《生死场》手稿，有修改了的错别字，也有把段落移前移后的改动，用的都是红笔，工工整整地写着漂亮的朱砂小楷。可以看出，鲁迅对萧红并不一味袒护，他一方面肯定她的长处，另一方面对她创作的弱点，也给予了实事求是的批评和帮助。

鲁迅作为一个前辈作家，对晚辈作家出于培养、提携、关爱之情，又由于当时中国文坛上确实需要描写抗日题材的作品来鼓舞人民的斗志，才亲笔为《生死场》作序，并且在《序言》中对这部作品给予了高度评价。虽然他指出这部小说写的“还不过是略图”，但是充分肯定了它即使只是“略图”也已经使人们看到沦陷了的东北农村中广大人民最初的觉醒和正在进行一场生死存亡的斗争。鲁迅说：“《生死场》的名目很好。”[11]意义就在这里。同时也肯定了萧红在这场斗争中，用蘸满了强烈爱憎感情的笔刻画了“北方人民的对于生的坚强，对于死的挣扎”。鲁迅还充分估计到《生死场》出版后所产生的积极作用，它不仅会给广大读者“以坚强和挣扎的力气”，而且也会使那些“深恶文艺和功利有关的人，如果看起来，他不幸得很，他也难免不能毫无所得”。鲁迅在接受记者访问时，又说：“现在我们中国最需要反映民族危机，鼓励斗争的文学作品，像《八月的乡村》《生死场》等作品，我总还嫌太少。”很明显，和其一贯的文学观念一致，鲁迅看重的是《生死场》对于民众的疗救和启蒙意义，希望这一类作品可以唤醒更多的中国民众。

从鲁迅对萧红《生死场》的评价可以看出，鲁迅既总结了小说的概貌，论述了小说的思想和艺术，也提出了自己对萧红及其作品的期许，透露出浓厚的人情味。顾及到作品的销路而采用一些委婉的评价手法，展现出鲁迅幽默和丰富的情感面。

三、萧红的成功也是鲁迅的成功

《生死场》出版以后，无论是在名誉上还是地位上或者经济上，都给萧红带来了显著的变化。1935 年，全中国的目光都注视在东北这块被日军侵略的土地上，萧红《生死场》的题材与时代主题恰好一致，而且鲁迅为之作序，马上博得了社会的关注。小说出版后，虽然当局屡屡查禁，“不过越查禁，二书（《生死场》和《八月的乡村》）越畅销”。当时有很多政治立场截然不同的评论家也异口同声称赞这是萧红的杰作。萧红因此声名鹊起，稿约不断。1935年全年，萧红在正式刊物上发表的文章不过3篇（《生死场》也包括在内），《生死场》出版以后，1936年全年萧红在各种刊物上发表小说散文21篇，并出版散文集《商市街》和小说散文合集《桥》。有些作品出版不久后就再版，这不仅极大地提高了萧红在文坛的地位，而且显著地改善了萧红的经济条件。在关于萧红的传记中，可以看出困扰萧红许久的经济问题已获解决，并且使萧红有能力远赴日本休养。萧红《生死场》的发行成功，不能排除其题材的因素，但是如果没有鲁迅这篇序言的高度评价和大力推荐，没有鲁迅为作品发行出版事宜的上下奔波，很难想象萧红的作品可以求得生存。经济条件的改善与其说是《生死场》出版后对萧红最迫切的影响，毋宁说是鲁迅序言最为功利的效应

与小说产生的经济效益和作者的文学声誉相比，更为重要的是鲁迅对萧红文学创作上的影响。通过萧红和鲁迅的书信，尤其是那几篇令人爱不释手的散文《回忆鲁迅先生》《鲁迅先生记（一）》《鲁迅先生记（二）》，可以看出，萧红对鲁迅不仅仅是一个文学青年对文学巨匠的敬仰，在情感上还有对慈父般的依赖和爱戴。启蒙是鲁迅信奉的文学宗旨，其毕生都在为中国人的启蒙而笔耕不辍。鲁迅逝世后，萧红受其影响，自觉继承了鲁迅的现实主义传统。此后其长篇小说《呼兰河传》面世，为评论家公认为萧红的又一部代表作。《呼兰河传》中所展现出的社会场景在《生死场》早有端倪，不过作家的描写更加深入，更加直面血淋的人生，艺术成就也更高。

萧红是鲁迅亲自培养出来的、中国新文学史上不容忽视的一位优秀女性作家。鲁迅生前认为萧红是很有希望的“最有前途的女作家”，他对萧红的评价颇高，对萧红的创作前途寄予的希望颇大。令人惋惜的是，萧红英年早逝。这是鲁迅没有料想到的。从萧红于1933年在哈尔滨开始的早期创作活动算起，到1942年1月24日在香港病逝，萧红的创作生涯只有短短的9年。但是，若以作家的艺术生命在于她的作品而论，萧红短促的创作生活却是成功的，值得骄傲的。萧红的成功与鲁迅的培养、提携、关爱分不开。因此我们可以说，萧红的成功，也是鲁迅的成功。

参考文献:

[1]鲁迅:《坟·论睁了眼看》,《鲁迅全集》第1卷,北京:人民文学出版社1981年版。

[2]鲁迅:《南腔北调集·我怎么做起小说来》,《鲁迅全集》第4卷,北京:人民文学出版社1981年版。

[3]鲁迅:《且介亭杂文二集·萧红作<生死场>序》,《鲁迅全集》第6卷,北京:人民文学出版社1981年版。

[4][5][6]胡风:《<生死场>读后记》,上海容光书局1935年版。

[7]聂绀弩:《萧红选集·序》,北京:人民文学出版社1981年版。

[8]童庆炳:《文学理论教程》,北京:高等教育出版社2004年版。

[9]骆小所:《艺术语言》,昆明:云南人民出版社1992年版。

[10][11]鲁迅:《致萧军、萧红》(1935年11月16日;10月20日),《鲁迅全集》书信,第13卷,北京:人民文学出版社1981年版。

第十五论

傅雷论张爱玲

在中国新文学史上，张爱玲是一位极富传奇色彩的著名女作家。从她在1943年在周瘦鹃所办的《紫罗兰》杂志发表第一、第二部短篇小说《沉香屑·第一炉香》《沉香屑·第二炉香》以后，便迅速红遍已沦陷的上海；紧接着又陆续在上海的《杂志》《万象》《天地》诸刊发表《心经》《茉莉香片》《倾城之恋》《琉璃瓦》《封锁》《金锁记》《花凋》《年轻的时候》《连环套》（未完）等小说。1944年作者自选10篇小说结集为《传奇》由上海杂志社出版。1946年，作者又增收她1944年后写的《留情》《鸿鸾禧》《红玫瑰与白玫瑰》《等》《桂花蒸 阿小悲秋》五篇为《传奇》增订本由上海山河图书出版公司出版。张爱玲除写小说外，在短短几年中又挥洒自如地写了大量散文作品，1945年结集为《流言》出版。可以说1943～1945年，即珍珠港事件爆发，日寇进入上海租界到抗战胜利期间，是张爱玲创作的高峰期。此后至1995年她在大洋彼岸悄然告别人世，张爱玲成为了现代中国文坛的不朽传奇。

张爱玲的出现，造成了一个非常独特的文学现象，立即引起文坛和读者的普遍关注。正如余彬在《张爱玲传》中所说：

在沦陷时期的上海这个特定的时空里，文坛的方方面面，代表不同政治倾向、不同文学趣味的各个文学圈子似乎都是顺理成章地接纳了这位新人，而且均不吝于褒奖。我们大致可以说，《紫罗兰》代表了鸳蝴派的趣味，《古今》承袭了周作人、林语堂的“闲适”格调，《万象》坚持着新文学人道主义、现实主义的传统，对“新文艺腔”大张挞伐的《杂志》则想走纯文艺的路线，而它们竟一致对张爱玲表示推许。在新文学史上，这样的情形即使不是仅见，也肯定是少见。[1]

因此，在上述各杂志上，及杂志社举办的座谈会和茶话会上，出现了诸多对张爱玲的评论。这些评论大多对张爱玲的小说表示褒奖和推许，但是，基本上是一些印象式的阅读感受，以及字句的读解，对于张爱玲作品的艺术技巧、艺术风格、艺术成就、思想倾向等的分析，也大多停留在零星点评与感性认识上。在这样的评论状况中出现了两篇对张爱玲的文学创作发生重要影响的文章：一篇是胡兰成的《评张爱玲》，一篇是署名“迅雨”的《论张爱玲的小说》。“迅雨”即是著名翻译家、文艺评论家傅雷的笔名。下面我们就傅文讨论三个问题。

一、傅雷论张爱玲的缘由

作为翻译家、文艺评论家的傅雷，有着“英雄主义的人生观、艺术观”、“斗争式的悲剧观”[2]，缘何放下手头正在翻译的世界名著，选择与其性格、思想观念、审美情趣迥异的张爱玲来评论？这个问题只要我们参照当时的文坛状况及二人的个性特质，就不难发现其间的端倪。

首先是特定的历史环境使然。20 世纪 40 年代初期的上海，先后经历了 4 年的“孤岛”时期和近 4 年的沦陷时期。政局动荡，文坛也日益沉寂，一些优秀的作家去了香港、南洋，留下来的许多进步作家隐姓埋名，韬光养晦，躲雨避风，曾经创办的抗日刊物也被查封。“1942 年，上海人在刊物上已经看不到巴金、茅盾、老舍等名家的作品了，甚至一直在报上连载的张恨水的小说，也失去了踪影。”[3]整个文坛一片荒凉、凋敝。在这一特定的历史背景下，张爱玲的横空出世，显得弥足珍贵，使当时的文坛喜出望外，一时间好评如潮，各种赞美褒奖的文章充满一些背景复杂的报章杂志；汪伪政权中的人，如当时任汪伪政府宣传部常务副部长、《中华日报》主笔胡兰成写的吹捧张爱玲的《评张爱玲》也应运而生；而张爱玲年纪正轻，风头正劲，志得意满，心高气傲。在沦陷区这个鱼龙混杂的环境中，傅雷等严肃的批评家一则以喜，一则以忧，喜忧交织，继而执笔为文，肯定张爱玲的优点，并指出她的缺陷，使其保持清醒的头脑，正确认识自己，不要得意忘形陷入迷途，自在情理之中。

其次是缘于傅雷的责任感和爱才之心。张爱玲的几乎一夜成名，使得社会上出现了一片“这太突兀了，太像奇迹了”[4]之类不着边际的慨叹。除了这类不着边际的慨叹以外，读者从没有切实表示过意见。强烈的责任感和爱才之心，驱使傅雷站出来作一个客观、公允、科学的评论。因为“文艺的成长，急需社会的批评，而非谨虑的或冷淡的缄默。是非好坏，不妨直说”[5]。他本人首先为《金锁记》所深深折服，但从随后的《倾城之恋》《连环套》，他看出了作者的迷失与倒退。“奇迹在中国不算奇迹，可是都没有好收场。”[6]他不愿这句话在张爱玲身上灵验，因为“文艺女神的贞洁是最宝贵的，也是最容易被污染的，爱护她就是爱护自己。”[7]“没有《金锁记》，本文作者决不在下文把《连环套》批评得那么严厉，而且根本也不会写这篇文字。”[8]四十年后，当年发表傅文的柯灵还对傅评全力推崇：“这是老一代作家关心张爱玲的明白无误的证据。他高度评价她艺术技巧的成就，肯定《金锁记》是‘我们文坛最美的收获之一’，同时还对《连环套》提出严格的指责。一褒一贬，从两个不同的站头出发，目标是同一终点——热情期待更大的成就。”[9]

其实，傅雷对张爱玲的评论，如柯灵所说“还有一个更高的立足点，那就是以张爱玲之所长，见一般新文学作品之所短。”[10]批评五四以后文坛频频发生的“关于主义的论战”和一般新文学作品忽视艺术技巧的弊端。这一点，傅雷在《论张爱玲的小说》的《前言》中说得很清楚：“我们的作家一向对技巧抱着鄙夷的态度。五四以后，消耗了无数笔墨的是关于主义的论战。仿佛一有准确的意识就能立地成佛似的，区区艺术更是不成问题。其实，几条抽象的原则只能给大中学生应付会考。哪一种主义也好，倘没有深刻的人生观，真实的生活体验，迅速而犀利的观察，熟练的文字技能，活泼丰富的想象，决不能产生一件像样的作品。而且这一切都得经过长期艰苦的训练。”[11]无疑，张爱玲并不属于那种只有几条抽象原则，满足和服从于哪个主义便进行创作的作家之列。在傅雷看来张爱玲是属于“有深刻的人生观，真实的生活体验，迅速而犀利的观察，熟练的文字技能，活泼丰富的想象”的作家。张爱玲极具创新能力，她以其丰富的想象与流转自如的笔触，不断地翻出创作的新技巧新花样。傅雷以批评五四以后一般新文学作品忽视艺术技巧的弊端为目的，在这一点上他接近了张爱玲。他从张爱玲创作中的优点看到一般新文学作品的某些短处，试图用张爱玲高度的技巧创新弥补一般新文学作品对技巧的忽视。

二、傅雷论张爱玲的得失

傅雷性情执著、倔强，一丝不苟得近乎刻板，为人为文皆十分耿直。在对轰动一时的文坛新秀张爱玲的评论上，是非好坏，他总是实话直说。

傅雷以深刻的理论分析高度评价了《金锁记》，认为它是“在一个低气压的时代，水土特别不相宜的地方”开出的奇花异卉，是“我们文坛最美的收获之一”，甚至认为《金锁记》“颇有《猎人日记》中某些故事的风味”（有人认为《猎人日记》是《狂人日记》的误印）[12]，同时，傅雷还对《金锁记》的人物刻画、悲剧气氛的营造，以及小说的结构、节奏、色彩、艺术技巧等方面的“最幸运的成就”作了充分肯定。他特别赞赏了以下几点：

第一是作者的心理分析。

心理分析是张爱玲小说心理描写的一种表现方式。法国作家雨果说过：“有一种比海更大的景象，是天空；还有一种比天空更大的景象，那就是人物的内心世界。”人的心理活动的复杂多样性，决定了心理描写具有多种多样的表现形式。张爱玲小说人物的心理描写是颇具功力的，其心理描写的手法可谓多种多样，不拘一格。主要有：1. 内心独白，即通过人物的自言自语，自我倾吐所思所想来展示人物的内心世界，表现人物的思想性格。比如《沉香屑》中葛薇龙的内心独白，《倾城之恋》的白流苏的内心独白等等。2. 环境衬托，即通过环境描写映衬和烘托人物的心理。《倾城之恋》中，在范柳原走后，白流苏待在房子里，作者有这样的环境描写：“她摇摇晃晃走到隔壁房子里。空房，一间又一间——清空的世界。”“楼上品字式的三间屋，楼下品字式的三间屋，全是堂堂地点着灯。新打了蜡的地板，照得雪亮。没有人影儿。一间又一间，呼喊着空虚……”“流苏的屋子里空空的，心里是空的，家里没有置办米粮，因此肚子里也是空的。空穴来风，所以她感受恐怖的袭击分外强烈”。在这里，作者用那空旷然而没有人气的屋子表达了流苏心底无所依托，到处漂泊的悲哀、绝望、空虚与孤独。3. 心理分析。所谓心理分析，又叫心理评述，是指作者以旁观者的身份，对人物的心理进行分析和述评。这是一种以行动和语言暗示人物心理的心理描写手法。傅雷特别称许张爱玲的心理分析。他在赞赏《金锁记》的艺术技巧时指出：“第一是作者的心理分析”，作者“并不采用冗长的独白或枯索繁琐的解剖，她利用暗示，把动作、语言、心理三者打成一片。七巧，济泽，长安，童世舫，芝寿，都没有专写他们内心的篇幅；但他们每一个举动，每一缕思维，每一段听话，都反映出心理的进展……”[13]的确如此。试以对七巧的心理分析为例。七巧刚出场，与新娘子兰仙、大奶奶玳珍、二小姐云泽等人在一起，嘴里虽说笑着，心理却很烦，他在兰仙身上施展了一连串的动作：“把兰仙揣着捏着，捶着打着，恨不得把她挤得走了样才好……”在这里“揣、捏、捶、打、挤”等动作，表面上看是妯娌之间的嬉笑打闹，但实际上却将七巧对兰仙的嫉妒与愤恨表现了出来。最后一个“挤”字收尾，形象地表现出被损害受委屈人物的心理宣泄。又如玳珍、兰仙、云泽之间的一段对话：“玳珍赶上去扶着劝道：‘妹妹快别这么着！快别这么着！犯不着跟她这样的人计较！谁拿她的话当桩事！’云泽甩开了她，一径往自己的屋里奔去。玳珍回到起坐间里来，一拍手道：‘这可闯出祸来了！’兰仙忙道：‘怎么了？’玳珍道：‘你二嫂去告诉了老太太，说女大不中留，让老太太写信给彭家，叫他们早早把云妹妹娶过去罢。你瞧，这算什么话?”七巧虽不在场，但是通过云泽、玳珍、兰仙三个人的对话，就已经把七巧阴鸷、诡诈的个性写了出来。七巧在老太太面前给小姑子使坏，其野心已在这里渐显端倪。再如七巧与季泽两次调情，作者把人物的动作、言语、心理紧密结合起来描写，展示了各自的内心世界。七巧向济泽求爱受阻后，她“捏着一片锋利的胡桃壳，在红毯条上狠命刮着，左一刮，右一刮，看看那毯子起了毛，就要破了。”这是七巧咬牙切齿的痛苦的发泄，她既恨济泽的无情，又恨自己命运的不济。当七巧面对来骗钱的济泽时，她打翻了桌子上盛满酸梅汤的玻璃杯，“酸梅汤沿着桌子一滴一滴朝下滴，象迟迟的夜滴——一滴，一滴……一更，二更……一年，一百年。真长，这寂寞的一刹那。”作者通过七巧打翻了桌子上的一杯酸梅汤这样的行动描写，非常传神地显示出她那时的心情，犹如打翻了五味瓶，各种滋味齐上心来，映现出那时七巧矛盾、痛苦、愤恨、无奈、绝望的纷乱而复杂的内心世界。至于七窍折磨长白、长安的情节，特别是最后写七巧在童世舫面前诽谤女儿的一段，对其病态心理的刻画，正如傅雷所说真是“令人毛骨悚然”。请看：“世舫挪开椅子站起来，鞠了一躬。七巧将手搭在一个佣妇的胳膊上，款款走了进来，客套了几句，坐下来便进酒让菜。长白道：‘妹妹呢？来了客，也不帮着张罗张罗。’七巧道：‘她再抽两筒就下来了。’世舫吃了一惊，睁眼望着她。七巧忙解释道：‘这孩子就苦在先天不足，下地就得给她喷烟。后来也是为了病，抽上了这东西。小姐家，够多不方便哪！也不是没戒过，身子又娇，又是由着性儿惯了的，说丢，哪儿就丢得掉呀？戒戒抽抽，这也有十年了。’世舫不由得变了色，七巧有一个疯子的审慎与机智……她那平扁而尖利的喉咙四面割着人像剃刀片。”在这里，七巧轻描淡写的几句话，便使一个留学生心目中的娴静的中国闺秀变成一个不堪思议的鸦片鬼。这真是一个犀利的人性恶的病态心理的解剖！它深刻地剖析了一个卑微凄楚的女人，在黄金的枷锁下异化为丧失人性的“恶魔母亲”，表现了七巧由最初引人同情的受害者变成为人人憎恶的虐待狂的变质过程。变态的心理使得七巧在女儿面前不再是一个母亲，而是一个嫉妒者和摧残者。人类基本的母性在她身上丧失殆尽，变异的人性的丑恶达到了极致。这种由人到疯子的人性变异确实令人叹息。30 年来七巧戴着黄金的枷锁，断送了自己的爱情和幸福，他也用这沉重的枷锁断送了另外几个人。他知道儿子女儿恨毒了她，她婆家的人恨她，她娘家的人恨她。到了老年，七巧最后流下了悔恨的泪水，她“摸索着腕上的翠玉镯子，徐徐将那镯子顺着骨瘦如柴的手臂往上推，一直推到腋下。”那翠玉镯子在七巧年轻胳膊滚圆的时候是根本推不上去的，可是如今，她骨瘦如柴，镯子一直推到腋窝，这一动作宛如电影蒙太奇的镜头，将一个女人一生的凄清和苍凉浓缩在这一“推”之间，真是写得无限地哀婉与凄凉。七巧在毁灭他人的同时，也毁灭了自己，最终只能伴随着现实与心灵的孤寂走向生命的终结。可以看出，用动作和语言暗示人物的心理是张爱玲的心理分析的主要特点，但如傅雷所说：“即使没有动作没有言语的场合”，作品中人物“情绪的波动也不曾减弱分毫。”[14] 例如长安和童世舫订婚以后去公园里谈恋爱，作者是这样描写的：“晒着秋天的太阳，两人并排在公园里走，很少说话，眼角里带着一点对方的衣服与移动着的脚，女子的粉香，男子的淡巴菰气，这单纯而可爱的印象便是他们身边的栏杆，栏杆把他们与众人隔开了。空旷的绿草地上，许多人跑着、笑着、谈着，可是他们走的是寂寂的绮丽的回廊——走不完的寂寂的回廊。不说话，长安并不感到任何缺陷。”[15] 在这里，作者既没有描写人物的语言也没有描写人物的动作，完全用人物的眼光、气味和感觉就表达出了人物沉浴爱河的心理状态，写出了长安快乐幸福的心情。对这一段描写，傅雷称许道：“还有什么描写，能表达这一对不调和的男女的调和呢？能写出这种微妙的心理呢?”[16] 张爱玲的确是心理分析的高手，她在《金锁记》中将中国心理分析小说推向了极致。

第二是作者的节略法的运用。

在《金锁记》中，当七巧送走哥嫂出门后，心情郁闷，回头又看见睡在床上一动不动的丈夫，接下去，张爱玲巧妙地将电影蒙太奇手法融入了文字之中：“风从窗子进来，对面挂着的回文雕漆长镜被吹的摇摇晃晃。磕托磕托敲着墙。七巧双手按住了镜子。镜子里反映着翠竹帘和一幅金绿山水屏条依旧在风中来回荡漾着，望久了，便有一种晕船的感觉。再定睛看时，翠竹帘已经罢色了，金绿山水换了一张丈夫的遗像，镜子里的人也老了 10 年。”在这里，作者采用了电影中常用的“虚焦”镜头，即上一个镜头开始模糊之后，下一个镜头开始清晰起来。七巧凝视镜子中的“翠竹帘”和“金绿山水”，渐渐地视线模糊——焦距变虚。“定睛”之后，视线清晰——焦距清晰。转眼之间，山水却变成了她丈夫的遗像。再“定睛”之后，视线再次清晰——焦距清晰。丈夫的遗像又变成了自己的影像。一面长镜的意象串起了七巧 10 年的生活。镜子里映照的意象，由模糊而清晰，又由清晰而模糊，叙述的跳跃性凝聚了七巧漫长的苦难岁月。张爱玲以文字的剪刀，用流畅的剪接，把七巧 10 年的压抑和寂寞淋漓尽致地表现了出来。这种跳跃性的结构艺术，简明的时空转移方式，直趋主人公凋零变态的生命，大大精简文本的篇幅，增强丰富的影视情节，构成了张爱玲文字所具有的视觉上的魅力。对此，傅雷赞叹道：“这是电影的手法：空间与时间，模模糊糊淡下去了，又隐隐约约浮上来了。巧妙的调转技术。”[17]我们可以看到，在张爱玲的小说中，她那娴熟的笔触，时不时地捕捉着电影的镜头，引领读者不断地在镜头之间跳转，随它进入人物的内心，从而使读者及时地观察到人物所处的环境，捕捉到人物内心世界的活动。

第三是作者的风格。

傅雷赞美张爱玲的小说是新旧文字的糅合，新旧意境的交错，既收得住又泼得出，利落痛快，色彩鲜艳，仿佛天造地设的好文章，并认为张爱玲小说的整体风格是“苍凉”。傅雷特地引用了《金锁记》开头关于月亮的描写：“30年前的上海，一个有月亮的晚上……年轻的人想着30年前的月亮该是铜钱大的一个红黄的湿晕，像朵云轩信笺上落了一滴泪珠，陈旧而迷惘。老年人回忆中的30年前的月亮的欢愉的，比眼前的月亮大，圆，白；然而隔着30年的辛苦路往回看，再好的月色也不免带点凄凉。”透过这段文字，我们发现月亮的变形只是表象，实质的变形是经历了30年风雨的人。老年是30年前的年轻人，30年过去了，年轻的激情早已退却，并且他们不再向往未来，只想在回忆中寻求慰藉。过去的年轻人和现在的年轻人不能互解，此月即彼月，此人却非彼人，一代一代的人就是这么活过来。一段轻淡的关于月亮的描写，就把人生况味诠释得淋漓尽致。傅雷认为“这段引子，不但月的描写是那么新颖，不但心理的观察那么深入，而且轻描淡写的呵成了一片苍凉的气氛，从开场起就罩住了全篇的故事人物”，为全文定下了“苍凉”的基调。[18]《金锁记》的结尾，作者写道：“30年的月亮早已沉下去，30年前的人也死了，然而30年前的故事还没有完——完不了。”这一结尾不但使作品的思想意义得到引申，而且更为作品增加了苍凉的气氛。“苍凉”（有时谓“荒凉”、“凄凉”或“悲凉”），笼罩着张爱玲笔下的每一个人物每一个故事，形成了张爱玲小说的整体风格。关于这一点，傅雷在《论张爱玲的小说》中还有一个概括：

遗老遗少和小资产阶级，全都为男女问题这恶梦所苦。恶梦中老是淫雨连绵的秋天，潮腻腻，灰暗，肮脏，窒息与腐烂的气味，像是病人临终的房间。烦恼，焦急，挣扎，全无结果，恶梦没有边际，也就无从逃避。零星的磨折，生死的苦难，在此只是无名的浪费。青春，热情，幻想，希望，都没有存身的地方。川嫦的卧房，姚先生的家，封锁期的电车车厢，扩大起来便是整个社会。一切之上，还有一只瞧不及的巨手张开着，不知从哪儿重重的压下来，要压瘪每个人的心房。这样一副图案印在劣质的报纸上，线条和黑白的对照迷糊一些，就该和张女士的短篇气息差不多。[19]

在张爱玲的小说中，遗老遗少和他们的后代及洋场社会里都市男女的生存状态和悲剧命运，构成了其小说的迷惘和苍凉的世界。张爱玲作品中所散发着的无尽的迷惘和苍凉是植根于她个人生活经历，从心灵深处根深蒂固地滋生出来的。旧家庭的颓败与世态炎凉使张爱玲这位末世的贵族小姐对生存情境有了一个消极的解读，她始终记得自己“摇摇晃晃地立在一个满清遗老的藤椅前朗吟‘商女不知亡国恨，隔江犹唱后庭花’眼看着泪珠滚下来。”[20] 1944 年 9 月，张爱玲为《传奇》写《再版的话》，曾经写道：“个人即使等得及，时间是仓促的，已经在破坏中，还有更大的破坏要来。有一天我们的文明，不论是升华还是浮华，都要成为过去。如果我最常用的字是‘荒凉’，那是因为思想背景里有这惘惘的威胁。”[21] 张爱玲感受着时代的惘惘的威胁，感受着时代弃者的孤独、失落、无奈、怅惘。她用她的创作清晰地描绘了他的心路历程。“苍凉”是张爱玲小说中人物的内心情绪体验，也是作者主观的情绪基调，又是那个战乱岁月在人们心理上的投影。傅雷以上的评说，也许能启发我们去感受和领悟张爱玲小说“苍凉”的风格氛围。

傅雷对《金锁记》的结构、节奏、色彩、心理分析、意象营造、艺术风格等“幸运的成就”给予了高度评价，但当他在张爱玲的其他作品中看不到《金锁记》的同样风采时，他就给予了严厉的批评。他认为《倾城之恋》“几乎占到二分之一篇幅的调情，尽是些玩世不恭的享乐主义者的精神游戏。尽管那么精巧，文雅，风趣，终究是精练到近乎病态的社会的产物。好似六朝的骈体，虽然珠光宝气，内里却空空洞洞，既没有真正的欢畅，也没有刻骨的悲哀。《倾城之恋》给人家的印象，仿佛是一座雕刻精工的翡翠宝塔，而非莪特式大寺的一角。”《倾城之恋》中“没有悲剧的严肃、崇高，和宿命性”；“情欲没有惊心动魄的表现”。[22] 他认为《连环套》的“主要弊病是内容的贫乏……错失了最有意义的主题，丢开了作者最擅长的心理刻划，单凭着丰富的想象，逞着一支流转如踢踏舞似的笔，不知不觉走上了纯粹趣味性的路。”[23] 张爱玲的其他小说由于不是悲剧性的作品，因而也遭到傅雷的否定。傅雷还对张爱玲小说中反复出现的技巧，提出了善意的同时也是严肃的批评和忠告：“技巧对张女士是最危险的诱惑。无论哪一部门的艺术家，等到技巧成熟过度，成了格式，就不免要重复他自己。在下意识中，技能像旁的本能一样时时骚动着，要求一显身手的机会，不问主人胸中有没有东西需要它表现。结果变成了文字游戏。写作的目的和趣味，仿佛就在花花絮絮的方块字的堆砌上。任何细胞过度的膨胀，都会变成癌。其实，彻底的说，技巧也没有止境。一种题材，一种内容，需要一种特殊的技巧去适应。所以真正的艺术家，他的心灵探险史，往往就是和技巧的战斗史。人生形相之多，岂有一二套衣装就够穿戴之理？把握住了这一点，技巧永久不会成瘾，也就无所谓危险了……一位旅华数十年的外侨和我闲谈时说起：‘奇迹在中国不算稀奇，可是都没有好收场。’但愿这两句话永远扯不到张女士身上！”[23]在众多的评论文章中，很少有人像傅雷这样既中肯地评价张爱玲小说的艺术成就，又如此尖锐地指出其作品的流弊和缺陷。

在张爱玲接受史上，傅雷的《论张爱玲的小说》具有重要意义。与同期的张爱玲解读文章相比，傅文从一种文学批评视角来解读张爱玲，有关文学创作的基本问题如内容、技巧、风格、语言等，一同受到了重视。傅雷凭借他的丰厚学养与艺术敏感，在此次解读活动中取得了相当的成绩。但毋庸置疑，其间也充满不同程度的误读。关于这一点，已有论者指出：“傅雷没有向自己提出一个相当简单却又至关重要的问题：张爱玲为什么不能创作出不同于《金锁记》的作品？或者说为什么不能创造出‘翡翠宝塔’而必定要创造‘莪特式大寺’？若张爱玲有此权利，那么，《金锁记》就只能是她的一个作品，代表一种倾向，而非她的唯一作品，代表她的根本倾向；她既可能创造‘莪特式大寺’，也有自由去创造‘翡翠宝塔’，即使这个‘翡翠宝塔’过于玲珑剔透，那也是她的选泽，因为‘翡翠宝塔’同样是一种美，是美就有存在的权利，何况张爱玲创造的‘翡翠宝塔’绝非金玉其外的那种，它丰厚的内蕴，因用素朴作底子，已经深及人类的最为隐秘、最为悲痛的心史与生命的律动。其实，傅雷这种悲剧批评，既建立在对于悲剧精神的夸大上（以《金锁记》为绝对性作品），同时，也建立在对于悲剧精神的并不全面的理解上（将悲剧简单地理解为就是斗争、冲突、主题分明，而不能理解其可能含有更为广泛的意义），这种双重的认知局限，也就产生了它所必然具有的话语霸权与误读结果。不仅张爱玲创作的多样性被其否定了，就是张爱玲艺术个性的独特性，也未能被其识破，这不能说不是傅评的重要失误。”[24]傅雷对张爱玲其他作品的批评有时也未免偏颇，有失公允。

总的说来，傅雷对张爱玲小说的评论，既有赞扬，又有批评，既有肯定，又有否定。但是张爱玲既没有接受傅雷的善意批评，更没有接受他的苛责，甚至没有接受他的褒扬。继傅评之后，张爱玲于1944年陆续发表了《写什么》《论写作》《自己的文章》予以辩驳。其原因，有人认为“也许张爱玲过于矜持，也许根本不知道迅雨即是傅雷，也许将傅雷的话理解偏了。”[25]我们认为这几个“也许”可能是事实，但还有更深层次的原因。概括地说这与两人迥异的人生观、艺术观、悲剧观和对通俗文学的态度不同有密切关系。

如前所述，傅雷有着一种英雄主义的人生观、艺术观与斗争式的悲剧观。

就创作而言，他看重作者的社会使命感、崇高的道德自觉，不屈不挠的反抗精神与追求精神，因而要求创造出大气磅礴的、具有史诗特征的文学作品。傅雷喜爱哪种“强烈的对比，鲜明的刻画，深刻的揭示，无情的抨击。”[26]《金锁记》获得傅雷的好评就是因为它深刻地描写了情欲，直视人生的悲剧；他否定《倾城之恋》就是因为《倾城之恋》中“没有悲剧的严肃性、崇高，和宿命性”，“情欲没有惊心动魄的表现。”；而张爱玲一贯追求的是解构英雄、解构斗争，远离时代，远离政治。她明确地表示：“我不喜欢壮烈。我是喜欢悲壮，更喜欢苍凉。壮烈只有力，没有美，似乎缺少人性。悲壮则如大红大绿的配色，是一种强烈的对照。但它的刺激性还是大于启发性。苍凉之所以有更深长的回味，就因为它像葱绿配桃红，是一种参差的对照。我喜欢参差的对照的写法，因为它是较近事实的。”[27]在人物塑造上，她的小说里除了《金锁记》中的曹七巧，塑造的“全是些不彻底的人物，他们不是英雄……他们没有悲壮，只有苍凉。”[28]名为“传奇”，实际上是消解传奇，写的都是男女间的小事情即爱情和婚姻问题，或旧家庭的没落，平常生活中的凡俗故事。在张爱玲的作品里既没有战争，也没有革命，既没有革命者，也没有反动派，一般所说的“时代的纪念碑”那样的作品，张爱玲是写不出来的，她也不打算尝试。

对通俗文学的不同态度，也决定了两人冲突的必然。就傅雷文学思想的内在要素而言，它是由单一的高雅文学所构成。这一方面得自于他自幼熟读四书五经，深受中国传统文化的影响，建构了一套较为严谨的儒道文化的价值体系。另一方面与其游学欧洲，受西洋文化熏陶也有直接关系。这样就更坚定了他推崇高雅的艺术追求。雅化的文学趣味，养成了傅雷对艺术大师的崇拜与向往，从而形成其强烈排斥异质文学要素的特点，这在无形之中也就挤压与否定了通俗文学的存在权利。相反，张爱玲的文学世界是由雅与俗的两个维度构成的。她曾经这样谈论自己的审美趣味：“我是熟读《红楼梦》，但是我同时也曾熟读《老残游记》《醒世姻缘》《金瓶梅》《海上花列传》《歇浦潮》《二马》《离婚》《日出》。”又说：“读 S · Maugham（毛姆），A · Huxley（赫胥黎）的小说，近代的西洋戏，唐诗，小报，张恨水。”[29]可以看出，雅文学和俗文学，张爱玲都喜欢。通俗文学在张爱玲看来，是一种民族精神的载体，它传递着一个民族的文化密码，尽管有诸多低俗不堪之处，却隐含着许多饱经沧桑的文化心理。因此，她对通俗文学情有独钟，曾坦言：“我对于通俗小说一直有一种难言的爱好。”[30]

傅雷是严肃的，张爱玲是世俗的；傅雷崇尚高雅，张爱玲爱好通俗，冲突是不可避免的，原因是错综复杂的。我们认为这是一种正常的文学现象。因为个性的张扬，艺术的碰撞毕竟“如马之两骖，或前或后，互相推进。”[31]

三、傅雷论张爱玲的影响

在张爱玲创作鼎盛时期，傅雷率先对张爱玲小说进行比较全面的评论，其影响无疑是深远的。他的《论张爱玲的小说》是最早研究张爱玲的一篇最有分量颇具学术价值和开创意义的经典之作，在张爱玲研究史上具有举足轻重的地位。可以说，它奠定了张爱玲研究的基石，为后人研究张爱玲提供了重要依据，比如，傅雷称《金锁记》“至少也应该列为我们文坛最美的收获之一”。用“至少”评价《金锁记》，暗示傅雷的实际评价可能更高。十几年以后，夏志清称《金琐记》是“中国从古以来最伟大的小说”，[32]评价之高已超过傅评。我们认为，夏评未必没有受傅评的影响，二者之间未必没有联系。特别是，傅评对张爱玲高超技巧的推崇，更为后人开启了一个最有活力的切入点和经久不衰的话题。有关心理分析、月亮意象、苍凉风格的评述，已经成为后人论述张爱玲小说时必须援引的批评资源之一。此外，张爱玲对傅雷的诸多批评虽然并不认同，然而不可否认的是，傅雷对《连环套》的严厉指责，最终还是影响了张爱玲的创作情绪。1944 年 6 月，《连环套》在《万象》杂志上连载中断，其中原因是多方面的，包括张爱玲自己对作品的不满，但傅评的积极影响亦显而易见。当然，我们也应该指出，傅雷对张爱玲作品的某些误读同样也影响到后来的评论者。例如，继《论张爱玲的小说》发表不久，1944 年 9 月《北极》杂志刊载的顾乐水的《<传奇>的印象》就大量引用了傅文中的原话，他在文章最后提出的“应当剪撷了蔓生的装饰音，废弃黄金律的构图法，步入一个博大深湛的天地”的观点，与傅雷的说法可谓异曲同工。再如，1998 年湖南人民出版社出版的《今夕问存》中的作者吴小如，对张爱玲“过于颓靡的热情”，“过于柔腻俗艳的色彩”，“病态美的姿颜”[33]等的评价，与傅雷对张爱玲小说内容空泛的贬斥是一脉相承的。更为严厉的是唐文标，他不仅对傅雷的评论大加赞赏，甚至用“趣味主义”“轻佻和无味的小品”“说不出来的空泛”[34]等等来评价张爱玲，这是对傅评贬意的延续与发展。尽管如此，我们认为，傅雷对张爱玲研究的重要贡献是无论如何不可抹杀的。“如果说，接受史的开始要以重要的解读为标志的话，不论是功傅还是罪傅，傅评确是张爱玲接受史上最早一批有影响的解读之一，即使这一接受的开启可能充满着误读构成的批评陷阱，后来的张爱玲研究仍然不能不从这里出发”。[35]考察张爱玲的研究史，傅雷的评论是一个起点，一个无法绕开的话题。

参考文献:

[1]余彬:《张爱玲传》,海口:海南出版社 1993 年版。

[2][24][26][35]刘锋杰:《创作个性与文学转型的误读——重读傅雷<论张爱玲的小说>》,《文艺理论研究》,2000 年第 4 期。

[3]张子静、季季:《我的秭秭张爱玲》,上海:上海文汇出版社 2003 年版。

[4][5][6][7][8][11][12][13][14][15][16][17][18][19][22][23]傅雷:《论张爱玲的小说》,《万象》,1944 年 5 月 1 日;又见钱理群编:《二十世纪中国小说理论资料》第 4 卷,北京:北京大学出版社 1997 年版。

[9][10]柯灵:《遥寄张爱玲》,《读书》,1994 年第 4 期;《收获》,1995 年第 3 期:又见《张爱玲文集》第 4 卷,合肥:安徽文艺出版社 1992 年版。

[20]张爱玲:《天才梦》,《张爱玲文集》第 4 卷,合肥:安徽文艺出版社 1992 年版。

[21]张爱玲:《传奇・再版序》,《张爱玲文集》第 4 卷,合肥:安徽文艺出社 1992 年版。

[25]冯祖贻:《张爱玲》(百年家族),石家庄:河北教育出版社 2000 年版。

[27][28][31]张爱玲:《自己的文章》,《张爱玲文集》第 4 卷,合肥:安徽文艺出版社 1992 年版。

[29]《女作家聚谈会》,《张爱玲与苏青》,合肥:安徽教育出版社 1992 年版。

[30]张爱玲:《多少恨・前言》,《大家》,1947 年版。

[32]夏志清:《中国现代小说史》,香港:友联出版社有限公司 1979 年版。

[33]吴小如:《读张爱玲的<传奇>》,《今夕文存》,长沙:湖南人民出版社 1998 年版。

[34]唐文标:《一级一级走向没有光的所在——张爱玲早期小说长论》,《张爱玲杂评》,台北:联经出版事业公司 1976 年版。

第四辑 04

第十六论

鲁迅论屈原

一、鲁迅论屈原思想和精神的主要内涵

据鲁迅好友许寿裳回忆，鲁迅 1902 ~ 1904 年留学日本在东京弘文学院时，曾购买了大量外国文学作品，而其中就夹杂着一本线装的在日本印行的《离骚》。后来，鲁迅赴仙台学医时，就把这本书赠给了许寿裳。许寿裳在《亡友鲁迅印象记·屈原和鲁迅》中回忆过鲁迅曾对他所说过的话："《离骚》是一篇自叙和托讽之作，《天问》是中国神话和传说的渊薮。"这可以说是鲁迅对屈原作品的最早评价。

鲁迅论屈原的专门著述只有《汉文学史纲》中的一篇《屈原与宋玉》，其它几处有关屈原的评价大多散见于他的论文和杂文中。虽然鲁迅论屈原文章的数量不多，言辞也极为简要，但其评说屈原的观点之奇警独特，至今仍可见出鲁迅重要而深远的影响。

我们知道，长达 373 句、2490 字的《离骚》是屈原最重要的代表作，它基本上就是以诗人从政、流放和以死殉国等三段经历为线索，通过上天入地、求神问卜、证之前圣、寄兴花草的方式来抒发自己的生命情感，展开自己的心灵世界的。关于《离骚》的题义，自古以来有各种各样的解释，如司马迁《史记·屈原列传》说："《离骚》者，犹离忧也"，班固《汉书·离骚赞序》说："离，犹遭也；骚，忧也。明己遭忧作辞也"，王逸《楚辞章句·离骚经序》说："离，别也；骚，愁也。经，径也。言己放逐离别，中心愁思，犹依道径，以讽君也"，在《汉书·杨雄传》中，杨雄则解"离骚"为"牢骚"，故作《反牢骚》，又作《畔牢骚》。鲁迅的解释与"牢骚"近似。他在《且介亭杂文二集·从帮忙到扯谈》中说："屈原是'楚辞'的开山老祖，而他的

《离骚》却只是不得帮忙的不平。”“不平”则鸣，容易产生牢骚。在这里可见鲁迅修养的深邃和观点的独特。而《天问》是“中国神话和传说的渊薮”这一观点，鲁迅后来在《中国小说史略》中更是予以了强调和深化。《天问》全诗共370多句，1500余字，鲁迅在《中国小说史略·神话与传说》中，认为《天问》的重要贡献是将许多神话传说保留了下来，他指出中国神话与传说的渊源“若求之诗歌，则屈原所赋，尤在《天问》中，多见神话与传说。”如“夜光何德，死则又育？厥利惟何，而顾菟在腹？”“鲧何所营？禹何所成？康回凭怒，地何故以东南倾？”“昆仑县圃，其尻安在？增城九重，其高几里？”“鲮鱼何所？鬿堆焉处？羿弹焉日？乌焉解羽？”[1]等均可视为神话传说的雏形。虽然鲁迅对《天问》的重视，看似落实在形式的层面，实际上又何尝不是看中其内容和实质。在《天问》中，神的世界也普遍存在着不合理的现象，神话内容表现出非理性、非道德的倾向，神话与历史是同质的存在。它所关注的问题，与其说是“历史的”，还不如说是“神话的”，或者说是“历史的神话”或“神话的历史”。屈原正是以神话阐述历史，或者说是以神话思维的方式对远古的历史进行诗意的反思和追问。

1907年，鲁迅在长达二万四千字的《摩罗诗力说》这篇论文中，对屈原及其作品又提出了自己独特的看法。他认为屈原的诗作扫荡了自《诗经》之后中国文学深受儒家思想影响而“颂祝主人，悦媚豪右”的恶劣习气，也打破了文学作品不敢流露男女爱情的沉寂局面。正是在“儒服之士，即交口非之，况言之至反常俗者乎”的情况下，屈原及其作品犹如破天荒似地出现了。鲁迅说：“惟灵均将逝，脑海波起，通于汨罗，反顾高丘，哀其无女，则抽写哀怨，郁为奇文。茫洋在前，顾忌皆去，怼世俗之浑浊，颂己身之修能，怀疑自遂古之初，直至百物之琐末，放言无惮，为前人所不敢言。”[2]屈原的作品具有“怼世俗之浑浊”的进步思想内容，具有“顾忌皆去”“放言无惮”的怀疑批判精神，他那“抽写哀怨”、感情激昂的作品，是人世间的“奇文”。鲁迅对屈原作品的高度评价，突出地肯定了屈原在中国文学史上的重要地位，揭示了屈原思想和精神的主要内容。

首先，鲁迅高度重视屈原的爱国思想。屈原是一位伟大的爱国诗人，《离骚》等作品洋溢着强烈的爱国激情。诗人关心祖国的前途和命运，为了挽救祖国的危亡，他不顾个人的祸福荣辱；他终生奋斗的政治目标就是祖国的富强和政治的修明：“国富强而法立兮，属贞臣而日娭。”（《惜往日》）“岂余身之惮殃兮，恐皇舆之败绩。忽奔走以先后兮，及前王之踵武。”（《离骚》）他热爱祖国，对宗国故土怀有深沉的情愫，虽屡遭谗被逐，“通于汨罗”，却依然

“反顾高丘”，宁死不忍离去：“陟升皇之赫戏兮，忽临睨夫旧乡。仆夫悲余马怀兮，蜷局顾而不行。”（《离骚》）“羌灵魂之欲归兮，何须臾而忘返。背夏浦而西思兮，哀故都之日远。”“曼余目以流观兮，冀壹反之何时？鸟飞返故乡兮，狐死必首丘。”（《哀郢》）他明知“鲧婞直以亡身”、“謇謇之为患”，却拒绝女媭明哲保身的忠告，始终是“忍而不能舍”。在他上下求索，追求救国的幻想破灭以后，神巫指点他离楚远游，但他始终不离开祖国一步，“既莫足与为美政兮，吾将从彭咸之所居。”（《离骚》）他最后自沉汨罗，以身殉国，用高尚的节操，光辉的品格，表达了对祖国的无限忠诚。基于这种思想，屈原特别关心人民、热爱人民、同情人民。当他看到人民苦难深重的时候，他为受苦受难的人民而叹息，而流泪：“长太息以掩涕兮，哀民生之多艰。”（《离骚》）“愿摇起以横奔兮，览民尤以自镇。”（《抽思》）爱国爱民，是屈原思想的核心。屈原的爱国爱民思想是鲁迅当时最为看重的。而这与鲁迅所处的时代历史环境有关。当时，鲁迅身在异邦，目睹中华国土支离破碎，故园风雨飘摇，人民受苦受难，他忧心如焚，正想把自己的一腔热血奉献给自己的祖国和人民。因此，在《摩罗诗力说》这篇介绍拜伦、雪莱、莱蒙托夫、密茨凯维支等欧洲具有反抗精神的“摩罗诗人”的文章中，他还着力评说和推荐伟大的爱国诗人屈原。很明显，“借他人酒杯，浇自己块垒”的笔法潜藏着鲁迅自己明确的爱国爱民动机。

其次，鲁迅也肯定了屈原对传统观念的怀疑批判精神。这种怀疑精神，集中表现在《天问》一诗中。这篇作品产生在战国中期，屈原不愧为疑古惑经的先驱，他居然一口气提出了 172 个问题，大至天地之形成，中至人事之兴衰，小至楚国政治之走向。正如鲁迅所说：“怀疑自遂古之初，直至百物之琐末，放言无惮，为前人所不敢言。”屈原这些奇特的“天问”，固然与他所处的天命论非常盛行的时代有关，但我们更能触摸到屈原那关心楚国现实、政治的焦虑而急切的情感脉搏。他政治上的屡遭挫折，他内心的极为苦闷忧虑，使他对传统的、自然的、历史的、宗教的、伦理的观念都产生了大胆的怀疑，他那一连串问号的后面，是失望和愤懑的情感波涛，也是不倦求索的精神余响。“放言无惮，为前人所不敢言”，概括和揭示出了屈原独特的性格。

当然，鲁迅在《摩罗诗力说》中对屈原的诗歌也进行了一定的批评。鲁迅指出，屈原诗中虽“放言无惮，为前人所不敢言。然中亦多芳菲凄恻之音，而反抗挑战，则终其篇未能见，感动后世，为力非强。刘彦和所谓才高者菀其鸿裁，中巧者猎其艳辞，吟讽者衔其山川，童蒙者拾其香草。皆着意于外形，不涉内质，孤伟自死，社会依然，四语之中，函深哀焉。故伟美之声，不振吾人之耳鼓者，亦不始于今日。”[2]鲁迅认为屈原的《离骚》虽是“逸响伟辞，卓绝一世”，但毕竟不是能够振奋国民精神的“伟美之声”。由此可见，鲁迅的观点是辩证的。

二、鲁迅论屈原诗作的思想意义和艺术独创

五四运动以后，鲁迅在北京、厦门、广州等地更进一步地研究了中国文学史，这期间撰写的文学史著作《汉文学史纲》特辟专节《屈原与宋玉》，又一次评论了屈原及《离骚》《天问》等作品。

首先，鲁迅认为屈原在政治上很有才能。屈原是中国文学史上第一位伟大的诗人，也是一位具有远见卓识的政治家。他才华横溢。据司马迁《史记·屈原列传》记载，屈原曾为楚怀王左徒。他“博闻强志，明于治乱，娴于辞令。入则与王图议国事，以出号令；出则接遇宾客，应对诸侯。”怀王对他很信任。战国中期，封建制正取代奴隶制，各国变法蔚然成风。屈原在政治上力主革新，一度得到怀王的同意。后来他在《惜往日》中曾回忆过这段春风得意的往事，“惜往日之曾信兮，受命诏以昭时。奉先功以照下兮，明法度之嫌疑。国富强而法立兮，属贞臣而日娭”就是确证。屈原的政治主张和改革内容在诗中也有所反映。《离骚》中说：“汤禹俨而祗敬兮，周论道而莫差。举贤而授能兮，循绳墨而不颇。”屈原在内政方面主张“举贤授能”、“修明法度”、改革积弊、限制旧贵族权益；在外交方面主张联齐抗秦，坚持合纵联盟。由于他在内政外交方面的不懈努力，怀王执政初年，楚国曾出现“国富强而法立”的政治局面。但是，屈原的政治主张和措施，严重地触犯了楚国旧贵族的利益，因而一开始就遭到他们的嫉恨和抵制。屈原奉命草为宪令，上官大夫靳尚诬陷屈原居功自傲，昏庸的楚怀王，竟听信谗言，不仅疏远了屈原，还把他降为三闾大夫，使屈原在朝廷上失去了政治地位。鲁迅对屈原的遭遇是同情的，同时他认为屈原在政治上很有才能。虽然在《汉文学史纲》中他借用的只是司马迁《史记》中“博闻强志，明于治乱，娴于辞令”这一句话，而没有详细的分析说明，但前人对屈原所作的政治评价，鲁迅显然是认可的。

其次，鲁迅高度评价了《离骚》。对《离骚》的评价，自古以来，褒贬不一。鲁迅说：“《离骚》之出，其沾溉文林，既极广远，评骘之语，遂亦纷繁，扬之者谓可与日月争光，抑之者且不许与狂狷比迹。”[3]造成这“评骘之语，遂亦纷繁”的原因在于：“盖一则达观于文章，一乃局蹐于诗教，故其裁决，

区以别矣。”[3]在中国文学史上，对《离骚》的评论，据初步统计，自汉至五四运动以前，较有影响的《楚辞》《离骚》研究专著、文人别集、读书札记、诗话、词话等多至数百家。这数百家的评论，基本上分为两大派，即“达观于文章”派和“局踡于诗教”派。“达观于文章”派又称“文脉大义”派。这一派主张，从文章的脉络即文章的组织形式的角度来认识、分析、研究诗文，如茅坤、孙矿、明七子、陈本礼等都属于这一派。所谓“局踡于诗教”派，就是以儒家的诗道为原则来评论诗文，一般是指“温柔敦厚”“思无邪”的诗教传统和“上以风化下，下以讽刺上”的规谏劝谕精神。自西汉刘安以来，贾谊、司马迁、刘向、杨雄、班固、王逸、刘勰、洪兴祖、朱熹等，基本上是以诗教为原则来评论《离骚》的。而鲁迅认为，《离骚》的出现，与屈原政治理想的失落密切相关，“屈原在湘沅之间九年，行吟泽畔，颜色憔悴，作《离骚》，终怀古自投汨罗以死”，[3]也就是说，其主要内容紧密联系着屈原一生不幸的遭遇。鲁迅指出：“其辞述己之始生，以至壮大，迄于将终，虽怀内美，重以修能，正道直行，而罹谗贼”[3]正是遭受着不公平的待遇而充满了哀怨、愤激之情，从而借助诗作倾泻自己的悲痛心绪。“罹谗贼”一句可见鲁迅对屈原不幸遭遇的同情。而“次述占于灵氛，问于巫咸，无不劝其远游，毋怀故宇，于是驰神纵意，将翱将翔，而眷怀宗国，终又宁死而不忍去也”[3]的论述以及对《离骚》最后一段诗即“……抑志而弭节兮……吾将从彭咸之所居”的摘录更不难看出鲁迅对屈原热爱祖国的精神的强调和推崇。鲁迅认为屈原的人格是时人无法媲美的，他指出：“稍后，楚又有宋玉、唐勒、景差之徒，皆好辞，而以赋见称。然虽学屈原之文辞，终莫敢直谏，盖掇其哀愁，猎其华艳，而‘九死未悔’之概失矣。”[3]这就明确告诉我们，宋玉、景差等人虽能从表面上模仿屈原的文辞，却无法学习“九死未悔”的精神品格。但是，鲁迅还是尖锐地指出了屈原写作《离骚》的基本目的，即“申纾其心，自明无罪，因以讽谏”。[3]所谓“讽谏”，就是用委婉曲折的言辞劝阻君王。在这里，鲁迅肯定屈原还能向君王提出意见和批评，但此种批评、建议是委婉的，战斗性显然是不强的，这似乎又见出了鲁迅对屈原一贯的看法。

最后，鲁迅着力评述了屈原作品艺术上的独创性。鲁迅非常赞赏屈原作品对诗律的解放。《诗经》的句子基本上以四言为主，而屈原则“句不拘于四言”，彻底打破了四言的格律限制，纯熟运用长短不齐的句子来表现他豪放的思想。同时，鲁迅推崇屈原作品想象力的丰富，认为屈原驱雷使电、呼风唤雨、上天下地，“放言遐想，称古帝，怀神山，呼龙虬，思佚女……”，[3]从而表现出了极其奇诡瑰丽的浪漫主义色彩。此外，鲁迅还在与《诗经》的比较中赞赏屈原诗作辞藻的华美与比喻意蕴的深厚达到了前所未有的高度，“逸响伟辞，卓绝一世。后人惊其文采，相率仿效……较之于《诗》，则其言甚长，其思甚幻，其文甚丽，其旨甚明，凭心而言，不遵矩度。故后儒之服膺诗教者，或訾而绌之，然其影响于后来之文章，乃甚或在三百篇以上。”[3]屈原作品艺术上的独创性，对后代诗歌的发展确实产生了深远的影响。但鲁迅也深刻地指出：“然则骚者，固亦受三百篇之泽”，[3]“俗歌俚句，非不可沾溉词人，句不拘于四言，圣不限于尧舜，盖荆楚之常习，其所由来者远矣。”[3]也就是说，鲁迅看到“楚辞”这一文体是不会凭空产生的，屈原这一个伟大诗人的出现也不是偶然的。以屈原作品为代表的楚辞，既继承了《诗经》的优良传统基础，也接受了楚地民歌和楚国风俗习惯的影响。然后，鲁迅进一步指出了“楚辞”这一文艺形式上的革新与当时社会形势的密切关联。春秋时代各国之间的交往常引《诗经》为辩论根据或外交辞令，而这种方式却不能应对战国之际的复杂形势，正如鲁迅所指出的：“周室既衰，聘问歌咏，不行于列国，而游说之风浸盛，纵横之士，欲以唇吻奏功，遂竞为美辞，以动人主。”“余波流衍，渐及文苑，繁辞华句，固已非《诗》之朴质之体式所能载矣。”[3]也就是说，其时人们已有追求雄辩华美辞藻的习气，屈原作品华丽辞藻的广泛运用，就与这种社会形势有关。总之，鲁迅在《汉文学史纲要》中对屈原及其作品的评论，既从思想内容、艺术形式着手，又能指出其独创的文学史地位，还看到了他与传统、后世的关系和影响。

屈原作品的思想意义和艺术成就，在文学史上是不可磨灭的。可是，历代儒家对他不是贬抑，就是歪曲。他们用儒家的眼光观察文学，认为《离骚》“扬才露己”，“数责怀王”。宋代的朱熹更是责备屈原“志行”违反“中庸”，“不可以为法”，《离骚》的“辞旨”“流于跌宕怪神，怨怼激发，而不可以为训”。鲁迅对屈原的评价，发前人之所未发，言前人之所未言。鲁迅正确地剖析了屈原作品的精神实质，阐发了它的积极意义，深刻地揭示了屈原“放言遐想”，“不遵矩度”的反抗精神，他的“怨愤责数”，“九死未悔”，则更是放射出他不屈不挠的战斗光芒。与此同时，鲁迅也尖锐地指出屈原“孤伟自死，社会依然”，他的反抗斗争只是孤军奋战。由于阶级的局限，屈原不懂得也不可能与人民群众的斗争相结合，并且还带有消极反抗的因素。

三、鲁迅论屈原及其作品的阶级的历史的局限

鲁迅总是在特定的历史条件下来考察屈原，在由进化论转变为阶级论的后

期，他的杂文又不时闪现着论述屈原的精神火花。如前所述，1935 年，鲁迅在《且介亭杂文二集·从帮忙到扯谈》中谈及屈原时认为："屈原是'楚辞'的开山老祖，而他的《离骚》，却只是不得帮忙的不平。"这种深邃的一分为二的分析，一方面确认了屈原的文学地位和贡献在于开创了一个文学史新时代的"楚辞"文体，另一方面又敏锐地指出了屈原及其作品存在着历史的、阶级的局限，那就是身为主流意识形态领域成员之一的屈原虽受排挤和打击，但他即便身处江湖而仍旧"心存魏阙"，对楚怀王有着深情的眷恋。因此，他的牢骚是对怀王的"恨铁不成钢"，并未也不可能达到对统治阶级的彻底决裂与否定，"却只是不得帮忙的不平"。后来，鲁迅在《且介亭杂文二集·"题未定"草（七)》中又有这样的预设："假使屈原不和椒兰吵架"，[4]怀王仍重用他，让他担任有实权的高官，他也决不会"大发牢骚的"。这个论述也是极为精辟的。其原由，鲁迅有过分析。他说："中国的开国的雄主，是把'帮忙'和'帮闲'分开来的，前者参与国家大事，作为重臣，后者却不过叫他献诗作赋，'俳优蓄之'，只在弄臣之例"[5]并认为："中国文学从我看起来，可以分为两大类：（一）廊庙文学，这就是已经走进主人家中，非帮主人的忙，就得帮主人的闲；与这相对的是（二）山林文学。唐诗即有此二种。如果用现代话讲起来，是'在朝'和'下野'。后面这一种虽然暂时无忙可帮，无闲可帮，但身在山林，而'心存魏阙'。如果既不能帮忙，又不能帮闲，那么，心里就甚是悲哀了。"[6]鲁迅非常清晰地揭示了屈原"不得帮忙"立场的心态和局限性，屈原的不平正是不得帮忙的悲哀。不过鲁迅仍然认为屈原"在文学史上还是重要的作家。为什么呢？——就因为他究竟有文采。"[5]在《伪自由书·言论自由的界限》中，鲁迅还把屈原比作《红楼梦》贾府中的焦大予以深刻的阐述："焦大以奴才身份，仗着酒醉，从主子骂起，直到别的一切奴才，说只有两个石狮子干净。结果怎样呢？结果是主子深恶，奴才痛嫉，给他塞了一嘴马粪。"鲁迅认为："焦大的骂，并非要打倒贾府，倒是要贾府好，不过说主奴如此，贾府就要弄不下去罢了。然而得到的报酬是马粪。所以这焦大，实在是贾府的屈原，假使他能做文章，我想，恐怕也会有一篇《离骚》之类。"[7]焦大是贾府的屈原，正是绝妙的比喻和联想。用现在的语汇说，屈原的悲愤和焦大的"骂"，对其主子来说，就是"第二种忠诚"。诚然，屈原与焦大的出身是不同的，但他们批评主子所持处的立场却是一致的。焦大骂贾府是怕贾府倒台，屈原批评怀王是怕楚国灭亡，他在《离骚》中"岂余之身惮殃兮，恐皇舆之败绩"的坦率表白，不正是对鲁迅的这一深刻剖析的证实吗？鲁迅认为，屈原有文采，是文学史上的重要作家，也充分肯定了他作品中的主流价值，他是“中国的脊梁”，但其思想仍未脱去中国传统文化的整体规范——奴性意识。鲁迅在这里对屈原及其作品局限性的揭示，固然是当时鲁迅反对“帮忙文学”“帮闲文学”和复古主义逆流的需要，更是鲁迅全面评价屈原的有机部分，它并不会减低屈原的文学史地位，反而对我们评价文学遗产和历史人物有着重要的启示意义。鲁迅在谈到文艺批评时指出，要全面地、历史地评价作家和作品。他说：“倘要论文，最好是顾及全篇，并且顾及作者的全人，以及他所处的社会状态，这才较为确凿。要不然，是很容易近乎说梦的。”[4]所谓“顾及全篇”，就是要坚决反对那种好像是从“衣裳上撕下来的一块绣花”似的“摘句”式的片面评论，要有全面的观点，要把作品当做一个有机的整体来看待。所谓“顾及全人”，就是说，必须对作者的全部经历、思想和著作作系统的研究，做出全面的因而也才是正确的评价。譬如陶渊明的诗，“除论客所佩服的‘悠然见南山’之外，也还有‘精卫衔微木，将以填沧海，刑天舞干戚，猛志固常在’之类的‘金刚怒目’式，在证明着他并非整天整夜的飘飘然。这‘猛志固常在’和‘悠然见南山’的是一个人，倘有取舍，即非全人，再加抑扬，更离真实。”[4]所谓要顾及作者“所处的社会状态”，就是说，要把具体的作家放在一定的历史条件下，联系他所处的时代背景和社会政治经济状况去加以分析和考察，这样评价才能正确和科学，而不至于把他本来没有或不可能有的东西，附会在他身上。鲁迅躬行实践，用辩证唯物主义和历史唯物主义的观点评价屈原及其作品，不仅顾及“全人”，而且顾及“全篇”，还顾及作者“所处的社会状态”，从而避免了评论的狭隘性、单一性和片面性，达到了同时代的文学史家所不能达到的高度，为文艺评论树立了良好的范例。

参考文献：

[1]鲁迅:《中国小说史略》,《鲁迅全集》第 9 卷,北京:人民文学出版社 1981 年版。

[2]鲁迅:《坟·摩罗诗力说》,《鲁迅全集》第 1 卷,北京:人民文学出版社 1981 年版。

[3]鲁迅:《汉文学史纲》,《鲁迅全集》第 9 卷,北京:人民文学出版社 1981 年版。

[4]鲁迅:《且介亭杂文二集·“题未定”草》(六至九),《鲁迅全集》第 6 卷,北京:人民文学出版社 1981 年版。

[5]鲁迅:《且介亭杂文二集·从帮忙到扯谈》,《鲁迅全集》第6卷,北京:人民文学出版社1981年版。

[6]鲁迅:《集外集拾遗·帮忙文学与帮闲文学》,《鲁迅全集》第7卷,北京:人民文学出版社1981年版。

[7]鲁迅:《伪自由书·言论自由的界限》,《鲁迅全集》第5卷,北京:人民文学出版社1981年版。

第十七论

闻一多论屈原

在中国新文学史上，闻一多不仅在新诗园地里以《红烛》《死水》两束奇葩开创了中国新诗创作的新局面，而且在学术领域以杜甫、唐诗、《诗经》，尤以屈原、《楚辞》研究等丰硕成果开辟了古典文学研究的新天地，提高了一个时代的《楚辞》研究的新水平。综观闻一多关于屈原和《楚辞》研究的成果，无论就数量或质量来说，在现代研究屈原和《楚辞》的诸大家中，闻一多都堪称见解独特、贡献特别重大的一位。

一、用人民的标准评说屈原是“真正的人民诗人”

屈原是中国文学史上第一位伟大的诗人。关于屈原的身份、思想及地位，历来颇有争论。有的人贬低屈原，说他是“文学弄臣”；有的人虽然认为屈原是“爱国诗人”，但给他戴上“忠君爱国”的帽子。闻一多对屈原的认识，也有一个不断发展的过程。早在清华大学时，他发表过与“文学弄臣”相近似的见解。但随着他的思想发展，研究不断深入，他对屈原的认识也逐步接近真理。抗战时期，国民党一官方出版社想以“弄臣”身份抹杀屈原的影响，约请闻一多撰写《屈原传》，但遭到他的断然拒绝。抗战后期，他专门撰写了两篇评价屈原的文章，即《屈原问题》与《人民诗人——屈原》，想要摘去历史上人们给屈原披上的浓厚的“忠君”的面纱，甚至对屈原是爱国诗人的说法都颇有异议。早在1935年，闻一多就在《益世报》上发表的《读骚杂记》一文指出：“一个历史人物的偶像化的程度，往往是与时间成正比例的，时间愈久，偶像化的程度就愈深，而去事实愈远。”他认为，评价一个人物可以借鉴高尔基的看法，即从两方面着眼，“一方面是作为‘他自己的时代之子’，一方面是作为‘一个为人类解放而具有全世界的历史意义的斗争的参与者’。”(《屈原问题》) 闻一多由此评价屈原，一方面将屈原置于他本人所在的奴隶社会这一历史环境中考察，指出“除一部分尚未达到奴隶社会阶层的原始民族，全人类的历史便是一部奴隶解放史。”（《屈原问题》）在闻一多看来，奴隶身份的卑贱并不等于人格的卑贱，只有甘心当奴隶的思想才是可悲的。屈原是有火气的反抗的奴隶，是“一个为争取人类解放而具有全世界历史意义的斗争的参与者。”所以，他的身份并不与他作为文学家的地位相矛盾。既是奴隶，又是文学家，这是人类进入阶级社会初期相当普遍的现象。另一方面，闻一多又指出屈原在那个时代所起的作用，认为屈原虽然是“从封建贵族阶级早就打落下来，变成一个作为宫廷弄臣的卑贱的伶官”，是“一个孤高的激烈的奴隶”，但“被谗，失宠和流落，诱导了屈原的反抗性，在出走和自沉中：我们看见了奴隶的脆弱，也看见了‘人’的尊严”，“奴隶不但重新站起来做了‘人’，而且做了‘人’的导师。”（《屈原问题》）从而批评了有人只讲屈原的“脂粉气”，而不觉察他的反抗的“火气”。关于屈原的“忠君爱国”问题，闻一多认为“帝王专制时代的忠的观念，决不是战国时屈原所能有的”，“忠臣的屈原是帝王专制时代的产物，若拿这个观念读《离骚》，《离骚》是永远读不通的。”（《读离骚杂记》）又说：“大概从王逸替他和儒家的经术拉拢，这才有了一个纯粹的‘忠君爱国’的屈原”。（《屈原问题》）而历史的实际并非如此。在春秋晚期至战国时代，在知识界和士人阶层，并无爱国观念，楚材晋用，朝秦暮楚，秦国利用他国人才日益强大，这是历史事实，谁也不能改变，屈原也不能例外。一个时代的思想意识是当时一定的经济形态决定的。战国时代是奴隶制向封建制过渡的时代，各国互相兼并剧烈，争取人才为自己利用，是自然的人才流动现象，产生忠于一君一国的观念是很难想象的。屈原以楚国旧宗族而为楚国宫廷的一个弄臣，随着时代的变化，屈原个人意识的觉醒，他以战斗反抗的精神，争取做一个人，表现一种独立不倚的人格。他既不是封建时代的学者所谓的“忠君爱国”的典型，也不同于“五四”以后进步学者的仅仅强调他是变革时代站在时代前列的思想家、政治家和爱国诗人。这是屈原的本来历史面目，也是闻一多对屈原最符合历史实际的评价。既然“纯粹的‘忠君爱国’的屈原”不可信，那么认识屈原的关键应该是什么呢？评价屈原的标准又应该是什么呢？评价作家作品，闻一多曾提出两个标准：一是“人格”的标准。这在中国文学理论批评史上是传统的思想，因为文品即人品，做人与做文是不能分的。二是人民的标准。所谓人民的标准，也就是人民性的标准，是指评价古代作家作品时，要看他和人民的关系如何。闻一多掌握这个标准，是在他成为民主运动战士以后。1945 年 5 月，闻一多在昆明《大路周刊》创刊上发表《人民的世纪》一文，其副标题是“今天只有‘人民至上'才是正确的口号。"用人民的标准评价中国文学的作家作品，是最高的评价。闻一多在《战后文艺的道路》一文中说："中国过去的文学史抹杀了人民的立场，只讲统治阶级的文学，不讲被统治阶级的文学。今天以人民的立场来讲文学，对统治阶级的文学也不抹杀。"在闻一多看来，用人民的标准来评价作家作品是全面的、科学的、实事求是的。那么，人民的标准的内涵是什么呢？我们从《人民的诗人——屈原》一文里，可以获得具体的解答。在该文中，闻一多指出："古今没有第二个诗人像屈原那样曾经被人民热爱的"，"端午是一个人民的节日，屈原与端午的结合，便证明了过去屈原是与人民结合的，也保证了未来屈原与人民还要永远结合着。"屈原为什么会如此被人民热爱，成为人民的诗人呢？闻一多从屈原生活的时代背景、从屈原的身份、思想以及《离骚》等作品的形式与内容作了详尽的分析，提出了以下四条理由：第一，战国时期是一个大动乱时期，在这混乱中，屈原从封建贵族阶级打落下来，变成一个作为宫廷弄臣的卑贱的伶官，首先在身份上，屈原是属于广大人民群众中的；第二，屈原最主要的作品《离骚》的形式是人民的艺术形式，《九歌》是民歌，人民能听懂他的诗歌；第三，在内容上，《离骚》"怨恨怀王，讥刺椒兰"，用人民的形式，喊出了人民的愤怒，"火气"胜于"脂粉气"，这对于当时那在水深火热中敢怒不敢言的人民是一个安慰，也是一个兴奋；第四，最使屈原成为人民热爱与崇敬的对象的，是他的"行义"，不是他的"文采"。屈原的《离骚》唤醒了当时那在暴风雨前窒息得奄奄待毙的楚国人民的反抗情绪；屈原的死更把那反抗情绪提到了爆炸的边缘，他是大变革时代的"时代之子"。总的说来："屈原的言、行，无一不是与人民相配合的"。为了充分说明屈原是一位人民的诗人，闻一多还将屈原与中国历史上其他诗人作进一步的比较，认为"尽管陶渊明歌颂过农村，农民不要他，李太白歌颂过九肆，小市民不要他，因为他们既不属于人民，也不是为人民的。杜甫是真心为着人民的，然而人民听不懂他的话。"因此，屈原才是"中国历史上唯一有充分条件称为人民的诗人"，是"真正的人民诗人"（《人民的诗人——屈原》）闻一多认为，这才是我们认识屈原的关键。说屈原是一位"真正的人民诗人"，这是闻一多对屈原的高度评价。刘煊在《闻一多评传》中指出："广义地说，闻一多和屈原是老乡，进一步说，闻一多简直像屈原。"是的，屈原在闻一多心目中具有崇高的地位，闻一多是屈原人格的热情推崇者，也是屈原作品的精心研究者，他像屈原一样为着祖国的前途而上下求索，他像屈原一样把自己的生命献给了祖国。不过闻一多并没有盲目崇拜屈原，他对屈原有深刻而辩证的认识，限于篇幅，关于这方面的内容在这里就不再阐述了。

闻一多评说屈原的观点影响很大。1946年7月20日延安《解放日报》在闻一多遇难后曾在转载的《屈原问题》一文中加了如下按语："一多先生这篇很有学术价值的文章，33年（1944）发表于《中原》。关于屈原的身份问题，由于成都某大学教授孙先生提出屈原是'文学弄臣'之说法后，曾引起文学界极大反响，郭沫若先生也曾撰文表示异议。闻先生的说法，一面承认屈原是一个'弄臣'，一面则指出屈原的'人'的价值，加以推崇。这个问题是社会史及艺术史上一个重要问题。尚待专家研究，才能解决。一多先生的说法，自然不是定论。不过从这篇文章，我们也可看出一多先生在抗战之后的思想一斑，其向往民主自由的精神尤使人钦佩。"闻一多的观点诚然不是定论，但却显现了他在学术研究上不株守成说的可贵的探索精神。

二、用新观念新方法别开生面研究屈原的《楚辞》

"楚辞"是战国时期产生于楚国的一种新的诗歌体裁。这种新的诗歌形式的特点是：篇中大量引用楚地的风土物产和方言词汇，富有浓厚的楚国地方特色。它的内容恢宏，形式自由，句法参差错落，灵活变幻，充满了浪满主义色彩。屈原是"楚辞"的代表作家。根据《史记》的记载，屈原死后，楚国的宋玉、唐勒、景差等人，都十分喜欢用屈原创造的这种形式写作诗歌。到了汉代，模仿屈原、宋玉的作品而写作的人更加多了。西汉成帝时，著名学者刘向把屈原和他以后的楚国作家宋玉、唐勒、景差，以及两汉时期的贾谊、淮南小山、东方朔、庄忌、王褒和刘向自己的辞赋，编为一辑，共十六卷。因为屈原是楚国人，后人学习他的诗体"书楚语、作楚声、纪楚地、命楚物"，故题名《楚辞》。屈原的《楚辞》作品主要有《离骚》《天问》《九歌》《九章》等。闻一多自少年时代就爱读屈原的《楚辞》，20世纪30、40年代更是研究《楚辞》、讲授《楚辞》，直到牺牲前他还在写作《九歌古歌舞剧玄解》的论文，希望把《九歌》编成一部歌舞剧，企图以新的方式，使屈原的作品，能为广大人民所接受。诚如闻一多自己在《给游泽承先生》一文中所表白的那样，他一生"与《楚辞》结不解缘矣"。自汉以来，研究《楚辞》的著作、论文不可胜数，但闻一多对《楚辞》的研究最为投入，其研究时间之长、研究方法之新、研究成绩之突出，在现代学人中罕有与其比肩者。他的研究成果，有收入三联书店重印的1948年开明版《闻一多全集》中的《离骚解诂》《天问释天》《楚辞校补》《敦煌旧抄本楚辞音残卷跋（附校勘记）》《怎样读九歌》等，有未收入《闻一多全集》而由季镇淮、何善洲、范宁等整理，上海古籍出版社出版的《天问疏证》(1980)、《离骚解诂》(1985)、《九歌解诂》、《九章解诂》(1985) 等四种著作，还有《楚辞解诂》《楚辞校拾》等一些未刊手稿。闻一多的上述著作，无论是异字异文的裁断，抑或衍文错简的确认，还是字词文义的诠释，都是立足于前人研究基础之上，有所扬弃，更有创新，许多发现和考证至今仍然反响不息。

综观闻一多的《楚辞》研究，它是从背景说明、辞义诠释、文字校正三个方面的课题予以展开的。总的说来，《楚辞校补》以前的有关著作可以归属于“校正文字”的工作，但“尽量将第二项——诠释辞义的部分内容在这里一并提出”；而由他人整理的《天问疏证》等4部著作，正如整理者所言“属于《楚辞校补·引言》中所规定第二项研究课题，即‘辞义诠释’。”三项目研究课题的深入展开，达到了闻一多所说的“替爱好文艺而关心于我们自己的文艺遗产的朋友们，在读这部书时，解决些困难”的目的。这些困难，闻一多在《楚辞校补·引言》中作了说明。他认为，较古的文学作品之所以难读有三个原因：“（一）先作品而存在的时代背景与作者个人的意识形态，因年代久远，史料不足，难于了解；（二）作品所用的语言文字，尤其那些‘约定俗成’的白字（训古家所谓‘假借字’）最易陷读者于多歧亡羊的苦境；（三）后作品而产生的传本的讹误，往往也误人不浅。”

因此，在面对《楚辞》这部“恰巧是这三种困难都具备的一部古书”时，闻一多的《楚辞》研究才确定了上述三项课题和任务，而这对历代的《楚辞》研究来说，在当时恰恰就是一项重大的创新。秦汉以来，《楚辞》研究大都穿凿附会于儒家经典，用注经的方法来研究文艺作品，因此不能见到“庐山真面目”。近代以来的王国维、郭沫若研究《楚辞》，充分利用殷代卜辞材料，注重实证方法，有力地冲击了旧有的考据传统，获得了开创性的成绩。闻一多的《楚辞》研究，正如郭沫若在《<闻一多全集>序》中所指出的那样，“闻先生治理古代文献的态度，他是承继了清代朴学大师的考据方法，而益之近代人的科学的致密”，“他那眼光的犀利，考索的赅博，立意的新颖而翔实，不仅是前无古人，恐怕还要后无来者的”。

广泛搜求资料，审慎鉴别前人的研究成果，全面运用各种现代社会科学知识，是闻一多校注古籍的重要法宝，《楚辞校补》是他这方面的代表作。撰写该书，他确定历史上有代表性的读本为底本，选取了28个重要的旧的注家材料为基础，而主要征引的校勘书目达65种之多。在方法上，既不忽视传统的古文字学、音韵学、训诂学、考据学等的成就，又注重运用现代的历史学、民俗学、神话学、社会学、文化学、文艺学、考古学等成就来研究《楚辞》，他的研究方法，是联结着古代和现代，融汇了古代和现代，堪称这一领域里自觉尝试用综合研究从而取得了重大研究成就的杰出学者。比如，关于“兮”字的研究。“兮”字的大量出现，成为《楚辞》艺术形式上的一个重要标志。清代学者孔广森根据音韵学知识指出“兮”字大体相当于当时的口语“啊”，而闻一多又注意到《楚辞》在语气词方面对诸如“謇”“羌”“些”“兮”等方言土语的突出吸取。现代人一般以为“兮”字没有什么意义，故而可以不予注意。但闻一多认为“兮”字在诗中有很大作用，“特别在歌里，‘意味’比‘意义’要紧得多，而意味正是寄托在声调里的”（《歌与诗》），“兮”字绝不是可有可无的。作为一个感叹字，它成了“歌的核心与原动力”，因为感叹字“本身则是情绪的发泄，那么歌的本质是抒情的，也就是必然的了。”而“《九歌》的文艺价值所以超越《离骚》，意象之美，固是主要原因，但那‘兮’字也在暗中出过大力，也是不能否定的。”（《怎样读九歌》）闻一多认为除了音乐的意义外，“兮”字还有文法上的作用，它有助于语气的转折。诗句中凡遇语气转折处，需用虚字的地方，《楚辞》皆用“兮”。从诗经到建安时期的五言诗，诗体形式的发展与虚字的减少，语言精练有重要关系。《楚辞》用“兮”字替代其他虚字，是古典诗歌形式发展的一个重要环节。

闻一多曾说：“我走的不是那些名流学者，国学权威的路子。他们死咬住一个字，一个词大做文章。我是把古书放在古人的生活范畴里去研究；站在民俗学的立场，用历史神话去解释古籍”（转引自陈凝：《闻一多传》），闻一多的自述道出了他研究《楚辞》的第二个方法。这一方法在《九歌》的研究中得以着力和全面的运用，并获得了独创的贡献。对中国古代神话研究有着重大贡献的闻一多，在《神话与诗》中的《什么是九歌》《怎样读九歌》《九歌古歌舞剧玄解》以及 1980 年第 4 期《中国社会科学》发表的《九歌的结构》等文中论定了“九歌”作为原始歌舞的含义以及它的发展，《九歌》所祭祀的各神仙的起源及其与人民生活的关系。他认为“《九歌》是一套完整的宗教歌剧”，“大概在一个什么重要典礼的纪念日，才表演这伟大的歌剧”。关于《九歌》的结构，闻一多主要继承了前人王夫之《楚辞通释》所认为《礼魂》是其余各篇的送神曲的观点，又借鉴了今人郑振铎等现代学者以《东皇太一》为迎神曲的说法，由此而进一步提出自己的意见：“被迎送的神只有东皇太一”，而“其余各章皆为娱神之曲”，进而指出《九歌》是“扮演‘人神恋爱’的故事，不是实际的‘人神恋爱’的宗教行为”，人们“在领会这种气氛的经验中，那态度是审美的，诗意的，是一种 make believe，那与实际的宗教经验不同”，从而得出了自己鲜明的结论：“‘人神恋爱’或许可以解释《山海经》所代表的神话的《九歌》，却不能字面的 literally 说明《楚辞》的《九歌》。严格地讲，二千年前《楚辞》时代的人们对《九歌》的态度，和我们今天的态度并没有什么差别。同是欣赏艺术，所差的是，他们是在祭坛前观剧——一种雏形的歌舞剧，我们则只能从纸上欣赏剧中的歌词罢了。”（《什么是九歌》）把《九歌》当做原始歌舞剧，似创始于王国维，以后刘大杰也附和。但加以具体说明和发挥的，要推闻一多。郭沫若曾经指出，闻一多“为了证成一个假说，他不惜耐烦地小心地翻遍群书。为了读破一种古籍，他不惜在多方面作苦心的准备。这正是朴学所强调的实事求是的精神，一多是把这种精神彻底地实现了。”（《闻一多全集·序》）上述方法和观点，对于当下学术研究视野的扩大、学述领域的拓展依然不乏启示意义。

闻一多在治研《楚辞》时，非常尊重传统，比如在校释文字方面他最佩服王念孙父子，常常随手翻阅他们的《读书杂志》和《经义述闻》，但又常常凭借自己的审美能力而不为传统所束缚。我们知道，王逸的《楚辞章句》历来被奉为《楚辞》研究的权威，但闻一多虽推崇它却不迷信它。王逸在《天问章句·后叙》中自诩“章决句断，事事可晓，俾后学者永无疑焉”。而闻一多经过潜心探究后却发现“不可晓者犹十有四五焉”。如《天问》中的“顾菟”一词，自王逸始，长期分开解释，以为“顾”为“顾望”，“菟”为“兔子”。到清人认为“顾兔”不能分开，或释为月中菟名，或释为叠的联绵词，终不能使人信服。闻一多另立新说，释“顾菟”为“蟾蜍”，为这千古之谜找到了令人诚服的解释。此外，释《离骚》中“灵锁”为“灵薮”（即神灵之所居），释“伯禹愎鲧”为“伯鲧腹禹”（即伯鲧生禹之意）等，皆不同前人之所见。所以，朱自清在《中国学术的大损失——悼闻一多先生》一文中评价说：“校书本有死校活校之分；他自然是活校，而因为知识和技术的一般进步，他的成就镂镂乎驾活校的高邮王氏父子而上之。”

闻一多的《楚辞》研究，还以一个诗人卓越的审美眼光，将《楚辞》与《诗经》比较，对这两部诗歌经典作出了精辟的论断。他说：“《诗经》时代的人，生活是茫然的，缺少自觉性，虽有诗歌作品，并不欣赏自然，到了《楚辞》产生的战国时代，人类性灵逐渐觉醒，对自然的真和美开始有了较明确的认识与欣赏。《楚辞》的思想渊源与艺术风格与《诗经》有了明显不同。《楚辞》是一种浪漫主义文学。”他在手稿中写道：“幻想（仙）+热情（墨）=浪漫”。而《诗经》时代是一个朴素的农业时代，当时，“艺术与教育是合一的”。战国时代，经济发展了，文化也发展了，艺术开始与教育脱节，《楚辞》引导了诗歌发展的另一个方向。《楚辞》的诞生，标志着中国文学描绘事物、抒发感情、开拓想象等能力有了划时代的提高，极大地推动了文学的发展。正如鲁迅《汉文学史纲要》所言：《楚辞》“较之于《诗》，则其言甚长，其思甚幻，其文甚丽，其旨甚明，凭心而言，不遵矩度。故后儒之服膺诗教者，或訾而绌之，然其影响于后来之文章，乃甚或在三百篇以上。”闻一多与鲁迅针对一向以诗骚并称的传统文学观表达了自己独到的看法。从二者的相异处，大胆地肯定了《楚辞》在中国文学史上对《诗经》的超越及其意义。这一学术发现，至今为文学史家所公认。闻一多不同意《骚》是《诗》的传统的延续，不赞成“诗骚”并举；而在《庄子》的研究中，却乐于“庄骚”并论。庄子是一位伟大的哲人，屈原是一位伟大的文学家。闻一多认为“向来一切伟大的文学家和伟大的哲学家不分彼此。”庄子的思想“本身便是一首绝妙的诗”。当闻一多读到《庄子·天运》篇开头一连十四个问句那段文字时，不禁感叹道：“这比屈原的《天问》何如?”（《庄子》）而当他讲到《离骚》时，则以为若拿来与《庄子》合读，更可以显出它在文学上的可爱。谈及《天问》时，则说以庄子的态度读它，便知此篇的作者的确是古今中外最伟大的诗人，它问尽了古今宇宙时空的最大问题，其气魄之大，罕有人比。《庄子》与它有异曲同工之妙。拿《诗经》境界和它相比，则相去天渊。闻一多对庄骚的推崇，典型地体现了楚文化传统影响下特有的文化心理与审美意识。他的诗歌创作的总体倾向与诗学观念的形成，突出地反映了以《庄子》《离骚》为代表的楚文化传统的深厚影响。

闻一多对屈原的评说和《楚辞》的研究也还存在某些不够完善的地方。例如，他在充分肯定屈原是“中国历史上唯一有充分条件称为人民的诗人”时，对陶渊明、谢灵运等进行了严厉的批评，说“陶渊明时代有多少人过极端苦闷的日子，但他不管，他为他自己写下闲逸的诗篇。谢灵运一样忘记社会，为自己的愉悦而玩弄文字——当我们想到那时别人的苦难，想到那幅流民图，我们实实在在觉得陶渊明与谢灵运之流是多么无心肝，多么该死——这是个人主义发展到极端了，到了极端，即是宣布了个人主义的崩溃，死亡。”（《诗与批评》）用历史唯物主义与辩证唯物主义的观点来看，闻一多对陶、谢的批评，就未免偏激而失之简单。又如，在《楚辞》研究中提出的某些新解大胆有余，实证不足，有主观的推论成分，以致难以使人信服。再如，先秦古籍多通假现象，闻一多遇到疑难而求助于通假，有时不免存在迂曲难通之嫌。尽管如此，但就整体而论，闻一多在屈原和《楚辞》的学术研究上是有重大贡献的。闻一多所以为人称为著名“学者”，是与他在学术上所取得的突出成就和作出的重大贡献分不开的。

参考文献:

[1]《闻一多全集(一)》,开明书店1948年版。
[2]季镇淮主编:《闻一多研究四十年》,北京:清华大学出版社1988年版。
[3]刘烜:《闻一多评传》,北京:北京大学出版社1983年版。
[4]陈凝:《闻一多传》,民享出版社1947年版。

第十八论

郭沫若论李白与杜甫

李白与杜甫是中国古代两位高山仰止的伟大诗人。这一对“诗歌史中的双子星座”共同构成了唐诗领域的“珠穆朗玛峰”。这一点，千余年间向无异议。但是，自中唐以来，围绕着“李杜优劣论”而引发出一场历时久远的“李杜之争”。主要出现了三种情况：有的“杨杜抑李”，例如，元稹、白居易、王安石、苏辙、钱易、黄彻、李攀龙等等；有的“扬李抑杜”，例如，杨亿、欧阳修、祝允明、李挚、杨升庵等等；也有的“李杜并尊”，例如，韩愈、王禹偁、苏轼、黄庭坚、严羽、陆游、钱谦益等等。出现这种情况的原因是复杂的，但无论怎样，它从来不仅止于学术层面，同时还折射每一个时代与时期的社会思潮、文学观念、艺术风尚、审美情趣。此外，它还因为每一个评论者的身世、具体处境、人生际遇、生活阅历、个人欣赏趣味的不同，而各有取舍。有时同一位论者，在不同的生命时段，或者面对不同的社会环境时，涉及李杜的评论，其天秤的“扬抑”倾向，也有所不同。我国现代杰出的文学家、历史学家郭沫若对李杜的评论和“扬抑”的态度就是如此。

一、郭沫若对李白与杜甫的一贯态度和总体评价

郭沫若幼年即从母亲那里接受了最初的诗教。在家塾里诵读了《诗经》《千家诗》《唐诗三百首》等书，其中《唐诗三百首》给了他“莫大的兴会”，留下了深刻的印象。1928 年，他回忆幼年读唐诗的情况时说：“唐诗中我喜欢王维、孟浩然，喜欢李白、柳宗元，而不甚喜欢杜甫，更有点痛恨韩退之。”[1] 1962 年，他又说：“至于唐代的几个诗人，我比较喜欢李白。这是我的口味，不能拿别人的嘴巴来代替我的嘴巴，‘如水到口，冷暖自知’，这是佛家名言，颇有道理。人说马雅可夫斯基的诗好，有人没有经过研究，也就跟着喊好。对杜甫我就不大喜欢，特别讨厌韩愈。”[2] 相隔 30 多年，郭沫若先后两

次表明他“喜欢李白”“比较喜欢李白”，“不甚喜欢杜甫”、对杜甫“不大喜欢”。既然如此，是不是就像有些论者所说郭沫若“历来不喜欢杜甫”呢？我们认为，事实并非完全如此。在上述两段引文里，郭沫若只是从宏观的角度进行横向比较，他说得很有分寸，并没有绝对化。“不甚喜欢”“不大喜欢”杜甫，并非说根本不喜欢杜甫。喜欢不喜欢这是一个艺术欣赏趣味问题，不涉及扬谁抑谁的问题。从郭沫若对李白与杜甫的一贯态度和总体评价看，可以说，他一生始终偏爱和崇拜李白；虽然不甚喜欢杜甫，但对杜甫也是尊敬、肯定的，他对杜甫及其诗歌曾经给了比较高的评价。我们可以举证郭沫若有关这方面的诗文和言论来说明这个问题。

1910 年，他在成都读书期间，与小学时的挚友吴尚之相逢，作《寄吴君尚之》（二首），第二首的开头两句是：“翻云覆雨喻交游，杜老新诗几度讴。”“翻云”句，本于杜甫诗《贫交行》：“翻手作云覆手雨，纷纷轻薄何须数。”1912 年冬天，还是在成都读书时，郭沫若目睹国内混乱的时局，腐败的政治，悲感至深，作七律《感时》（八首），以深沉而炽热的思想感情，抒发了他的“感时愤俗”、忧国忧民的情怀。其基本风格，颇似杜甫晚年所作的《秋兴八首》，甚至有几首还用了《秋兴八首》的原韵。他后来曾回忆那时作诗时的情况：“不是用杜工部《秋兴八首》的原韵拟出一些感时愤俗的律诗，便是学学吾家景纯做几首游仙或者拟古。”[3] 1918 年，远在异域日本的郭沫若，学医难成，想搞文学又不能如愿，理想破灭，大失所望；同时目睹日本帝国主义对中国直接的政治和军事侵略，而国内军阀混战，民不聊生，内忧外患，国将不国。他壮志难酬，心情极度苦闷，遂作《夜哭》诗：“忆昔七年前，七妹年犹小。兄妹共思家，兄妹同哭倒。今我天之涯，泪落无分晓。魂散魄空存，苦身死未早。有国等于零，日见干戈扰。有家归未得，亲病年已老。有爱早摧残，已成无巢鸟。有子才一龄，鞠育伤怀抱。有生不足乐，常望早死好。万恨摧肺肝，泪流达宵晓。悠悠我心忧，万死终难了。”这首诗反映了诗人在民族压迫和封建军阀统治下的家国之痛，其情调、笔法，与杜甫在寓居他乡，生活几濒绝境时所作的《乾元中寓居同谷县作歌七首》也十分接近。1945 年 1 月 18 日郭沫若在《文艺与民主》一文中说：“唐人杜甫被尊为‘诗圣’，其所以能享有此盛名的缘故，也因为他的诗接触了当时的社会。”1953 年，他为成都杜甫草堂纪念馆的题联：“世上疮痍，诗中圣哲；民间疾苦，笔底波澜。”更从正面直接地高度评价了杜甫及其诗歌。1961 年 9 月，郭沫若乘江轮游三峡在奉节阻沙，作《奉节阻沙》组诗八首，其中，第五首和第八首是专为杜甫而作：

忽忆秋兴诗，翻然来杜甫。缓步北山巅，远眺抒肝腑。南斗良可依，京华

不能睹。泪落秋菊丛，汗滴山禾土。老来诗律细，良工心独苦。（第五首）

方入依斗门，重怀工部杜。惜哉遗毁弃，雷霆忞瓦釜。我欲起新人，黄钟鸣韶舞。（第八首）

郭沫若在青年时期颇喜爱杜甫的《秋兴八首》，这次有机会在奉节逗留，想起一千多年前的杜甫在这里生活过，并留下了千古传颂的七律名诗，不禁浮想联翩，挥毫抒写了这两首诗。从这两首诗我们可以看出郭沫若对杜甫及其诗歌的感情和态度。

读郭沫若的一些旧体诗，我们发现其中有的借用杜诗成句，如他早年撰写的一副对联之上联："人生七十古来稀，壮志未移，愿尔后生成骏骥"，首句本杜甫《曲江》诗："酒债寻常行处有，人生七十古来稀"；有的化用杜诗句意，如《赠达夫》："此夕重逢如梦寐，那堪国破又家亡"，源自杜甫《羌村三首》（其一）："夜阑更秉烛，相对如梦寐"；有的套用杜诗句式，如《悼念周总理》："奔腾泪浪滔滔涌，吊唁人涛滚滚来"，仿杜甫《登高》："无边落木萧萧下，不尽长江滚滚来"；有的搬用杜诗语汇，如《赠重庆<新民报>》："一别夔门廿五年，鸟惊花泣恨频添"，"鸟惊花泣"，出于杜甫《春望》："感时花溅泪，恨别鸟惊心"等等。上述例证也能从一个侧面看出郭沫若对杜诗的熟悉和喜爱。

1962年，纪念杜甫诞生1250周年，郭沫若发表了《诗歌史中的双子星座》一文，赞颂杜甫是有骨气的杰出的诗人，"中国人民向来就宝贵他，今后也永远要宝贵他"。称杜甫的诗歌"是当代的一面镜子。他所反映的现实，既真实而又生动，沉痛感人，千古不朽"。对其"朱门酒肉臭，路有冻死骨"，评之为"响彻千古的名句"。并强调说："我们在这里需要特别指出一点：杜甫诗歌的思想特征之一，是反对战争，渴望和平。这是在他诗歌中所贯穿着的一条红线。这是代表着人民的共同愿望的。"又说："我们今天在纪念杜甫，但我们相信，一提到杜甫谁也会联想到李白。李白和杜甫是像亲兄弟一样的好朋友。他们在中国文学史上的地位，就跟天上的双子星座一样，永远并列着发出不灭的光辉。我们希望在纪念杜甫的同时，在我们心中也能纪念着李白。我们要向杜甫学习，也要向李白学习，最好把李白与杜甫结合起来。李白和杜甫的结合，换句话说，也就是浪漫主义和现实主义的结合。"[4]这里没有扬杜抑李，也没有扬李抑杜，而是李杜并尊的。这是对李杜的公允的历史评价，也是对千百年来的李杜评论的恰如其分的总结，是从千百年来的李杜评论中引出的正确结论。

综上所述，可以肯定地说，郭沫若对杜甫是尊敬、肯定的，对杜诗也是比较喜爱的，绝非像有些论者所说他“历来不喜欢杜甫”。当然，郭沫若尊敬、肯定杜甫，并没有回避其历史局限性。在《诗歌史中的双子星座》一文中，郭沫若也明确地说道：“杜甫是生在一千多年前的人，他不能不受到历史的局限。例如他的忠君思想，他的‘每饭不忘君’，便是无可掩饰的时代残疾。他经常地把救国救民的大业，寄托在人君身上，而结果是完全落空。封建时代的文人，大抵是这样，不限于杜甫。这是时代的残疾，我们不必深责，也不必为他隐讳，更不必为他藻饰。”“我们要实事求是来研究杜甫，学习杜甫，去其糟粕而取其精华。”[5]郭沫若在《读 < 随园诗话 > 札记》的《后记》中说：“其实，我也是尊敬杜甫的一个人，九年前我替成都工部草堂写的一副对联可以为证：‘世上疮痍，诗中圣哲；民间疾苦，笔底波澜’。我也同样在称杜甫为‘诗圣’。不过这种因袭的称谓是有些近于夸大的。实事求是地评价杜甫，我们倒不如更确切地说：杜甫是封建时代的一位杰出的诗人。时代不同了。前人之所以圣视杜甫，主要是因他‘每饭不忘君’。我们今天之认识杜甫杰出，是因为他能同情人民。至于他所发展和擅长的排律，所谓‘铺陈终始，排比声韵，大或千言，次犹数百’（元稹《杜甫墓志铭》），那在封建时代虽然是试帖诗的楷模，但在今天却没有多么高的价值了。”“这样评价杜甫，并不是贬低了杜甫。指责了杜甫的错误，也并不是抹杀了杜甫的一切。人谁无错误呢？何况‘圣人过多，贤人过少，要愚人才无过’。把杜甫看成人，觉得更亲切一些。如果一定要把他看成‘神’，看成‘圣’，那倒是把杜甫疏远了。”[6]上述文字比较完整地表明了郭沫若对杜甫的实事求是的评价。这一评价，是符合历史辩证法的科学态度，并符合郭沫若自己所主张的“以人民为本位”的文艺创作原则、文艺评论原则以及史学研究原则，也符合人们对杜甫的共识。

二、郭沫若在《李白与杜甫》中扬李抑杜的偏颇

《李白与杜甫》是郭沫若晚年的绝笔著作。它出版于“文化大革命”这一特殊的环境中，是特定历史时代的产物。在该书的扉页上，作者精心选用了三段《毛主席语录》：

第一段是：“在阶级社会中，每一个人都在一定的阶级地位中生活，各种思想无不打上阶级的烙印。”

第二段是：“无产阶级对于过去时代的文学艺术作品，也必须首先检查它们对待人民的态度如何，在历史上有无进步意义，而分别采取不同态度。”

第三段是：“中国的长期封建社会中，创造了灿烂的古代文化。清理古代

文化的发展过程，剔除其封建性的糟粕，吸收其民主性的精华，是发展民族新文化提高民族自信心的必要条件；但是决不能无批判地兼收并蓄。”

这三段《毛主席语录》当时被人们尊奉为“圣旨”和“绝对真理”，是贯穿于全书的指导思想，是论述李白与杜甫的总纲。但在论述李白与杜甫的章节中的体现又有所不同。该书“关于李白”的论述共有七节：李白出生于中亚碎叶；李白的家室索隐；李白在政治活动中的第一次失败；李白在政治活动中的第二次失败；李白在长流夜郎前后；李白的道教迷信及其觉醒；李白与杜甫在诗歌上的交往。“关于杜甫”的论述有九节：杜甫的阶级意识；杜甫的门阀观念；杜甫的功名欲望；杜甫的地主生活；杜甫的宗教信仰；杜甫嗜酒终身；杜甫与严武；杜甫与岑参；杜甫与苏涣。全书带有鲜明的阶级色彩和政治色彩。这在“关于李白”的章节目录中尚不能明显地看出，而在“关于杜甫”的章节目录中就一目了然。我们举《杜甫的阶级意识》的第一段就可见一斑：

封建社会的阶级矛盾，杜甫在安史之乱前后的流离转徙中，是亲身体会到了。“朱门酒肉臭，路有冻死骨”（《自京赴奉先县咏怀》），是人们所乐于称道的名句。这显然是从“庖有肥肉，厩有肥马；民有饥色，野有饿莩”（《孟子·梁惠王》）脱胎而来，但作为一个封建时代的文人，在一千二百多年前就能有这样明白的认识，应该说是难能可贵的。不过问题还得推进一步：既认识了这个矛盾，应该怎样来处理这个矛盾？这也就是说：你究竟是站在哪一个阶级的立场，为谁服务？推论到这一层，杜甫的阶级立场便不能不突露出来了。他是站在地主阶级的立场、统治阶级的立场，而为地主阶级、统治阶级服务的。

这段话完全贯彻了该书扉页上三段《毛主席语录》的精神，在当时持这样的研究观点是可以理解的。如果说郭沫若在《李白与杜甫》中论述李白与杜甫是以三段《毛主席语录》为总纲，那么，在评价李白与杜甫时则是以扬李抑杜为基调。前文说过，郭沫若一生始终偏爱、崇拜李白，不甚喜欢杜甫。但从他对杜甫的一贯态度和总体评价看，他对杜甫还是尊敬、肯定的，对杜诗也是比较爱读的，他自己的一些旧体诗的创作从杜诗中吸取过许多艺术营养，获得过不少启迪。可是，到撰写《李白与杜甫》时，却一改昔日的态度，肆意贬抑杜甫。

首先是贬抑杜甫其人。著名学者萧涤非在《关于＜李白与杜甫＞》一文中批评郭沫若扬李抑杜时指出：“要贬低杜甫，首先就得把‘诗圣’和‘人民诗人’这两顶新旧‘桂冠’从杜甫头上摘下来。郭老正是从这里入手的。”事实就是如此。在关于杜甫是否是“人民诗人”的问题上，郭老仅仅是抓住

《喜雨》中的“安得鞭雷公，滂沱洗吴越!”和《夔府书怀》中的“绿林宁小患？云梦欲难追！即事须尝胆，苍生可察眉”的几句诗就作出否定的结论，并由此断言：“杜甫是完全站在统治阶级、地主阶级一边的。这个阶级意识和立场是杜甫思想的脊梁，贯穿着他遗留下来的大部分的诗和文。”[7]又说：“以前的专家们是称杜甫为‘诗圣’，近时的专家们是称为‘人民诗人’。被称为‘诗圣’时，人民没有过问；被称为‘人民诗人’时，人民恐怕就要追问个所以然了。”[8]很明显，郭老是不赞成将杜甫当“诗圣”和“人民诗人”看待的。杜甫究竟能不能称为“诗圣”和“人民诗人”，这个问题是可以讨论的。但笔者认为，我们讨论问题必须从事实出发而不能凭感情用事。同时我们在这里还得提出一个问题：郭老自己也曾一再地称杜甫为“诗圣”，如为成都杜甫草堂题写的那副对联就有“诗中圣哲”的话，为成都川剧学校的题诗也有“诗圣至今剩草堂”之句，为什么到“文革”时期却来了个大转弯呢？在我们看来，杜甫之所以被后人尊称为“诗圣”，是因为他是中国古典诗歌的集大成者，在我国现实主义诗歌的发展中，居于承前启后、继往开来的特殊重要的地位。他继承了六朝以来诗歌在音韵、格律和遣词造句等方面的艺术技巧，并加以创新和发展，把现实主义的诗歌推向更新、更高、更成熟的阶段，对后代诗歌产生了极深远的影响。自然，杜甫之所以被尊称为“诗圣”，并非单指其诗歌创作的伟大成就，还在于他的人格魅力和道德水准。儒家亚圣孟子说：“孔子，圣之时者也。孔子之谓集大成。集大成也者，金声而玉振之也。”（《孟子·万章下》）他还说：圣人是“人伦之至也”（《孟子·离娄上》）。作为封建时代的杰出诗人，杜甫背负着对国家、民族和人民的沉重的责任感，凝视着流血流泪的现实，忠实地描绘出时代的面貌、人民的苦难和诗人内心的悲哀，这种关注现实、关注社会、关注国家、关注民生、忧国忧民、积极入世的高尚人格和道德情操，千余年来，一直被人们所赞美。北宋政治家王安石不仅推崇杜甫的诗，而且推崇杜甫的为人。他在《杜甫画像》中说：“惟公之心古亦少，愿起公死从之游。”王安石认为，杜甫有一颗高尚、伟大的心灵，这在古代是非常少有的。他希望杜甫能起死回生，他愿意和杜甫交游，做杜甫的朋友。到了现代，著名诗人闻一多曾写过一篇题为《杜甫》的文章，他用诗一般的语言赞美杜甫是“我们四千年文化中最庄严、最瑰丽、最永久的一道光彩。”“诗圣”是前人对杜甫的崇高评价，但是，杜甫一生都没有奢求自己成为什么“圣”。他一生为之自豪的是自己的儒生身份。有人做过统计，他的诗歌中“儒”字出现过45次，除了1次是指“侏儒”以外，其余44次都是指“儒家”。他自称是“儒”“老儒”，甚至用从来都是讽刺意味的“腐儒”自况。杜甫从不曾以“诗圣”自居。“诗圣”这顶“桂冠”'戴得合适不合适，这是后人的事，不应该因此讥刺杜甫本人，更不应该因此而否定杜甫。至于杜甫是不是可以称为“人民诗人”，应该从诗人对人民的态度和他的诗歌是否具有人民性这两个方面来衡量。作为封建时代的杰出诗人，杜甫的伟大之处，首先表现在他所具有的那种一贯同情人民、热爱人民的思想感情。他不仅看到，而且是和人民感同身受着战乱、饥饿和寒冷。因此他能够以中国古代诗人从来没有达到的思想深度，反映人民的各种压迫和苦难。如《兵车行》反映了由于封建统治者的穷兵黩武，致使兵士长期戍边，流血成海水，家中农田虽然荒芜，仍要负担沉重的官租。《岁晏行》记载了在米贱伤农的情况下，百姓卖儿鬻女交纳租税的凄惨处境。在他笔下写到了很多不幸的下层人民，象被迫去服兵役的老翁、老妇和“中男”，无衣无儿的寡妇，“暮婚晨告别”的新郎，采蕨、负薪和织布的寒女等等。在杜甫之前，还没有一个诗人在自己的作品中写到这样众多的下层人民，这样多方面地反映下层人民的生活。特别可贵的是，诗人在作品中，不止一次地揭露了封建社会尖锐的阶级对立，形象地揭示出两个阶级截然不同的生活处境。如《自京赴奉先县咏怀五百字》中说：“朱门酒肉臭，路有冻死骨”，《驱竖子摘苍耳》中说“富家厨肉臭，战地骸骨白”，《岁晏行》中说：“高马达官厌酒肉，此辈（指人民）抒柚茅茨空。”在《自京赴奉先县咏怀五百字》中又说：“彤庭所分帛，本是寒女出。鞭挞其夫家，聚敛贡城阙。”他不只看到阶级生活的贫富悬殊，而且还认识到富者的奢靡生活是从贫者中“聚敛”来的，不自觉地接触到了阶级压迫和剥削这个问题。杜甫的伟大之处还在于：他并没有停留在只是同情人民这一层面上，他总是怀着满腔热情地去歌颂人民、赞美人民。在《负薪行》和《最能行》中，他歌颂了夔州妇女的勤劳和峡中舟子的勇敢，并且反问那些鄙视他们的人说：“若道巫山女粗丑，何得此有昭君村?”“若道土无英俊才，何得山有屈原宅?”诗人不仅同情人民，歌颂人民，而且还对人民表现了无微不至的关怀。大历二年（公元767年），杜甫从夔州的瀼西迁居东屯，把瀼西草堂让给一位叫吴郎的亲戚居住。但心里还惦念着一个住在草堂附近的衣食无着、无儿无女的贫苦妇人，于是便写诗给吴郎：“堂前扑枣任西邻，无食无儿一妇人。不为困穷宁有此，只缘恐惧转须亲。即防远客虽多事，便插疏篱却甚真。已诉征求贫到骨，正思戎马泪盈中!”（《又呈吴郎》）这里所同情的是一个明确无误的贫苦的农妇。杜甫对他的同情不是封建士大夫的“慈悲心”的“施舍”，而是一种设身处地的真情实感，真挚、深厚、体贴入微。同情其贫困，理解其处境，且又虑其恐惧，转而更加体贴，不惟不惧其来，而且唯恐其不来，真是一片至诚。一个无衣无食的贫苦老妇，在杜甫心目中占有如此重要的地位，以至不仅自己同情她，还劝告别人善待她。这种思想感情如此真实地反映在诗歌中，呈现出一种动人心魄、感人肺腑的感染力。在当时，除杜甫外，并无第二人。“穷年忧黎元，叹息肠内热”（《自京赴奉先县咏怀五百字》），对人民的深切同情和关爱，是杜甫诗歌人民性的一个主要特征。杜甫在对待人民的态度上达到了他以前和同时代的作家所不曾达到的高度。因此，我们认为，新、旧研究家们给杜甫戴上“人民诗人”的“桂冠”是恰如其分的，杜甫是当之无愧的。可是郭老对此却大不以为然，竟然还要代表人民“追问个所以然”。这是为什么呢？其用心是不言而喻的。郭老为了贬抑杜甫，还在杜甫的“阶级意识”和“地主生活”上大做文章。在《杜甫的阶级意识》一节中，郭老断言杜甫是“站在地主阶级的立场、统治阶级的立场，而为地主阶级、统治阶级服务的”。在《杜甫的地主生活》一节中，说杜甫行可乘马，食有酒肉，居则广厦，过的是养尊处优的地主生活。因此根本不能称“人民诗人”。这样，他就把“人民诗人”这顶“桂冠”从杜甫头上摘了下来，从而达到了贬抑杜甫的目的。

其次，与贬抑杜甫其人紧密联系的是贬抑杜甫其诗。在《李白与杜甫》中对杜甫的诗歌特别是历来传诵的名篇几乎作了全盘否定。例如，对于著名的《三吏》《三别》这六首诗，郭老认为，“我们从阶级的观点来加以分析时，诗的缺陷便无法掩饰了。杜甫自己是站在地主阶级的立场上的人，六首诗中所描绘的人民形象，无论男女老少，都是经过严密的阶级滤器所滤选出来的驯良老百姓，驯善得和绵羊一样，没有一丝一毫的反抗情绪。这种人正合乎地主阶级、统治阶级的需要，是杜甫理想化了的所谓良民。”[9]说杜甫对于受难者的同情是“廉价的同情”，[10]“他的怨天恨地是在为祸国殃民者推卸责任”，[11]“过分夸大《三吏》和《三别》的‘人民性’，是不切实际的。”[12]究竟应该怎样评价《三吏》《三别》呢？这里不妨谈谈我们的看法。我们知道，《三吏》《三别》这六首诗，是杜甫在安史之乱期间乾元二年（公元759年）春，唐王朝的60万大军为叛军所击溃，形势非常危急这一特定的历史背景下写的。因此要理解这六首诗，就必须密切结合当时的历史情况和杜甫的思想实际。在安史之乱中，杜甫随同难民一起颠沛流离，耳闻目睹了人民的苦难。他的《三吏》《三别》忧战乱，呼苍生，怜疮痍，运用艺术典型化手法，集中地揭露了叛乱战争给国家和人民造成的深重灾难：“万国尽征戍，烽火被岗峦。积尸草木腥，流血川原丹”（《垂老别》），也揭露了唐王朝乱抓壮丁给人民带来的疾苦：“一男附书至，二男新战死。存者且偷生，死者长已矣”（《石壕吏》），广泛地反映了战争给国家和人民的巨大创伤。诗中写了“急赴河阳役”

的老妪，也写了“暮婚晨告别”的新郎，写了无家告别的征夫，也写了年迈出征的老翁。他们发出了极为悲愤的反诘：“人生无家别，何以为蒸黎”（《无家别》）。“何以为蒸黎”，点明了诗人贯穿于组诗中沉痛的忧民之情。但从爱国立场出发，诗人在组诗中明确肯定了平叛战争。在《新安吏》中借新妇之口鼓励新郎：“勿为新婚念，努力事戎行。”这组诗既批判了唐王朝的滥抓壮丁，又鼓励应征者努力去平定叛乱，这种矛盾的态度，是现实生活矛盾的反映，也是杜甫思想矛盾的反映。它说明了诗人既同情人民疾苦，也关注国家危难，是符合诗人忧国忧民的思想面貌的。但是郭老却脱离历史背景和诗人的思想实际以及诗歌具体的叙事抒情内容，孤立地进行评论，这就必然要曲解以致贬低这六首诗。杜甫的另一首名诗《茅屋为秋风所破歌》写的是封建社会里一个正直善良的知识分子，在风雨交加的夜晚，自己的茅屋被秋风吹破，屋漏淋湿，不能安眠，他从自己的苦难联想到天下穷苦人民的苦难，进而宁愿自己“冻死”也要换取天下穷苦人民的温暖。杜甫在这首诗中描写了他本人的痛苦，但当我们读完最后一节的时侯，就知道他不是孤立地、单纯地描写他本人的痛苦，而是通过描写他本人的痛苦来表现“天下寒士”的痛苦，来表现社会的苦难、时代的苦难。杜甫的这首诗是十分感人的，因为它深深地挖掘出每一个善良的普通人都具备的崇高感情。这种感情在普通人那里也许仅仅是一个念头，一个转瞬即逝的愿望，而诗人却抓住这种美好的感情和崇高的愿望生动地再现在诗中，使读者的精神境界得到升华，从而能够抵制利己主义的尘俗观念的侵袭。直到现在我们读到它时还深深地被激动着。可是郭老却说杜甫“异想天开的‘广厦千万间’的美梦，是新旧研究专家们所同样乐于称道的……其实诗中所说的分明是‘寒士’，是在为还没有功名富贵的或者有功名而无富贵的读书人打算，怎么能够扩大为‘民’或‘人民’呢？农民的儿童们拿去了一些被风吹走的茅草都被骂为‘盗贼’，农民还有希望住进‘广厦’里吗？”[13]郭老无视全篇，却抓住了“盗贼”“寒士”这两个词，指责杜甫谩骂了“贫穷的孩子”（贫下中农子弟），而要庇荫的却是“寒士”——封建社会的“读书人”（臭知识分子），说这首诗“赤裸裸”地体现了杜甫的地主阶级的“阶级立场和阶级感情”。既然如此，那么这首诗还有什么“人民性”和“进步性”，还有什么值得肯定的呢？在这里我们姑且不说郭老对“南村群童”和“寒士”这两个词的解释是站不住脚的，即如郭老所说，指责也是不能成立的。试问：为“寒士”，算不算为民呢？在我们看来，这应该是不言而喻的问题。在封建社会里，人民的概念当然不专指农民而言。“寒士”即穷苦的读书人，当然也不应该被排斥在人民的行列之外。把“寒士”排斥在人民之外，从而论证杜甫在这里表现的也是地主阶级的立场和感情，并且以千万间广厦是否可能变为现实去苛求他，实在不是实事求是的态度。北宋的王安石在《杜甫画像》中这样赞美杜甫：“宁愿吾庐独破受冻死，不忍四海赤子寒飕飕。”可见杜甫这首诗一直在鼓舞后人为人民的利益作出自我牺牲。郭老不顾这首诗的艺术形象及其在社会实践中所起的巨大作用，只摘其只言片语，曲解诗意，这显然是不符合这首诗的实际的。鲁迅先生曾说：“倘要论文，最好是顾及全篇，并且顾及作者的全人，以及他所处的社会状态，这才较为确凿。”“倘有取舍，即非全人，再加抑扬，更离真实。”[14]在《李白与杜甫》中有不少地方是取舍随意，抑扬失当，不符合事实的。郭老之所以这样做，只不过是为了贬低杜诗寻找一个借口。

郭沫若一方面肆意贬抑杜甫，另一方面则竭力褒扬李白。李白是古代最伟大的浪漫主义诗人。作为一生始终喜爱、崇拜李白的现代浪漫主义诗人郭沫若，在《李白与杜甫》中对李白的论述，无论是从李白出生的地方，还是他政治活动中两次失败的探究，直到李白思想的分析，都颇有创意。但郭沫若在写作本书时，明显地对李白有所偏爱，故不少地方褒扬失当，有任意拔高之嫌。最突出的例子，是对李白那首《刬却君山好》的绝句的解释。原诗是：“刬却君山好，平铺湘水流。巴陵无限酒，醉杀洞庭秋！”（《陪侍郎叔游洞庭醉后三首》第三首）郭沫若为了论述这首诗具有人民性，说了下面一段话：

揣想李白的“动机目的”，他要“刬却君山”以铺平湘水，不是他看到农民在湖边屯垦，便想到要更加扩大耕地面积吗？这样的揣想，和诗中的“酒”和“秋”是不是有联系？有！而且联系得很紧凑！……因此，我乐于肯定：李白要“刬却君山”是从农事上着想，要扩大耕地面积。“巴陵无限酒”不是让李白三两人来醉，而是让所有的巴陵人来醉。这样才能把那样广阔的洞庭湖的秋色“醉杀”（醉到尽头，醉得没有剩余）。因此，李白“刬却君山”的动机和目的，应该说才是真正为了人民。[15]

为了说明李白诗比杜甫诗更具有“人民性”，郭沫若还举出李白的《秋浦歌十七首》中的第十四首：“炉火照天地，红星乱紫烟。赧郎明月夜，歌曲动寒川。”说“在这首歌里，他在歌颂冶矿工人”，“这好像是近代的一幅油画，而且是以工人为题材”，又说李白“这些歌颂工农生活的诗，虽然不是‘掣鲸碧海中’，但也不是‘翡翠兰苕上’，而是一片真情流露的平民性的结晶。”[16]

在这里，我们一看就知，郭沫若以强烈的感情色彩和主观随意性导致了对诗意的任意发挥和拔高，而远离了诗歌的基本内涵。

扬李抑杜的例子，在《李白与杜甫》一书中是很多的。这里就不一一列举了。

郭沫若在《李白与杜甫》中扬李抑杜，明显地与他过去的意见和态度相左。造成这种思想逆转，我们认为主要有以下几个原因：

第一，由于受当时以阶级斗争为纲的"左"的社会思潮的影响，简单地、机械地运用阶级分析的方法研究杜甫，用现代标准苛求古人。《李白与杜甫》一书酝酿大约始于1967年，初稿成于1969年，正式出版于1971年。这正是"文化大革命"最疯狂的时期。在那个特殊的年代里，"以阶级斗争为纲"的社会思潮几乎影响着每一个中国人，"阶级斗争"成了每一个中国人尊奉的政治准则，"阶级分析方法"是中国人处理一切事务的最基本的方法。郭沫若处于这样特殊的社会环境中自然也不能完全摆脱那一时代思潮的影响。诚然，作为一种曾经有过重要影响的文学批评方法，对作家作品进行阶级分析并非一无可取。但是，脱离具体的社会历史条件，忽视文艺本身的特点、规律和价值，对作家作品进行简单、机械的阶级分析，则是不可取的。郭沫若用阶级分析方法分析杜甫的名句"朱门酒肉臭，路有冻死骨"时说杜甫描写了阶级矛盾，但又说"既然认识了这个矛盾，应该怎样来处理这个矛盾？也就是说：你究竟是站在哪一个阶级的立场上为谁服务？"[17]在谈到《新安吏》时说："使人民受到这样的灾难到底是谁的责任，应该怎样才能解救这种灾难？"[18]在论及《无家别》时甚至要求给"何以为蒸黎"这个问题找出答案。如果做不到这些，诗人的同情便是"廉价的同情"，诗人的安慰就不是安慰人民，"是在自己安慰自己"[19]。我们认为这样的指责未免过于偏激和不近情理。把古代作家硬拉到现代生活条件中来，按现代的标准（严格地说，只是一种随心所欲的谬误的标准）去评头品脚，对他们提出各种苛刻的要求，要求一千多年前的杜甫提出解决阶级矛盾的方案，要求出身于地主阶级的杜甫完全彻底背叛他的本阶级站到人民的立场上，为人民服务，要求杜甫去完成他当时所不能完成的使命，是不切实际的。

第二，与郭沫若的浪漫主义文学思想与个性和气质密切相关。众所周知，早在五四时期郭沫若就高张浪漫主义旗帜崛起于诗坛。在中国新文学史上，郭沫若是典型的浪漫主义诗人。他对中国古代的浪漫主义诗人大都倾注景仰之情。他尊崇屈原，为屈原《离骚》作今译，并作历史剧《屈原》，成功地塑造了屈原这个爱国的政治家兼诗人的典型形象，将历史与现实统一起来，将革命的浪漫主义与革命的现实主义结合起来，使该剧收到了巨大的政治效果和艺术效果。他尊崇李白，作《李白与杜甫》扬李抑杜，体现了他的浪漫主义文学思想。郭沫若童年读唐诗，喜欢李白，不甚喜欢杜甫，这是由于李白的诗浅近明朗，通俗易懂的居多，适合自己的口味，而杜甫的诗格律谨严，感情凝重，用典较多，不易为孩童所理解。成年以后，郭沫若仍然喜欢李白，不大喜欢杜甫，这与他性格和气质中有浓重的浪漫主义因素有关。因为李白的倜傥不羁的个性和气质，浪漫主义的情怀，与郭沫若有许多相通之处。所以他始终心仪李白，偏爱李白。

第三，为了翻历史上“扬杜抑李”的旧案，做翻案文章。大家知道，郭沫若有做翻案文章的癖好。例如，作历史剧《蔡文姬》，为曹操翻案，作《武则天》，为武则天翻案。作《李白与杜甫》则是为翻历史上“扬杜抑李”的旧案。这一点他在该书中说得很清楚：

抑李而扬杜，差不多成为封建时代士大夫阶层的定论……然而出乎意外的是解放以来的某些研究者却依然为元稹的见解所束缚，抑李而扬杜，作出不公平的判断。[20]

在这里可以看出，郭沫若作《李白与杜甫》的目的之一是要对长期以来“抑李扬杜”这种“不公平”的现象作重新的“判断”，或者说要从元稹“扬杜而抑李”的见解“束缚”中解放出来，要做翻案文章。郭沫若在《十批判书》的《后记》中曾经说过：“在我认为答复歪曲就只有平正一途。我们不能因为世间上有一种歪曲流行，而另外还他一个相反的歪曲。矫枉不宜过正，矫枉而过正，那便有悖于实事求是的精神。”[21]遗憾的是，郭沫若作《李白与杜甫》翻“扬杜抑李”的历史旧案，“矫枉”未免“过正”，以至于违背了实事求是的精神和严谨的科学态度，从而使自己陷入了片面性。

有人说，毛泽东于唐诗中最爱“三李”（李白、李贺、李商隐），尤其爱李白的诗，不大喜欢杜甫的诗，有扬李抑杜的倾向，郭沫若最崇拜毛泽东，因而认为《李白与杜甫》中的扬李抑杜是“迎合”毛泽东的审美趣味，“秉承”毛泽东的意旨，“以学术投权力之所好”。笔者则有不同的看法。前文说过，郭沫若读唐诗，喜欢李白，不甚喜欢杜甫，起自童年，由来已久，实乃个性和情趣使然，并非人云亦云，并非在“文革”中投毛泽东所好；况且他当时已跻身于国家高级领导阶层，以他杰出的学术成就和尊贵的政治地位，以及他从不惧怕权威的性格和勇气，政治投机似乎也没有多大必要。

郭沫若在《李白与杜甫》中“扬李抑杜”，许多学者提出了异议。1976年底，胡曾伟写信批评《李白与杜甫》扬李抑杜太过，并新译了杜甫的《石壕吏》寄给郭沫若，说：“杜甫大量诗作都是很能反映当时的社会现实的，这一点恰是李诗不及的地方，李诗以抒发个人情怀居多。”认为“扬李无可议，抑杜颇为奇”。对此，郭沫若于1977年1月28日复信给胡曾伟阐明自己对李杜评价的观点，说："您的信和《石壕吏》译释，都拜读了。我基本上同意您的见解。杜甫应该肯定，我不反对，我所反对的是把杜甫当成'圣人'，当成'它布'（图腾），神圣不可侵犯。千家注杜，太求甚解。李白，我肯定了他，但也不是全面肯定。一家注李，太不求甚解。"[22]这里，郭沫若进一步强调要把杜甫当成平常人看，而对历史上李杜的评价及其偏颇提出了自己的不同看法。这里所表述的思想，实际上是回到了1962年他在《诗歌史中的双子星座》一文里的观点，修正了他在《李白与杜甫》里所持的偏颇态度。这个回归，是郭沫若对"扬李抑杜"倾向的"矫枉"和反正，是历史唯物主义的胜利。

三、李白与杜甫：中国文学史上的双子星座

李白与杜甫是并驾齐驱、影响最大的两位古代诗人，虽然他们的诗歌的风格不同，创作的视角各异，两人却是非常要好的朋友。以李白为代表的浪漫主义诗歌，以杜甫为代表的现实主义诗歌，对后代诗歌的发展都产生了巨大而深远的影响。唐代的韩愈就已经给了他们很高的评价："李杜文章在，光焰万丈长"[23]。历代的人们，包括许多杰出的诗人在内，莫不向他们拜倒，把他们的诗歌奉为学习的最高典范。同时，历代还出现了许多搜集、注解和研究李白与杜甫诗歌的著名学者或选家。在中国文学史上，还没有哪一位诗人，曾经像李白与杜甫有这样多的追随者、崇拜者。虽然自中唐以来，围绕着"李杜优劣论"而展开的"李杜之争"，对李白与杜甫或褒扬或贬抑，但任何带有偏见的褒贬都改变不了他们固有的光辉。在中国文学的发展长河中，李杜的历史地位始终是任何人难以撼动的。还是郭沫若说得好："他们在中国文学史上的地位就跟天上的双子星座一样，永远并列着发出不灭的光辉。"这是历史的结论，也是中华民族的共识。

参考文献：

[1]郭沫若：《我的童年》，《郭沫若全集》文学编，第11卷，北京：人民文学出版社1992年版。

[2]郭沫若：《谈诗》，《羊城晚报》，1962年3月15日；《文汇报》，1962年3月29日。

[3]郭沫若：《黑猫》，《郭沫若全集》文学编，第11卷，北京：人民文学出版社

1992 年版。

[4][5]郭沫若:《诗歌史中的双子星座》,《光明日报》,1962 年 6 月 9 日。

[6]郭沫若:《读 <随园诗话> 札记·后记》,《郭沫若全集》文学编,第 16 卷,北京:人民文学出版社 1989 年版。

[7][8][9][10][11][12][13][15][16][17][18][19][20]郭沫若:《李白与杜甫》,北京:人民文学出版社 1971 年版。

[14]鲁迅:《且介亭杂文二集·"题未定"草》(六至九),《鲁迅全集》第 6 卷,北京:人民文学出版社 1981 年版。

[21]郭沫若:《十批判书·后记》,《郭沫若全集》历史编,第 2 卷,北京:人民出版社 1982 年版。

[22]《郭沫若同志就 <李白与杜甫> 一书给胡曾为同志的复信》,《东岳论丛》,1981 年第 6 期。

[23]韩愈:《调张籍》,《中国历代诗歌选》上编·二,北京:人民文学出版社 1964 年版。

第十九论

鲁迅论章太炎

一、“吾爱吾师，吾尤爱真理”

章太炎（1869～1936），是辛亥革命时期著名的资产阶级民主革命家、思想家，也是著名的学者，人称国学大师。年轻时，曾是江南经学家俞樾的得意门生。他参加过维新运动，在戊戌变法失败后，转向革命。这时，他去看望老师俞樾，希望得到老师的支持。俞樾却大骂他不孝不忠。为了革命，章太炎写了惊世骇俗的《谢本师》，公开声明与他所敬爱的老师断绝了师生关系。他的“吾爱吾师，吾尤爱真理”的话语已成为人们传诵的名言警句。

章太炎也是鲁迅求学时代最尊敬的一位老师，可以说是继严复、藤野先生之后的鲁迅早期的第3位宗师。严复主要以所译述的《天演论》给鲁迅以重要的思想影响，使鲁迅从这里接受了达尔文的进化论，初步形成了“将来必胜于过去，青年必胜于老年”的社会发展观。藤野先生主要以仁厚博大的胸怀和对医学的热爱与忠诚，给了鲁迅极大的鼓舞和力量，使他终生难忘。章太炎对鲁迅的影响，主要是在民主革命思想方面、人品人格方面，以及国学、文字学和学术研究方面的潜移默化。鲁迅最早知道章太炎的名字，是在赴日留学之前的1901年末。那时的太炎先生是一位“以文章排满的骁将”，其所作的《訄书》，因其宣传民族革命思想，充满反对清王朝的民族主义激情，影响极大。尤其是他在《苏报》上发表的慷慨激昂极富鼓动性的政论文章，对青年鲁迅产生了很大的吸引力。1903年6月，章太炎在《苏报》上发表了批判保皇，反对立宪，倡言革命的《驳康有为论革命书》，同时又为18岁的革命小将邹容写的反清小册子《革命军》作序。这两篇战斗性很强的文章同时发表在《苏报》上，在社会上引起重大反响。于是清政府以“污蔑朝廷”“谋为不轨”的罪名，勾结英帝国主义，把章太炎抓进上海租界的牢狱，监禁3年。1906年章太炎出狱后，东渡日本，参加了孙中山领导的同盟会，并主编该会机关报《民报》。他以《民报》为阵地，继续发表了许多鼓吹民族革命，宣传革命主张，批判改良主义的文章，表现了一个民主革命宣传家和理论家的战斗风貌。1908年，清政府勾结日本政府封闭了《民报》，章太炎不得不停止了自己的文字宣传工作，但他仍留在东京开办国学讲习会，讲授国学。正是在这时候，鲁迅到章太炎那里去听讲学，从此，就成了章太炎的私淑弟子。据鲁迅好友许寿裳回忆：“我和鲁迅极愿往听，而苦于学课时间相冲突，因托龚未生（名宝铨）转达，希望另设一班，蒙先生慨然允许。”[1]授课地点就在《民报》社章先生的寓所里。“每星期日清晨，我们前往受业，在一间陋室之内。师生环绕一张矮矮的小桌，席地而坐。先生讲段氏《说文解字注》，郝氏《尔雅义疏》等，神解聪察，精力过人，逐字解释，滔滔不绝，或则阐明语源，或则推见本字，或则旁证以各处方言，自八时至正午，历四小时毫无休息，真所谓‘诲人不倦’。”[2]鲁迅的学习非常认真，他听课时“自始至终，一丝不苟，认真笔记，全部记录。”[3]有些没有记下来，便借同学龚未生的笔记抄录。后来鲁迅说：他之所以前去听讲，并非因为章太炎是学者，而是因为“他是有学问的革命家”。

章太炎作为鲁迅的先生，对鲁迅产生了一定的影响。这一点，我们可以分期加以说明。在1906年章太炎去东京以前，章太炎为邹容《革命军》作的序，他的《驳康有为论革命书》和《狱中赠邹容》的革命诗，以及《苏报案》发生前后的种种表现，显现了他的革命精神和坚强意志，鲁迅对此颇为仰慕敬佩。1906年到东京后，章太炎主编《民报》，宣传革命思想，与主张改良的《新民丛报》展开了激烈的论战。鲁迅很爱看《民报》，认为那上面章氏的文章“所向披靡，令人神往”。鲁迅这时彻底摆脱维新主义影响，建立民主革命思想，受到了章太炎的影响。以后，跟章太炎学《说文》等，在国学方面和文字学方面，获益匪浅，为今后的学术研究，打下了一定的基础，而主要的仍然是革命思想、革命精神的影响和熏染。许广平在《民元前的鲁迅先生》一文中说：“章太炎先生，国学非常之精醇，而又是一位百折不挠的革命家，（鲁迅）先生的向他求学，不是志在学问，而是向往他的人格。”[4]许广平明确地认为，章太炎对鲁迅的影响主要在人格方面。鲁迅所颂为“后生的楷范”的章太炎的人格，集中地说来，就是几经坎坷，出入虎穴，刚正耿直，不屈不挠的革命精神和革命气节。鲁迅作为章太炎的学生，对先生的思想、人格和道德文章，都是很敬重的。在以后的岁月里，他总是怀着十分尊敬的感情，无论在什么地方或什么场合，无论是口头上或文字上，每提及先生，总是尊敬而亲切地称为“章师”“章先生”，而更多的时候是称“太炎先生”。这可以从他逝世前写的《关于太炎先生二三事》和《因太炎先生而想起的二三事》两篇文章为证。但是在学习上，鲁迅却不盲从。有一次章太炎问到文学的定义是什么，鲁迅回答说：“文学和学说不同，学说所以启人思，文学所以增人感。”这回答应该说是抓住了一般学术论著和文学作品的区别和各自的主要特征的。章太炎听了却说：“这样分法虽较胜于前人，然仍有不当。郭璞的《江赋》，木华的《海赋》，何尝能动人哀乐呢。”鲁迅听了，“默然不服”，他不敢苟同。出门以后，他对许寿裳说：“先生诠释文学，范围过于宽泛，把有句读的和无句读的悉数归于文学。其实文章与文学固当有分别的，《江赋》《海赋》之类，辞虽奥博，而其文学价值很难说。”[5]由此可见，鲁迅“吾爱吾师，吾尤爱真理”的精神和在治学上独立思考的态度。这种精神和态度也表现在鲁迅对章太炎一生的评价上。

二、鲁迅称颂章太炎是“有学问的革命家”

1936年章太炎先生逝世后，人们对他一生的功过评价各异，褒贬不一。国民党反动政府别有用心地发布“国葬”令，“褒扬”他为“精研经术”的“宿儒”；说他“以讲学为事，岿然儒宗，士林推重”，却完全抹杀了章太炎的革命业绩。“上海的官绅”和“文侩”们也蜂起谬托知己，大搞所谓纪念活动，又是开追悼会，又是写黑文章，竭力夸大章太炎的学术成就，否定章太炎的革命精神，企图把他打扮成反动统治阶级所需要的复古的“先贤”，以便利用章太炎这块“神主牌位”，强化其思想领域的法西斯专政。鲁迅一眼识破了他们的阴谋，深刻地指出：因为他和刘半农一样，“既是作古的名人，又是先前的新党，以新打新，就如以毒攻毒，胜于搬出生锈的古董来。”[6]这就一针见血地揭穿了反动派利用章太炎的“声名”搞纪念丑剧的卑鄙目的。为了让章太炎当年战斗的形象，“永远活在战斗者的心中”，鲁迅在逝世前十天，抱病写了《关于太炎先生二三事》《因太炎先生而想起的二三事》两篇文章，运用辩证唯物主义和历史唯物主义的观点和方法，全面、准确、公正地评价了章太炎的一生。首先对章太炎一生的革命事业和学术地位提出了自己的看法，热情赞扬他辛亥革命前的革命精神，肯定他在革命史上的贡献，从而批判上海的官绅和文侩故意夸大章太炎学术成就的谬论。鲁迅认为，“先生的业绩，留在革命史上的，实在比在学术史上的还要大”，“战斗的文章，乃是先生一生中最大，最久的业绩”，并真诚地赞扬了这些文章，“真是所向披靡，令人神往”，深情地称颂章太炎是“有学问的革命家”。这是鲁迅对章太炎的基本看法和评价。这一看法和评价是通过章太炎在辛亥革命前的事迹进行论证的。章太炎在辛亥革命前的事迹很多，但鲁迅只选择了他入狱的原因、狱中的表现和出狱后主办《民报》等3件事来阐述。

鲁迅认为，章太炎入狱的原因，是由于“他驳斥康有为和作邹容的《革命军》序”。20世纪初期，以孙中山为代表的革命派和以康有为代表的保皇派进行了关于中国革命道路问题的大论战：革命派主张以革命手段推翻清政府，建立新的共和国；保皇派则妄图保存清王朝，用君主立宪来阻挠民主革命。1903年，康有为写了一篇名为《与南北美洲诸华商书》的文章，系统地阐述了所谓中国“只可立宪，不能革命”的反动主张。对此，章太炎立即在他主办的《苏报》上发表了著名的《驳康有为论革命书》，痛斥康有为逆历史潮流而动的澜言，强调以革命明公理，以革命去旧俗，论证只有革命才是最好的出路。同时，章太炎还为邹容的《革命军》作了热情洋溢、充满战斗精神的序文，影响极为广泛，大大地推动了当时革命派对保皇派的斗争。因此，遭到清朝政府的追捕。章太炎得知消息后，临危不惧，豪迈地说：“革命就要流血，怕什么！清朝政府要抓我，如今已是第7次了。”他迎着抓他的人走上去，指着自己的鼻子说：“别人都不在，要拿章太炎，我就是。”结果他被捕监禁3年。他一生中7次被捕，3次入狱，毫不退缩，充分表现了一个革命者的凛然气节。章太炎入狱后，虽然受到百般摧残，但丝毫没有屈服。这种不屈不挠的精神，在鲁迅引录的《狱中赠邹容》《狱中闻沈禹希见杀》两首革命诗中具体可见。章太炎出狱后，没有因为3年的牢狱生活而意志消沉，相反的却是更加旺盛。他以《民报》为阵地继续发表战斗文章，同鼓吹保皇、反对革命的梁启超主编的《新民丛报》展开针锋相对的斗争，并对曾经向清朝政府献策，使章太炎和邹容被捕入狱的吴稚晖进行了毫不留情的揭露。以上3件事，充分表现了章太炎前期的革命精神，有力地论证了“我以为先生的业绩，留在革命史上的，实在比在学术史上的还要大。”为了充分论证这一观点，鲁迅在赞扬章太炎的革命精神时，总是把他在革命和学术两个方面的影响，具体地加以对照。例如：“我的知道中国有太炎先生，并非因为他的经学和小学，是为了他驳斥康有为和作邹容的《革命军》序”；“我爱看这《民报》，但并非为了先生的文笔古奥……是为了他和主张保皇的梁启超作斗争”；“前去听讲也在这时候，但又并非因为他是学者，却为了他是有学问的革命家。”又如，“先生狱中所作诗……使我感动，也至今并没有忘记”，“而所讲的《说文解字》，却一句也不记得了。”这样就更加突出了章太炎在革命方面的影响，说明他前期之所以出名，之所以受人尊敬，绝不只是因为他的学问渊博，而是因为他的革命精神和革命事业，是因为“他是有学问的革命家”。鲁迅满怀深情地称颂章太炎“是有学问的革命家”，既肯定了章太炎作为学者的一面，又突出了他作为资产阶级革命家主导的一面。鲁迅之所以景仰章太炎，也就是因为他是一个有学问的革命家。在这里，鲁迅说了又说，意思是很明白的。这是主要的一个方面，是鲁迅评论章太炎的最根本的依据。同时我们也可以这样说，当时的青年鲁迅，他要向章太炎学习的最主要之点，也正是在这个方面。

章太炎在学问和革命两方面的成就是有目共睹的。周恩来曾高度赞誉“太炎先生是一代宗儒，朴学大师，学问与革命业绩赫然，是浙江人民的骄傲。”章太炎作为一位学问家，他博大精深的学问，不仅为他的门人后学所敬重，也为他的同代同辈政治、文化、学术观念不同，甚至截然对峙者不得不佩服。胡适在上海为《申报》50 周年纪念周刊所撰的《50 年来中国之文学》中，称章太炎是清代学术史上的压阵大将。该文历数中国两千年来的学术著述史，认定只有七八种书够得上他心目中的“著作”资格，即必须系精心结构之作，具有周密的理论构架，并自成体系者。他随之将章太炎的《国故论衡》和《检论》归于他有严格限定的“著作”之数，使之与近代以来享有盛名的刘勰的《文心雕龙》、刘知几的《史通》和章学诚的《文史通义》比肩，指出章太炎先生的“古文学功夫很深，他又是很富于思想与组织力的，故他的著作在内容与形式两方面都能成‘一家言’。”胡适是章太炎的后辈，那么同辈的梁启超又是如何看待章太炎的呢？梁启超在《清代学术概论 · 28》中，虽然对章太炎作了有保留的评价，但对其继往开来的学术气象，在小心翼翼闪烁其词的贬抑中，仍然忍不住说了些揄扬的公道话：“在此清学蜕分与衰落期中，有一人焉能为正统派大张其军者，曰：余杭章炳麟……所著《文始》、《国故论衡》……实章炳麟一大成功也……章炳麟用佛学解老庄，极有理致……”作为章太炎的学生，鲁迅在《集外集 · 序言》中，明确地说到章太炎在学术上的地位及其对自己的影响，而在《关于太炎先生二三事》和《因太炎先生想起的二三事》等文中，却很少提及甚至根本不提及，这是为什么呢？我们认为这并非鲁迅不看重学问，轻视学问家的先生，而是为了把章太炎置于当时政治思想文化领域前进与倒退、革命与守旧、阶级斗争与民族斗争中，来突出他在辛亥革命前的民族民主革命精神，从而引导人们向他学习。鲁迅在逝世前写的两篇纪念章太炎的文章，之所以没有涉及先生的学问，尤其是专门指出从师学《说文》的事似乎没有影响，目的恐怕在于此。而事实上，章太炎讲解文字音训，对鲁迅是有影响的，对鲁迅后来的文学活动、学术研究以及关于文字改革方面的经历都深深地发生了作用。正如周作人所说，鲁迅听太炎先生讲《说文》的经历，“这对于鲁迅却有很大的影响。鲁迅对于国学本来是有根底的，他爱楚辞和温李的诗，六朝的文，现在加上文字学的知识，从根本上认识了汉文，使他眼界大开，其用处与发现了外国文学相似，至于促进爱重祖国文化的力量，那又是别一种作用了。”[7]“在他丰富深厚的国学知识的上头，最后加上这一层去，使他彻底了解整个的文学艺术遗产的伟大。”[8]鲁迅自己后来也说过：“又喜作怪句子和写古字，这是受了当时《民报》的影响。”[9]“以后又受了章太炎先生的影响，古了起来。”[10]这是有事实可证的。

三、鲁迅批评章太炎“既离民众，渐入颓唐”

鲁迅一方面满怀深情地称颂章太炎是“有学问的革命家”，“所以直到现在，先生的音容笑貌，还在目前”。另一方面，鲁迅也明确地指出：“太炎先生虽先前也以革命家现身，后来却退居于宁静的学者，用自己所手造和别人所帮造的墙，和时代隔绝了”，“革命之后，先生亦渐为昭示后世计，自藏其锋芒”，“既离民众，渐入颓唐”。

“既离民众，渐入颓唐”，这是鲁迅总结章太炎后期之所以落伍的一个深刻教训，也是一切革命者应当记取的教训。辛亥革命前，章太炎反对清朝封建帝制时，群众是很支持和尊敬他的。他和群众的关系也较好。1906 年，他从上海出狱到达东京，几千人开会欢迎他。他为鲁迅等留学生讲解文字学时，光着膊子，只穿着一件长背心，盘腿坐在一面，三面围坐着学生，谈笑风生，常常说得大家哈哈笑，一点没有名士学者的架子，也不搞师道尊严那一套。所以鲁迅后来回忆说：“先生的音容笑貌，还在目前。”至于他为 18 岁的革命小将邹容作《革命军》序，自己在狱中还写诗赠邹容，称“邹容吾小弟”，就更显得可亲可近了。章太炎在群众的支持和鼓舞下，当时战斗得朝气勃勃。可是，辛亥革命以后，清朝政府被推翻了，章太炎以为目的已经达到，后又经历了袁世凯称帝，他便退居于宁静的学者，单纯以治学聊以自慰，逐渐走上远离时代和人民，反对白话，“彰明国粹”，“修订礼制”和出入军阀之门的错误道路。鲁迅本着“吾爱吾师，吾尤爱真理”的精神，对章太炎进行了善意的批评。如 1926 年夏听到章太炎当了孙传芳的婚丧祭礼制会会长，孙传芳邀请他参加投壶古礼时，鲁迅便激动地对朋友说：“先生纯然成为儒宗了，这是多大的污点！”当他看到章太炎攻击白话文，反对使用口头语时，便写了《名人与名言》，指出章太炎的错误。那时，章太炎说："你们说文言难，白话更难。理由是现在的口头语，有许多是古语，非深通小学就不知道现在口头语的某音，就是古代的某音，不知道就是古代的某字，就要写错……"鲁迅针对章太炎这个所谓的"保守文言的第三道策"，指出："因为白话是写给现代的人们看，并非写给商周秦汉的鬼看的，起古人于地下，看了不懂，我们也毫不畏缩。所以太炎先生的第三道策，其实是文不对题的。"然后，鲁迅又指出了"博学家的话多浅"，"专门家的话多悖"的道理，说："太炎先生是革命的先觉，小学的大师，倘谈文献，讲《说文》，当然娓娓可听，但一到攻击现在的白话，便牛头不对马嘴。"[11]针对章太炎在辛亥革命前后的思想变化，鲁迅总结了章太炎的生活道路："清末，治朴学的不止章太炎先生一个人，而他的声名，远在孙诒让之上者，其实是为了他提倡种族革命，趋时，而且还'造反'。后来'时'也'趋'了过来，他们就成为活的纯正的先贤。""原是拉车前进的好身手，腿肚大，臂膊也粗，这回还是请他拉，然而是拉车屁股向后。"[12]章太炎从"拉车前进"到"拉车屁股向后"，对于这点，鲁迅深感惋惜。

鲁迅从前进与倒退，革新与守旧，复辟与反复辟斗争的高度，充分肯定了旧民主主义时期，章太炎顺应历史发展的潮流，上阵打了几个回合，不愧为一个革命者。所以鲁迅称他是有"有学问的革命家"，他这时期写的"战斗的文章"是"贵重文献"，是他一生中"最大，最久的业绩"。但是正如毛泽东所说："因为中国资产阶级的无力和世界已经进到帝国主义时代，这种资产阶级思想，只能上阵打上几个回合，就被外国帝国主义的奴化思想和中国封建的复古思想的反动同盟打退了。"[13]因此，中国的资产阶级革命，是根本不可能取得胜利的；更何况章太炎认为"最紧要的"是"用宗教发起信心，增进国民的道德"，"用国粹激动种性，增进爱国的热肠"。即用唯心主义的宗教哲理来启迪群众，用汉族文化的精神来激起人们的种族观念。这种不讲阶级性，只讲种族革命的主张，即使在推翻清朝政府的革命中也就存在着很大的局限性，辛亥革命以后，那当然就更失去了它的意义，而成为不切实际的"高妙的幻想"了。特别是袁世凯的篡权复辟，资产阶级民主革命的失败，作为软弱的资产阶级的政治代表章太炎，也就必然"既离民众，渐入颓唐"，在思想上发生明显的倒退，不仅抛掉了早年的战斗传统，在自己手定《章氏丛书》时，把先前的战斗文章全部"刊落"了，而且一头钻进故纸堆，宣扬"读经有千利而无一弊"。

鲁迅说："大约以为驳难攻讦，至于忿詈，有违古之儒风，足以贻讥多士的罢。"这样说，看起来是在推测章太炎晚年"自藏其锋芒"，"刊落"战斗文章的原因，实际上是对章太炎这种做法的含蓄的批评。鲁迅还指出“先生力排清虏，而服膺于几个清儒”，“其实是吃亏，上当的，此种醇风，正使物能遁形，贻患千古”。可见鲁迅对章太炎的批评是尖锐的，深刻的。但鲁迅在批评章太炎的错误时并没有否定他在革命史上做出的贡献。针对那些写文章诽谤、奚落、攻击章太炎，自鸣得意、别有用心的市侩文人，鲁迅特别强调：考其生平，以大勋章作扇坠，临总统府之门，大诟袁世凯的包藏祸心者，并世无第二人；七被追捕，三入牢狱，而革命之志，终不屈挠者，并世亦无第二人：这才是先哲的精神，后生的楷范。”至于章太炎晚年的“既离民众，渐入颓唐，后来的参与投壶，接收馈赠，遂每为论者所不满，但这也不过白圭之玷，并非晚节不终”。当章太炎逝世后，有些国民党的市侩文痞，勾结小报，奚落太炎先生而自鸣得意，鲁迅则认为那是“蚍蜉撼大树，可笑不自量”。笔者认为，金无足赤，人无完人。章太炎的缺点和错误有客观原因，也有主观原因，在所难免。他的革命精神，是举世公认的事实。

章太炎生活在半殖民地半封建社会的中国，一生经历了剧烈动荡的社会变迁。他从参加变法维新到投向资产阶级民主革命，从“先前以革命家现身”到“后来却退居于宁静的学者”，从“拉车前进”到“拉车屁股向后”，走过了一条漫长、曲折、探索的道路。作为一个民主斗士，他不畏艰难险阻，不惧强权铁窗，不谋个人名利，矢志救国救民，为民族的解放，国家的独立，人民的富强，曾经在历史舞台上叱咤风云。他的政治思想、政治主张，不乏真知灼见，同时也存在着模糊和错误之处。他奔走革命，九死一生，不屈不挠，但也有过消沉和迷惘。因此，在辛亥革命历史的研究中，章太炎在得到充分肯定的同时，也成了一位争议较大的历史人物。鲁迅运用辩证唯物主义和历史唯物主义的观点，对章太炎一生的功过作了宏观和科学的评价，有颂扬，有批评，有肯定，有否定。既注意到章太炎一生前期和后期的联系，又注意到其差别；既没有因为他后期的落后性而否定其前期的革命性，也没有因为他前期的革命性而抹杀其后期的落后性。肯定，只肯定应该肯定的地方，否定，只否定应该否定的地方。这种实事求是的态度，得到学界许多论者的赞赏和认同。但也有人对鲁迅评价章太炎的某些观点提出异议。其一是，有人认为，辛亥革命以后，章太炎退居于宁静的学者，并没有完全脱离时代，“和时代隔绝”。那时他虽然单纯以治学聊以自慰，曾一度消沉，但他反帝爱国的心灵，仍几度撞击出耀眼的火花。例如，1914 年 2 月，袁世凯梦想恢复帝制，章太炎坚决反对，他冒着生命的危险赶到北平，把袁世凯以前授给他的大勋章当做扇坠，跑到总统府大骂袁世凯包藏祸心。袁世凯把章太炎“软禁”起来，但章太炎并不屈服，仍坚持斗争，其间，曾绝食以示强烈抗议。1931 年“九一八”事变发生后，章太炎坚决主张抗日，痛斥蒋介石政府的不抵抗政策而无所畏惧，爱国主义热情见于言行。他大胆揭露蒋介石一伙所谓“爱国家不如爱自身，爱自身之人格不如爱自身之性命。”[14]并且指出：“有如此总司令，如此副总司令，欲国土之不丧，其可得乎?”他愤然发电，指斥“国民政府成立以来，勇于私斗，怯于公战”，其大声疾呼、声色俱厉不亚于当年之大骂袁世凯。他宣传抗日主张，勉励张学良、冯玉祥等不计个人名位利益得失，积极抗战。他亲自为抗日将士作《书十九路军御日本事》《十九路军死难烈士墓表》，鼓舞抗日士气。1935 年，章太炎十分同情并支持“一二九”学生爱国运动，当宋哲元以学生受共产党影响为借口派出大批军警打伤和搜捕游行群众时，章太炎立即给宋哲元发电报要求放人。电文强调“学生请愿，事出公诚。纵有加入共产党者，但问今日之主张如何，不必论其平素。”这篇电文充分说明，在国难当头之际，章太炎主张全民抗战，应该团结共产党一致对外。1936 年 6 月 14 日，章太炎在苏州逝世。他弥留之际，曾留下遗嘱，只有两句话：“设有异族入主中原，吾家世代子孙毋食其官禄。”以上事实充分表现章太炎这位杰出的资产阶级民主革命家一生反帝爱国的坚定立场，也说明他并没有完全忘却世事，并没有完全脱离时代，“和时代隔绝”。其二是，有人认为，辛亥革命以后，章太炎退居于宁静的学者，他远离民众，游离于革命主流之外，这是事实。但他由从政转向治学，不能简单地认为是“颓唐”或“消沉”。著名学者陈平原说：“身兼斗士与学者的章太炎，一生屡遭世变，多次卷入政治斗争漩涡，可依然著述、讲学不辍。早年奔走革命，不忘提倡学术；晚年阐扬国故，可也呼吁抗日。在政治和学术之间徘徊，是清末民初学者的共同特征；章太炎的好处是干什么像什么，是个大政治家，也是个大学者。后世学人关于民国以后的章太炎是否‘退居于宁静’的争论，未免过分集中关注其政治生涯。换一个观察角度，由从政转向问学，很难简单认为‘颓唐’或‘消极’。在我看来，章太炎不只是革命家，更是近代中国最博学、思想最复杂高深的人物。鲁迅称章氏为‘有学问的革命家’，我则倾向于将其作为‘有思想的学问家’来考察。”[15]章太炎也许算不上一个优秀的政治家，却可以称得上是一位真诚爱国的大学问家、大思想家。也有人认为，像章太炎这样最后一代的“士”，晚年虽基本以讲学为主，看上去像专业知识分子；但他们确如周作人所说，是与传统士人一样参政不成之后才做学问。尽管他们常常被迫（而非主动）回归学术，大都出于天下无道，不得不退隐以挽救人心的被动选择。其想参政的传统情结一直都在，且“出仕”的愿望到老并不削减。一有机会甚至一有可能，他们仍旧要“出山”参与直接挽救世道的努力。笔者认为，上述两种意见应该说是符合章太炎的言行和思想实际的，有一定道理。故引述如此，供学界讨论之参考。

参考文献：

[1][2][5]许寿裳:《亡友鲁迅印象记》,北京:人民文学出版社 1953 年版。

[3]魏若华:《鲁迅与他的老师》,银川:宁夏出版社 1982 年版。

[4]王冶秋:《辛亥革命前的鲁迅先生》,上海:上海新文艺出版社 1956 年版。

[6][12]鲁迅:《花边文学·趋时与复古》,《鲁迅全集》第 5 卷,北京:人民文学出版社 1981 年版。

[7][8]周作人:《鲁迅的青年时代》,北京:中国青年出版社 1957 年版。

[9]鲁迅:《坟·题记》,《鲁迅全集》第 1 卷,北京:人民文学出版社 1981 年版。

[10]鲁迅:《集外集·序》,《鲁迅全集》第 7 卷,北京:人民文学出版社 1981 年版。

[11]鲁迅:《且介亭杂文二集·名人与名言》,《鲁迅全集》第 6 卷,北京:人民文学出版社 1981 年版。

[13]毛泽东:《新民主主义论》,《毛泽东选集》第 2 卷,北京:人民出版社 1991 年版。

[14]姜义华:《章太炎思想研究》,上海:上海人民出版社 1985 年版。

[15]陈平原:《学者追忆丛书·后记》,北京:中国广播电视出版社 1996 年版。

第二十论

茅盾论徐志摩

在现代中国文学批评的园地里，茅盾以充溢大智慧、大气象的手笔吐纳风云，评说春秋，形成了独具风采、别具一格的作家论文体。他的作家论，在他60余年的文学批评历程中占有十分突出的地位，开拓了中国现当代文学批评的新思路和新视野，在现代文学批评史上具有开创性意义，而其中的《徐志摩论》就占有重要的文学史地位。正如人云："长期以来，海内外评价徐志摩的文章，数以千百计，在中国大陆则以茅盾的《徐志摩论》（或简称《徐论》）最具影响力，其中不少论点被广泛引用，不少评论文章也常是《徐论》的发展或重复"[1]这就是说，尽管在全球化的语境中，文学处于边缘化已为不争的事实，但众多有关现代诗人徐志摩评说的论著，无论表示赞同也好，还是提出异议也罢，不少观点都从茅盾20世纪30年代撰写的这篇论文中汲取了精神的乳汁。

一、阶级定位：批评的基点

茅盾的《徐志摩论》中，有一广为学界征引的论点，那就是"志摩是中国布尔乔亚'开山'的同时又是'末代'的诗人。"半个世纪以后，茅盾在《多事而活跃的岁月——回忆录（十六）》里回顾《徐志摩论》一文时，又对这个论点进行了新的解释，指出徐志摩"最初唱布尔乔亚政权的预言诗，可是他最后的作品却成为布尔乔亚的'Swan—Song'！所以我在文章中说，徐志摩是中国布尔乔亚'开山'的诗人，同时又是'末代'的诗人。"

这里所谓的"布尔乔亚"，也就是"资产阶级"之意。由此可见，茅盾此时切入作家立场的视角和评说文本思想的方法，已与当时左翼文坛流行的批评方法相吻合。当然，这里的资产阶级并非就是《辞海》上所指的"占有生产资料，依靠剥削雇佣劳动榨取剩余价值"的人，而是指徐志摩的思想和立场。

因此学界没有必要从是否占有生产资料、是否剥削剩余劳动等方面为徐志摩辩诬，因为茅盾在该文后面明确提到这是一种“心境”、一种情绪，也就是指世界观、文艺观、价值观诸类而已。

因为辛亥革命，中国实现了由封建帝制到民主共和的历史性巨变，中国社会从此步入了一个新的时代、一个新的阶段。然而，中国的民主政治仅仅停留于制度的设计而已，并没有成为引导社会转型的政治力量。无数仁人志士为之奋斗的民主制度，竟然成为了袁世凯走向专制的工具。但是，自西方舶来的民主制度使人们在思考中国问题时，在很大程度上彰显了各自不同的阶级趣味、思想和立场，这为人们基于阶级立场分析、品评人物提供了客观环境。特定的时代进程和文化历史，为文学的社会历史批评提供了舞台。自辛亥革命以后，将人物予以无产阶级、资产阶级、小资产阶级诸如此类的阶级定位，已成为国内各党派乃至个人的批评习尚。而马克思主义阶级学说的广泛传布，为五四以后的中国新文化运动注入了新的思想内容，尤其为20世纪30年代的左翼文艺工作者提供了非常有利且极为有力的思想武器。在文学批评领域，这一方法利器就是以政治教化为视角、以阶级分析为核心、以社会功利为旨归的社会历史批评。

茅盾给予徐志摩以资产阶级开山与末代诗人的定位，自然也有特定的文学思潮背景。自1923年的革命文学倡导，到1928年的无产阶级革命文学的论争，再到1930年3月中国左翼作家联盟的成立，“从理论到创作、从创作倾向之形成到左翼创作队伍的形成与组织，都在集中解决一个世界文学史上最重大的课题：由资产阶级民主主义文学到无产阶级社会主义文学的转变。这是一个全方位、多层次的伟大变革”[2]。我们知道，30年代初期，以鲁迅为首的左翼文艺阵营已经形成，与“新月派”“民族主义文学”“自由人”“第三种人”“论语派”的论争此伏彼起。在这硝烟弥漫的年代里，徐志摩在无产阶级作家心目中已“声名狼藉”，被全盘否定；而胡适、梁实秋等一部分与徐志摩友好的文人，则刻意美化，过分赞扬。在这样的评价语境中，茅盾在徐志摩飞机失事身亡一年之后的1932年撰写、于1933年2月1日《现代》第二卷第四期上发表的《徐志摩论》，则更加显示了公正、客观、严肃、认真的史论家风度。不因与徐志摩同是浙江籍而大力推崇，不为徐志摩与己所属阶级立场、文学派别有异而大加挞伐，而从阶级定位入手，对徐志摩予以科学评说，这需要相当的批评胆识和评论勇气。

这一准确的阶级定位，是对诗人徐志摩世界观、阶级立场的恰切分析，也是对20世纪30年代前后中国资产阶级历史走向、发展态势的高瞻远瞩，颇有高屋建瓴、大气包举的史论家气魄和批评家胸怀，绝无一些学者所有的严厉的政治裁决式、态度上过于严峻缺少宽容、结论上未免偏颇不够实事求是的感受[3]。倒是后来众多的评论家以过于严峻和激进的方式，顺手拈来徐志摩一些具有艺术价值的《西窗》《秋虫》《别拧我，疼》《再别康桥》《残诗》等诗歌，给予徐志摩以致命的打击和攻讦，而茅盾根本就没有后人如此的火眼金睛，从阶级立场上肆意上纲上线无情鞭挞，把徐志摩一棍子打死。因此，徐志摩的文学史地位一度被历史的尘埃所遮蔽，不能问责于茅盾，虽然茅盾曾用意大利法西斯思想家与法西斯文学对比徐志摩，但站立于左翼立场的茅盾依然给予了徐志摩以“中国文坛上杰出的代表者”的历史定位；虽批评了徐志摩的消极面，但并没有将徐志摩全盘否定。反观之下，茅盾评判态度更加显得客观、公正、严肃和认真！

二、思想评判：眼光的犀利

从封建营垒中走出来的茅盾，尽管少有中国旧式知识分子惯有的才子味或名士气，却以“为人生”的文学观念为基石，可也缺乏长期追随革命大潮的丰富社会经验、积累与体验。然而，在剧烈动荡的现代中国，他却要求“脱胎换骨”的质变，那就是在理论上、审美观念上的马克思主义转变，在马克思主义阶级学说的基础上，构建注重社会功利、阶级分析的社会历史批评的理论体系。在他看来，革命是事业，文学是手段。因此，他的作家批评活动与现实政治生活密切相关，在与各种资产阶级文艺思想的矛盾冲突中，在追随和配合实践中的政治斗争的过程中，茅盾逐渐成为了社会历史批评领域的主角，他的文学批评也就理所当然地具有了鲜明的实用性痕迹和工具性烙印。

因此，茅盾分析徐志摩的散文诗《婴儿》时，着重于“婴儿”和“产妇”象征色彩的剖析，指出“婴儿”象征着“一个更光荣的将来”，在产床上受罪的“产妇”则象征多灾多难的中华民族。身处帝国主义和封建军阀双重压迫下的中国，这“产妇”所能诞生的婴孩，可假定它是资产阶级的德谟克拉西，也可假定它是工农的民主政权。那么，徐志摩的心目中的“婴儿”究竟是指前者还是后者？茅盾一针见血地指出，通过阅读徐志摩的全部作品，“他所谓‘婴儿’是指英美式的资产阶级的德谟克拉西，他见了工农的民主政权是连影子都怕的。”不过，茅盾并没有因此贬损这种理想追求的价值，认为徐志摩虽有这种英国式资产阶级民主政治的向往，但这种向往也是缥缈而朦胧的，因为他对那“婴儿”除却一两句如“比一切更永久”“未来的光明”“完全美丽”等等抽象的赞颂外，没有更详细的描写，但还是显示出诗人是“中国‘布尔乔亚政权’的预言的乐观的诗人”。

接着，茅盾以徐志摩的散文为证，指出在散文集《落叶》中可见这一乐观的诗人在思想上对于悲观主义、“苟且”、“含糊”的反对。因为，诗人在政治上一面赞美 1789 年 7 月 4 日巴黎市民攻破巴士梯亚牢狱，从而欢呼自由、平等、友爱；另一方面又歌颂 1917 年俄国革命是“人类史里最伟大的一个时期”、“为人类立下了一个勇敢尝试的榜样”。同时，茅盾又以《列宁忌日——谈革命》等政论文谈及了徐志摩思想上的“浮”与“杂”，认为徐志摩既信仰马克思、列宁、泰戈尔，也信仰孙中山、梁启超和胡适，有着许多看似矛盾、对立的讲法，甚至认为“俄国革命是人类史上最惨痛的一件事实，有俄国人的英雄性才能忍耐到今天这日子的”，由此进一步显示了诗人徐志摩的资产阶级立场。据此，茅盾认为徐志摩的诗是“中国布尔乔亚心境的最忠实的反映”。这话是有道理的。

其实，徐志摩在美国勤工俭学期间就被人称为“鲍尔雪微克”（即布尔什维克）。他有机会接触劳工大众，他同情劳工大众，他认为劳工是一个“多响亮、多神圣”的名词，他困惑和批评美国的现代物质文明，他挖苦和讽刺贵族、资本家“这类字样”。这就是说，当马克思主义刚刚进入国门之时，他就在国外研究马克思主义了，他在 1926 年 8 月作的《南行杂记》中剖析了自己的这种心态。他说自己之所以“见着高耸的烟囱，心里就发生油然的敬意，如同翻开一本善书似的”，是因为“罗斯金与马克思最初修正我对烟囱的见解”，因此“看了自由神的雕像都感到厌恶，因为它使我联想起烟囱”，认为自己“即使不是一个鲍尔雪微克”，也“是个激烈派，一个社会主义者”。

茅盾敏锐地把握了徐志摩的这一特点，认为徐志摩是一个诗人，“但他的政治意识非常浓烈”，惊天动地的政治风云对他来说并不遥远的。虽然茅盾关于徐志摩“见了工农的民主政权是连影子都怕的”的评判不太合乎徐志摩的思想实际，但确实揭示出了徐志摩思想领域的实际状况。丑恶、沉闷笼罩着徐志摩的思想和生命。“暗惨到可怕”的军阀统治下的中国现实，正如徐志摩《猛虎集》自序中的自白：“遍地的灾荒”，“现有的以及在隐伏中的更大的变乱”，“千万人在大水里和身子浸着”，“千万人在极度的饥荒中叫救命”。在这样的现实情境中，终生不愿从政的诗人却再也没有力量拼搏，倍感实现政治理想的十分“渺茫”；而眼下实在的生活重压，更让诗人一步一步走入到“怀疑悲观颓唐”的“粘潮冷壁”的“甬道”，进而使其诗情也“往瘦小里耗”直至终于“逐渐‘枯窘’”！茅盾指出，诗歌《三月十二深夜大沽口外》就是这种心境的写照。

正是在这样的意义上，茅盾得出了“志摩是中国布尔乔亚‘开山’的同时又是‘末代’的诗人”的结论，并意味深长地指出：“这悲哀不是徐志摩一个人的”。茅盾立足于特定时代与历史发展的环境中，运用社会批评的目光，采纳阶级定位的方法，由徐志摩的世界观、政治观等思想特质的把握，进而全面考察和评判了中国资产阶级的整体走势和集体命运。

三、审美分析：视角的周全

在中国新文学史上，茅盾常被人们称为“中国作家的导师”，缘于茅盾的作家论在很大程度上，既着重于作家思想和创作倾向的评论，也包含着敏锐的艺术感受和精当的审美分析，而《徐志摩论》既可谓思想辨析和艺术感受、阶级定位和审美分析完美融合的经典篇章。

在《徐志摩论》中，茅盾从宏观着眼，研究了诗人创作道路的发展变化，阐明了诗人的资产阶级“开山”与“末代”的特性，但并没有停留于诗人的思想剖析和阶级定性，而是以审美的眼光，抓住典型诗篇，从微观入手，对诗人在艺术上的探索和特色做出了带有规律性的评价，从而拓宽和加深了人们对于徐志摩诗歌的认识。

20 世纪 30 年代的徐志摩，是一个受人注目的大诗人，其诗如梦，颇具才子气，大量诗作凭借大自然的星月云雾、风雨雷电、山海湖河、木石花草、鸟兽虫鱼等，无拘无束地抒发自己的感情，如秋空中的行云舒卷自如。杨振声曾这样描绘徐志摩的风度：“那潇洒劲，真是秋空的一缕行石，任风的东西南北吹，反正他自己没有方向，他自如的在空中卷舒，让你看了，有趣味就得，旁的目的他没有”。[4]

茅盾开篇即引出徐志摩的运用重复手法的《我不知道风是在哪一个方向吹》一诗，虽然不满该诗所具的空虚的内容，“一点微波似的轻烟似的情绪”，“一点‘回肠荡气’的伤感的情绪”，但运用审美分析的眼光，指出“这首诗形式上的美丽：章法很整饬，音调是铿锵的”，准确把握了徐志摩诗歌的一个显著特点，即“整饬的章法和圆熟的外形”。徐志摩诗歌非常看重艺术形式的功能，确实亦是一个不可忽略的现象。在“表现”与“被表现的”或者“形式”与“内容”之间，徐志摩倾向于突出前者的地位，把“形式”视作艺术的目的，以至有“志摩的诗太重于表现”的说法[5]，可见不满于徐志摩诗歌内容空虚的人绝非只有茅盾。不论这种说法的初衷，是批评还是认同，应该说正好再现了徐志摩艺术观念的一个重要侧面。在徐志摩那里，形式第一，内容因素置于次要的地位。

由此出发，茅盾进而肯定徐志摩第三期作品《猛虎集》技巧上的完全“成熟”。《猛虎集》收诗41首，其中译诗6首，确实是徐志摩呕尽心血吐出来的诗句。茅盾亦反感其内容“淡到几乎没有”，只有“神秘缥缈”，只有“感伤的情绪——轻烟似的微哀，神秘的象征的依恋感喟追求”，这未免对徐志摩“中坚作品”的成就抹杀太多，但却能慧眼独具地指出它技巧上的“最成熟”，并将这最成熟的技巧落实在“光滑的外形”上面。由此可见茅盾对于徐志摩诗歌的形式美是相当肯定的。与五四时期的文学批评不够注意作品的艺术形式相较，茅盾的《徐志摩论》已经有了相当的突破，它已从形式美学层面深入进行思想内容的批评，认为徐志摩的诗歌多以“圆熟的外形，配着淡到几乎没有的内容”。圆熟外形、整饬章法、铿锵音调等诸种形式美的肯定，实质上也就把握住了30年代新月诗派所具有的审美特质，因为徐志摩正是现代中国诗歌史上新格律诗的大胆实践者。

徐志摩不断寻求“新格式与新音节”等形式因素的“发现”，竭力鼓动诗人一定“要把创格的新诗当一件认真事情做”[6]。他的诗歌给人扑面而来的印象，就是人们常说的“三美”——建筑的美、绘画的美和音乐的美。“三美”的理想，本是闻一多提出的一种美学要求，后成为新月诗派的共同目标。在众多的新月诗人当中，刘梦苇以建筑美闻名，于庚虞以绘画美显著，朱湘以音乐美见长，各自达到了成熟的境界。而上述三种美感集于一体并由此形成有独特个性的诗人，只有徐志摩。

当然，茅盾主要从外部结构考察了徐志摩诗歌的形式美。认为他的诗具有圆熟的外形、整饬的章法，实质指的就是诗歌的“建筑的美”，关注的是诗行排列的和谐和规律性变化。徐志摩诗歌显然十分重视诗形本身的美感作用，他的诗作总在考究外形的整饬。不过，他诗歌的整饬，并不拘于方块诗那样的长短划一、整齐方正，对于诗行长短是否划一、诗节行数是否均等不作呆板限制，只求整体或局部诗行排列的对称与规整，以参差错落的外形美给人美的刺激和体验。而铿锵的音调的论说，指向的是徐志摩诗歌的“音乐的美”，考察的是诗歌语言韵律方面的和谐，关注字音、押韵、平仄、节奏的安排与调整。徐志摩诗不仅具有音韵的和谐，而且还有流畅的旋律。茅盾虽没细加探讨，但还是见出了徐志摩诗歌的这种“音乐的美”在形式上所具有的吸引力。至于徐志摩诗歌的“绘画的美”，明眼人一望即知，茅盾则没有提及。

关于这点，不少与茅盾同时或稍后的论者都触及到了徐志摩在表现形式上努力的自觉性。杨丙辰指出徐志摩的诗艺活动实际上是“拼命在那里想为新诗立法则，找形式"[7]，杨之华认为徐志摩的注意力“只管自己埋头介绍和创造新的形式”，[8]，唐诚觉得徐志摩的努力集中在“创造新的诗体”，“尝试新的形式"[9]。这些论述，均为茅盾科学的审美分析和准确的理论判断提供了佐证。不过，茅盾的批评视野较上述论说开阔，他从诗的艺术分析入手，剖析诗艺，切入到的是对徐志摩诗歌的思想评说，把诗学、美学的分析融合到作家生活体验、世界观念的揭示之中。

总而言之，《徐志摩论》是茅盾作家论中审美分析色彩最浓的篇章之一。

参考文献：

[1]顾永棣:《对徐志摩的再认识》,《嘉兴学院学报》,2006 年第 3 期。

[2]丁尔纲:《茅盾论丁玲》,中国丁玲研究会编:《丁玲研究》,长沙:湖南师范大学出版社 1992 年版。

[3]陈剑晖、朱剑华:《20 世纪中国文学批评史》,海口:海南出版社 2003 年版。

[4]杨振声:《与志摩的最后一别》,《新月》,1932 年第 4 期。

[5]张露薇:《论诗人徐志摩》,天津:《大公报文学副刊》,1932 年 2 月 22 日。

[6]徐志摩:《诗刊牟言》,北京:《晨报副刊》,1926 年 4 月 1 日。

[7]韩文佑:《谈杨雨辰先生在百科学会演讲》,天津:《大公报文学副刊》,1932 年 1 月 17 日。

[8]杨之华:《中国现代新诗的起源及其派别与流变》,上海:太平书局 1944 年版。

[9]唐诚:《我对徐志摩的认识》,天津:《大公报文学副刊》,1932 年 2 月 1 日。

初版后记

我于1956年9月考入南开大学中文系学习，1961年毕业后被分配至兰州大学中文系任教中国古代文学，1970年调回故乡湖南，先后在邵阳师专、邵阳学院中文系任教中国现代文学。2007年退休。我这一辈子，在高等学校学习、工作了整整半个世纪。我热爱人民的教育事业，忠于职守，站三尺讲台，始终没有动摇过，可谓“咬定青山不放松”。但人生易老天难老，而今我已年逾古稀，退休了。退休以后，我还想什么？还要干什么呢？我所想的我要干的事自然还有不少，但主要的是以下几个方面：一是要好好地休息、休养，特别要注意养身和养心，以确保身体健康，心情愉快；二是在家与老伴、子女儿孙和和美美、快快乐乐地生活在一起，坐享天伦之乐；三是每天至少坚持两个小时读书、阅报、上网，不忘学习，活到老，学到老；四是继续搞点学术研究和写作。关于这第四方面，我想多说几句。有些朋友好心地劝告我说：你为人民的教育事业服务了近半个世纪，现已年逾古稀，退休以后该好好地休息；健康第一，身体要紧，应特别注意保重，还搞什么研究和写作。我很感谢朋友们的好心劝告，但向他们作了几点解释：第一，教学、研究、写作，是我生命中不可或缺的重要组成部分。我热爱教学，也喜欢研究和写作。第二，现在我的研究不是另起炉灶，不是再开辟新的研究领域，而是在原有研究的基础上继续前行。我曾经长期从事中国文学的教学和研究，储备了这一领域比较丰富的知识，积累了一定的研究经验，对这一领域有价值的值得研究的一些课题比较熟悉且有浓厚的兴趣。我相信通过自己的思考和钻研，会得到预期的收获。在退休以前我还有计划中的《中国现代农村题材小说史》《璀璨的巨星——中外名家论名家》两个研究课题尚未完成。现在我就选定这两个课题继续研究，先完成《璀璨的巨星》的写作。第三，我是怀着超脱的心态自由写作的。所谓“超脱”就是超脱于名利之外，具体说即不是为了名，不是为了利，不是为了评职称，不是为了赚稿费。这样写起来心态就自由平和，不急不躁。有时间就抓紧写，没有时间就放下暂时不写；写出来能发表，当然很好，即使不能发表也无关紧要。第四,写作有益于身心健康。著名作家苏叔阳、郑敏、蔡其矫等先生认为“自由的写作,让人愉快,有益健康”,“可以增进生命的活力和信心”;而“心情好,百病不生,常走动,常写作,肉体和精神互相促进,才是全面的健康”。他们以自身的实践证明完全可以把写作变成有益于身心健康的体力活动和脑力活动,从而既活得好又写得好。我深切地体会到,写作虽然是一件比较艰苦的事,但也是一件快乐的事。艰苦和快乐是辩证的统一。有苦有乐,先苦后乐。试想,当一部书稿完成,能够出版,当一篇文章写就,能够发表,这种经过艰苦劳动后所得到的收获,不是一种甜美的和快乐的享受吗?基于上述认识,2007 年我退休以后就动手写作《璀璨的巨星》,到 2010 年暑假完成书稿,花了三年多的时间和心力。现在书稿即将付梓,由在出版界、学术界和读书界享有颇高声誉的国家级出版社——中央编译出版社出版,了结一件心事,我的心情自然是轻松而又愉快的,但同时也感到有点不安,这主要是因为我的思想、理论水平和视野、能力有限,书中难免有诸多不当和纰漏之处,恐怕贻误读者。如果这样,敬请同仁和读者批评指正。

本书在写作过程中,参考和吸纳了国内学界诸多研究成果,大多在书内每篇论文后的参考文献中注明;湖南师范大学文学院教授岳凯华博士和他的几位硕士研究生刘瑞华、刘雪姣、邓竞艳、萧毅、林丽等,对本人的写作给予了无私的帮助;邵阳学院学报(社会科学版)执行主编、编辑部主任贺翀教授、责任编辑萧功为副教授为促成本书完稿给予了大力支持;邵阳学院党政办公室的王玉林副教授、中文系的邓政副教授、李婷副教授、科技处的周睿副教授,协助我搜集资料、提供信息、打印文稿,做了大量的工作;我的贤妻向惠云从学校图书馆退休后,主管家政,操持家务,为我创造了良好的生活与写作条件。在此谨向上述各位表示衷心的感谢!

程凯华
2011 年 9 月
于邵阳市李子园寓所

再版后记

拙著《璀璨的巨星——中外名家论名家》于2012年3月由中央编译出版社初版。四年过去了，现在书名改为《中外名家论名家》，由中国书籍出版社再版。在当前出书难，难出书，出版理论、学术著作更难的情势下，拙著能够再版，这自然是一件令我感到欣慰的事。

一部著作能够再版或多版，既取决于这部著作本身的质量和价值，又取决于读者的阅读兴趣和接受程度。《璀璨的巨星》初版后，获得广大读者的关注、厚爱、好评和点赞，成为一部颇受欢迎和畅销的理论、学术著作。我想，这也许是它能够再版的一个重要原因。关于这个原因，这里不妨让我引述两位学者的点赞和点评作具体说明。

1956年至1961年，我在南开大学中文系学习时的同窗师姐、后来任中央电影学院文学系教授、现已年届耄耋的封敏读了《璀璨的巨星》之后，致信给我，谈到她读这部著作的收获和这部著作的价值与特色。来信全文如下：

凯华：你好！

大作《璀璨的巨星》收到，谢谢。真诚祝贺你获得科研新成果，为学界作出新贡献。

近一个月来，我在家养病（脸部小手术），不便出门。而你这部大作却深深吸引了我，一口气把它读完，且收益颇丰。小师弟一向聪明好学，退休后还继续做学问、搞研究，写出这样一部惶惶巨著，真是可敬可佩！为你高兴，为你骄傲！

读后感到大作绝对是一部好书，具有重要的理论、学术价值。

首先，在所谓的价值观多元化、文艺创作娱乐化的今天，你能智慧地采用“中外名家论名家”的体例或手法，坚持与弘扬马列主义文艺理论与哲学观，尤其是结合名家所处的历史背景与作品内容，来阐述、理解马列主义经典文论或思想观点，既便于读者接受，又深化与发展了马列主义文艺思想与哲学观。这正是这部巨著的核心价值，对今天的文学评论与研究，有着重大而深远的意义。

说实在的，我曾在中国人民大学进修过一年的马列文论，读过一些相关的名著。但只是一般的理解，没有老师像你这样结合作家作品作具体的阐述、深入理解。故读大作有补课之感，加深了我对马列经典文论的理解，丰富了我对所论作家作品的知识。

其次，对中国现代文学史上众多“名家论名家”部分，丰富了我在现代文学以至古典诗人诗词方面的知识。通过作者的推介与论述，让我对诸多名论家与名作家，有了进一步的了解与认识，从中感受到作者的研究心得与精辟见解。大作既具有知识性，又具有学术性。

再者，大作选题新鲜，体例构成灵活；内容丰富广泛，有论有史，史论结合；文字表达清晰简明，思想逻辑严密，读之颇有兴味。大作确是一部理论性、知识性与学术性相结合的新著作，为文学评论与研究开辟了一种新思路、新途径；又为高校文艺理论教学提供了新教材。

最后，感到“中外名家论名家”的写作，它不是单纯、客观地介绍名论家评论名作家，而是熔注了作者的深刻理解、新的思考、研究心得，有着理论上的升华与发挥。如是，凯华你不仅是《璀璨的巨星》的推手、催生者，你自己也由此而成为一家了。或者说，在文学研究领域，你将成为一颗冉冉升起的亮星，对吗？

老朽师姐，才疏学浅。我对你的巨著无力作深入评说，只作为一个忠实的读者，谈了以上几点意见，还望指教。

明天我要与老伴去陕西临潼疗养半个月，30日返京。走前匆复此信。

顺祝全家夏安，生活幸福！

封敏　2012年6月13日

此信后来以《致凯华——谈 < 璀璨的巨星 >》为题，收录在长征出版有限公司2013年出版的封敏散文随笔集《窗前的文竹》中。

湖南师范大学文学院教授、文学博士、文学博士后岳凯华读了《璀璨的巨星》后，写了题为《艺术交往的世界，精神共鸣的星空——简评程凯华著 < 璀璨的巨星——中外名家论名家 >》的短评文章。现将这篇短评全文引述如下：

遥望浩渺的中外文学星空，一颗颗璀璨的星星在闪烁；星光的不断闪烁，映射着彼此之间或远或近的距离。

事实上，评说他人是人类与生俱来的一种人性冲动。从本质上说，这种冲动生产的却是一种社会公共舆论，表征的是一个人与人之间互相联接和缠绕的网络空间，显现出彼此间具有共同的生活品味、知识类型、文化趣味、道德价值和意识形态，故而存有许多饶有兴味的问题值得考察。我们发现，程凯华先生正是借用空间诗学、交际美学、场域理论等方面的知识，几十年如一日地仰望着中外文学星空，不遗余力地展开自己较为独特而执着的理论思考，目的就是从评说这个角度厘清文学巨星之间的关系。因此，《璀璨的巨星——中外名家论名家》一书中闪耀的星星，虽然还是大家熟悉的那些星星，依然还是人们熟悉的那些名家，却因为选择名家论名家这条独特的路径和新颖的视角，论者的学术观照便超越了过往的常规思考，细腻的探究便具有了理论的深度。

该著建构了自身的言说秩序和论述体例，或为毛泽东、周恩来、瞿秋白论说鲁迅、郭沫若，或是马克思、恩格斯、列宁分析莎士比亚、歌德、席勒、巴尔扎克、托尔斯泰、高尔基，或为鲁迅、茅盾、傅雷评述冰心、庐隐、丁玲、萧红、张爱玲，或是鲁迅、郭沫若、茅盾、闻一多阐释屈原、李白、杜甫、章太炎、徐志摩。由此可见，这些巨星之间所处的时域和空间虽然跨越了古今中外，但彼此之间的关系在程凯华先生的笔下得到了清晰地呈现。论者并不重在文学名家之间直接交往的事实收罗和展现，而是意在通过二者之间艺术交往和理论评判来考察彼此在心理共鸣和精神交流层面的跨文化、跨时空特性。

中外名家与名家的关系之所以得以展示和呈现，其缘由在是著立足于现代性情境之中，出于学者公心和学术良知，搜集与占有了大量原始资料，既借助中外名家论说名家的已有篇什和著述，又关注学界既有的诸多研究成果，从而把握了名家之间的精神联系和心理共鸣，在阐释名家其时论说名家的经典性观点基础之上，着重凸显论者自身当下言说的时代性和示范性，视界颇为精准，论述较为详尽。

然而，择取中外名家论名家这样的视角展开研究，走的却注定是一条非常寂寞的路途。而年逾七旬的程凯华先生却在这样寂寞的学术跋涉中一路走来，执著地为我们学界奉献出这样一部学术性与实用性兼备的理论著作，实在可喜可贺！

上述两位教授对拙著的点评和点赞，或许不无溢美之词，但可以肯定都是肺腑之言，直抒己见的真心话。正如封敏所说她是《璀璨的巨星》的“一个忠实的读者”。

我在《璀璨的巨星》初版《后记》中曾这样说过：“教学、研究和写作，是我生命中不可或缺的重要组成部分。我热爱教学，也喜欢研究和写作。”“我曾经长期从事中国文学的教学和研究，储备了这一领域比较丰富的知识，积累了一定的研究经验，对这一领域有价值的值得研究的一些课题比较熟悉且有浓厚的兴趣。我相信通过自己的思考和钻研，会得到预期的收获。在退休以前我还有计划中的《中国现代农村题材小说史》《璀璨的巨星——中外名家论名家》两个课题尚未完成。现在我就选定这两个课题继续研究，先完成《璀璨的巨星》的写作。”在2012年完成《璀璨的巨星》的写作并由中央编译出版社出版后，紧接着，我和李婷副教授就合作写《中国现代农村题材小说史》。经过将近三年的努力，这部30多万字的著作于2015年完稿，并由中国文史出版社以精装的形式出版，终于圆满地完成了我的研究、写作计划，了却一件心事，如释重负，我的心情自然是轻松而又愉快的了。

拙著《璀璨的巨星——中外名家论名家》再版，书名改了，封面改了，出版社改了，初版中少数使用不当的标点和错别字改了，几条漏标的参考文献补上去了，但书的内容没有改，保持原样。由于我的学识水平和业务能力有限，本书错漏之处仍在所难免，敬请同仁和广大读者批评指正。

是为再版后记。

程凯华

2016年2月

于邵阳市东方明珠德雅园